Gudrun Maria Krickl

Die Töchter von Rosengarten

Gudrun Maria Krickl

Die Töchter von Rosengarten

Historischer Roman

Silberburg-Verlag

Gudrun Maria Krickl wurde 1968 in Hechingen geboren. Sie hat Betriebswirtschaft studiert und arbeitete in den Bereichen Marketing und Kommunikation. Inzwischen widmet sie sich neben ihrer Tätigkeit als Referentin für Personal und Öffentlichkeitsarbeit gerne dem Schreiben. Mit ihrem Mann und zwei Kindern lebt sie südlich von Stuttgart.

Mit dem nun vorliegenden historischen Roman verwirklicht die Autorin einen langgehegten Traum. Im Silberburg-Verlag erschienen bereits die Biografien »Geliebte Kinder. Das Leben der Dichtermutter Charlotte Dorothea Mörike« (2009) sowie »Brautfahrt ins Ungewisse. Lebenswege württembergischer Herzoginnen« (2012).

Weitere Informationen zur Autorin und ihren Büchern finden Sie unter: **www.gudrun-maria-krickl.de**

1. Auflage 2016

Umschlaggestaltung: Anette Wenzel, Tübingen,
unter Verwendung der Gemälde
»Astronomie« von Il Modenino (Giovanni Battista Magni)
und »Landschaft mit weiter Fernsicht«
von Joos de Momper dem Jüngeren.
Druck: Gulde-Druck, Tübingen.
Printed in Germany.

ISBN 978-3-8425-1465-2

Für meinen Papa Franz Diwischek
in Erinnerung an einige wunderbare Recherchereisen.

Prolog

In den Wäldern und auf den Wegen
jagt der Mensch
den Menschen wie das Wild.

Ein englischer Reisender über Deutschland
im Dreißigjährigen Krieg

In den Ellwanger Bergen,
29. April des Jahres 1634

Aus den Augenwinkeln gewahrte Janek den Mündungsblitz einer Luntenflinte, gefolgt von einem ohrenbetäubenden Knall. Instinktiv riss er sein Pferd herum und trieb es aus der Schusslinie.

Wieder wurde gefeuert.

Mächtig hallte der Musketendonner über den schmalen Weg hinweg, der durch dichten Wald nach Südwesten führte.

Janek zog sein Schwert. Ein Blick über die Schulter genügte ihm, um zu sehen, dass seine Männer zurückgewichen waren und ihrerseits nach den Waffen griffen.

In diesem Moment brach eine Schar Berittener aus dem Unterholz hervor; binnen Sekunden fuhr der erste Hieb auf Janek herab. Er parierte ihn reflexartig. Das vielfache Klirren sich kreuzender Klingen und eine rasche Folge von Pistolenschüssen zeugten von der Wucht des plötzlichen Überfalls aus dem Hinterhalt. Die Angreifer hatten den Vorteil des Überraschungsmoments auf ihrer Seite und nutzten ihn gnadenlos. Der enge Pfad bot keine Möglichkeit, der Härte des Angriffs auszuweichen. Binnen kürzester Zeit entwickelte sich ein heftiger Kampf.

Janek bemerkte, wie er eingekreist wurde. Moses, sein schwarzbrauner Hengst, schnaubte unruhig.

Es waren drei Männer in grauen Schafspelzen, die ihre kleinen, kräftigen Pferde an seine Seite lenkten und ihn an den Rand des Unterholzes drängten. Zunächst konnte Janek ihren gezielten Säbelstreichen ausweichen, doch er wusste, dass es nur wenige Minuten dauern würde, ihn in die Enge zu treiben. Er hielt sie auf Abstand, bis ihm mehrere seiner eigenen Männer zu Hilfe kamen und die dunklen Gestalten in Zweikämpfe verwickelten.

Weitere Gefahr witternd wandte er harsch sein Pferd.

Erneut wurde er angefallen, diesmal von einem einzelnen Reiter. Während Janek zahlreiche Schläge über dem Kopf abwehrte, streifte sein Blick das Gesicht des Gegners – eine mit Ruß geschwärzte, hässlich verzogene Fratze unter einer offenen Sturmhaube. Der schwer gebaute Hüne im halben Harnisch attackierte ihn ohne Unterlass. Es lag enorme Kraft in seinen Hieben, aber wenig Geschick. Janek spürte, wie ihn die stählerne Klinge mehrfach an ungeschützten Körperstellen traf.

Doch gerade im planlosen Vorgehen seines Kontrahenten lagen nutzbare Chancen.

Ein klug abgeschätztes Täuschungsmanöver ließ den Schlag des Söldners ins Leere gehen und verschaffte Janek eine bessere Position. Sofort erhöhte er den Druck und trieb den Mann zurück. Erneut traf Stahl auf Stahl und eine Zeitlang kämpften sie verbissen, ohne dass einer die Oberhand gewann. Janek rann der Schweiß von Nacken, Stirn und Schläfen, sammelte sich unter dem schützenden Lederkoller, durchnässte Hemd und Hosenbund. Wieder und wieder wich er aus, zog sich zurück, strebte abermals voran.

Endlich konnte er einen wuchtigen Schlag setzen, der seinen Gegner für einen Moment ins Wanken brachte. Diesen Augenblick nutzte Janek. Mit aller Kraft rammte er seine Klinge in den Oberschenkel des Mannes. Begleitet von einem gellenden Schmerzensschrei folgte ein mörderischer Konter, so dass Janek zu einem schnellen Ausweichmanöver gezwungen war. Dabei stolperte sein Pferd über einen morschen Ast und geriet ins Straucheln.

Bevor es zu Boden ging, glitt Janek aus dem Sattel, dabei gelang es ihm noch, eine der beiden geladenen Radschlosspistolen aus dem Lederholster zu ziehen. Sein Gegner preschte bereits auf ihn zu, erst im letzten Moment sprang Janek zur Seite, spürte einen dumpfen Schlag und stürzte hart. Er rollte sich über die Schulter ab, kam wieder auf die Füße und suchte im Dickicht des Waldes Deckung, während sein Kontrahent weiterritt und von ihm abzulassen schien.

Durch das spärliche Grün des Unterholzes sah er das Kampfgewühl und versuchte, die Lage einzuschätzen. Noch war nichts entschieden, seine Männer kämpften entschlossen und hielten ihre Position.

Knackende Äste ließen ihn herumfahren.

Ein Schuss peitschte durch die Luft.

Noch aus der Drehung heraus warf sich Janek auf den bemoosten Boden, zugleich fuhr ein scharfes Brennen durch seinen rechten Oberschenkel. Schnelle Atemzüge und das Rascheln von Stiefeln im Buchenlaub ließen darauf schließen, dass sich jemand gehetzten Schrittes näherte. Den Schmerz ignorierend zog sich Janek hastig auf die Knie und blickte auf. Erneut sah er sich demselben dunklen Söldner gegenüber, der die vorangegangene Attacke gegen ihn geführt hatte. Der Mann musste abgesessen sein und einen Bogen geschlagen haben, um ihm ins Gebüsch zu folgen.

Mittlerweile trennten sie nur noch wenige Schuh. Aus der klaffenden Oberschenkelwunde, die ihm Janek beim Kampf zu Pferde beigebracht hatte, rann Blut. Die zähe Flüssigkeit tränkte den zerfetzten, braunen Stoff der Hose, lief in schmalen Rinnsalen abwärts und hinterließ dabei ein makaber gezacktes Muster.

In der linken, kampfbereit erhobenen Hand hielt der Söldner jetzt erneut seinen Säbel, den kurzen Karabiner hatte er weggesteckt. Janek hob die Pistole an und ließ das Pulver ins Zündloch rieseln. Er hatte nur einen Schuss und musste ihn aus allernächster Nähe abgeben, damit er nicht wirkungslos am Harnisch des Gegners abprallte.

Als dieser sich auf ihn stürzte, drückte er ab.

Das Blei durchschlug die linke Schulter des Mannes, der unter der Wucht des Geschosses ins Wanken geriet. Janek nutzte die Gelegenheit, um ihn von sich zu stoßen, aufzuspringen und zugleich nach einem Dolch zu greifen, der im hohen Schaft seiner ledernen Stiefel steckte. Zügig wich er einige Schritte zurück und bereitete sich auf die nächste Attacke vor, wobei er seine Umgebung sorgsam im Auge behielt für den Fall, dass jemand in den Zweikampf eingreifen sollte.

Sein Gegner war bereits wieder auf den Beinen und taxierte ihn unruhig, das Gewicht in wiegenden Bewegungen einige Male verlagernd.

Bevor einer von beiden zum Angriff ansetzen konnte, begann der Boden plötzlich leise zu beben. Das dumpfe Trommeln von Pferdehufen zeugte von sich rasch nähernden Reitern. Am Wortwechsel erkannte Janek seine eigenen Leute, zehn Mann, die er bei Erkundungen üblicherweise voranschickte. Während die ersten der gut bewaffneten Berittenen ihre Schwerter zogen, räumten die Angreifer auf wenige, kurze Befehle hin den Schauplatz und verschwanden im Wald. Janek traf ein verächtlicher Blick aus schwarzen Augen, bevor der Söldner seinen Kumpanen schnell in den Schutz der Bäume folgte.

Er setzte ihm nicht nach, zu unübersichtlich erschien ihm die Situation. Stattdessen stieß er hart den Atem aus, verließ das Gebüsch und trat zurück auf den Weg.

Über dem einsamen Waldgebiet waberte Musketenrauch, es roch nach aufgewühlter Erde, Schweiß und Pferd, nach beißendem Pulverdampf und nach frischem Blut. Eine unnatürliche Stille hatte sich ausgebreitet, durchsetzt mit den Klagelauten der Verletzten.

»*Zut alors!* Da brat mir einer einen Storch. Was ist hier vorgegangen?«

Henri Decaen, Corporal der zu Janeks Regiment gehörenden leichten Reiterei, ging über den zerwühlten Boden auf seinen Vorgesetzten zu.

»Ah, Decaen!«, grüßte Janek. »Ihr seid mehr als willkommen.«

Henri Decaen grinste. »So will es mir scheinen. Wir waren eine gute halbe Meile voraus, als wir entfernt Schüsse hörten. Ein würzig Gefecht wollten wir uns nicht entgehen lassen!«

»Ohne Zweifel. Das Gesindel aber verspürte wohl keine große Lust auf eine nähere Begegnung mit Euch, Corporal.« Janek legte Decaen dankend die Hand auf die Schulter. »Gut, dass Euch der Lärm zurückgerufen hat.«

Decaen nickte. »Kroaten«, stellte er dann fest.

»In der Tat. Mindestens drei Dutzend.« Janek sah zu den umgeknickten Büschen entlang des Waldsaums. »Wir wurden auf der ganzen Länge angegriffen.«

Decaen folgte Janeks Blick. »In jedem Fall haben sie uns zuvor passieren lassen, so war es einfacher. Hätten wir nicht ausnahmsweise angehalten, wäre der Abstand vielleicht zu groß geworden, um rasch einzugreifen«, meinte er. »Diese Stelle ist wirklich eine der wenigen hier, die sich für einen derartigen Gewaltstreich eignet. Weiter vorn verengt sich der Pfad zu sehr und die Tannen stehen wieder dicht an dicht.«

Janek musterte die Umgebung. »Also haben sie zufällig hier gelagert. Vermutlich ein Trupp Späher.«

»*Oui*, das denke ich auch. Und ein angriffslustiges Pack.«

»Sie kundschaften die Gegend aus. Es wäre gut zu wissen, welche Absichten sie hegen, immerhin ist dies hier ein ziemlich abgelegenes Holz. Wählt vier Männer aus und verfolgt die Spuren. Wir werden derweil eine Möglichkeit zur Rast suchen und die Verwundeten versorgen.«

»Ihr könnt sicher sein, dass wir die Fährte finden.« Decaen wandte sich sofort zum Gehen. »Im Laufe des Abends stoßen wir wieder zu Euch.«

»Solltet Ihr die Nacht im Wald verbringen müssen, sehen wir uns beim Regiment.«

»Wir werden Euch finden.«

Während der Corporal zurück zu seinen Soldaten ging, schritt Janek den Weg ab, um sich eine schnelle Übersicht zu verschaffen.

Einige Männer begannen bereits, provisorische Gräber für die wenigen Toten des Kampfes auszuheben. Es schien keiner seiner eigenen Leute darunter zu sein. Bartholomäus, der füllige Feldgeistliche, sprach bereits ein kurzes Gebet über dem ersten Leichnam. Grundsätzlich unterschied er niemals zwischen Freund und Feind. »Gottes Barmherzigkeit«, so pflegte er stets zu sagen, »schert sich nicht um den Kleingeist der Menschheit. *Omnes homines aequales sunt.* Alle müssen wir vor Ihn treten und alle sind wir vor Ihm gleich.«

Janek wies ihn an, die gegnerischen Leichen nach Hinweisen auf ihre Herkunft zu durchsuchen. Die anderen kümmerten sich um die Verletzten, sammelten verstreute Waffen und Ausrüstungsgegenstände ein und beluden die mitgeführten Packpferde damit.

Janek sah dort seinen Jungen, Frieder, und winkte ihn zu sich. Vor fast genau drei Jahren hatte er ihn halbtot am Ufer der Elbe aufgelesen, etwa eine Woche, nachdem er mit einigen seiner Männer vor den schwelenden Ruinen Magdeburgs eingetroffen war. Der zu diesem Zeitpunkt Achtjährige war dem Flammeninferno wie durch ein Wunder entkommen. Eine Gruppe Flüchtender hatte ihn ein Stück weit mitgeschleppt, schließlich aber zurückgelassen, um sich mit dem nahezu toten Kind nicht unnötig zu belasten.

Noch immer packte Janek kalter Zorn, wenn er an die Katastrophe dachte, welche die Feldherren Tilly und Pappenheim damals mit den Truppen der kaiserlich-katholischen Liga heraufbeschworen hatten und in deren Folge die prächtige und lebendige Hansestadt an der Elbe dem Erdboden gleichgemacht worden war. Nur wenige Menschen hatten den zu einem grausamen Massaker ausgearteten Sturmangriff überlebt. Frieder war einer von ihnen, denn als Janek sich den leblosen Körper näher besehen hatte, waren ihm flache Atembewegungen aufgefallen. Einer spontanen Regung folgend hatte er ihn mitgenommen und bei einer Familie des Armeetrosses in Obhut gegeben. Inzwischen war der Junge herangewachsen und stand in seinen persönlichen Diensten.

Janek erkannte, dass Frieder sein Signal verstanden hatte und kurz nickte. Rasch entledigte er sich der beiden Säbel, die er zusammengetragen hatte und eilte zu seinem Herrn.

»Dir ist nichts geschehen«, stellte Janek zufrieden fest, als der Junge ein wenig atemlos vor ihm stand.

»Nein, Herr Obrist. Bartholomäus hat mich sofort in Deckung gezogen und darauf geachtet, dass mir keiner zu nahe kam.« Seine hochroten Backen zeugten von Aufregung und Anstrengung.

»Gut. Ich habe eine wichtige Aufgabe für dich.«

»Ja, Herr?« Erwartungsvoll sah er Janek an.

»Moses ist gestürzt und ich befürchte eine ernste Verletzung. Würdest du dich vorerst um ihn kümmern? Er steht zwar wieder, aber er braucht eine besonders gute Betreuung.«

Frieder nickte eifrig. »Verlasst Euch auf mich!«

Der Schrecken, den er während der letzten Stunde durchgestanden hatte, war noch nicht ganz gewichen, aber die Aussicht auf eine derart bedeutende Tätigkeit ließ seine Unruhe merklich abklingen.

Janek blickte dem Burschen zufrieden nach, als dieser sich aufmachte, die Anweisung auszuführen.

»Sieh dich vor. Du bist verletzt!« Janeks Waffenbruder und enger Freund Heinrich trat neben ihn.

»Ein paar wüste Kratzer, nicht mehr.« Janek winkte ab.

»Nicht mehr?« Heinrichs Stimme klang spöttisch, hatte aber einen besorgten Unterton. »Könntest du dich umseitig betrachten, würdest du anders urteilen.«

»Der Narr wird mir wohl nicht in den Hintern …?«

Heinrich lachte zwar verhalten, doch aus seinen Augen sprach keinerlei Belustigung. Janek wurde klar, dass es ihm ernst war, und so tastete er mit seiner Hand vorsichtig nach der schmerzenden Stelle. Er spürte eine klebrige Nässe dort, wo der Schutz aus Elchsleder endete.

»Die Blutung ist noch nicht zum Stillstand gekommen«, stellte Heinrich fest und sah sich die Verwundung genauer an. »Es hat dich wirklich erwischt, Johann Georg von Schwanberg. Die verdammte Ladung steckt noch drin.« Janek fluchte vernehmlich. Ein verdrecktes Geschoss im Körper würde ihn nur unnötig aufhalten.

»Hol Bartholomäus«, wies er Heinrich an.

Wenige Minuten später untersuchte der Hinzugezogene die Verletzung. »Ich muss die Kugel entfernen, Obrist.«

Janek nickte. »Ich weiß. Binde die Wunde ab. Das reicht fürs Erste. Wenn wir einen sicheren Rastplatz gefunden haben, kannst du dich an dein blutiges Werk machen.«

Bartholomäus fingerte einige Streifen weißen Leinens unter seinem Wams hervor. »Wir sollten bald einen solchen finden. Mit dem Wundbrand ist nicht gut Kirschen essen. Außerdem wird der Schmerz unerträglich werden, sobald du zur Ruhe kommst«, knurrte er, während er die Bänder straff um Janeks Oberschenkel wickelte, um den Blutverlust zu stoppen.

»Wir reiten weiter, sobald der Weg geräumt ist«, erwiderte Janek.

»*Semper idem.*« Bartholomäus zuckte mit den Achseln, er kannte seinen Obristen und hatte nichts anderes erwartet. Ruhig machte er sich wieder an seine Aufgaben, die anderen Männer taten es ihm gleich. Mit Routine arbeiteten sie sich durch die wüsten Hinterlassenschaften des Kampfes.

Am späten Nachmittag gab Janek das Zeichen zum Aufbruch.

Erster Teil

Die Künder des Krieges

1. Kapitel

WAS HEUT NOCH GRÜN UND FRISCH DASTEHT,
WIRD MORGEN WEGGEMÄHT:
DIE EDEL NARZISSEL,
DIE HIMMLISCHE SCHLÜSSEL,
DIE SCHÖN HYAZINTHEN,
DIE TÜRKISCHE BINDEN,
HÜT DICH, SCHÖNS BLÜMELEIN!

»Ein schöns Mayenlied« (Flugblatt von 1637)

HOFGUT ROSENGARTEN BEI HALL,
30. APRIL DES JAHRES 1634

Mit mildem Schimmer kündigte die Sonne ihren Aufgang an, jenes ewig wiederkehrende, einzigartige Schauspiel erwachenden Lichts, das die Schatten der Nacht vertreibt, um der Welt ihr Antlitz zu geben. Die Wipfel der Bäume auf den nahegelegenen Hügeln fingen den ersten Schein ein und zeichneten sich in einem gründunstigen Farbenspiel gegen den blassroten Morgenhimmel ab.

Vogelgesang hatte sich erhoben, der morgendliche Chor klang munter und lebensfroh und verkündete den Frühling, nun, da die Tage deutlich länger waren. Seit Wochen herrschte ungewöhnlich gutes Wetter und auch heute schien es warm und trocken zu werden.

Marie Susanne Schenk begrüßte den anbrechenden Tag wie gewohnt mit einem kurzen Gebet, bevor sie an einen schlicht gezimmerten Tisch mit türkisgrün glasiertem, irdenem Waschgeschirr trat, der nur wenige Schritte von ihrer Bettstatt entfernt an der Wand stand. Eine Talgkerze spendete schummriges Licht.

Während sie nach dem mit Wasser gefüllten Tonkrug griff, sah sie kurz zu ihrer Schwester Ebba, die zwischen den Federkissen des gemeinsamen Bettes nahezu verschwunden war und noch friedlich schlief. Lediglich ein paar Zipfel ihres dunklen Haarschopfes lugten zwischen den Linnen hervor. Marie schmunzelte ob des gewohnten Bildes. *Liebe, freche Ebba!*

Sie wandte sich wieder ihrer Morgenwäsche zu und goss etwas Wasser in die Schale. Verschlafen tauchte sie beide Hände hinein, ließ das kühle Nass über ihr Gesicht rinnen und fing die ablaufenden Tropfen mit einem kleinen Tuch auf. Die letzte Müdigkeit verflog und wieder suchte ihr Blick die jüngere Schwester.

Ebba veränderte gerade ihre Schlafposition und nahm den vor wenigen Minuten frei gewordenen Platz neben sich mit einem leisen Brummeln in Besitz. Marie beschloss, sich selbst und ihr noch einige Minuten Ruhe zuzugestehen, und begann damit, sich anzukleiden.

An der Außenwand ihrer gemeinsamen Kammer, unter einem kleinen Fenster mit grün getönten Butzenglasscheiben, befand sich eine lange, mit einfachen Verzierungen versehene hölzerne Truhe für Wäsche und Kleidung. Marie öffnete das schmiedeeiserne Schloss, hob den Deckel und entnahm einen ungefärbten Unterrock. Sie reckte die Arme und ließ ihn über ihr weißes, knielanges Hemd rutschen, das sie des Nachts immer anbehielt. Erneut langte sie in die Tiefen der Lade, zog einen hellbraunen Leinenrock und ein schlichtes, blassblaues Mieder mit geschlitztem Schoß hervor und schlüpfte in beides hinein. Nachdem sie die vorn gekreuzte Schnürung des Mieders festgezogen hatte, ging sie entschlossen die wenigen

Schritte zum Bett zurück und zog mit einem festen Ruck an der Decke.

»Aufstehen, Ebba. Der erste Hahnenschrei ist längst verklungen.«

Ebba drehte den Kopf und blinzelte ihre Schwester träge an: »Ach, Marie. Noch eine kleine Weile!«

Marie kannte die morgendlichen Launen der Vierzehnjährigen und fackelte nicht lange. Sie feuchtete ihr Waschtuch an, fuhr in einer schnellen Bewegung über Ebbas Gesicht und erreichte den gewünschten Effekt.

»Du Leuteschinder! Scher dich weg! Lass mich in Ruhe.« Ebbas Stimme überschlug sich.

»Komm, Ebba! Für dieses Spiel bist du längst zu groß!« Marie packte die Schwester unter den Achseln. »Du weißt, dass du ohnehin aufstehen musst.«

Ein missmutiges Quengeln begleitete Ebbas schnelle Kapitulation.

Während diese ihre nackten Füße über den Rand der Bettstatt schob, griff Marie nach ihrem dunkelgrauen Schurz, der an einem schmalen, hölzernen Rechen hinter der Tür hing, und band ihn in einer routinierten Bewegung um die Taille. Sie raffte den Stoff an der rechten Seite, so dass der darunterliegende Rock zum Vorschein kam. Einen kleinen Moment hielt sie inne und vergewisserte sich, dass Ebba aufgestanden war und sich anzog. Ebba warf ihr zwar einen trotzigen Blick zu, stand aber bereits an der Ankleidetruhe. Zufrieden öffnete Marie ihr volles, dunkelblondes Haar, nahm einen grobzinkigen Kamm vom Waschtisch, fuhr durch die langen Strähnen und flocht sie wieder zu einem festen Zopf. Die gezähmten Locken verbarg sie unter einem schlichten Leinentuch.

Noch bevor Ebba fertig war, schob Marie den Riegel der Holztür zurück, welche die Kammer von der Unruhe des Hofgeschehens trennte. Mit einem leisen Knarren sprang sie auf und Marie trat auf die groben Dielen des Flures, der die Wohnräume im Obergeschoss des Hofes verband. Sie warf einen schnellen Blick in die rechter Hand liegende Küche und sah Grete das Feuer unter dem großen Kessel schüren, um die Morgenmahlzeit vorzubereiten. Wenn die Bauersleute und das Gesinde später bei Tisch zusammenkamen, um sich für das anstrengende Tagwerk zu stärken, waren einige hungrige Mäuler zu stopfen. Ein kurzer Blickwechsel genügte, um Marie wissen zu lassen, dass hier alles in Ordnung war.

Sie nickte Grete zu und ging weiter an der Stube vorbei zu einer kleinen Kammer, die am linken Ende des Flurs lag. Ohne zu Zögern öffnete sie die Tür.

»Guten Morgen, Vater.«

Während sie ins Zimmer trat, waren ein froher Gruß an Grete und schnelle Schritte auf der Treppe ins untere Geschoss zu vernehmen. Unverkennbar Ebba! War ihre Schwester erst einmal wach, legte sie eine temperamentvolle Emsigkeit an den Tag.

Im Inneren der Schlafkammer roch es nach menschlichen Ausdünstungen und dem Inhalt des Nachttopfes.

»Ah, Marie.«

Jakob Erasmus Schenk war bereits aufgestanden. Nach einem unglücklichen Sturz im letzten Winter war er in seiner Beweglichkeit stark eingeschränkt, zog das linke Bein nach und konnte den rechten Arm kaum mehr beugen.

»Wie geht es dir heute, Vater?«

Jakob Schenk winkte ab. »Wenn die Knochen in Schwung kommen, wird's schon gehen.«

Marie wusste, wie sehr ihr Vater darunter litt, dass er als Bauer eines der größten Gehöfte im Amt Rosengarten als halber Krüppel galt. Vor seiner Verletzung hatte man ihm kaum angemerkt, dass er bereits mehr als sechzig Lenze zählte. Nur wenige graue Strähnen durchzogen das ungewöhnlich dichte, braune Haar, die dunkelgrauen Augen sahen scharf und klar. Doch sein einst kräftiger Körperbau war einer hageren Silhouette gewichen.

Viele Arbeiten gingen ihm deutlich schwerer von der Hand, auch wenn er keinen Gedanken daran verschwendete, sich zu schonen. Beim Pflügen der Äcker und der anschließenden Aussaat von Hafer und Sommerkorn während der letzten Wochen war deutlich geworden, welche Grenzen sein Körper setzte. Der Enttäuschung über das ungewohnte Unvermögen war manch offener Wutausbruch gefolgt. Inzwischen hatte sich einiges eingespielt, der Bauer akzeptierte zähneknirschend seinen Zustand und kämpfte zugleich mit eisernem Willen um jede kleine Verbesserung.

Seine Umgebung hatte gelernt, möglichst wenig Aufheben um ihn zu machen. Deshalb half Marie ihrem Vater auch an diesem Morgen augenscheinlich beiläufig beim Anziehen, legte ihm die Beinlinge an und nestelte sie am Wams fest. Jakob Schenk akzeptierte die Hilfe seiner Tochter in der Frühe und am Abend nur deshalb, weil er sonst den Tagesrhythmus des Hofes nicht einhalten konnte.

Marie richtete sich auf. »Ich bin so weit, Vater.«

Jakob Schenk nickte und folgte Marie hinaus auf den Flur. Mit einer Hand stützte sie ihn, als er die steile Holztreppe hinunterstieg. Sobald er den Boden im Erdgeschoss unter seinen Füßen spürte, ließ er sie los und humpelte fort zu den Pferden.

Marie seufzte leise.

Es war nicht nur der Unfall des Vaters, der das Leben so schwer machte. Ihr einziger Bruder hatte sich vor Jahren als Söldner anwerben lassen. Seitdem hatten sie kaum von ihm gehört, wussten lediglich, dass er erst bei den Schweden gekämpft, später jedoch ins Lager der gegnerischen Habsburger gewechselt hatte. Dies war ein üblicher Vorgang im Alltag eines Söldners, der seine Kampfeskraft demjenigen anbot, der am besten dafür zahlte, und fast schien es, als wolle der Bruder nicht mehr nach Hause kommen.

Doch gerade in diesen unsicheren Zeiten hätte Marie ihn gerne auf dem Hof gewusst. Denn der bereits weit über ein Jahrzehnt währende Große, der *Teutsche Krieg*, wie er in den kursierenden Flugschriften genannt wurde, streckte allmählich seine Klauen nach Südwesten aus. Truppendurchmärsche und Einquartierungen brachten die nahegelegene Reichsstadt Hall immer wieder in große Bedrängnis.

Angst und Unsicherheit hatten sich unter den Bürgern der Stadt und noch mehr unter der Landbevölkerung verbreitet, die den durchziehenden Söldnerheeren hilflos ausgeliefert waren. Immer mehr Bauernfamilien zogen sich daher nach Hall zurück und suchten hinter den steinernen Stadtmauern Schutz.

Mehr als einmal hatte Marie darüber nachgedacht, es ihnen gleichzutun, doch der Vater wollte nichts davon wissen. »Sich hinter den Mauern verstecken? Nicht, solange wir noch einen Scheffel ernten. Sonst gibt's bald gar nichts zum Kauen mehr. Es verrecken eh schon genug.«

Bisher waren sie glimpflich davongekommen. Gut Rosengarten lag unauffällig hinter einem Hügelkamm und konnte von der Straße aus, die nach Hall führte, nicht gesehen werden. Anders als bei den meisten Höfen der Gegend bildeten Gebäude und Mauern eine geschlossene Einheit, vervollständigt durch ein großes, schweres Tor. Näherte sich verdächtiges Gesindel, griffen die Männer zu den Waffen und postierten sich so, dass der Eindruck einer einigermaßen wirksamen Verteidigung entstand. Jakob Schenk verstand sich außerdem gut aufs Verhandeln und hatte im Tausch gegen einige Fässer Weines, einen kräftigen Schinken oder einige Laib Brot stets erreicht, dass die fordernden Söldner weitergezogen waren, ohne den Hof auszurauben und niederzubrennen. Sie würden leichtere Opfer finden.

Marie betrat den Stall im Erdgeschoss und schlüpfte in ein Paar grobe Holzpantinen, um ihre bloßen Füße vor der aggressiven Jauche zu schützen. Gewohnte Geräusche drangen an ihr Ohr, das ungeduldige Muhen der Kühe, das Klappern der hölzernen Melkeimer, das leise Tuscheln der beiden Mägde, die bereits mit dem Melken begonnen hatten.

Zielstrebig ging Marie von einem Tier zum anderen und blieb bei der letzten Milchkuh stehen, die sich vor einigen Tagen am Euter verletzt hatte. Sie zog einen Holzschemel heran, setzte sich darauf und stellte erleichtert fest, dass die Wunde gut heilte. Vorsichtig begann sie, das Euter auszustreichen.

Die Milch war unverzichtbar, die Haltung des Viehs aber aufgrund der im Umland lagernden Soldaten schwieriger geworden. Nur Wiesen und Brachland in der allernächsten Umgebung wurden noch als Weiden genutzt und die kleine Herde war stets gut bewacht. Abends trieb man sie wieder in den Stall. Traditionell waren die Tiere über die Sommermonate dem Gemeindehirten des Dorfes zum Hüten überlassen worden. In diesem Jahr gab ihm Jakob Schenk sein Vieh nicht mehr mit.

Die Kuh hatte trotz der Verletzung stillgehalten und als sich Marie erhob, war ihr Gefäß gut gefüllt. Sie schüttete die Milch in einen größeren Behälter und rieb die breit verschorfte Wundstelle mit einer Salbe aus Ringelblumen ein. Während Marie den Schemel wieder zur Seite stellte, bedeutete sie den Mägden, sich zu eilen. Dann verließ sie den Stall und ging nach draußen.

Der Hof lag noch im Schatten.

Es würde nicht mehr lange dauern, bis das erste Sonnenlicht über die ziegelgedeckten Dächer fiel. Marie liebte diese frühe Morgenstunde. In ihr lag noch ein kleines Stück nächtlichen Friedens, bevor die unerbittliche Realität des Tages Einzug hielt. Die würzige Luft des nahen Waldes und die Atmosphäre des erwachenden Hofes gaben dem Augenblick eine fast unwirklich anmutende Ruhe.

Seit nahezu achtzig Jahren lebten die Schenks auf Hofgut Rosengarten, das sie als Lehen der Stadt Hall bewirtschafteten. Da es sich um einen Erbhof handelte, wurde er als solcher innerhalb der Familie weitergegeben. Einmal im Jahr, auf Martini, überbrachten sie dem Rat der Stadt die vereinbarten Abgaben in Form von Geld und Naturalien.

Von den ursprünglich sechs Kindern der Schenks lebten nur noch drei, Veit, Ebba und sie selbst. Der Vater hatte erst spät geheiratet, aber die Eltern waren einander trotz des Altersunterschiedes von nahezu zwanzig Jahren aufrichtig zugetan gewesen; eine eher seltene Gemütsregung zwischen Bauersleuten, die für gewöhnlich aus rein wirtschaftlichen

Gründen zueinander fanden. Vor fünf Sommern hatte ihnen der Allmächtige die Mutter genommen, bei der mit schweren Komplikationen verbundenen Geburt des jüngsten Kindes, das ihr nur wenige Stunden später ins Grab gefolgt war.

Jakob Schenk trauerte lange um seine Frau. Obwohl ein Hof ohne Bäuerin schlicht undenkbar war, hatte er sich kein zweites Weib genommen. Deshalb hatte Marie in die Rolle der Bauersfrau hineinwachsen müssen, dabei war sie damals erst so alt gewesen wie Ebba heute. In ihrer umsichtigen Art hatte sie diese gewaltige Aufgabe gut gemeistert. Seit Veits Verschwinden und dem Unglück des Vaters trug sie die Verantwortung für das Hofgut und für alle, die darauf lebten und arbeiteten, nahezu allein.

Marie atmete tief ein und begann ihren üblichen Rundgang. Sie sah, wie die Knechte Ochsen und Pferde versorgten, hörte das Quieken und Grunzen der Schweine, die ungeduldig darauf warteten, in den Schutz des Waldes geführt zu werden, um sich dort satt zu fressen.

Über allem erhob sich Ebbas helle, energische Stimme.

»Loslassen! Nicht, das ist mein Rockzipfel! Auseinander, husch, husch! Verflixt, ihr reißt mir noch ein Loch in den Stoff. Ich hasse Flicken! Oh weh, ein so dummes Federvieh hat doch kein Fuchs je gesehen!«

Ebba und die Gänse.

Irgendwie hatten diese einen Narren an ihr gefressen. Und je mehr Aufhebens sie um die eigensinnigen Tiere machte, desto frecher gebärdeten sie sich. Erleichtert sah Marie den Hütejungen kommen, der die laut schnatternde Schar hinaustreiben würde. Mit seinem Ruf sammelte er die Tiere ein und machte sich auf den Weg. Vor dem mächtigen, eisenbeschlagenen Eichenholztor, das die beiden steinernen Seitenflügel des Hofes verband, hatten sich einige Tagelöhner versammelt in der Hoffnung auf einen mühsam zu verdienenden Lohn. Bevor die Gänse aufgeregt nach draußen watschelten, ließ Conrad, der Erste Knecht und Maries zuverlässige Stütze, die wartenden Männer ein und wies ihnen die

Arbeiten zu. Zwei von ihnen erhielten kurze Schwerter zur eigenen Verteidigung und scharten rasch die Schweine um sich, um den Gänsejungen in das nahegelegene Waldstück zu begleiten. Die anderen verteilten sich auf Scheune und Stall. Sie alle waren schlecht genährt. Deshalb sorgte Marie dafür, dass ein Korb mit Broten und mehrere Schalen mit frischem Brunnenwasser bereitstanden, um die hungrigen Mägen zu füllen.

Später saßen die Schenks gemeinsam mit dem Gesinde in der Stube zusammen. Auf dem großen Holztisch standen Brot, Käse und eine Schüssel mit Getreidebrei. Alle langten kräftig zu und Conrad meinte: »Es gibt schon reichlich blühende Trauben, selten habe ich eine so frühe Blüte erlebt. Es könnte eine reiche Weinernte geben.«

»Wenn die Beeren nicht vorher an den Reben erfrieren. Oder der Söldner sie wegfrisst«, brummte Jakob Schenk.

»A *Kocherwei kousch nur schlürfa*«, warf Jörg ein, der jüngere Knecht, »*zum gaasich werda.*«

Das Hofgut Rosengarten besaß dreiviertel Morgen Weinberge, die aufmerksam gepflegt wurden. Der Anbau war mühsam und der gekelterte Tropfen zählte nicht zu den besten, aber der Weinkrug gehörte zu den täglichen Mahlzeiten wie das Brot. Insbesondere Jörg genoss ihn gerne über die Maßen. Conrad überging daher die Bemerkung des Sechzehnjährigen.

»Wir haben ein warmes Frühjahr«, fuhr er fort. »Alles treibt kräftig aus, nicht nur der Wein. Möge der Herr uns vor Schaden bewahren. Dann fahren wir eine gute Ernte ein.«

»Ja, *wenn* er uns bewahrt, der Herr.« Jakob Schenk brach sich ein Stückchen Brot ab. »Seit zwei Wochen liegen wieder Schweden hier im Quartier. Sollten Freunde sein, sind aber bald schlimmer als die Kaiserlichen.«

Marie spürte sofort, wie schwer es ihm fiel, seine Wut zu zügeln.

Schon zu Beginn des Jahres hatten sich acht schwedische Regimenter in der Gegend aufgehalten. Gott sei Dank waren sie im Februar wieder abgezogen, doch bereits sechs Wochen später waren erneut mehrere tausend Soldaten gekommen, die auf Seiten der Schweden kämpften. Und seit einigen Tagen lagerten nun Truppen des jungen Markgrafen von Brandenburg-Ansbach in den Ämtern Kocheneck und Rosengarten. Ein kleineres Kavallerie-Regiment hatte sich in der direkten Umgebung des Schenk-Hofes niedergelassen.

Maries Vater stellte die Grundversorgung der Soldaten und ihrer Pferde sicher und erreichte dadurch zumindest, dass die frisch bestellten Felder und das Vieh weitgehend in Ruhe gelassen wurden. Wie lange dieses Arrangement Bestand haben würde, wusste niemand.

Die angespannte Situation, verbunden mit den ständigen Schmerzen im Bein, hatte Jakob Schenk, der sonst durchaus harte, aber immer überlegte Charakterzüge zeigte, ungewohnt reizbar gemacht.

Mit aufmerksamem Blick musterte er nun jeden in der Runde.

»Zum Teufel mit dem Waffengeklirr! Die Felder werden zertrampelt, das Vieh wird gestohlen und getötet, die Weiber geschändet. Am Schluss stecken sie Haus und Scheune an und ergötzen sich an den Flammen. Die Schweden wie die Kaiserlichen! Keiner ist besser.«

»Vater, bitte«, sagte Marie in der Absicht, ihn zu beruhigen, aber Jakob Schenk beachtete sie nicht und donnerte weiter: »Und der *Ehrbare Rat* zu Hall schwankt hin und her wie eine Weidenrute im Sturm.«

»Der Rat«, wagte Conrad einzuwenden, »hat sich nun für die schwedische Seite entschieden.«

»Hoffentlich zu unserem Nutzen«, brummte der Bauer.

Conrad mit seinem besonnenen Scharfsinn blieb ruhig und sachlich: »Seit langer Zeit versucht er, das Schlimmste für die Stadt zu verhindern. Was sollen die Ratsherren tun? Sie können nicht gegen die Schweden, aber sie wollen auch nicht gegen den Kaiser.«

Jakob Schenk fegte Conrads Einwand barsch beiseite: »Das interessiert mich einen Furz! Sie retten ihre eigenen Schatullen, diese Herren, und sonst gar nichts.« Er reckte eine Faust. »Worum geht es denn? Die Schweden wollen angeblich unseren Glauben verteidigen, die Imperialisten die alte Religion wieder einführen. Ha, und wie machen sie das? Sie schlagen sich gegenseitig die Köpfe ein und richten dabei das Land zugrunde!« Jakob Schenk entfuhr ein lautes Schnauben. »Es geht um Macht, und nur um Macht. Um den Glauben schert sich doch längst keiner mehr.«

»Wahrlich nicht, da habt Ihr recht, Schenk«, Conrad versuchte, der Diskussion die Hitze zu nehmen. »Wie immer ist das Volk der Zahlmeister für die Grillen der Großen. Letzthin haben sie in den Haller Weinschenken um Geld nachgesehen. Die Bürger, die nichts geben konnten, haben sie eingesperrt.«

»Sicher, die Haller Bürger bezahlen Geld, aber wer trägt das Schlimmste? Wer gibt sein täglich Brot in die Kriegskasse? Und muss sich dafür den Hals durchschneiden lassen?«, polterte Jakob Schenk weiter. »Wir! Wir hier auf dem Land!«

»Das ist so wahr«, seufzte Grete. »Die Veronika haben sie wüst geschändet, in Tullau, so dass man sie nicht mehr erkennen konnte. Man hat sie nicht mal mehr der Mutter gezeigt, sondern gleich unter die Erde gebracht! Das arme Ding. Dabei sollte sie bald ihren David heiraten. Oh, alles geht dahin.« Der Schmerz um die tote Nichte trieb der Magd Tränen in die Augen. Marie sah sie mitfühlend an.

Jakob Schenk war still geworden. »Ich sag euch allen hier und heute, das nimmt kein gutes Ende«, prophezeite er mit gepresster Stimme und stand mühsam auf. Die Knechte und Mägde taten es ihm gleich. Grete begann, den Tisch abzuräumen, und Ebba beeilte sich, ihr zu helfen.

Marie blieb nachdenklich zurück. Die letzten Worte ihres Vaters waren beunruhigend. *Eigentlich gibt er nie auf.* Sie begann, sich in die Wirtschaftsbücher des Hofes zu vertiefen, deren Führung sie bereits vor geraumer Zeit übernommen hatte. Als Kind war sie gemeinsam mit Veit einige Winter lang nach Westheim ins Schulhaus gegangen, daher beherrschte sie die Schrift und konnte lesen. Conrad verdankte sie ihre guten Kenntnisse im Rechnen, denn er hatte Maries natürliche Begabung für Zahlen erkannt und gefördert. Im Stillen dankte sie ihm für seine Weitsicht, denn das konzentrierte Arbeiten mit Feder und Papier ließ sie für eine Weile die bange Frage vergessen, was wohl die nächsten Wochen bringen würden.

2. Kapitel

Bleibe bei uns
denn es will Abend werden
und der Tag hat sich geneigt.

Lukas 24,29

Amt Rosengarten,
am Abend desselben Tages

Ein kräftiges Abendrot färbte den Himmel. In seinem Schein zogen Wolken dahin, wie Feuerbälle im Sog einer unsichtbaren Strömung mit unbekanntem Ziel. Manche erfanden sich in fantasievollen Gebilden immer wieder neu, andere verloren sich ineinander und bildeten dünne Schleier, ehe sie sich auflösten.

Mit dem scheidenden Tag ging Conrads Wachdienst an der Haller Landheg zu Ende. Der aus Wällen, Hecken und Gräben bestehende, weitläufige Ring, der Hall und die der Stadt zugehörigen Ämter seit Jahrhunderten schützte, hatte seine ursprüngliche Funktion wohl weitgehend verloren, denn die Truppen dieser Tage marschierten einfach darüber hinweg, wenn sie sich ihren Weg durchs Land bahnten. Aber die dort Wachhabenden konnten anrückende Söldnereinheiten frühzeitig ausmachen und im Ernstfall Warnungen weitergeben.

Zwei befreundete Knechte hatten sich bei Conrad eingefunden und gaben fortlaufend derbe Scherze zum Besten. Die aufgesetzte Fröhlichkeit der beiden zerrte zunehmend an seinen Nerven, denn sie hielten ihn nur auf. Er wollte schnellstens zurück zum Hof, dort wurde er gebraucht, vor allem, seit das schwedische Regiment in unmittelbarer Nähe Quartier bezogen hatte. Während er still an einer Ausrede feilte, um sich endlich auf den Weg machen zu können, schweifte sein Blick unruhig umher und erfasste mit einem Mal eine größere Gruppe Reiter, die sich rasch näherte. Auf Höhe des Postens hielten die Männer ihre Pferde an. Sie wirkten abgekämpft, einige schienen verletzt zu sein. Das Lachen seiner Kumpane erstarb und Conrad sah zu dem kräftigen, großen Mann auf, der die Truppe führte. Seine Kleidung, obschon mit Rissen und voller Schmutz, ließ auf einen Offizier schließen, die Körpersprache zeugte von der abgeklärten Autorität eines höheren Ranges. Ein weiterer Mann, vermutlich einer seiner Unteroffiziere, rückte auf und sprach Conrad an:

»Es heißt, die Regimenter des Markgrafen von Brandenburg-Ansbach befänden sich ganz in der Nähe.«

Conrad wusste, dass er niemanden aufhalten würde, sollte er eine Antwort verweigern, und erwiderte wahrheitsgemäß: »Der Markgraf führte seine Reiter ins Amt Rosengarten. Ein Teil Kavallerie lagert hier in der Gegend, unweit von Westheim.«

»Acht Kompanien stark?«

»Etwa vierhundert Mann zu Pferd.«

Der Unteroffizier wandte sich an seinen Obristen. »Das könnten sie sein, Schwanberg. Falls nicht, so werden wir dort weitere Erkundigungen einziehen.«

Dieser nickte und sah Conrad an. »Hab Dank, Knecht.«

Geschickt fing Conrad die Münze auf, die ihm zugeworfen wurde und ließ sie in die Tasche seiner Jacke gleiten. Er musterte die Gruppe. Kein herkömmliches Söldnerpack. Ein solches hätte sich Freundlichkeiten erspart. Als er zur Seite treten wollte, hob der Unteroffizier rasch die Hand.

»Du wirst uns führen!«, sagte er knapp und bedeutete ihm, vorauszugehen. Conrad zögerte kurz, nickte dann seinen Kameraden zu und machte sich auf den Weg.

Mit schnellen Schritten ging er der Reitergruppe voran, die trotz ihres desolaten Zustands eine beachtenswerte Disziplin an den Tag legte. *Vielleicht ist es gut, einen solchen Trupp in der Nähe zu haben.* Doch zunächst blieb Conrad zurückhaltend, die Erfahrung hatte ihn Vorsicht gelehrt.

Es dauerte nicht lange, bis die höher gelegene Westheimer Kirche ins Blickfeld geriet, deren Turm das Licht der untergehenden Sonne in hellem Zinnoberrot reflektierte. Conrad hielt sich westlich des Ortes, folgte dem Lauf der Bibers an der Ziegelmühle vorbei und einen langgezogenen Hang hinauf. Hier sah man die ersten Zelte des Feldlagers, das rund um den Schenk-Hof entstanden war.

Vereinzelte Lagerfeuer bliesen gelblichen Rauch in die Dämmerung. Das Knistern der Flammen mischte sich mit lautstarken Wortwechseln, herbem Gelächter, Geschirrklappern und zahlreichen anderen Klängen zur Geräuschkulisse eines Soldatenquartiers, das sich für die Nacht einrichtet.

Die eintreffende Truppe wurde sofort erkannt.

Conrad fiel auf, welche Achtung auch hier den beiden führenden Männern entgegengebracht wurde. Wenige Worte und Gesten reichten aus, um die Versorgung der Verwundeten zu veranlassen; sie wurden zum Lazarettzelt gebracht, ihre Pferde versorgt. Die unverletzten Söldner folgten ihren Offizieren bis vor das größere Zelt des Obristleutnants. Von hier aus sah man den Rosengarten-Hof in der flachen Senke liegen.

Conrad blieb stehen und wandte sich um: »Dort ist es.«

Mit einem Nicken gab ihm der Unteroffizier zu verstehen, dass er seinen Dienst gut gemacht habe. Doch als Conrad weitergehen wollte, hielt ihn der Ranghöhere auf.

»Warte hier auf uns.«

Conrad blieb stehen. Zwei Soldaten saßen ab und nahmen ihn in ihre Mitte, während ein Mann aus dem Zelt trat, um die

Offiziere zu begrüßen. Conrad erkannte ihn als den Befehlshaber des Regiments. In dieser Eigenschaft war er bereits einige Male auf dem Hof gewesen, hatte das Haus inspiziert und sich den besten Wein mitgeben lassen. Aus der respektvollen Reverenz, die er nun dem Offizier zu Pferd erwies, schloss Conrad, dass er diesem untergeordnet war.

»Gott zum Gruße, Georg von Schwanberg. War deine Mission erfolgreich?«

Janek musterte Bavor, seinen entfernten Vetter, welcher der Leskauer Linie derer von Schwanberg entstammte. Schon seit einigen Jahren diente er ihm als Obristleutnant. Ein fähiger Mann, dem er während seiner häufigen Abwesenheiten das Kommando über sein Regiment übertrug.

Den Gruß erwidernd saß er ab. »Wir haben Verletzte, wenige Gefangene und einen Toten. Bislang.«

»Was ist geschehen?« Bavor kam näher.

»Ein Überfall, in den Bergen vor Ellwangen«, erwiderte Janek.

Bavor neigte den Kopf und wies zum aufgeschlagenen Eingang des Zeltes, den eine dunkelgrüne Standarte mit aufgenähtem, gelbem Kreuz flankierte. Janek und Heinrich traten ein. Im Inneren schilderte Janek kurz die Ereignisse des vorausgegangenen Tages.

Heinrich konnte sich eines abschließenden Kommentars nicht enthalten: »Spätabends holten wir dann eine Kugel aus dem Schenkel unseres Obristen. Bartholomäus konnte kaum mehr etwas sehen. Hat ihn aber trotzdem geplagt und das Blei herausgepult.« Janeks verärgerten Blick ignorierte er.

»Du wurdest verletzt?«, fragte Bavor.

Janek antwortete leichthin: »Bartholomäus hat sich große Mühe gegeben.«

Bavor grinste. »Der Gute. Gott segne ihn.«

»Dieser Segen ist ihm gewiss. Er hatte einiges zu tun gestern Abend. Wir haben trotz aller Mühe einen guten Mann verloren«, erklärte Janek. »Doch nun zum Wesentlichen. Es gibt ein paar interessante Meldungen.«

»Ja? Erzähl!« Bavor zeigte sich, wie so oft, über die Maßen neugierig. Eine Eigenschaft, die manchmal den Anschein des unerwünschten Lauschers vermittelte und hie und da eine Spur Misstrauen aufkommen ließ. Janek, der dank eines losen, aber weit gespannten Netzes an Kontaktleuten einiges an Kriegswissen zusammentrug, wählte seine Worte daher mit Bedacht.

»Feldmarschall Horn hat Memmingen eingenommen. Der Herzog von Württemberg die Burg Hohenzollern.«

»Beachtenswert. Was machen die Bayern?« Bavor beugte sich aufmerksam vor.

»Fugger hatte einen Anschlag auf Augsburg geplant«, berichtete Janek weiter.

»Er ist nicht geglückt.«

»Es gab einen Verräter. Der Augsburger Gouverneur wurde gewarnt und hatte Vorkehrungen getroffen. Fugger musste mit etlichen tausend Mann nach München zurückkehren, ohne Erfolg vermelden zu können.«

»Bravo. Und wie geht es nun weiter?«

»Der Kaiser will Regensburg.«

»Ha, da wagt er etwas! Bernhard von Weimar hat es erst vor wenigen Monaten eingenommen. Glaubt Habsburg, dass er es so schnell wieder hergibt?«

»Zumindest hoffen sie es. Der Kaiser muss Kurfürst Maximilian von Bayern zufriedenstellen, sonst riskiert er Unfrieden mit einem seiner wichtigsten Verbündeten. Bernhard von Weimar ist derzeit in Frankfurt beim schwedischen Kanzler. Ich könnte mir denken, dass ihn Oxenstierna sofort mit dem Entsatz beauftragt.«

»Er täte gut daran. Wir müssen Regensburg unbedingt halten.«

»Meiner Ansicht nach wird Regensburg in seiner strategischen Bedeutung überschätzt«, entgegnete Janek.

»Das denkt Ihr! Viele befinden darüber völlig anders«, fuhr Bavor unerwartet auf, doch Janek entzog sich einer weiteren Diskussion: »Nun, wir können nicht immer einer Meinung sein. Für heute sind der Worte ohnehin genug gemacht.«

Janek stand auf und ermunterte Heinrich, es ihm gleichzutun. »Wir haben zwei harte Tage hinter uns.«

Bavor hielt sie auf. »Was wisst ihr von Wallenstein?«

Heinrich sah Janek von der Seite an. Die Ermordung des Generalissimus vor zwei Monaten hatte das Kartenspiel des Krieges noch einmal neu gemischt und sie hatten die letzten Wochen damit zugebracht, die Hintergründe des Anschlags zu erforschen. Aber auch hierzu wollte er nicht zu viel sagen. Daher antwortete Janek vordergründig gelangweilt: »Vom toten Friedländer gibt es nichts, von dem du nicht bereits wüsstest. Die Mörder fanden sich unter seinen eigenen Leuten. Man hat ihn im Kloster der Minoriten zu Mies beigesetzt.«

»Nackt, in einer schmalen Holztruhe«, meinte Heinrich und ergänzte: »Bartholomäus würde weise sagen, dass auf einen schnellen Ritt ein böser Fall folgt. Und dass keiner etwas mitnehmen kann, wenn er aus dieser Welt geht. Aber ein solch unwürdiges Ende ist dennoch erschütternd.«

»Sonst wisst ihr wirklich nichts?«, hakte Bavor nach.

»Nein«, antwortete Janek mit Nachdruck und wechselte das Thema. »Du hast dich eingerichtet?«

Bavor zeigte ein schiefes Lächeln. »Ja, der Bauer auf diesem Hof ist durchaus entgegenkommend. Die *Damen* des Hauses weniger. Aber wir sind noch eine Weile hier ...« Er unterbrach sich. »Verzeih, Vetter, ich weiß um deine strengen moralischen Ansichten.«

Janek überging Bavors spöttische Bemerkung und schlug die Plane des Zelteingangs zurück. »Schlaf wohl heute Nacht. Morgen werden wir uns ausführlicher besprechen.«

»Ich erwarte deinen Ruf«, antwortete Bavor.

Heinrich folgte Janek hinaus. Die Luft hatte etwas abgekühlt, aber es hielt sich noch immer eine angenehme Wärme.

»Wir werden auf dem Hof nächtigen, Heinrich. Der Knecht mag uns führen, damit die Bewohner nicht allzu sehr erschrecken angesichts weiterer fremder Gäste.« Janek warf seinem Freund ein schwaches Grinsen zu. »Mich sehnt es nach einer heimeligen Liegestatt.«

»So wie mich«, gab Heinrich zurück. »Die letzte Nacht war nicht allzu erholsam.«

Sie ließen das Zelt des Obristleutnants hinter sich und erreichten die Stelle, an der Conrad und die zurückgebliebenen Soldaten warteten. Inzwischen hatte sich auch Frieder eingefunden, der mit Bartholomäus geritten war.

Janek gab seinem Jungen einen Klaps auf die Schulter. »Frieder, du kommst mit uns. Lass uns sehen, ob es Platz genug für alle gibt.« Dabei schob er den Jungen zu Conrad und fragte den Knecht: »Wie war doch gleich der Name dieses Besitzes?«

»Man nennt ihn Rosengarten, Herr, nach der Gegend hier.«

»Hoffentlich umgibt es keine Dornenhecke«, witzelte eine tiefe Stimme aus dem Hintergrund.

»Bartholomäus! Immer zu Scherzen aufgelegt. Wir hatten dich bereits verloren geglaubt«, gab Heinrich in heiterem Tonfall zurück.

»Nur Schafe gehen verloren. Ich hingegen weilte noch einige Zeit bei den Verletzten«, meinte der Geistliche. Dann sah er Janek an: »Wir sollten auch deine Wunde noch einmal gründlich versorgen. Die Kugel mag entfernt sein, doch ob sich das Gewebe entzündet hat, wissen wir nicht.«

Janek nickte. »Du wirst mir ohnehin keine Ruhe lassen, Mönch.«

Marie schob den Riegel des Stalles vor und fuhr sich mit dem Ärmel über die Stirn. Für heute war alles gut gegangen, die Tiere waren unversehrt zurückgekehrt und kamen nun langsam zur Ruhe.

Sie wollte gerade die Treppe in den Wohnbereich hinaufeilen, als Hufgeklapper und Männerstimmen im Hof sie aufhorchen ließen. Wer mochte das sein? Eigentlich war das Lager mit ausreichend Vorräten versorgt. Kamen sie, um noch mehr zu holen?

Ebba stand am oberen Treppenabsatz und rief aufgeregt hinunter: »Oh, Marie, da sind ganz andere Soldaten. Zwei sehen aus wie hohe Herren, sie haben Filzhüte auf, mit einer Feder.« Dabei deutete sie einen großen Kreis über ihrem Kopf an.

»Bleib oben, Ebba, und geh sofort in unsere Kammer. Die Männer werfen allzu gern ein Auge auf dich. Je weniger sie von dir zu Gesicht bekommen, desto besser!«

Ebba begann zu maulen: »Es ist doch alles so aufregend. Lass mich wenigstens kurz schauen, dann werde ich auch gleich gehen.«

Marie schüttelte energisch den Kopf. Ebba war zu jung und zu hübsch, und sich der Gefahren zu wenig bewusst. Ginge es nach Marie, so würde Ebba das Haus ohnehin nicht mehr verlassen. Natürlich war dieses Ansinnen praktisch nicht umzusetzen. Vor das Tor aber wagte sich Ebba nicht mehr und auch Marie vermied es, den relativen Schutz des Hofes zu verlassen.

»Tu, was ich dir gesagt habe! Wenn wir mehr wissen, komme ich zu dir und berichte.«

Ebba drehte sich zwar beleidigt um, schickte sich aber dennoch an, Maries Anweisung zu befolgen, wobei sie ihre Schwester leise nachäffte.

Marie verdrehte die Augen. Ein Kind mit dem aufblühenden Körper einer Frau war eine explosive Mischung und nicht ohne Sorge betete sie jeden Tag, dass ihre Schwester bald an Vernunft gewänne. Diese unglaubliche Naivität würde sie eines Tages noch in ernsthafte Gefahr bringen.

Marie zupfte ihre Kleidung zurecht und ging hinaus vor die Tür. Hinter sich hörte sie Schritte, deren Schwere und Unregelmäßigkeit darauf schließen ließ, dass ihr nicht Ebba, sondern Jakob Schenk folgte. Etwas unsicher blieb sie stehen und wartete, bis er zu ihr aufgeschlossen hatte.

Seite an Seite versuchten sie, die Situation abzuwägen.

Mitten im Hof standen mehrere Personen, darunter drei Reiter. Sie waren abgesessen und hielten ihre Pferde am Zügel. Einer von ihnen ging nun einige Schritte auf sie zu, wobei er eine beruhigende Geste machte.

»Keine Angst, Bauer. Wir kommen ohne böse Absichten, brauchen aber Quartier in deinem Haus.«

An seiner Seite ging ein junger Bursche, ein Kind noch, und doch schon groß und kräftig.

Jakob Schenk trat einige Schritte vor.

»Es steht nichts zu befürchten, Bauer!«, unterstrich eine vertraute Stimme die Worte des Fremden und Marie sah erleichtert, wie Conrad aus dem Schatten des Tores hervortrat. Die beiden anderen Reiter kamen ebenfalls näher. Alle drei sahen sehr mitgenommen und müde aus.

Jakob Schenk ging ihnen ein weiteres Stück entgegen und senkte den Kopf, als Zeichen, dass er die Aufforderung verstanden hatte.

»Unsere Pferde müssen versorgt werden«, fuhr der Mann fort und wies Conrad an, die Zügel der Tiere zu übernehmen. Der Knecht tat, wie ihm geheißen und machte sich daran, sie zu füttern, zu tränken und zu säubern.

Während ihr Vater die Männer begrüßte, hielt sich Marie weiter im Hintergrund und versuchte, die Soldaten einzuschätzen.

Ihr Auftreten war überraschend gesittet. Zwei von ihnen waren groß gewachsen und trugen tatsächlich prächtige Filzhüte mit Federschmuck, so wie Ebba gesagt hatte. Der dritte, deutlich kleiner aber von stärkerem Leibesumfang, trug keine Kopfbedeckung und erinnerte Marie entfernt an einen Mönch, obwohl er keine Kutte trug. Der Bursche, eine schiefe Mütze auf den strubbligen Haaren, stand noch immer nah bei seinem Herrn, der bestimmt, aber freundlich zu ihrem Vater sprach.

Einen Augenblick später drehte sich Jakob Schenk um und bedeutete Marie, voran ins Haus zu gehen.

Janek sah die junge Frau in der Türöffnung verschwinden, welche bisher zurückhaltend am Fuß der hohen Schwelle gestanden hatte, die in das Bauernhaus führte. Er konnte sich nicht erklären, weshalb sein Blick immer wieder zu ihr hin geglitten war, während er mit dem Bauern sprach. Etwas an ihr hatte ihn angezogen, ihre Haltung, abwartend und aufrecht, dabei stolz und doch verletzlich. Eine Strähne langen, blonden Haares hatte sich aus ihrem Zopf gelöst und keck unter dem schützenden Kopftuch hervorgestohlen. Für einen kurzen Moment hatte sie ihm in die Augen geschaut, ihn abgeschätzt und dann unauffällig seine Begleiter gemustert. Möglicherweise war sie eine Tochter Jakob Schenks.

Janek kam Bavors unflätige Bemerkung über die Frauen des Hofes in den Sinn. Er brachte durchaus Verständnis für seinen Vetter auf, denn wohlgenährte, ansehnliche Mädchen waren ein seltener Anblick geworden. Doch Janek führte sein Regiment mit harter Disziplin. Wer sich an einem Weib vergriff, hatte mit schweren Konsequenzen zu rechnen.

Er folgte dem Bauern durch die Tür. Dabei musste er den Kopf einziehen, um sich nicht am Rahmen zu stoßen. Schon im Jungenalter war er schnell gewachsen und nun, als Mann, überragte er die meisten seiner Geschlechtsgenossen um Haupteslänge. Lediglich Heinrich musste nicht zu ihm aufschauen, er war von ähnlicher Statur, groß und muskulös. Hintereinander erklommen sie die Treppe ins Wohngeschoss. Jakob Schenk führte sie in die Stube und wies die Mägde an, Brot, Räucherschinken, Käse und Wein aufzutragen.

Der Hof schien begütert zu sein.

Das Erdgeschoss des Fachwerkbaus bestand aus massiven Steinwänden, die Möbel des Wohnraumes waren aus gutem Holz und mit Schnitzereien, einige sogar mit Malereien verziert. Die beiden großen Fenster waren aus farbigem Glas gearbeitet, das rechte zeigte rote Trauben und Reben, das linke ein religiöses Motiv.

Janek streckte die Beine aus und unterdrückte einen Schmerzenslaut. Seine Verletzung setzte ihm mehr zu, als er sich bislang eingestanden hatte. Der letzte Tag im Sattel war der Schusswunde nicht zuträglich gewesen. Vielleicht verspürte er deshalb keinen rechten Appetit, obwohl sie den ganzen Tag lang keine ordentliche Mahlzeit zu sich genommen hatten. Er zwang sich, ein Stück des knusprigen Dinkelfladens und etwas Käse zu essen.

Müdes Schweigen umgab die kleine Tischgesellschaft, nur Bartholomäus ließ hin und wieder einen zufriedenen Rülpser hören.

In der angrenzenden Küche ging es dagegen geschäftig zu. Zwei Frauen unterhielten sich leise, während sie mit Geschirr und Töpfen hantierten. Plötzlich fiel eine Tür laut ins Schloss und alle sahen auf.

»Marie!«, ließ sich nebenan eine Mädchenstimme vernehmen, »du hast es versprochen!«

Eine zweite Stimme antwortete in gedämpftem Ton, so dass nichts mehr zu verstehen war. Der sich anschließende Wortwechsel ging ruhiger vonstatten und die Situation schien sich zu klären.

Jakob Schenk, der bisher in einer Ecke gesessen und das Essen abgewartet hatte, erhob sich erkennbar nervös und trat an den Tisch. »Ihr könnt in den oberen beiden Kammern schlafen. Sie liegen direkt nebeneinander.«

»Gut«, erwiderte Janek und stand auf. Er konnte die väterliche Sorge des alten Mannes deutlich spüren und beschloss, sie ihm zu nehmen.

»Deinen Töchtern und Mägden wird nichts geschehen, Bauer.« Jakob Schenk nickte kurz und Janek sah einen dankbaren Ausdruck über sein Gesicht huschen.

»Ich bleibe noch hier unten«, meinte Bartholomäus beiläufig und zog Frieder, der ebenfalls aufgestanden war, am Hemdzipfel zurück auf die Holzbank. »Frieder leistet mir noch etwas Gesellschaft, nicht wahr?«

Janek sah seinen Jungen an, der für diesen Vorschlag dankbar zu sein schien, aber mit seinem Gewissen rang.

»Ich sollte Euch helfen, das Gepäck nach oben zu tragen«, meinte er pflichtschuldig.

»Ruh dich lieber aus. Du bist vollkommen erschöpft«, antwortete Janek. »Wir holen dich schon zur rechten Zeit.«

»Heinrich«, sagte er dann, an seinen Freund gewandt, »wir postieren einige Wachen vor dem Hoftor.«

»Das habe ich bereits veranlasst«, erwiderte dieser. »Und nicht nur zum Schutz der anwesenden Damen«, fügte er hinzu.

»Du denkst mir inzwischen voraus, mein Freund. Bald übergebe ich dir mein Kommando«, witzelte Janek und schickte sich an, hinter Jakob Schenk die Stube zu verlassen.

Die beiden Kammern im Dachstock waren eng, einfach ausgestattet und wurden eigentlich vom Gesinde bewohnt.

In der größeren standen zwei einfache und schmale Bettgestelle mit groben, strohgefüllten Matratzen, außerdem ein kleiner Holztisch mit zwei dreibeinigen Hockern. Der kleinere Raum war lediglich mit ausgestopften Säcken bestückt, mehr hätte nicht hineingepasst.

Vor den Kammern lag der Abzug des Kamins, der aus mit Geflecht ausgefachten Eichenhölzern bestand und offensichtlich erst in jüngerer Zeit eingebaut worden war. Die schwarz gefärbten Sparren und Balken des Dachs ließen darauf schließen, dass sich der Rauch jahrzehntelang direkt unter der Giebelkonstruktion gesammelt hatte und erst dann durch die Ritzen zwischen den Ziegeln ins Freie abgezogen war. Im Rauchfang hing gesalzenes Fleisch, davon zeugte ein würziges Aroma, das neben dem Geruch von kaltem Rauch in der Luft hing.

Jakob Schenk wartete, bis Janek und Heinrich ihre Unterkunft inspiziert hatten.

»Gibt es noch einen Raum, Bauer?«, fragte Heinrich.

Dieser zögerte und Janek nahm wahr, wie er schwer schluckte. Dann rang er sich zu einer Antwort durch.

»Unten … neben der Kammer meiner beiden Töchter. Der Webstuhl steht darin und nur ein Bett. Mehr als eine Person wird kaum Platz finden.«

»Die untere Kammer ist für dich, Obrist«, meinte Heinrich großzügig zu Janek. »Ich selbst werde mich den nächtlichen Darbietungen unseres Geistlichen anempfehlen. Somit kann er mir die Absolution praktischerweise im Schlaf erteilen.«

Janek schmunzelte. Bartholomäus' Rachen entschlüpfte nachts eine erstaunliche Vielfalt an Geräuschen, die seine Umgebung regelmäßig um den Schlaf brachte.

»Bartholomäus soll die kleinere Kammer bewohnen, zusammen mit Frieder«, antwortete er. »Der stört sich kaum an nächtlichen Predigten und braucht auch nicht allzu viel Platz. Nimm du diesen Conrad dazu, den jungen Mann, der uns hergebracht hat. Natürlich können wir auch Decaen nötigen, hier zu schlafen, wenn er denn endlich eintrifft.«

Heinrich lachte, wusste er doch, dass Henri Decaen sein Zelt jeder festen Unterkunft vorzog. Ferner verstand er auch ohne Worte, dass Janek mehr über den Knecht erfahren wollte, der ihnen beiden angesichts seiner niederen Stellung außergewöhnlich sachkundig erschien.

Der Bauer hatte ihre heitere Unterhaltung still mitgehört und Janek schien es, als sei er mit dieser Lösung zufrieden. Er sah zu Jakob Schenk und nickte ihm zu.

»So werden wir es halten. Dein Knecht kann hier oben bleiben. Zeig mir das untere Zimmer.«

Gemeinsam stiegen sie die schmale Stiege hinunter und der Bauer erklärte: »Hier wohnte bis vor zwei Jahren meine Schwester. Sie starb an einem Fieber. Seither wird es von den Mägden bewohnt.«

Janek bemerkte einige wenige weibliche Habseligkeiten auf einem winzigen Hocker. Zwei Frauen schienen sich das Bett zu teilen.

»Grete wird es zurechtmachen. Ich hoffe, Ihr seid zufrieden.«

»Hab Dank, Bauer.«

Dieser räusperte sich und sprach mit fester Stimme weiter: »Ihr denkt an Euer Versprechen, Herr?«

Janek nickte. Gab er sein Wort, so hatte es Bestand. Nicht zuletzt deshalb galt er als hart, aber ehrenhaft.

Jakob Schenk beschloss, sich auf diese Zusage zu verlassen. Erschöpft wandte er sich zum Gehen und strebte seinem eigenen Zimmer zu. Man würde Ebba im Auge behalten müssen.

Um Marie hatte er weniger Angst, sie entwand sich männlicher Aufmerksamkeit meist unauffällig und geschickt. Er ließ die Kammertür hinter sich ins Schloss fallen.

Nur wenige Minuten später verließ Marie die Küche, um ihren Vater aufzusuchen und ihn für die Nacht vorzubereiten.

Als sie auf den Flur trat, stieß sie beinahe mit zwei der fremden Männer zusammen, die gerade den Flur entlangeilten. Während der erste eine kurze Entschuldigung murmelte und die Treppe hinabstieg, blieb der andere stehen.

Bereits auf dem Hof war ihr aufgefallen, dass er sie immer wieder angesehen hatte, doch nie lange genug, um ein aufdringliches Interesse vermuten zu lassen.

Unwillkürlich verfingen sich ihre Blicke.

In seinen Augen blitzte etwas auf, das Marie irritierte, aber nicht ängstigte. Sie wollte sich rasch zurückziehen, als er sie überraschend ansprach: »Warte einen Augenblick.«

Seine Stimme klang dunkel und warm, hüllte sie ein mit einem tragenden Klang. Marie nickte nur, da die ihre plötzlich nicht mehr gehorchen wollte.

Ein ungewohntes Gefühl breitete sich in ihrer Magengegend aus, ein leichtes Flattern, das sie für einen Augenblick den Atem anhalten und den Blick senken ließ. Dann sah sie wieder auf.

Janek spürte ihre Unsicherheit und trat einen kleinen Schritt zur Seite, um ihr etwas mehr Raum zu geben. Ein Lächeln umspielte seine Lippen, als er fragte: »Des Bauern Tochter?«

Sie nickte. »Marie Schenk.«

»Nun, Marie. Wäre es möglich, warmes Wasser zu bekommen?«

Üblicherweise überantwortete er die Organisation solcher Dinge Frieder oder Bartholomäus, aber dieses zufällige Zusammentreffen ließ ihn unversehens nach einem Grund suchen, um weitere Worte mit ihr zu wechseln. Ihre bejahende Antwort vernahm er nur mit halbem Ohr, denn die unverfälschte, wenn auch scheue Freundlichkeit, mit der sie ihn ansah, ließ eine eigenartige Wärme in ihm aufsteigen.

»Wenn Ihr es so wünscht. Soll es in Eure Kammer gebracht werden?«

»Am besten zwei große Eimer nach oben und einen weiteren in diese Kammer dort hinten. Ich denke nicht, dass unserem Reiseschmutz mit einem einzigen Eimer beizukommen sein wird.«

Marie fiel es plötzlich überraschend leicht, auf seinen scherzenden Ton einzugehen.

»Nun, ich will mich gerne kümmern, Herr. Werden Eimer reichen? Sollen wir uns nicht gleich um einen Zuber bemühen?«

Ihre Schlagfertigkeit verblüffte Janek. Zweifellos verbreiteten sie alle inzwischen einen äußerst unangenehmen Geruch, von ihrem verwilderten Aussehen ganz zu schweigen.

»Offensichtlich gleichen wir derzeit eher einem halb verhungerten Rudel Wölfen denn Menschen«, meinte er mit einem Augenzwinkern.

Marie, erschrocken über ihre eigene Courage, trat eine leichte Röte ins Gesicht.

»Das habe ich damit nicht sagen wollen. Eigentlich meinte ich, dass es nur selten …«, stammelte sie verlegen.

»… die Söldner zum Waschtrog drängt?«, ergänzte Janek. »Das ist wahr, die wenigsten kennen den Wert einer sauberen Haut. Doch sei unbesorgt. Ich habe dich recht verstanden. Abgesehen davon stimmt es nun einmal, wir sind starr vor Dreck und anderen unschönen Dingen und, glaube mir, deine Ehrlichkeit erheitert mich. Außerdem bin ich einem Zuber Wasser von Zeit zu Zeit nicht abgeneigt.«

Maries Anspannung ließ etwas nach, während sie versuchte, diesen Mann einzuschätzen.

Er war von erstaunlicher Körpergröße und sah deutlich mitgenommen aus. Verschorfte Kratzer zeichneten Stirn und Handrücken, eine schmierige Schmutzschicht hatte sich in seinen dunklen, halblangen Haaren, auf Haut und Kleidung festgesetzt. Ein mehrere Tage alter Bart überzog Wangen und Hals, ohne die prägnanten Gesichtszüge wirklich verbergen zu können.

Unwillkürlich suchte sie erneut seine Augen.

Obwohl ihre Farbe im matten Licht der Talglichter nicht zu erkennen war, nahm Marie die Intensität wahr, mit der sie auf ihr ruhten. Unvermittelt spürte sie eine seltsame Nähe entstehen, eine Empfindung, die sie aufwühlte.

»Marie!« Jakob Schenks fordernde Stimme drang durch die Kammertür und brach den stillen Zauber dieses Augenblicks.

»Sofort, Vater!«, antwortete Marie und neigte entschuldigend den Kopf.

»Geh zu ihm, Marie Schenk«, sagte Janek und wandte sich zur Treppe. Auf der ersten Stufe hielt er kurz inne, setzte dann aber seinen Weg fort, ohne sich noch einmal umzudrehen.

Marie stand derweil wie angewurzelt auf dem Flur und sah ihm nach. Leicht benommen gab sie Grete schließlich die Anweisung, eine größere Menge warmen Wassers zu bereiten.

Als sie das Zimmer ihres Vaters betrat, waren Janeks Schritte verklungen.

»Ist dir jemand nahe gekommen?« empfing Jakob Schenk seine Tochter.

Marie schüttelte den Kopf. »Nein, Vater. Einer der Offiziere bat um heißes Wasser.« Sie begann, ihrem Vater aus den Kleidern zu helfen und präzisierte: »Ein großer, dunkler Mann.«

»Sicher dieser Georg von Schwanberg, der Obrist. Scheint von Adel zu sein. Conrad vermutet, dass er aus dem Böhmischen stammt, er hat so eine Art zu sprechen. Er führt die Reiter, die sich hier festgesetzt haben.« Jakob Schenk räusperte sich. »Und er gab mir sein Wort, dass niemand etwas zu befürchten hat.«

Marie verstand die unausgesprochene Frage hinter dieser Feststellung.

»Er ist mir weder zu nahe gekommen noch habe ich eine Aufforderung hinter seinem Wunsch erkennen können. Aber ich sehe mich vor, Vater.«

»Ist Ebba in eurer Kammer?«

»Ja. Und dort bleibt sie. Zumindest, bis wir besser abschätzen können, wer diese Männer sind und ob wir ihnen wirklich trauen können.«

Jakob Schenk, den sein Bein arg plagte, schloss die Augen. »Conrad hat ein gutes Gefühl was diese Männer angeht. Hoffen wir, dass er sich nicht täuscht.«

3. Kapitel

Ich weiss nicht, was er für uns bedeutet, dieser Deutsche Krieg, nur, dass wir hier unser Blut vergiessen um des Ruhmes Willen und nichts als Undank zu erwarten haben.

Brief von Reichskanzler Axel Oxenstierna
an General Johan Banér, 1634

Deutsches Haus, Frankfurt am Main,
in jenen Apriltagen

Der schwedische Kanzler Axel Oxenstierna legte die Schreibfeder nieder und barg den Kopf in beiden Händen.

Ein pochender Schmerz malträtierte seine Schläfen und machte es ihm schwer, sich auf die Fortführung seiner Aufzeichnungen zu konzentrieren.

Es war ihm, als weise sein Körper jeden Tag nachdrücklicher auf die Notwendigkeit einer Ruhephase hin. Die länglichen Gesichtszüge wirkten ungesund blass, die Stirn war in Falten gelegt, die Augen lagen tief in ihren Höhlen. Das lange Haupthaar war grau und dünn geworden ebenso wie der Kinnbart, der wie stets auf Kragenhöhe reichte.

Oxenstierna massierte seine Nasenwurzel und richtete sich wieder auf.

Neben ihm stapelten sich weißgelbe, zusammengefaltete und meist versiegelte Schreiben, die ihn aus allen Ecken Europas erreichten, eines eiliger als das andere. Wie jeden Tag mussten unzählige Boten, Gesandte und Unterhändler gehört, Entscheidungen höchster Tragweite gefällt, diplomatische Fäden gezogen werden.

Seit jener verhängnisvollen Schlacht bei Lützen vor nahezu eineinhalb Jahren lastete das Vermächtnis des gefallenen Königs Gustav Adolf wie Blei auf seinen Schultern. Noch immer erschien es ihm unwirklich, dass der Monarch, *der Löwe*, der Schweden in den *Großen Krieg* geführt hatte, nicht mehr am Leben war. Verwundet im Nebel, der damals die Sicht auf die feindlichen Linien genommen hatte, erschossen und ausgeplündert von der gegnerischen kaiserlichen Reiterei. Ein schlichtes Ende auf dem Schlachtfeld für einen so außergewöhnlichen Herrscher.

Oxenstierna richtete sich kopfschüttelnd auf.

Er selbst hatte bis zu jenem Schicksalstag an Gustav Adolfs Seite gestanden. Sie hatten einander gekannt wie Brüder, einig in ihren Zielen, wenn auch streitbar in ihren Ansichten und Wegen.

Lützen hätte zum Wendepunkt dieses hässlichen Krieges werden können, hätte dem Schlachten in Deutschland vielleicht ein Ende bereitet, wenn im Anschluss an die Kämpfe ein kraftstrotzender König mit dem Nimbus des Siegers die Reihen seiner Soldaten abgeritten wäre. Stattdessen hatte man ihn sterbend aus dem Kampfgetümmel geschafft, war er zum Besiegten geworden inmitten einer siegreichen Schlacht.

Und so ging der Krieg weiter.

Am Morgen nach des Königs Tod war Axel Oxenstierna quasi in dessen Nachfolge eingetreten. Kein junger Thronfolger hatte bereitgestanden, das Erbe des Vaters zu übernehmen. Die einzige Königstochter Kristina war noch ein Kind. Bis zu ihrer Mündigkeitserklärung würden Jahre vergehen, eine Vormundschaftsregierung führte einstweilen die Geschäfte in Schweden.

Die Realität zeigte sich ebenso hart wie unumstößlich.

Der schwedische Monarch hatte die Schlachtfelder dieser Erde verlassen und der Nachwelt seinen Krieg vermacht. Es war nun an ihm, dem Kanzler, dem versierten Diplomaten und Außenminister, dem Einzigen, der dieses viel zu komplexe politische und militärische Gewirr in Europas Mitte einigermaßen verstehen und beherrschen konnte, die Mission Schwedens in Deutschland zu einem guten Ende zu bringen.

Einem ehrenvollen Ende.

Einem Siegfrieden, der Schweden entschädigen würde für seinen hohen Einsatz an Menschen und Geld. Dies war seine Aufgabe, und glich sie auch der Quadratur des Kreises, so hatte er sie trotzdem angenommen und würde sie erfüllen, so die eigenen Kräfte ihn ließen. Schließlich war er nicht mehr der Jüngste, in wenigen Wochen vollendete sich sein einundfünfzigstes Lebensjahr.

Dem Alkohol abgeneigt, nahm der schwedische Kanzler einige Schlucke Wasser aus einem bereitstehenden Zinnbecher und fuhr ruhig mit seiner Arbeit fort. Der Federkiel erzeugte ein vertrautes, kratzendes Geräusch, derweil er zügig über das grobe Papier glitt. Mit Nachdruck erarbeitete Axel Oxenstierna gerade eine Regierungsreform seines Heimatlandes, die im Sommer vom Stockholmer *Riksdag* verabschiedet werden sollte. Die Leitung der inneren Angelegenheiten Schwedens aus der Ferne gestaltete sich schwierig. Die notwendige Korrespondenz war viel zu lange unterwegs, um effizient zu sein, meistens vier Wochen, im Winter noch länger. Nicht selten hatte sich eine Sache zwischen Brief und Antwort bereits überholt.

Und Schwedens Belange waren nur ein Bruchteil der zu bewältigenden Arbeit. Oxenstierna stand nahezu allein vor Bergen schier unlösbarer Probleme. Ein wirklich verlässlicher Sekretär oder ein vertrauenswürdiger Gehilfe hätte eine Entlastung bedeutet, doch es gab einfach keinen, dem er umfassendere Aufgaben übertragen mochte. Gleichzeitig wirkte die schwedische Regierung wie ein Hemmschuh, entschied träge oder falsch, schien seine extreme Situation in Deutschland einfach auszublenden.

Dabei brannte es im wahrsten Wortsinne an allen Fronten.

Axel Oxenstierna führte den Oberbefehl über die schwedischen Streitkräfte in Deutschland. Er musste Gelder auftreiben, um sie zu besolden, Nahrung und Fourage bereitstellen lassen, den Nachschub und die Ausrüstung organisieren. Viele der Regimenter bestanden inzwischen nur noch aus gedungenen Söldnern des Reichs, waren durchsetzt mit brutalem Gesindel, das die Landstriche durchkämmte auf der Suche nach Nahrung und Beute. Dabei zerstörten sie auf grausamste Art die Existenzgrundlagen des Landes. Die zurückbleibende verbrannte Erde konnte niemanden mehr ernähren, weder Volk noch Soldaten.

Oxenstierna sann ohne Unterlass auf Mittel und Wege, die Truppen zu befriedigen, um die unverzichtbare Disziplin zumindest notdürftig wiederherzustellen und eine offene Meuterei, insbesondere aus den Reihen der Offiziere, zu verhindern. Aufrührerische Signale gab es genug. Dennoch zögerte Schweden immer wieder mit der Freigabe finanzieller Mittel und riet ihm gebetsmühlenartig, sich vor Ort zu bedienen.

Doch den deutschen Landen konnte kaum noch etwas abgepresst werden. Sechzehn Jahre Krieg hatten nicht nur unzählige Menschenleben gekostet, sondern auch Millionen von Reichstalern. In der schwedischen Heimat begriffen sie einfach nicht, dass durch die fehlenden Geldmittel die militärische und politische Schlagkraft Schwedens in Deutschland geschwächt und darüber hinaus Frankreich eine offene Flanke angeboten wurde. Dort lauerte der ebenso machthungrige wie skrupellose Kardinal Richelieu auf eine Chance, sich tiefer in die deutschen Angelegenheiten einzumischen und damit Frankreichs Stellung in Europa deutlich zu stärken. Genau dies wollte der schwedische Kanzler um jeden Preis vermeiden; würde Schweden auf diese Weise doch bald an Frankreichs Angel zappeln und Gefahr laufen, maßgeblich an Einfluss zu verlieren.

Oxenstierna tauchte die Feder in die Tinte.

Als ob die stete Bedrohung durch Kaiser Ferdinand II. und seine verbündeten Truppen nicht schon Aufgabe genug wäre.

Sie bewegten sich in einem gefährlichen Spannungsfeld, die Schweden in Deutschland, eingepfercht zwischen den Interessen des Kaisers, Frankreichs, denen der deutschen Fürsten und nicht zuletzt den eigenen. Da blieb ihm nur, strikt geradeaus zu marschieren. Vorrangig arbeitete Axel Oxenstierna deshalb für die Sicherheit der schwedischen Heimat und diese verlangte wiederum einen akzeptablen Friedensschluss für Deutschland. Ein schwieriges Unterfangen, denn keine der beteiligten Parteien schien gewillt, auf die schwedischen Forderungen nach territorialer und finanzieller Entschädigung einzugehen. Die Zeiten eines Gustav Adolf waren längst vorbei.

Eine Stunde später waren einige wichtige Punkte zu Papier gebracht. Durch das geöffnete Fenster hörte der Kanzler Vögel zwitschern, balzen und streiten. Eine leichte Brise strich über die schweren Vorhänge, brachte den Geruch von Pferdemist, verbrannter Holzkohle und allerlei anderer, sehr viel unappetitlicherer Dinge mit. Hufgeklapper kam näher und entfernte sich wieder. Sie waren ihm inzwischen vertraut, die frühmorgendlichen Geräusche dieser Stadt.

Er verließ seinen Schreibtisch und trat ans Fenster, schaute hinaus auf das träge dahinfließende Wasser des Mains und die ihn überspannende Sachsenhäuser Brücke, hob den Blick auf die an der anderen Uferseite stehenden Häuser der Stadt, die vom Krieg bisher wenig berührt worden war. Die Frankfurter bemühten sich um Neutralität. Möge der damit einhergehende Loyalitätskonflikt der Ratsherren zwischen ihrem Bemühen um die schwedischen Besatzer einerseits und der traditionellen Loyalität zum Kaiser andererseits weiterhin gutgehen. Die Stadt war ein optimaler Platz, um die Reichsangelegenheiten zu führen. Hier kreuzten sich Handelsstraßen, lockte die Messe eine Vielzahl Händler an, fanden Informationen ihren

Weg hinein und hinaus. Deshalb trug er gewissenhaft dafür Sorge, die Sicherheitslage stabil zu halten.

Oxenstierna schloss für einen Augenblick die Augen, um sich zu sammeln. Später am Tag würden die in Frankfurt tagenden evangelischen Stände Deutschlands erneut zusammentreten. Als Direktor dieses schwierigen und von Eigeninteressen dominierten Gremiums musste er immer wieder den unabdingbaren Zusammenhalt der darin zusammengeschlossenen protestantischen Fürstentümer und Städte beschwören, damit sie seine Pläne unterstützten und vor allem ihre finanziellen Pflichten erfüllten. Er brauchte Geld. Jeder Taler, jeder Gulden zählte.

Mitten in diese Überlegungen hinein vernahm Oxenstierna Schritte auf dem Flur, die rasch näherkamen. Bevor er zu seiner Sitzung aufbrechen würde, stand ihm noch ein wichtiges Gespräch in dieser Angelegenheit bevor.

»Euer Exzellenz?« Ein Diener öffnete die Tür und verbeugte sich. »Der Vizekanzler ist eingetroffen.«

»Er soll eintreten.«

Wenige Minuten später tauschten Axel Oxenstierna und der schwedische Vizekanzler Jakob Löffler die üblichen Grußformeln aus. Löffler nahm auf dem abgewetzten Leder des angebotenen, dunklen Holzstuhles Platz. Oxenstierna blieb stehen und verschränkte die Hände hinter dem Rücken.

»Wir stehen mannigfaltigen Beschwernissen gegenüber«, begann Oxenstierna ohne Umschweife die Unterredung und sein schwedischer Akzent ließ die Worte harsch klingen. »Bezüglich der württembergischen Angelegenheiten sind daher einige Tatsachen zu klären.«

»Gewiss«, gab Löffler zurück.

»Ihr wisst, wie sehr ich Eure Arbeit schätze. Zumal Ihr zwei wichtige Posten zugleich bekleidet. Den des schwedischen Vizekanzlers und den des Kanzlers in Württemberg«, führte Oxenstierna aus.

Jakob Löffler nickte und ahnte bereits, dass er einmal mehr als Vermittler gefragt war.

»Gut. Vor Monatsfrist brachte der württembergische Rat Friedrich Jäger einige Wünsche seines Herzogs in das *consilium* ein.«

»In der Tat.«

»Nun werdet Ihr dem Herzog die Wünsche der Krone Schwedens übermitteln.«

Axel Oxenstierna begab sich zurück an seinen Schreibtisch und nahm einen vorbereiteten Bogen zur Hand.

»Herzog Eberhard wünscht einen gerechten Weg hin zu einem Friedensschluss«, fuhr er fort und sah Löffler an. »Das wünscht auch Schweden. Viele der von ihm dargelegten Voraussetzungen hierfür sind ohne Zweifel wohl überlegt. Ein konsequenter Beitritt Kursachsens zur evangelischen Konföderation beispielsweise. Sehr ansprechend fand ich auch seinen Hinweis, die schwedischen Geldforderungen an die kaiserliche Seite zu richten. Auch wenn eine sofortige Umsetzung verständlicherweise unmöglich ist.«

Oxenstierna machte eine wohl dosierte Pause. Löffler wartete geduldig darauf, dass der schwedische Kanzler zum Kern seines Anliegens käme.

»Nun. Vor allem schien den württembergischen Herzog die Lage seines Landes im Hinblick auf die schwedischen Schutztruppen zu beschäftigen. Er brachte deutlich zum Ausdruck, wie sehr das Volk unter den Einquartierungen und Zahlungen zu leiden habe, und auch, wie wüst die schwedischen Soldaten marodierten. Sie raubten Pferde und die Pflüge der Bauern, schrieb er, so dass die Felder nicht mehr bestellt werden könnten.« Axel Oxenstierna hüstelte. »Ein zweiter, gewichtiger Punkt war, dass sein Herzogtum nicht allein für die schwedischen Kontributionen sorgen könne und wolle und andere evangelische Bündnispartner, vor allem Kursachsen, ebenso beteiligt werden müssten.«

Der schwedische Kanzler begann, im Raum umherzugehen, derweil er weitersprach: »Daher trage ich Euch auf, in mehreren Angelegenheiten mit Stuttgart zu korrespondieren. Zum einen kann Württemberg nicht aus seinen Zahlungspflichten entlassen werden. Zur Erhaltung der Kriegsbereitschaft der schwedischen Armee sind diese Mittel unverzichtbar.«

»Denn ohne die nötige Angst vor einer schlagkräftigen Armada ist der Kaiser niemals zu einem Friedensschluss bereit, der unsere Interessen berücksichtigt«, vervollständigte Jakob Löffler.

»So ist es. Wir müssen Stärke zeigen«, bestätigte Oxenstierna. »Der zweite Punkt betrifft die Forderungen Württembergs bezüglich der schwedischen Soldaten. Er fordert von der schwedischen Krone, dafür zu sorgen, dass alles, was dem württembergischen Land durch unsere Armeen abgepresst würde, der Bevölkerung wieder zugutekommen solle.«

»Anstatt in den Taschen der Offiziere und Generäle zu verschwinden«, folgerte Löffler, doch Oxenstierna überging seine Bemerkung.

»So richtet insbesondere Folgendes aus: Im *consilium* wird zunehmend von Gräueln württembergischer Soldaten im eigenen Land erzählt, gegen die eigene Bevölkerung. Verlangt der Herzog von der schwedischen Krone die Schonung seines Landes, so muss er zuerst die Exzesse seiner eigenen Truppen beenden. Und sie vor allem dazu anhalten, den Feind zu bekämpfen, anstatt mordend und sengend ihre Heimat zu zerstören.«

Von den Vorwürfen gegen die württembergischen Milizen hatte Jakob Löffler schon gehört. Sie boten dem schwedischen Kanzler nun ein ideales Argument, um die württembergischen Bitten nach Erleichterungen abzulehnen; selbst wenn solche Grausamkeiten an jedem Tag und an allen Orten verübt wurden, von Söldnern jeder Gesinnung und jeder Nationalität.

»Mit anderen Worten: Die schwedische Krone erwartet die Zahlung der Kontributionen in Wein, Frucht und Geld«, sagte Oxenstierna.

»Wie hoch belaufen sich die Forderungen?«, fragte Jakob Löffler.

Oxenstierna setzte sich hinter seinen Schreibtisch und blätterte hastig in einem Stapel mit Briefen. »Nahezu 280 000 Gulden.«

»Ich werde Herzog Eberhard empfehlen, einen Landtag einzuberufen, um die Übernahme der Zahlungen zu klären. Doch bedenkt, dass die Mittelbeschaffung mühevoll und zeitraubend ist.«

»Ich vertraue auf Euch und Eure Fähigkeiten.« Axel Oxenstierna zückte ein Schreiben und reichte es dem Vizekanzler. »Das sollte Eure Worte bestätigen und dem Herzog den Ernst der Lage vor Augen führen. Wir sehen uns zu späterer Stunde im *consilium*.« Damit war die Unterredung beendet und Oxenstierna nahm erneut die Feder zur Hand.

Kurfürstlicher Hof, Dresden, etwa zur gleichen Zeit

»Das ist nicht akzeptabel. Nicht akzeptabel.« Johann Georg von Sachsen hatte sich trotz seiner beachtlichen Leibesfülle erhoben und stierte entgeistert auf das gelbliche Stück Papier, das er in Händen hielt. Sein ohnehin stets erhitztes Gesicht hatte eine tief scharlachrote Färbung angenommen und der ihm gegenüberstehende schwedische Gesandte, Laurentius Nicolai, befürchtete, den sächsischen Kurfürsten werde augenblicklich der Schlag treffen.

In diesem Moment betrat ein Diener den Raum und stellte einen großen Krug mit Dünnbier vor den erregten Herrscher, den dieser sofort anhob und bis zur Neige leerte, um anschließend mit einem lauten Aufseufzen in seinen Sessel zurückzusinken. Mit einer wedelnden Handbewegung scheuchte er den Diener aus dem Zimmer: »Haderlumpen, alle miteinander. Mästet euch den Wanst und lasst mich vor Durst fast verkommen. Glaubst du, ein Kännchen Bier reicht aus, meinen wüsten Kopf zu lindern? Nach einem anständigen Fest ist der Nachdurst das Schlimmste.«

Der Diener nahm mit einer entschuldigenden Verbeugung das Trinkgefäß vom Tisch und eilte aus dem Zimmer, um Nachschub zu besorgen.

Derweil wandte sich der Kurfürst wieder Nicolai zu.

»Nun«, begann er gedehnt. »Euer Kanzler, der *Ochsenstirn*, glaubt allen Ernstes, der Kurfürst von Sachsen würde einen solchen Vorschlag gutheißen?« Höhnisches Lachen unterbrach seine Rede. »Ein Scherz!«

Der Gesandte kannte den Kurfürsten. Tagaus, tagein befand dieser sich in trunkenem Zustand, lediglich der Pegel variierte mit der Tageszeit. Im Allgemeinen war der späte Morgen für eine ernsthafte Unterredung am besten geeignet. Doch heute schien das üppige Bankett des Vorabends noch heftig nachzuwirken.

»Richtet Eurem Herrn Reichskanzler aus, dass er sich seinen Vorschlag an den Hut stecken kann! Niemals bezahlt Sachsen seinen Krieg. Und über den Frieden verhandelt Sachsen, mit wem es will!« Der Gesandte wurde näher gewunken. »Ich habe mich nicht dem Friedländer – dem großen Wallenstein, dem Generalissimus – gebeugt. Noch weniger beuge ich mich Schweden!«

»Es soll Eure Ehre nicht düpiert werden, Ihro kurfürstliche Durchlaucht. Schweden wünscht Euch als Verbündeten. Wir dienen gemeinsam dem gleichen Ziel, dem Frieden.«

»Ich aber verstehe diese Worte anders!« Der Kurfürst hielt das Blatt provozierend in die Höhe. »Wir sollen dafür bezahlen, dass Schweden sich an unserem Land schadlos hält. Keiner hat Euren großen König damals gerufen, er hat sich einfach eingemischt, hier im Reich.«

Nicolai ließ die Worte im Raum verklingen, bevor er ruhig fortfuhr: »Der Friede ist ein Opfer wert. Sachsen wird neu erblühen, der Einsatz dafür darf Euch nicht hoch genug sein.«

»Sachsen ging es gut, bevor der Schwede kam. Lasst mich mit Eurem Krieg in Ruhe. Macht Eure Sache, wir machen die unsrige.«

»Schweden kämpft für Eure Interessen! Und das ist umso bedeutsamer, wenn man die Vorgänge in Frankreich betrachtet, Ihro kurfürstliche Durchlaucht.«

»Was kümmert mich Frankreich? Es dient angelegentlich doch ohnehin der schwedischen Sache!«

»Kardinal Richelieu versucht, die evangelischen Fürsten zum Abfall von beiden Parteien, den Schweden wie dem Kaiser, zu bewegen.«

»Was Ihr nicht sagt. Das versucht er? Es ist noch keine drei Jahre her, da hat der Kardinal mich mit dem Kurfürsten von Bayern in ein Bündnis pressen wollen. Wie dem auch sei, den Franzosen brennt schon lange der Hintern wegen Spanien; eine amüsante Scharade, Katholiken gegen Katholische. Aber zurück zu Eurem Anliegen. An Richelieu werde ich niemals eine Entscheidung knüpfen. Und deshalb überbringt Eurem Kanzler meine Grüße. Ich werde handeln, ja, und zwar richtig!«, donnerte Johann Georg gereizt.

Dieses Gespräch strengte ihn viel zu sehr an. Wenn nicht bald der Diener mit dem Bier käme, würde ihm der Kopf platzen. Natürlich wollte er die Franzosen weder unterstützen noch in Sachsen einmarschieren sehen. Genauso wenig, wie er die Schweden hier haben wollte, auch wenn diese meinten, ihre Gelüste nach Kursachsen unter dem Mantel unverzichtbarer Hilfeleistungen verstecken zu können. Außerdem war an dieser Stelle auch der Kaiser selbst gefragt, trotz allem das Oberhaupt des Reichs, für Katholiken wie Protestanten. Er, der sächsische Kurfürst, würde auf seine volle Souveränität bestehen. Sollten die Schweden doch auf eigene Rechnung das geradebiegen, was sie in Deutschland angerichtet hatten.

»Richtet Eurem Kanzler aus, dass ich die Sache überdenke«, schloss Johann Georg in einem unerwarteten Anflug von Diplomatie, der einzig seinem Wunsch nach einem schnellen

Ende des Gesprächs geschuldet war, »und mit meinem Feldherrn Hans Georg von Arnim bespreche.«

Dann schloss der Kurfürst erschöpft seine tiefliegenden, rotgeränderten Augen und bedeutete dem Schweden, dass er entlassen sei.

Nicolai verabschiedete sich, wurde von einem Diener zum Schlosstor begleitet und trat grübelnd auf die Straße.

Das Gespräch war zweifellos sehr unbefriedigend verlaufen. Nun, er hatte es nicht anders erwartet. Wieder einmal würde er einen möglichst neutral gehaltenen Bericht an Axel Oxenstierna verfassen müssen, der dessen große Hoffnungen auf eine Allianz aller evangelischen Fürsten ein Stück weiter zerschlug.

Nicolai konnte nicht umhin, dem Kanzler insgeheim einen grundlegenden Denkfehler im Hinblick auf die Gemütslage der Deutschen zu unterstellen. Auf die gewünschte unkritische Gefolgschaft der Reichsfürsten würde er bis ans Ende seiner Tage vergeblich warten, denn die Schweden wurden als Invasoren mit handfesten Eigeninteressen wahrgenommen. Wer wollte es den Deutschen verdenken? Sie fürchteten um ihre Länder und ihre Macht und, war man ehrlich, hatte Schweden ehrgeizige Ziele. Ein leises Unbehagen beschlich Nicolai, als er schließlich in der schwedischen Residenz ankam und die Treppe hinaufstieg. Wohin das angeschlagene Schiff des Heiligen Römischen Reiches steuerte, war ebenso gefährlich wie ungewiss.

Derweil überdachte der Kurfürst nach zwei weiteren Krügen Bier das eben geführte Gespräch, und kam rasch zu dem Entschluss, weiterhin seinem bewährten Instinkt zu vertrauen. Der Ton des schwedischen Kanzlers und seine Forderungen an ein Bündnis waren schlicht unverschämt gewesen. Er würde den Oxenstirn noch eine Weile hinhalten. Aber die Lösung für Kursachsen konnte nur mit dem Kaiser gelingen.

4. Kapitel

DAS EBEN IST DER FLUCH DER BÖSEN TAT,
DASS SIE FORTZEUGEND BÖSES MUSS GEBÄREN.

Friedrich Schiller, »Wallenstein« (1799)

HOFGUT ROSENGARTEN,
1. MAI DES JAHRES 1634

»Es war also eine Horde gemeiner Kroaten, die uns vorgestern überfallen hat.« Heinrich ging in der oberen Kammer, in der sie sich an diesem späten Sonntagabend zusammengefunden hatten, unruhig auf und ab.

Henri Decaen, der mittlerweile in Rosengarten eingetroffen war, antwortete: »*Oui.* Sie haben an einem der vielen Seen im Wald gelagert, unweit der Stelle des Scharmützels. Das Feuer schwelte noch, als wir vorbeikamen.«

»Konntet Ihr feststellen, wohin sie geflohen sind?«, fragte Heinrich.

»Wir haben ihnen einige Meilen nachgesetzt, auf Ellwangen zu. Irgendwann müssen sie sich geteilt haben, denn es gab plötzlich mehrere Spuren. An dieser Stelle kehrten wir um.«

»Eine gute Entscheidung, Decaen«, urteilte Janek. »Ihr hattet nicht genügend Leute. Auf jeden Fall wissen wir, mit wem wir es zu tun hatten.«

Heinrich unterbrach seinen Gang durchs Zimmer.

»Kroaten! Diese widerliche Vorhut der Kaiserlichen«, meinte er grimmig und fuhr mit der Hand durch seinen rotblonden Haarschopf. »Rauben und töten und spähen alles aus. Tauchen auf aus dem Nichts und verschwinden wieder dahin.«

»Genau das ist ihre Stärke. Die Angriffe aus dem Hinterhalt«, bestätigte Decaen und trat an das Holztischchen, auf dem ein Krug Wein und etliche Becher bereitstanden.

Bartholomäus, der sich soeben einen großen Schluck davon gegönnt hatte, verzog das Gesicht: »Ein wahrlich saurer Trunk, will ich meinen.«

Decaen schenkte sich ebenfalls ein und benetzte die Lippen. »Ich habe gewiss lieblicheren Wein gekostet. Doch den Durst löscht er allemal.«

»Bier wäre mir lieber«, sagte Bartholomäus bedauernd.

»Im Hof steht ein Brunnen. Trink Wasser, Mönch, das stünde dir besser an«, meinte Janek unwirsch, woraufhin ihn Bartholomäus irritiert ansah.

Decaen wandte sich an Janek: »Und, was gedenkt Ihr zu tun?«

»Ich werde nur wenige Tage bleiben«, antwortete Janek. »Bavor dagegen behält vorerst noch hier Quartier. Genau wie Ihr, Decaen. Was meinen Weg angeht, so führt er mich zunächst zum schwedischen Kanzler. Heinrich, Bartholomäus, Frieder und einige Reiter kommen mit. Anschließend reisen wir nach Elbing weiter.«

»Ah! Die Geschäfte nötigen Euch wieder einmal nach Preußen, nicht wahr? Und auch Eurer Familie dort werdet Ihr willkommen sein«, folgerte Decaen. »Seid gewiss, dass wir hier warten, bis eine neue Order erteilt wird.«

Heinrich nahm seinen Gang durch das Zimmer wieder auf. »Vielleicht sollten wir unsere Reise von Frankfurt nach Elbing in Berlin unterbrechen und bei Wilhelm von Brandenburg vorstellig werden«, schlug er vor. »Es wäre interessant zu wissen, wie es mit den Friedensverhandlungen weitergehen soll. Der große Wallenstein ist seit gut zwei Monaten tot.

Und ich wüsste nicht, wer auf katholischer Seite seine Rolle übernehmen sollte. Wir haben keinen Verhandlungspartner mehr!«

Damit hatte er genau die Frage angesprochen, die Janek seit mehreren Wochen beschäftigte.

Denn der kaiserliche Feldherr hatte in den Monaten vor seiner Ermordung wiederholt die Nähe zu den Schweden gesucht und Axel Oxenstierna durch Unterhändler diverse Friedensangebote unterbreiten lassen. Ein riskantes Unterfangen, denn seine Vorstöße waren konspirativ gewesen, ohne Wissen und völlig gegen die Interessen des Kaisers, auf dessen Seite Wallenstein eigentlich kämpfte.

Axel Oxenstierna, der zwar den Frieden suchte, aber Wallenstein nicht recht glaubte, hatte schließlich Janek gebeten, die Hintergründe für dessen undurchsichtiges Verhalten zu erforschen. Janek kannte daher die Personen, welche an den geheimen Beratungen beteiligt gewesen waren: die Kurfürsten Wilhelm von Brandenburg und Johann Georg von Sachsen, dessen Feldherr Georg von Arnim sowie einige Mittelsmänner. Heinrichs Vorschlag, die Reise zu unterbrechen, fand daher seine Zustimmung: »Du hast recht. Vielleicht kann uns der Kurbrandenburger einige Fragen beantworten. Aber erwarte nicht zu viel. Ich mache mir wenig Hoffnung auf eine baldige Fortführung der Friedensgespräche, denn letztlich waren schon die bisherigen ohne Ergebnis. Trotz Wallensteins Initiativen.«

Heinrich lehnte sich an die Zimmertür. »Aus meiner Sicht ist Wallenstein die einzige Hoffnung auf ein schnelles Ende des Krieges gewesen. Wenn er mit seiner riesigen Armee zu den Schweden übergelaufen wäre, hätte Kaiser Ferdinand vielleicht aufgegeben. In jedem Fall hätte es seine Streitkräfte massiv geschwächt.«

»Auch wenn ich nicht glaube, dass der Kaiser sich so schnell geschlagen gegeben hätte – es wäre eine Möglichkeit gewesen, ja«, gab Janek zu. »Aber nicht für jeden akzeptabel. Georg von Arnim wollte Wallenstein nicht bei den Schweden wissen.«

»Warum?«

»Weil er die Schweden für Eindringlinge hält, die man wieder loswerden muss. Er möchte ein Reich ohne ausländische Mächte darin. Und nicht nur er denkt so.«

»Willst du damit sagen, dass monatelang verhandelt worden ist, ohne dass es ein gemeinsames Ziel gegeben hat?«

»Ich denke, dass alle den Frieden wollen. Aber auf völlig unterschiedliche Weise. Und nicht um jeden Preis.«

»Ich habe gewusst, dass Wallenstein sich niemals für Schweden entscheiden würde. Er wusste ja selbst nicht mehr, wohin seine Verhandlungen führen sollten. Er war völlig verrückt geworden«, verschaffte sich Bartholomäus mit schleppender Stimme Gehör.

Er saß auf einem kleinen Hocker, dessen hölzerne Beine sein Gewicht nur mit Mühe trugen, und sprach heftig dem Wein zu. Janek sah ihn an.

Bartholomäus gehörte zu seinem engsten Kreis, seit sie ihn vor Jahren aus den Ruinen eines niedergebrannten Klosters gezogen hatten. Er war treu, umgänglich und von schlauem Witz, kannte sich mit Heilkräutern aus und verstand sich auf die Arbeit eines Chirurgus. Doch da er trotz ihrer ernsten Unterredung drauf und dran war, sich ins Himmelreich des Vergessens zu katapultieren, reagierte Janek verärgert: »Ich dachte, der Wein wäre sauer?«

»So ist's gemeinhin mit dem Geist des Weines«, deklamierte Bartholomäus unbeeindruckt, den Becher fixierend. »Irgendwann wird er zum Freund. *Ergo bibamus.*«

»Du solltest aufhören, Mönch. Du brauchst deine Sinne und wir brauchen dich.«

Bartholomäus rülpste.

Janek wandte sich mit finsterer Miene ab, ging einige Schritte und setzte sich auf eines der schmalen Betten. »Heute werden wir auf geistlichen Rat verzichten müssen«, konstatierte er nüchtern und kam ohne Umschweife wieder zur Sache. »Auch wenn dieser Versuch, mithilfe Wallensteins das Reich zu befrieden, gescheitert ist, möchte ich die Hoffnung darauf nicht gänzlich aufgeben. Das Land ist am Ende. Es reicht.«

»Du hast dich verändert«, stellte Heinrich fest. »Eigentlich liebst du den Kampf, oder habe ich mich getäuscht?«

»Ich habe für Gerechtigkeit gekämpft. Gegen den Größenwahn des Kaisers und sein perfides Restitutionsedikt. Aber das Schwert ist nicht mehr die einzige Waffe.«

»Was meinst du damit? Wirst du zum Unterhändler?«

»Lass es mich so ausdrücken: Ich weiß inzwischen genug über die Menschen und ihre Motive, um mit Argumenten angreifen zu können. Allein in Schlachten wird der Krieg nicht mehr entschieden«, antwortete Janek und fügte an: »Mein Regiment führe ich natürlich weiter. Ohne Nachdruck wird sich Habsburg nicht bewegen lassen.«

»Dem lässt sich schwerlich widersprechen«, bestätigte Decaen, »und Ihr wollt ja nicht enden wie der große Wallenstein, *n'est-ce pas*? Apropos: Was ist in Eger eigentlich wirklich geschehen? Wisst Ihr etwas darüber?«

»Das ist eine längere Geschichte.«

»Die zu hören wir kaum erwarten können!«

»Das dachte ich mir. Wallenstein hatte sein Hauptquartier in Pilsen aufgeschlagen, das war am Ende des letzten Jahres. Dort habe ich ihn das letzte Mal mit eigenen Augen gesehen. Vermutlich wusste er zu diesem Zeitpunkt schon, dass er in Wien nicht mehr gelitten war, auch wenn er es sich nicht anmerken ließ.«

»Das nimmt mich nicht wunder. Soweit ich weiß, hat er den Befehlen des Kaisers offen zuwidergehandelt«, sagte Decaen, der sich inzwischen auf dem zweiten Hocker im Zimmer niedergelassen hatte.

»Das hat er«, stimmte Janek zu. »Er schickte seine Truppen in die Winterquartiere statt in den Kampf. Er ist nicht zum Entsatz Regensburgs aufgebrochen und hat damit den bayerischen Kurfürsten brüskiert, der mit seinen Truppen auf des Kaisers Seite steht. Zudem gab es immer größere Zweifel an seiner Loyalität.«

»Berechtigte Zweifel«, ergänzte Heinrich. »In Wien wusste man irgendwann, dass er mit uns, also der Gegenseite, verhandelte.«

»Er war insgesamt schwierig einzuschätzen und wurde zunehmend sonderbar. Ich habe ihn erlebt, bei einer Zusammenkunft. Seine Rede war teilweise wirr. Und in allen wichtigen Dingen befragte er seinen Astrologen«, konkretisierte Janek. »Dann erst traf er Entscheidungen.«

Decaen schüttelte ungläubig den Kopf. »Ja, das hat er schon immer getan. *Incroyable* – als Generalissimus der kaiserlichen Armee!«

»Und ein gutes Geschäft für den Sterngucker«, schaltete sich Bartholomäus ein, den inzwischen ein heftiger Schluckauf plagte. Janek wunderte sich, dass er der Unterhaltung überhaupt noch folgen konnte.

Heinrich nahm das Gespräch wieder auf: »Irgendwann muss Wallenstein doch geahnt haben, dass ihm sowohl aus Wien als auch aus der eigenen Gefolgschaft Gefahr drohte.«

»Aus diesem Grund versicherte er sich der Treue seiner Offiziere. Er ließ sie ein Revers unterzeichnen, in welchem sie sich zu ihm bekennen mussten«, sagte Janek. »Als Kaiser Ferdinand davon erfuhr, entzog er Wallenstein die Befehlsgewalt über seine Truppen. Matthias Gallas übernahm nun den Oberbefehl.« Er machte eine Pause, ehe er weitersprach: »Doch es gab noch eine zweite, geheime Anweisung. Sie erging an die drei wichtigsten kaiserlichen Befehlshaber Gallas, Aldringen und Piccolomini.« Janek stand kurz auf, um ein zerknittertes Schreiben aus seinem Wams zu ziehen. »Erst seit ich bei Ellwangen auf einen Boten traf, weiß ich um das ganze Ausmaß der Machenschaften, die Wallensteins endgültigen Sturz zum Ziel hatten.«

Heinrich merkte auf. »Davon hast du noch nicht erzählt.«

»Nein«, antwortete Janek und fuhr unmittelbar fort: »Der Kaiser befahl, Wallenstein und seine Getreuen entweder als Gefangene nach Wien zu schaffen oder sie zu töten. Kurz darauf brach er den Kontakt zu Wallenstein ab. Das fiel natürlich auf und in Pilsen wurde es unruhig. Jeder wollte im Zweifel auf der richtigen Seite stehen. Innerhalb weniger Tage fielen fast alle seine Offiziere von Wallenstein ab.«

»War dies der Zeitpunkt, an dem er sich zur Flucht entschloss?«, fragte Heinrich.

»In der Tat. Er machte sich mit den verbliebenen Gefolgsleuten auf den Weg nach Eger. Wie immer wohnte er dort im Haus von Bürgermeister Pachelbel«, antwortete Janek. »Aber es ging ihm schlecht. Schon in den Wochen zuvor hatte er unter starken Anfällen gelitten.«

»Podagra, die Gicht. Das sind furchtbare Krämpfe«, wusste Decaen. »Wie stark war sein Gefolge?«

»Etwa 1700 Mann«, gab Janek zurück, »wenn meine Information stimmt. In der Stadt lagen ohnehin Wallenstein'sche Truppen, befehligt von den schottischen Offizieren Gordon und Leslie.«

»Eigentlich hätte er sich bei seinen eigenen Leuten sicher fühlen können«, bemerkte Decaen.

»Das sollte man meinen. In Wirklichkeit hatte er sich geradewegs in die Höhle des Löwen begeben«, antwortete Janek. »In der folgenden Nacht muss Wallenstein das offizielle kaiserliche Absetzungspatent erhalten haben. Zu diesem Zeitpunkt wurden bereits Pläne für sein Ende geschmiedet. Nach Kräften unterstützt von Gordon und Leslie.«

»Und schnellstens in die Tat umgesetzt«, stellte Heinrich fest.

»Richtig«, bestätigte Janek. »Schon am nächsten Tag holte man Wallensteins Vertraute zu einem abendlichen Gelage auf die Egerer Burg. Dem Friedländer selbst war zu elend, als dass er hätte teilnehmen können. Das spielte den Verschwörern in die Hände. Gastgeber war neben Gordon und Leslie übrigens auch Wallensteins Obrist Butler.«

»Butler ist Ire«, merkte Heinrich an.

Janek nickte. »Und es waren im Wesentlichen irische Dragoner, welche zu fortgeschrittener Stunde Wallensteins letzte Getreue dahinmetzelten. Den Generalissimus fanden sie in seiner Unterkunft am Marktplatz. Es gab kein Entkommen. Deveroux hat ihm eine Partisane in den Brustkorb gerammt.«

Decaen zischte angewidert: »Deveroux! Welch diabolischer Akt!«

Janek lachte grimmig. »Wallenstein hatte dem Kaiser einst ein ganzes Reich zusammengekämpft. Derselbe hat ihn nun geopfert. Auf der Schlachtbank der verratenen Gunst.«

»Was hat man dann mit ihm gemacht?« Decaen war noch immer fassungslos.

»Man hat ihn in einen Teppich gewickelt und auf die Burg gebracht. Dort lag er dann, bei den anderen Opfern jener Nacht. Das Plündern der Toten überließ man den Soldaten«, antwortete Janek.

»Du hast von einem Geheimbefehl gesprochen, der an Gallas, Aldringen und Piccolomini ergangen ist«, meinte Heinrich und sah Janek an. »Nun. Die Herren Gallas und Aldringen sind dem Kaiser treu ergeben, sie taten ihre Pflicht. Aber Piccolomini war doch einer von Wallensteins Leuten?«

Decaen kam Janeks Antwort zuvor: »Von Piccolomini habe ich noch nie etwas gehalten. Er hat in Wallensteins Diensten sein Säckel fett gemästet. Kein Wunder, dass er die Seite wechselte, als er die Münzen an anderer Stelle klimpern hörte.«

»Nicht nur das«, betonte Janek. »Piccolomini hat Wallenstein verraten. Dieser Italiener kennt weder Ehre noch Treue. Er ist zu allem bereit, wenn es ihm selbst dienlich ist.« Er räusperte sich und trank etwas verdünnten Wein, ehe er fortfuhr: »Die Mächte im Reich werden sich jetzt neu formieren.«

»Und der Krieg wird weitergehen«, ergänzte Heinrich.

»Für den Augenblick«, bilanzierte Janek realistisch, »sieht es danach aus. Wenn Kardinal Richelieu mit seinen Franzosen eingreift, und daran zweifele ich nicht länger, wird dieser Krieg sein eigenes Grauen übersteigen. Noch mehr Soldaten in einem zerstörten Land, die Truppen ohne Disziplin und Moral – das wird ein Ritt mit dem Teufel.«

Er sah zu Bartholomäus, der unter seinem aufmerksamen Blick die müden Lider hob. »Wir brauchen noch Wein.«

»Du brauchst nichts mehr«, tadelte Janek, und Heinrich trommelte genervt mit den Fingern gegen den Türrahmen.

»Wie machen wir weiter?«, wollte er von Janek wissen.

»Die Frage lautet vielmehr: Wo fangen wir an? Nämlich ganz von vorn«, antwortete Janek. »Ich bin mir ziemlich sicher, dass Wallensteins Tod so manchem nicht ungelegen kam.«

»Das kann ich mir gut vorstellen. Meinen wir denselben?«, fragte Heinrich.

»Georg von Arnim. Die Truppen Wallensteins stehen nun fest unter Habsburgs Oberbefehl. Damit sind die Schweden auf ihren Rang verwiesen. Und Sachsens Kurfürst, mag er auch Tag und Nacht dem Bier huldigen, liebäugelt ebenfalls mit dem Kaiser.«

Heinrich stieß sich von der Tür ab. »Da erwartet uns also etwas.«

»*Oui, c'est ça.*« Nach einem letzten Schluck Wein erhob sich auch Decaen.

Janek legte seine Hände auf die Oberschenkel, ballte die Fäuste und ließ einen Augenblick den Kopf sinken. Ihn fröstelte. Er fühlte sich zerschlagen und schwer wie Blei. Ein heftiger Schmerz brannte in seinem Bein, obwohl Bartholomäus die Wunde am Vorabend gereinigt und neu verbunden hatte. Einige Stunden Nachtruhe würden sicher helfen. Er stand auf und wies auf Bartholomäus, der, den Kopf auf die Arme gebettet, am Tisch eingeschlafen war.

»Bringt ihn rüber zu Frieder. Decaen, wir sehen uns morgen. Heinrich, denk an den Knecht. Vielleicht hat er nebenbei etwas zu erzählen.«

»Geht es dir gut?«, fragte Heinrich, dem die Mattigkeit des Freundes auffiel.

Janek machte eine ungehaltene Kopfbewegung und drückte die Kammertür auf. Er war von hartem Holze und hasste es, Schwäche zu zeigen.

Eine Antwort blieb er schuldig.

5. Kapitel

Wie schön blüht uns der Maien,
Der Winter fährt dahin.
Mir ist ein schön Jungfräulein
Gefallen in meinen Sinn.
Bei ihr da wär mir wohl,
Wenn ich nur an sie denke,
Mein Herz ist freudenvoll.

Liebeslied nach einem Text von Georg Foster (1549/1629)

Hofgut Rosengarten,
in der Nacht zum 2. Mai des Jahres 1634

Schlaftrunken richtete sich Marie in ihrem Bett auf. Sie glaubte, ein Geräusch gehört zu haben und lauschte angestrengt in die Dunkelheit. Außer Ebbas ruhigen Atemzügen und dem üblichen Knacken im Holzgebälk war nichts zu vernehmen.

Mit einem leisen Gähnen ließ sie sich wieder in ihre Kissen sinken. Vielleicht hatte sie nur geträumt.

Doch bevor sie erneut einschlief, hörte sie es wieder.

Ein tiefes Stöhnen, gefolgt von einem dumpfen Schlag an die Holzwand des angrenzenden Zimmers.

Nun war Marie hellwach. Im Nebenraum war der dunkle Fremde einquartiert, Georg von Schwanberg. Sie hatte ihn am vergangenen Tag kaum gesehen, nur seine schweren Schritte gehört, als er zu Bett gegangen war. Ohne zu Zögern stieg Marie aus dem Bett, schlang ein großes, wollenes Tuch um ihre Schultern und verließ die Kammer.

Auf dem Flur blieb sie unschlüssig stehen. Sollte sie ihrem Impuls folgen und einfach das Zimmer nebenan betreten?

Wieder hörte sie ein leises Poltern, gefolgt von unartikulierten Lauten, die durch das verzogene Holz nach draußen drangen. Entschlossen drückte Marie die Kammertür auf und trat einen Schritt vor. Stickige Luft schlug ihr entgegen. Eine fast niedergebrannte Kerze verbreitete einen Rest kärglichen Lichts. In diesem Moment warf sich der Mann auf der Bettstatt mit aller Macht zurück und schlug mit dem Kopf gegen die Wand. Marie eilte zu ihm. Schweißgebadet rang er nach Luft, sein helles Hemd war nass und haftete am Körper wie eine zweite Haut. Dunkle, feuchte Locken verdeckten sein Gesicht.

Marie sprach ihn leise an. Anstelle einer Antwort entrang sich seiner Kehle wieder ein hartes Stöhnen.

Er hatte Fieber, zweifellos.

Entschlossen sah sich Marie nach dem Wassereimer um, den sie ihm am ersten Abend ins Zimmer hatte bringen lassen und dessen Wasser sie kürzlich selbst erneuert hatte. Ein Tuch lag achtlos hingeworfen daneben auf dem Boden. Sie hob es auf, benetzte es und wrang es aus. Doch sowie sie sich dem Kranken zuwenden wollte, packte er sie plötzlich mit einem brutalen Klammergriff am rechten Arm. Erschrocken keuchte sie auf, wehrte sich mit aller Kraft, wollte sich entwinden, aber er ließ nicht nach.

Da erfasste sie seinen starren Blick. Er schien durch sie hindurchzusehen und sie begriff, dass er gar nicht bei Bewusstsein war.

Panische Angst stieg in ihr auf.

»Lasst mich! Bitte! Ich bitte Euch!«

Sie kämpfte gegen ihn an, woraufhin er seinen Griff verstärkte und versuchte, sie auf das Lager zu zwingen. Schmerzen trieben ihr die Tränen in die Augen. Schließlich begann sie zu rufen. Erst verhalten, dann lauter.

Endlich hörte sie polternde Schritte auf der Treppe. Die Tür schlug auf. Conrad stürzte herein, gefolgt von Heinrich, der sofort bei ihr war.

Er packte die Arme seines Freundes. »Lass sie los, Janek! Bist du von Sinnen?«

Der Fiebernde reagierte, ließ von Marie ab und attackierte statt ihrer seinen Waffenbruder. Conrad kam zu Hilfe. Gemeinsam schafften sie es, ihn zu überwältigen und so lange auf dem Lager festzuhalten, bis sein Widerstand nachließ.

»Was zum Teufel ist mit ihm los?«, fragte Heinrich schwer atmend.

»Er hat hohes Fieber und ist kaum bei sich«, erklärte Marie, die sich am Tisch abstützte, während sie versuchte, sich wieder zu fangen.

Conrad merkte auf. »Ich hörte von einer Verletzung.«

»Ja. Er hat eine Schusswunde am Bein«, entgegnete Heinrich und sah den Knecht an.

Ohne Zeit zu verlieren drehten sie den schweren Männerkörper auf die Seite. Heinrich zog das Hemd weg und legte die betroffene Stelle frei. Gemeinsam beugten sie sich darüber.

»Die Wunde ist brandig«, stellte Conrad fest. »Die Entzündung hat sich schon ins Fleisch gefressen.«

»Und Bartholomäus ist zu betrunken, um helfen zu können«, presste Heinrich hervor.

»Wenn Ihr erlaubt, kümmere ich mich darum«, bot Conrad an.

»Du? Kennst du dich mit so etwas aus?« Heinrich war skeptisch.

»Er weiß über vieles Bescheid«, kam Marie ihrem Knecht zur Hilfe. »Wir, er und ich, versorgen schon lange Zeit Kranke und Verletzte hier im Dorf.« Heinrich sah abschätzend von einem zum anderen.

»Ich lasse den Feldscher aus dem Lager kommen«, entschied er.

»Bitte, Herr«, bat Marie, »Conrad weiß, was er tut. Er hat schon ein großes Wissen besessen, als er hier auf dem Hof anfing. Und ich selbst beschäftige mich mit der Heilkunst, seit meine Mutter im Kindbett starb.«

Heinrich zögerte immer noch. »Kriegsverletzungen sind völlig anders. Da nützen die Mittelchen, die du benutzt, wenig.«

»Habt Ihr je eine Geburt erlebt? Eine unstillbare Blutung? Kindbettfieber? Glaubt mir, ich weiß wovon ich spreche. Als Frau darf man nur nicht darüber reden, sonst verbrennen sie einen als Hexe. So wie drüben in Bamberg«, argumentierte Marie heftig. »Wir haben vielen geholfen.«

»Woher hast du denn deine Kenntnisse?«, fragte Heinrich den Knecht.

Conrad antwortete mit einer leichten Verzögerung: »Ich begleitete einen Wundarzt. Früher.«

»Einen Wundarzt? Und nun willst du ein Medicus sein?«

Der Knecht schwieg.

»Wo kommst du eigentlich her?«, bohrte Heinrich weiter, doch bevor er eine Antwort erhielt, fuhr Marie dazwischen: »Wir haben keine Zeit!«

»So ist es, Herr«, sagte Conrad.

Trotz eines unguten Gefühls gab Heinrich nach.

»Kümmert euch.«

Die beiden, so stellte Heinrich erleichtert fest, gingen routiniert an ihre Aufgabe. Marie, die ihren Schock vollständig überwunden hatte, weckte die Magd, damit sie heißes Wasser zubereite, besorgte Leinentücher und riss sie in gleichmäßige Streifen. Derweil legte der Knecht ein scharfes Messer zurecht und holte zwei Fackeln. Die erste befestigte er an einer Wandhalterung, die zweite drückte er Marie in die Hand.

Da weitere starke Hände gebraucht wurden, rief man Jörg hinzu, der einen Krug mit einer intensiv nach Alkohol riechenden Flüssigkeit mitbrachte.

»Was hast du da?«, fragte Heinrich.

»Brentenwein«, antwortete Conrad, während er versuchte, dem Kranken davon einzuflößen. Dieser drehte ständig den Kopf zur Seite, woraufhin der Trank immer wieder aus seinem Mundwinkel sickerte. Doch Conrad gab nicht auf. Schließlich fiel Janek in einen unruhigen Schlummer. Sie zogen ihm das Hemd aus.

»Seine Haut ist immer noch heiß und feucht. Das Fieber ist hoch, steigt im Augenblick aber nicht weiter an«, sagte Marie zu Conrad.

»Vielleicht schafft er es«, antwortete dieser, während er die Klinge an ihrer Fackel bis zum Glühen erhitzte.

Heinrich presste seinem Freund ein Stück Stoff zwischen die Zähne. Dann gab er Jörg ein Zeichen. Gemeinsam umklammerten sie den Verletzten, während Conrad rasch und sicher schnitt. Marie hielt die Fackel und bemühte sich, so viel Licht wie möglich zu spenden.

Janeks Körper bäumte sich auf, doch Heinrich und Jörg beherrschten ihn. Konzentriert arbeitete sich Conrad tief ins Fleisch, um das hässlich verfärbte Gewebe zu entfernen, das begonnen hatte, Janeks Blut zu vergiften. Marie hörte den schweren Atem des Verwundeten. Seine hervorgestoßenen Schmerzenslaute und das heisere Keuchen verursachten ihr eine bleierne Schwere im Bauch.

Endlich legte Conrad das Messer zur Seite und sah erst zu Marie, dann zu Heinrich.

»Mehr kann ich vorerst nicht tun. Vielleicht müssen wir das Bein abnehmen. Aber ich möchte diese Entscheidung noch nicht treffen. Die Wunde muss sauber gehalten werden. Haltet ihn noch einmal gut fest.«

Die Männer packten zu. Conrad nahm den Krug und goss reichlich Branntwein direkt in die offene Wunde. Janeks Körper spannte sich an, er biss hart in das Tuch zwischen seinen Lippen.

»Bei allen Geistern, was tust du?«, fuhr Heinrich den Knecht an. »Du bringst ihn um!«

»Wir haben so schon viele schlimme Wunden behandelt«, antwortete Marie ruhig. »Conrad verschüttete einmal einen Becher mit Brentenwein auf den entzündeten Fuß eines Tagelöhners. Zuerst glaubten wir an einen Zufall, aber inzwischen sind wir sicher, dass die Heilung dadurch verbessert wird.«

Conrad nahm ein frisches Tuch, tränkte es mit Alkohol und presste es in die noch immer stark blutende Verletzung. Anschließend nähte er sie mit drei groben Stichen zu. Ein weiteres Tuch diente als Wundauflage. Mit Maries Hilfe wickelte er schließlich einen festen Verband um den Oberschenkel.

»Geh schlafen, Marie«, sagte er ohne aufzusehen. »Ich übernehme die erste Wache. Danach bist du dran.«

»Ich werde kommen.«

Heinrich hatte Janek das Tuch aus dem Mund genommen und ihn mit einem Leinentuch zugedeckt. Dann übergab ihm Marie ihre Fackel, um Hände und Gesicht zu waschen. Während sie sich abtrocknete, nutzten Conrad und Jörg das heiße Wasser, reinigten sich und warfen anschließend die mit Blut besudelten Stofffetzen und Janeks verdrecktes Hemd hinein. Jörg trug den Eimer hinaus und Marie folgte ihm. Heinrich blieb mit Conrad zurück.

Wie viele Stunden sie in leichtem Schlaf gelegen hatte, konnte Marie nicht sagen, doch sobald das erste Tageslicht den Horizont erhellte, zog sie sich an.

Als sie wieder in die Kammer kam, saß Heinrich auf einem Hocker am Bett. Conrad hatte den Verband gelöst und betrachtete die Wunde. Die Augen des Kranken waren geschlossen.

»Was meinst du?«, fragte Marie halblaut.

»Es ist noch zu früh, um etwas zu sagen. Die Wunde hat sich nicht verändert.«

»Er scheint ruhiger zu sein.«

»Er atmet schnell. Sein Herz läuft davon, aber es schlägt gleichmäßig. Wir können nur warten.«

Conrad war fertig und stand auf. Der Knecht würde nicht das Bett aufsuchen, sondern sich sofort um die Hofarbeit kümmern. Er ging hinaus. Marie nahm seinen Platz an der Kante der Bettstatt ein, doch Heinrich erhob sich sofort und schob ihr seinen kleinen Hocker hin.

»Kann ich dich für den Moment allein lassen?«, fragte er.

»Wie Ihr meint«, gab Marie unsicher zurück.

»Sei unbesorgt, er wird dir nichts tun. Dein Knecht hat ihm nochmals von diesem starken Zeug gegeben. Das dürfte ihn eine Weile schlafen lassen.«

»Gewiss.«

»Ich schicke später unseren Geistlichen.«

Nachdem auch Heinrich das Zimmer verlassen hatte, wandte sich Marie dem Verwundeten zu. Das Fieber war noch immer hoch. Sie feuchtete Tücher an und begann, ihn vorsichtig abzureiben, um die Temperatur zu senken. Wieder und wieder tauchte sie die Leinenstücke in kühles Wasser, wrang sie fest aus, legte sie auf Stirn und Nacken, wickelte sie um die Waden und strich vorsichtig über den Oberkörper.

Schließlich ließ sie ihre Hand sinken und betrachtete den Fremden.

Zahllose Narben zeugten von einem harten Leben. Sicher war er dem Jenseits schon mehrere Male gefährlich nahe gekommen. Er schien ungeheuer robust zu sein, denn selbst jetzt, in diesem schlimmen Zustand, strahlte er eine unterschwellige Kraft aus. Sie musste an jenen ersten Abend denken, an dem sie ihm auf dem Flur begegnet war, an diesen kurzen Moment, da sie sich zu ihm hingezogen gefühlt hatte. Unwillkürlich hob sie die Augen zu seinem Gesicht, erlaubte sich, es genauer anzusehen. Seine Brauen und Wimpern waren so dicht und schwarz wie sein Haar. Die Nase wirkte markant und war leicht gebogen, einem Adler gleich, und doch gefällig. Sie gab seinem Ausdruck etwas Bestimmendes, unterstrich die hohe Herkunft. Durch seine schmalen, geschwungenen Lippen strich leise der Atem. Ein Gefühl von Bewegtheit stieg in ihr auf angesichts dieses im Leben so starken Mannes, der hier so hilflos vor ihr lag, und sie begann, ihm mit leiser Stimme Mut zuzusprechen.

Es war am späten Nachmittag, als Jakob Schenk seiner älteren Tochter im Hof begegnete.

»Auf einen Augenblick, Marie!«, rief er.

»Vater?«

»Es wäre, ähm, es wäre besser, wenn der Obrist von seinen Männern versorgt werden würden. Du hast dort nichts zu suchen.«

»Ich werde meinen Dienst verrichten, wie die anderen auch. Heute Abend müssen beide zu einer Besprechung außerhalb des Lagers. So lange wache ich.«

»Dann soll Grete zu ihm.«

In Marie regte sich ungewohnt trotziger Groll. Grete würde ihren Platz nicht einnehmen, sie selbst wollte heute Abend wieder bei ihm sein, über ihn wachen. Als um die Mittagszeit dieser Geistliche, sie nannten ihn Bartholomäus, das Krankenzimmer betreten hatte, um sie abzulösen, war es ihr schwergefallen, hinausgehen. Dieser Mensch hatte die Wunde seines Herrn schlampig versorgt, dadurch dessen Krankheit verursacht und war am Vorabend so besoffen eingeschlafen, dass er sich erst reichlich spät und mit brummendem Schädel aus den Decken gequält hatte.

Marie vertraute ihm nicht.

Später war auch der Junge in der Kammer verschwunden. Er würde vielleicht besser auf seinen Herrn aufpassen. Marie hatte seine tiefe Ergebenheit gespürt.

Um sich von ihren sorgenvollen Gedanken abzulenken hatte sie in den letzten Stunden mit Nachdruck ihre häuslichen Aufgaben erledigt und vor allem Ebba viel mehr herangezogen als gewöhnlich. Es war ohnehin an der Zeit, das Mädchen in größere Verantwortung einzuführen.

»Marie, hör mir zu!« Die Stimme des Vaters holte sie in die Gegenwart zurück.

»Ich höre, Vater. Lasst mich bitte helfen. Das habe ich schon so oft getan, warum verbietet Ihr es heute?«

Jakob Schenk wurde ärgerlich.

»Du bleibst nicht allein bei ihm!«

»Er kann mir nichts tun! Er ist schwer verletzt, wer weiß, ob er überlebt!«

»Das tut nichts zur Sache.«

»Es tut mir leid, Vater, aber ich kann nicht anders.«

Jakob Schenk sah sie ungläubig an. Offene Widerworte war er von dieser Tochter nicht gewohnt. Er hoffte nur, dass ihre Beweggründe nicht seiner leisen Ahnung entsprachen.

Während ihrer Diskussion waren sie weitergelaufen und standen nun am Eingang zum Haus.

»Nun denn, Marie. Widersetze dich. Meine Duldung hast du nicht!« Damit ließ er sie stehen.

Marie hatte zwar ein schlechtes Gewissen, doch ihr Entschluss stand fest. Sie würde die Abendmahlzeit vorbereiten, frische Laken und ein Hemd besorgen und sich wieder um den Verletzten kümmern. Wenn Conrad von seiner Wache an der Landheg zurückkehrte, konnte er sie ablösen.

Er lag auf der Seite, das Gesicht der Wand zugewandt. Marie hatte das Krankenlager sauber gemacht und das winzige Fenster geöffnet, um frische Luft hereinzulassen. Nun inspizierte sie den Tisch, um zu sehen, ob noch etwas für die Wundversorgung benötigt wurde. Vieles war benutzt und verbraucht, deshalb opferte sie ein weiteres Tuch und riss daraus saubere Abschnitte zum Verbinden. Anschließend schloss sie das Fenster und ging zum Bett, um die Wunde zu behandeln. Sie hatte einige mit Branntwein angesetzte Kräuter geholt, die sie im Gewölbe unter dem Haus aufbewahrte. Sie entschied sich für eine Tinktur aus Arnika und Ringelblume.

Vorsichtig deckte sie den Mann auf und entfernte den alten Verband. Er war mit der Wunde verklebt und sie nahm etwas Wasser zu Hilfe, um ihn zu lösen. Dann besah sie sich die Einschussstelle. Sie war feucht von Blut und Wundsekret und an den Rändern stark gerötet. Er hatte den Kampf noch lange nicht gewonnen.

Marie tränkte einen frischen Lappen großzügig mit Kräuterextrakt, legte ihn vorsichtig auf die Wunde und beobachtete sorgsam die Reaktion des Verletzten – falls der Schmerz eine unbeherrschte Handlung herausfordern sollte. Als sie das Tuch anpresste, spannte er sich zwar merklich an, doch es blieb bei einem langgezogenen Klagelaut. Erleichtert wusch sie die Wunde aus, fixierte den Verband und zog die Decke wieder über seine Beine.

Draußen dämmerte es.

Sie steckte eine neue Kerze auf, holte eine Näharbeit und setzte sich zurück ans Lager. Die gleichmäßige Tätigkeit mit Nadel und Faden entspannte sie und so ging der Abend in die Nacht über, ohne dass Marie bemerkte, wie die Zeit verstrich.

Ein lautes Stöhnen riss sie aus ihren Gedanken. Er drehte sich mühsam auf den Rücken und zitterte so sehr, dass seine Zähne aufeinanderschlugen. Marie ließ Stoff und Nadel fallen, befühlte seine Stirn und tastete den Puls. Die Hitze war kaltem Schweiß gewichen, sein Herz raste.

Keine guten Zeichen.

Der Schüttelfrost zeigte ihr an, dass das Fieber erneut und schnell stieg. Die Infektion breitete sich weiter aus. Wo blieb Conrad? Es konnte nicht mehr lange dauern, bis er nach Hause kam. Draußen war es schon stockdunkel. In der Zwischenzeit musste sie dafür sorgen, dass der Kranke warm blieb.

Sie lief hinaus auf den Flur. Alles schien zu schlafen, nur aus den oberen Räumen kamen gedämpfte Stimmen. Sie wollte hinaufeilen, um Heinrich zu holen, entschied sich jedoch dagegen. Keinesfalls sollte dieser dicke Geistliche noch einmal an seinem Herrn herumpfuschen. Und das würde er, sobald er um dessen kritischen Zustand wusste.

Mit ihrem eigenen Federbett unter dem Arm kehrte sie zurück. Sie entfernte das verschwitzte Leintuch und hüllte den vibrierenden Körper in die wärmere Decke.

»Schsch, ganz ruhig bleiben.« Sie gab sich alle Mühe, ihn bedeckt zu halten, aber seine heftigen Bewegungen ließen die Decke ständig herabrutschen.

In ihrer wachsenden Verzweiflung sah Marie nur noch eine Möglichkeit, selbst wenn diese gegen alle Moral verstieß. Ganz vorsichtig legte sie sich zu ihm auf das Bett, schmiegte sich an seinen Rücken, schlang die Arme um seinen Bauch und versuchte, ihn zu beruhigen und zu wärmen.

6. Kapitel

Wollt Gott, ich fänd im Garten
drei Rosen auf einem Zweig.
Ich wollte auf sie warten,
ein Zeichen wär mir's gleich.
Das Morgenrot ist weit,
es streut schon seine Rosen.
Ade, du schöne Maid.

Liebeslied nach einem Text von Georg Foster (1549/1629)

Hofgut Rosengarten,
einige Tage später

Ganz allmählich lichtete sich die Dunkelheit, die ihn umfangen hielt. Gedämpfte Geräusche drangen an sein Ohr. Sein Geist regte sich, weckte die Glieder. Alles tat weh. Rücken, Arme, Beine, Rumpf. Vorsichtig drehte er seinen brummenden Kopf ein wenig zur Seite. Wo war er? Was war geschehen? Erinnerungsfetzen zogen vorbei, doch keiner ließ sich festhalten. Schon der Geruch verwirrte ihn, denn es stank nicht nach Pferd und verdreckten Söldnern. Stattdessen umgab ihn der Duft sauberer Linnen, durchzogen vom Aroma verschiedener Kräuter.

Und noch etwas stieg ihm in die Nase, ein feiner Hauch nach etwas, das er nicht sofort benennen konnte. Es roch nach – Weiblichkeit.

Er war eindeutig nicht zur Hölle gefahren, obwohl er sich ganz danach fühlte. Hatte er im Himmel Einlass gefunden? Niemals. Nicht nach all seinen Sünden.

Er fühlte den Impuls aufzustehen, doch sein Körper verweigerte den Gehorsam. Mühsam hob er einen Arm, um ihn gleich darauf wieder fallen zu lassen. Diese Bettstatt war in der Tat erstaunlich angenehm. Müde beschloss er, sich vorerst im Himmel zu wähnen, doch bereits wenige Minuten später gab er diese Vorstellung endgültig auf. Ihm ging es viel zu dreckig und an ein Paradies glaubte er ohnehin nicht.

Sein Instinkt zog ihn beharrlich in die Wirklichkeit und er begann, seine Umgebung genauer wahrzunehmen. Ein ungewohnter Druck lastete auf seinem Leib und er unternahm einen zweiten Versuch, den Arm zu bewegen, um festzustellen, was es sei. Schließlich umfasste er etwas Weiches, Menschliches, das eindeutig nicht zu seinem Körper gehörte. Er spürte grob gewobenes Tuch, das leicht verrutschte, als seine Finger weiterglitten. Sie bekamen eine Haarsträhne zu fassen und ertasteten schließlich warme und zarte Haut, die Umrisse eines Gesichts. Am Ende doch der Himmel auf Erden?

Er hob die Lider.

Marie wachte auf, als sie eine Bewegung an ihrem Kopf spürte. Etwas Raues berührte ihre Wange, Finger strichen darüber.

Mit einem Ruck setzte sie sich auf.

Eine Hand sank herab und gleichzeitig erfasste sie, was vor sich ging. Irgendwann im Laufe des Nachmittags musste sie am Bett des Fremden eingeschlafen sein. Dabei war ihr Oberkörper auf seinen Bauch gesunken. Zögernd hob sie den Blick und sah in ein Paar graublauer Augen, das sie ungläubig musterte. Verlegen drehte sie sich ein Stück zur Seite, strich eine Strähne aus ihrem Gesicht und bemerkte dabei, dass sich ihr Zopf völlig aufgelöst hatte. Rasch zog sie das nachlässig herabhängende Tuch ab, um ihr Haar neu zu flechten.

Dann schaute sie ihn wieder an.

Der Fremde betrachtete sie noch immer, mit müdem, aber klarem Blick. In diesem Moment stieg zaghafte Freude in ihr auf. Nach den letzten Tagen des Bangens und Wartens, des Ringens und der schwindenden Hoffnung, war er schließlich zurückgekehrt.

»Wie geht es Euch?«

»Durst.« Seine Stimme war nicht mehr als ein krächzendes Flüstern.

Marie nahm einen Becher mit Wasser. Rasch schob sie ihm einen Arm unter den Nacken und hielt das Gefäß an seinen Mund. Das Trinken strengte ihn sichtlich an, doch als er den Kopf zurückfallen ließ, war nur ein kleiner Rest zurückgeblieben. Als sie ihren Arm vorsichtig zurückzog folgte er ihrer Bewegung mit dem Kopf, hob seinen Arm und hielt den ihren fest.

»Wer bist du?«

»Marie. Marie Schenk.«

»Marie …«

Er schien mühsam nachzudenken.

»Ihr kamt mit Euren Männern vor einigen Tagen bei uns an. Euer Regiment liegt hier im Amt Rosengarten. Und Ihr seid schwer verwundet. Wisst Ihr nicht mehr?«

Sie wartete einen Augenblick, bekam aber keine Antwort.

»Die Wunde an Eurem Oberschenkel war brandig geworden. Euch ging es sehr schlecht und alle bangten um Euer Leben.«

Er streichelte unwillkürlich über ihren Ärmel. Marie empfand diese Berührung nach alldem, was in den letzten Tagen geschehen war, nicht als aufdringlich, sondern als vertraut und dankbar.

Conrad hatte die Wunde noch einmal aufgeschnitten und versucht, den Entzündungsherd endgültig zu fassen; zugleich war Werkzeug für eine Amputation bereitgelegt worden. Marie hatte dafür plädiert, noch ein paar Stunden abzuwarten. Sie ahnte, dass sich für diesen Mann ein Leben als Krüppel vom Tod kaum unterscheiden würde.

Als das Fieber endlich sank, hatte sie nur mühsam die Tränen zurückgehalten, die Last der Verantwortung war beinahe unerträglich gewesen. Unermüdlich hatten sie und Conrad sich bei der Wundversorgung abgewechselt. Ab und zu war Heinrich gekommen, um nach seinem Freund zu sehen, hatte ihm dabei unzählige Gründe aufgezählt, weshalb er nicht sterben dürfe: Die Verantwortung für seine Soldaten, für sein Handelsgeschäft, für Frieder, für die Mutter, für den Bruder, der einen verkrüppelten Fuß hatte, für die Schwester. Auch Bartholomäus, der außer bei den Mahlzeiten nur noch Wasser trank, hatte sich regelmäßig gezeigt und in kurzen Gesprächen gar sein klösterliches Arzneiwissen mit Marie geteilt.

Inzwischen hatte sie ihre Meinung über seine Person revidiert.

Er nahm sie ernst, obwohl sie nur ein Weib war, das spürte sie so genau wie die großen Schuldgefühle, die in ihm rumorten. Dafür konnte sie ihn schätzen und respektieren.

Die gute Grete hatte währenddessen darauf geachtet, dass Marie regelmäßig aß und sich ab und zu eine Stunde Schlaf erlaubte, damit sie bei Kräften blieb. Ihre lenkende Hand wurde gebraucht, nicht nur im Krankenzimmer, sondern auch auf dem Hof.

Und nun dies.

Der Fremde war am Leben und alle Mühe damit belohnt worden. Marie vermochte es kaum zu fassen.

»Herr, Ihr werdet es schaffen«, sagte sie voller Freude, »es dauert gewiss noch eine Weile, aber Ihr werdet wieder gesund.«

Bei ihren aufmunternden Worten wanderte seine Hand zu der ihren und schloss sich darum. Maries Atem stockte, als sie diese erste, bewusste Berührung wahrnahm.

»Ich danke dir«, brachte er mühsam hervor.

»Alle haben wir getan, was wir konnten«, antwortete sie leise.

Er nickte.

Als ihn erneut der Schlaf übermannte, hielt er noch immer ihre Hand. Sie umfasste die seine ganz, spürte die Wärme seiner Haut und empfand eine erstaunliche Verbundenheit, geboren aus unzähligen gemeinsamen Stunden im Kampf gegen den Tod.

»Du hast dem Teufel tatsächlich ein Schnippchen geschlagen«, sagte Heinrich, als er ein paar Tage später seinen Freund besuchte, und stieß Janek an die Schulter. »Einmal mehr.«

»Was hast du erwartet?« Janek hatte sich an den Rand des Bettes gesetzt, da ihm das Stehen noch immer schwerfiel. Sein Magen knurrte und er wartete ungeduldig auf die Mittagsmahlzeit.

»Nichts anderes«, bestätigte Heinrich. »Wie lange willst du noch die Vorzüge dieses angenehmen Krankenlagers genießen?«

»Eine gute Weile.« Janek grinste.

»Du weißt eine edelmütige Pflege zu schätzen.«

Janeks Grinsen wurde breiter, aber er sagte nichts.

»Nun denn. Treibe deine Gesundung voran. Bernhard von Weimar hat einen Boten geschickt. Er erwartet deine Unterstützung für Regensburg.«

»Das war abzusehen.« Janek hob vorsichtig seine Beine an und legte sich zurück auf das Lager. »Bavor soll mich heute noch aufsuchen. Ich möchte Weimars Befehl selbst sehen. Dann erhält er meine Order.«

»Er kann es kaum erwarten, aufzubrechen«, warf Bartholomäus ein.

»Er will sich selbst bei Weimar empfehlen«, schnaubte Heinrich. »Und zwar mit den Männern, die bei dir im Sold stehen, Schwanberg. Wie er selbst übrigens auch.«

»Er ist der richtige Mann, das hat er mehrfach unter Beweis gestellt, Biberstein«, meinte Janek beschwichtigend, der um Heinrichs heftige Abneigung gegenüber Bavor wusste. Ständig wurde er gemahnt, sein gut ausgebildetes Regiment nicht unter den Befehl des Vetters zu stellen. Janek, der Bavor seit Jahrzehnten kannte, sah das anders. Außerdem hatte er keine andere Wahl. Um die Männer besolden und versorgen zu können, betrieb er einen schwunghaften Handel mit Bernstein und Waffen. Regelmäßige Reisen in die preußische Hauptstadt Elbing oder zu seinen Lieferanten in den Vereinigten Niederlanden waren daher unumgänglich. In letzter Zeit kamen die Sonderaufträge des schwedischen Kanzlers hinzu, so dass er seine Truppen nur noch selten selbst anführte.

»Henri Decaen und seine *leichten Reiter* werden mit Bavor ziehen. Decaen soll ein Auge auf ihn haben«, sagte Janek, um Heinrich zu beruhigen. Dann richtete er sich wieder auf und lenkte das Gespräch zu seinem Ausgangspunkt zurück. »Wir brechen auf, sobald ich auf meinem Pferd sitzen kann. Gegen Ende der nächsten Woche, schätze ich. Spätestens.«

»Frühestens«, widersprach Bartholomäus. »Solltest du erneut krank werden, wird der Bauerntochter Wut ungezügelt über uns hereinbrechen.«

Janek überging die Bemerkung. »Heinrich, du suchst den Markgraf in seinem Hauptquartier auf. Ich brauche Informationen über die Lage der schwedischen Armada zwischen hier und Regensburg. Und du, Mönch, gehst Bavor ein wenig zur Hand bei den Vorbereitungen für den Abmarsch.« Er wurde nachdenklich. »Es braut sich etwas zusammen.«

»Ja, das kann man so sagen. Weimar und Gustav Horn sollten endlich ihre Heere zusammenlegen«, meinte Heinrich.

»Sicher«, antwortete Janek. »Doch da legt sich die Maus zur Katze.«

»Fragt sich nur, wer die Katze ist und wer die Maus«, bemerkte Heinrich. »Weimar will Macht und Besitz, Horn ist der Schwiegersohn des schwedischen Kanzlers. Jeder führt einen Teil der Hauptarmee. Diese Konstellation ist delikat.«

»Weimar ist der eigensinnigere, wie auch der listigere«, warf Bartholomäus ein. »Ergo würde ich ihm den Rang der Katze zuerkennen.«

Heinrichs Überlegungen wanderten derweil in eine ganz andere Richtung. »Ich könnte mir vorstellen, dass die Habsburger ihre spanischen Verwandten um Unterstützung bitten«, gab er zu bedenken. »In Italien ist der Kardinalinfant ja schon am Werk.«

»Wie Decaen hörte, hat der Kaiser bereits nach seiner Hilfe verlangt«, antwortete Janek. »Hierin sehe auch ich die größte Gefahr. Es fragt sich eigentlich nur noch, wie schnell der Spanier seine Armee über die Alpen bringen kann.«

»Hoffen wir, dass ein verspäteter Wintereinbruch den Übergang über die Pässe erschwert.«

»*Dum spiro spero*, und ich atme noch.« Bartholomäus seufzte. »Also lasst uns hoffen.«

Seit es dem Fremden besser ging, hatte Marie keinen Grund mehr gehabt, längere Zeit bei ihm zu verbringen, und daher in ihren üblichen Tagesablauf zurückfinden müssen. Doch immer, wenn sie ihm begegnete, wirbelten Schmetterlinge durch ihren Bauch, wurden ihre Knie weich wie das Wachs einer Kerze, schien ihr Herz in wildem Galopp davonzujagen.

Es gab keinen Zweifel. Irgendwo auf dieser Reise zwischen Tod und Leben war sie der Liebe begegnet.

Sie wagte nicht zu hoffen, dass ihre Gefühle erwidert wurden. Manchmal meinte sie, seinen Blick auf sich zu spüren, manchmal streifte er im Vorbeigehen ihre Schulter, legte kurz seine Hand auf ihren Arm. Dennoch zögerte sie, eines dieser Zeichen als Hinweis auf etwaige Absichten zu werten, denn ebenso oft eilte er mit finsterer Miene vorbei, ging den Tag über seiner Wege, umgab sich mit Besuchern und Begleitern.

Marie schalt sich selbst eine dumme Gans.

Was sollte ein adeliger Offizier schon mit der Tochter eines Bauern anfangen? Sie lebten in völlig verschiedenen Welten und diese Tatsache musste eigentlich jeden weitergehenden Gedanken an ihn sofort ersticken.

Der Mai war über seine Mitte hinweggeschritten, als Marie eine zunehmende Aufbruchsstimmung wahrnahm. Haltbare

Vorräte wurden angefordert und Conrad erzählte von verstärkten Kampfübungen im Lager. Waffen wurden gereinigt, gefettet und geprüft, Munition und Schießpulver verpackt. Der Junge, Frieder, kümmerte sich sorgsam um einige beeindruckende Pistolen, die den Offizieren gehörten. Hin und wieder sah sie ihn im Hof bei spielerischen Kampfesübungen mit seinem Herrn oder dessen Freund Heinrich. Zudem hielt er sich oft bei den Pferden auf, die er offenbar über alles liebte. Manchmal schlich Ebba hinterher und leistete ihm Gesellschaft, argwöhnisch beobachtet von Jakob Schenk.

Vor einigen Tagen war Janek von Schwanberg – in Gedanken verwendete sie inzwischen wie Heinrich den kürzeren Rufnamen – wieder auf sein Pferd gestiegen. Die Verletzung musste noch schmerzen, doch er ließ sich nichts anmerken. Seither hatte er wohl immer weitere Strecken zurückgelegt, denn Ross und Reiter trafen meist erst kurz nach Sonnenuntergang wieder auf dem Hof ein, beide verschwitzt und erschöpft.

Auch Heinrich war viel unterwegs, häufig begleitet von diesem kleinen, aber unglaublich kräftigen Hauptmann mit dem starken französischen Akzent. Bartholomäus dagegen blieb in der Nähe und setzte sich gerne mit der Familie zu Tisch.

An einem Montagnachmittag, drei Wochen vor dem Pfingstfest, arbeitete Marie mit Grete und Ebba in der Küche, als Jakob Schenk unerwartet den Raum betrat.

»Sie werden Rosengarten morgen verlassen.«

Marie durchlief es kalt. Sie stellte eine Holzschale mit Brotteig ab, die sie in den Händen hielt.

»Wer?«, fragte sie nach, obwohl sie die Antwort ahnte.

»Unsere Besucher, die Herren Georg von Schwanberg und Heinrich von Biberstein, der Junge und dieser Pfaffe«, erklärte ihr Vater und betonte vor allem den ersten Namen. »Heute sollen sie ein Abschiedsmahl haben. Tischt auf, was dem Magen recht bekommt. Und, Marie, sieh nach einem guten Wein.«

»In den nächsten Tagen wird das ganze Regiment aufbrechen«, meinte Grete, während sie Mehl von ihrer Schürze klopfte. »Das hat jedenfalls Conrad gesagt.«

»Haben uns auch lange genug belästigt«, knurrte der Bauer, doch Marie hörte das stille Bedauern in seiner Stimme, bevor er wieder hinausging. Alle hatten sie die ruhige, konsequente Art des Obristen geschätzt, der seine Truppen fest am Zügel hielt. Gewiss, er hatte Forderungen gestellt, doch zugleich ein Gefühl der Sicherheit vermittelt.

Marie atmete tief durch.

Ihr fiel es schwer, diese Nachricht als Wirklichkeit anzunehmen, obwohl der Tag des Abschieds so sicher näher gerückt war, wie die Saat auf den Feldern austrieb.

Er musste weiterziehen.

Als es dämmerte, hatten sich alle um den großen Esstisch versammelt. Man war zusammengerückt, damit jeder untergebracht werden konnte.

Marie bekam kaum einen Bissen hinunter, obwohl der Tisch reich gedeckt war. Hin und wieder nippte sie an ihrem verdünnten Wein. Umso mehr schien es dagegen den anderen zu schmecken. Die Wochen des Zusammenlebens hatten sie einander nähergebracht und so unterhielt man sich angeregt, entschärfte den Ernst des Abends mit Witz und manch sarkastischer Bemerkung. Zwischendurch belegten eindeutige Geräusche die ungewohnte Fülle der Mahlzeit.

Eine ganze Weile hatte Marie versucht, ihren Blick gesenkt zu halten, um dem seinen nicht zu begegnen. Sie fürchtete, ihre Miene könnte verraten, wie es um sie stand. Doch immer eindringlicher spürte sie die Anziehung, die von ihm ausging, sie glich einem unsichtbaren Band, das sich zwischen ihnen straffte. Schließlich konnte sie nicht mehr dagegen ankämpfen und hob den Kopf.

Sofort fing er ihren Blick auf.

In seine Augen, die meist bestimmt, manchmal sogar einschüchternd wirkten, trat eine liebevolle Aufmerksamkeit. Er nahm seinen Becher und machte eine kleine Bewegung in ihre Richtung, bevor er trank. Maries Finger zitterten, als sie die Geste erwiderte. Ein leises Lächeln überzog sein Gesicht und sie gab es spontan zurück. Sofort wurden ihre Wangen verdächtig warm und sie beugte sich wieder über ihren Platz, um die ungebetene Verlegenheit zu verbergen.

Janek saß ihr schräg gegenüber und fühlte sich hin- und hergerissen. Er ahnte, dass sie ihm zugetan war, genauso, wie auch er tiefere Gefühle für sie nicht leugnen konnte. Sie war auf eine unaufdringliche Art schön, faszinierte ihn durch ein inneres Leuchten, das sich in ihren dunkelgrünen Augen ausdrückte, in ihren Gesten, in der Art, wie sie sprach und lächelte.

Seit Langem war ihm kein Weib mehr in den Sinn gefallen, obwohl es genügend Ermutigungen gegeben hatte. Nein, er konzentrierte sich ganz auf seine Aufgaben und brauchte dafür völlige Unabhängigkeit. Schon allein deshalb hielt er sich zurück.

Ohnehin waren reizvolle Frauen rar. Jene, denen man unterwegs begegnete, waren gezeichnet durch Elend und Entbehrung und er wollte sich nicht den Keim eines langsamen, schleichenden Todes einhandeln, nur um einer flüchtigen Begegnung willen. Mit der gleichen Disziplin, die ihn inmitten von Zerstörung und Chaos auszeichnete, kontrollierte er daher seine Bedürfnisse.

Im Moment jedoch geriet etwas ins Wanken.

Denn nicht nur ihr Äußeres gefiel ihm. Ihr Wesen zeigte Facetten, in denen er sich selbst wiederfand. Sie besaß Verantwortungsgefühl, eine ungewöhnliche Reife und sehr viel Kraft. Sie verlangte sich viel ab und ging Herausforderungen umgehend und überlegt an. Sie gab niemals auf – so wie sie eisern seine Gesundung vorangetrieben hatte.

Aber wollte er sich ein Werben erlauben, wenn der Abschied schon bevorstand?

Während der letzten Tage hatte er gezielt Abstand gesucht, um die Versuchung klein zu halten. Hier waren weder Zeit noch Ort für eine Tändelei. Es widersprach seinem Ehrgefühl, sie am Ende verletzt zurückzulassen. Und doch konnte er heute Abend nicht mehr aufhören, sie anzustarren. Immer wieder kreuzten sich ihre Blicke und der Aufruhr in seinem Inneren wuchs. Bisweilen trat eine reizende Röte auf ihre Wangen und zeigte ihm, dass es ihr nicht besser erging. Als Heinrich zwischendurch eine scherzhafte Frage stellte, gab er eine kurz angebundene Antwort. Der Freund schüttelte leicht mit dem Kopf, ersparte sich aber eine süffisante Bemerkung.

Janek gestand sich ein, dass es ihn danach drängte, Marie Schenk in den Armen zu halten. Zugleich wusste er, dass es zu spät war, um nach einer Gelegenheit zu suchen. Vielleicht war es gut so. Er beschloss, die winzigen Pfeile Amors, die quer über den Tisch flogen, zu genießen und seine Wünsche ansonsten im Zaum zu halten.

Man saß zusammen, bis die Nacht hereinbrach.

Als das Mahl restlos verzehrt war und auch der Wein zur Neige ging, erhob sich der Bauer und faltete die Hände. Die Gespräche am Tisch verstummten. Dann sprach er mit fester Stimme den Abendsegen des Martin Luther.

»*Ich danke Dir, mein lieber himmlischer Vater, durch Jesus Christus, Deinen lieben Sohn, dass Du mich diesen Tag gnädiglich behütet hast, und bitte Dich, Du wolltest mir vergeben alle meine Sünden, wo ich heute Unrecht getan habe, und mich diese Nacht auch gnädiglich behüten. Denn ich befehle mich, meinen Leib und Seele und alles in Deine Hände.*« Er räusperte sich. »*Dein heiliger Engel sei mit mir, dass der böse Feind keine Macht an mir finde.*«

Ohne ein weiteres Wort verließ er den Raum. Kurz darauf klapperte die Tür zu seiner Kammer. Mit einer stummen Geste bedeutete Marie ihrer Schwester, ihm zu folgen.

Janek fühlte sich rastlos. Anstatt seine Kammer aufzusuchen, ging er vor die Tür, um Luft in seine Lungen zu pumpen. Er tat ein paar Schritte und setzte sich an den Rand des mit Steinen eingefassten Brunnens im Innenhof. Vor dem Tor prasselten

Wachfeuer; die diensthabenden Soldaten spielten mit Würfeln und ihre Zoten waren weithin hörbar.

Er atmete tief ein und sein Blick wanderte über die Gebäude hinweg nach oben. Im tiefen Dunkel der Nacht leuchtete der Sternenhimmel, hell und klar. Aus diesem Meer an Lichtpunkten also hatten Wallensteins Sterndeuter ihre Weisheiten bezogen. Hätte er lieber seinen Verstand gebraucht, der große Friedländer. Vielleicht wäre ihm einiges erspart geblieben. Nur einen dieser Scharlatane hatte Janek nachhaltig geschätzt. Den Astronomen Johannes Kepler, von dessen Schriften er einige kannte. Leider war er schon tot, dieser geniale Geist.

Janek schmunzelte in sich hinein.

Sicher war es dem tiefgläubigen, aber nüchternen Denker nicht leicht gefallen, dem nach genauesten astrologischen Voraussagen gierenden Wallenstein zu dienen. Kepler hatte die Sterne wohl studiert, aber aus seinen Beobachtungen stets logische Schlüsse gezogen. Daraus das wahrhaftige Schicksal eines Menschen abzulesen, war gewiss nicht sein Ziel gewesen. Aber war ihm etwas anderes übriggeblieben? Wallenstein hatte ihn für sein tägliches Horoskop bezahlt, also hatte Kepler täglich geliefert, drei Jahre lang. Seinen Darstellungen hatte er dabei immer die dringliche Bitte angefügt, aus den Konstellationen am Firmament keine allzu konkreten Hinweise für die Zukunft abzuleiten. Vergebens zwar, aber immerhin hatte er Wallenstein seine Position unmissverständlich klargemacht: *»Die Sterne zwingen nicht, sie machen nur geneigt.«*

Ein Geräusch ließ Janek aufhorchen.

Leise knarrend schloss sich das Tor zu einem der beiden Ställe. Er warf einen Blick über die Schulter und bemerkte einen Schatten, der leichten Fußes näherkam. Erst als der Kegel des Mondlichts darauf fiel, erkannte er Marie.

Sie sah ihn am Brunnen sitzen, den Blick zum Himmel gerichtet. Niemals in den vergangenen Wochen hatte sie ihn so gedankenversunken erlebt.

Ihr Herz begann zu pochen.

Sie sollte rasch an ihm vorbei zum Haus laufen, stattdessen ging sie langsam auf ihn zu. Als er sie erkannte, stand er rasch auf und kam ihr entgegen.

»Noch wach, zu so später Stunde?«

»Ein paar Sauen werden bald werfen. Ich habe noch einmal nach ihnen gesehen.«

»Und? Ist die Zeit reif?«

»Sie sind ruhig. Aber lange wird es nicht mehr dauern.«

»Als wir junge Burschen waren, haben wir die Schweine gerne geärgert und ihnen Eicheln hingelegt. Wenn sie anfingen zu schmatzen, versuchten wir mit Kieselsteinen in ihre Nasenlöcher zu treffen.«

»Das wird ihnen nicht gefallen haben.«

»Da hast du recht, es hat ihnen nicht gefallen. Uns aber umso besser. Und je mehr sie quiekten, desto größer war der Spaß.«

»Hattet Ihr denn oft Umgang mit *solchen* Tieren?« In Maries Stimme klang ein wenig Überraschung mit.

»In unserer Herrschaft gab es viele Höfe. Wir waren mehrere befreundete Buben und niemand hielt uns auf, wenn wir umherstreiften. Glaube mir, am Ende des Tages unterschied uns nichts mehr von den Bauernjungen.«

Marie musste lachen. Ihre Neugier wuchs.

»Wo liegt Eure Herrschaft?«

»In Westböhmen«, antwortete Janek. »Einen guten Tagesritt östlich von Nürnberg – wenn man sich eilt und ein gutes Pferd hat.«

»Leben dort Eure Anverwandten?«

Janek zögerte kurz. Nur wenige Menschen kannten sein Leben außerhalb der Armee. Aber ihre Fragen erschienen ihm so natürlich, dass er weitersprach.

»Nein. Mein Bruder, meine Schwester und meine Mutter leben in Preußen, in Elbing.«

»Nicht in Eurem Zuhause?«

»Die Herrschaft Schwanberg ist nicht mehr in unserem Besitz.«

»Oh.« Sie wusste sichtlich nicht, ob sie weiter in ihn dringen sollte. Er fasste sie sanft am Ellenbogen und neigte sich zu ihr.

»Sollten wir uns nicht einen bequemeren Platz suchen? Falls nicht, begleite ich dich zum Haus.«

Nun war es Marie, die nicht recht wusste, welche Wahl sie treffen sollte. Doch das Herz entschied über den Verstand. »Erzählt weiter.«

Janek führte sie zurück in den Schatten der Ställe. Im Haus war zwar völlige Ruhe eingekehrt, trotzdem wollte er keine neugierigen Blicke riskieren. Sie setzten sich auf die davor gelagerten Strohgebinde.

»Ich bin auf Burg Ronsperg geboren worden«, begann er, »und habe lange Zeit dort gelebt, mit meinen Eltern und meinen Geschwistern. Aus dieser Zeit kenne ich *solche* Tiere.«

Er scherzte. Maries Anspannung ließ nach.

»Habt Ihr damals auch schon so intensiv den Nachthimmel betrachtet?«, fragte sie.

Janek lächelte und sah wieder hinauf.

»Ich finde ihn in der Tat faszinierend. So viele gelehrte Männer befassen sich mit den Sternen und doch gibt er seine wahren Geheimnisse nicht preis.«

Marie folgte seinem Blick. »Es scheint, als wollten sie uns etwas sagen, aber wir verstünden nichts.«

Janek lächelte. »Die Kirche hat ihre strenge Hand auf den Himmel gelegt und verweigert uns armen Sündern den geraden Weg zu Gott. Wir müssen stets den Umweg über die Geistlichkeit nehmen.«

»Pflegt Ihr unangemessenes Gedankengut, Herr von Schwanberg?«, meinte Marie scherzhaft. Janek sah sie an.

»Ich möchte deinen Glauben an mich nicht erschüttern, Marie, doch ich erlaube mir in der Tat einen freien Geist. Im Namen der Kirche wurde viel Unheil angerichtet. Auch dieser Krieg ist zu einem Gutteil ihre Schöpfung. Sie nutzt ihre Macht, um die Leute zu beeinflussen und beruft sich dabei auf Gott. Doch letzten Endes ist alles Menschenwerk. Kein Gott würde auf diese Weise regieren.«

»Ihr habt viel Schlimmes gesehen«, stellte Marie fest.

»Das habe ich und bin mir sicher, dass es noch viel grausamer wird. Wäre ich ein Sterndeuter, so könnte ich dir vielleicht aus den Konstellationen dort oben lesen, doch ich bin ein einfacher Soldat.«

»Glaubt Ihr daran?«

»An die Sterne? Nicht so, wie es die meisten tun, indem sie Himmelserscheinungen als Symbole künftiger irdischer Geschehnisse sehen. Ich halte es für einen Zufall, dass im Jahr der ersten Kämpfe ein Komet über uns hinweggezogen ist. Doch viele denken, dass er großes Unheil angekündigt hat, all das Schreckliche, das sich derzeit ereignet, oder den erneuten Ausbruch der Pestilenz.«

»War es denn nicht so?«

»Man kann es so betrachten, gewiss. Im selben Jahr riss das Band des Friedens und wurde bis heute nicht wieder geknüpft. Doch für mich hat es nicht mit jenem Himmelszeichen zu tun, sondern mit den Menschen und ihren Eitelkeiten.«

»Dann haben Dünkel und Habgier das ganze Unglück verursacht.«

»Und die Überzeugung eines katholischen Kaisers, dass die Welt nur in seinem Glauben regiert werden darf. Dabei haben sich die Zeiten geändert.«

»Man mag sich gar nicht vorstellen, wie das einst gewesen sein muss. Als keiner die Bibel lesen konnte und im Gottesdienst nur Latein gesprochen wurde.«

»Man hat den Gläubigen viel Unsinn eingeflüstert. Dass man sich von seinen Sünden freikaufen kann, zum Beispiel. Ein einträglicher Handel war das damals, für die Kirche und ihr Oberhaupt in Rom.« Marie hörte die Verachtung in Janeks Stimme.

»Bekennt Ihr Euch auch zum evangelischen Glauben?«, fragte sie.

»Ich bin Protestant. Ob ich mich aber zu irgendeiner Kirche wirklich bekenne, habe ich noch nicht entschieden.«

»Aber Ihr glaubt an Gott?«

Janek richtete den Blick wieder nach oben. »Vielleicht glaube ich an einen Schöpfer. An jemanden, der das Himmelszelt und die Erde geschaffen hat und der weiß, weshalb er es tat. An einen Gott mit menschlichem Antlitz aber glaube ich nicht.«

Marie dachte über seine Worte nach.

»Habe ich dich enttäuscht?«, fragte Janek vorsichtig, als sie nichts sagte.

»Gewiss nicht. Ich habe mir nur noch nie solche Fragen gestellt. Gott ist eigentlich immer da. Das hoffe ich jedenfalls.« Sie lächelte zaghaft und schlug einen Gedankenbogen zurück. »Für Euch war also der Große Komet kein Zeichen. Obwohl kaum jemand dies in Zweifel zieht?«

»Ich denke, ich bin nicht der Einzige, der Fragen stellt. Zumal der Komet erst ein halbes Jahr nach den Ereignissen in Prag aufgetaucht ist.«

»In Prag?«

»Damals wurden mehrere katholische Beamte von wütenden Protestanten aus dem Fenster der Prager Burg geworfen. Als Strafe dafür, dass die evangelische Religion unterdrückt wurde.«

»Eure Heimat war katholisch?«

»Böhmen wurde von einem katholischen König regiert. Viele der einzelnen Herrschaften aber bekannten sich schon zum Neuen Glauben und weigerten sich, diesem zu entsagen. Die Situation wurde immer schwieriger. Schließlich gab es einen Aufstand vieler Adliger, unter ihnen war auch mein Vater.«

»War er auch auf der Burg dabei?«

»Nein, aber er wäre es sicher gern gewesen.« Janek grinste.

»Und die Männer? Sind sie gestorben?«, fragte Marie.

»Sie hatten großes Glück, obwohl sie wahrlich tief gefallen sind. Manche behaupten, dass ein Misthaufen den Sturz abgefangen habe.«

Diese Vorstellung ließ Marie laut lachen. »Entschuldigt. Bitte. Ich meine … das ist alles gewiss entsetzlich, aber …«, sie beruhigte sich, »aber Euer Tonfall war so lustig und ich …«

»Sei unbesorgt«, unterbrach Janek sie und lächelte. »Ich habe es durchaus wie einen Schelmenstreich erzählt. Die drei waren vermutlich nur dick genug angezogen gewesen und damit ein wenig geschützt. Dennoch trugen sie schwere Verletzungen davon.«

»Aber der katholische König hat sich das sicherlich nicht gefallen lassen?«, hakte Marie nach.

»Er hatte keine Wahl, er wurde weggeschickt und an seiner Stelle ein Protestant eingesetzt. Im Jahr darauf ernannte dieser neue König meinen Vater zum Obersthoflehenrichter. Nun sahen wir ihn nicht mehr oft, denn er hielt sich viel in Pilsen auf.«

»Dann war eigentlich alles gut.«

»Das könnte man meinen. Aber Österreich nahm seine Niederlage nicht einfach hin. Schon bald führten sie Krieg gegen Böhmen. Dabei drangen sie auch in die Schwanberg'schen Güter vor, plünderten und brannten die Dörfer nieder.«

»Und Ihr musstet fliehen?«

»Nein. Noch nicht. Aber jener aus Böhmen vertriebene König wurde nur kurze Zeit später der Kaiser des Reichs.«

»Gütiger Gott.« Marie verstand. »Und er wollte Rache.«

Janek nickte. »Er zog gegen Böhmen ins Feld. Die erste von unzähligen Schlachten wurde bei Prag geschlagen und sie endete mit einer fürchterlichen Niederlage der Protestanten. Mein Vater war kurz zuvor gestorben, er hat das alles nicht mehr erleben müssen. Meine Mutter nahm uns Kinder und verließ Böhmen. Dort hatten wir keine Zukunft mehr.«

»Weshalb ging sie ausgerechnet nach Elbing?«

»Dort wurde sie geboren und dort sind ihre Wurzeln.«

»Und Euer Besitz?«

»Alle in den Aufstand verwickelten böhmischen Adligen wurden enteignet. So auch wir.«

»Dann könnt Ihr nicht mehr zurück.«

»Nicht jetzt. Uns geht es gut in Elbing. Aber die Herrschaften derer von Schwanberg sind und bleiben unser Erbe.«

»Und Ihr möchtet sie zurückgewinnen.«

»Wenn es eine Möglichkeit gibt, ja.« Janeks Stimme wurde härter. »Sie uns wegzunehmen, war ein großes Unrecht. Der Streich eines Despoten. Kaiser Ferdinand möchte die Welt nach seinem Gusto lenken. Man muss ihn aufhalten. Also habe ich mich den Schweden angeschlossen.«

»Wie lange schon?«

»Eine längere Zeit. Wenige Jahre nach unserer Ankunft in Elbing lernte ich den dortigen Statthalter kennen. Inzwischen ist der Mann schwedischer Kanzler.«

Maries Augen wurden groß.

»Ihr kennt den schwedischen Kanzler, den sie *Ochsenstirn* nennen?«

»Du weißt so manches, Marie.« Janek schmunzelte.

»Wenn man darauf achtet, erfährt man dies und das. Durch Hall ziehen Händler und Reisende. Sie haben reichlich Geschichten dabei.«

»Mit Axel Oxenstierna bin ich seit vielen Jahren verbunden.« Wie sehr, erläuterte er nicht näher. »Ich kam mit ihm nach Frankfurt, als der schwedische König ihn rief. Und nun reise ich hier durch die Lande.«

Marie setzte zu einer weiteren Frage an, doch Janeks Gesichtsausdruck veränderte sich, so dass sie die Luft kurz anhielt und dann leise ausatmete.

Er sah sie an.

Sie war nicht nur hübsch und tüchtig, sie war auch verständig und klug. In ihr steckte so vieles, was er schätzte. Jedes geteilte Wort, jede Geste brachte sie ihm näher.

Ein leiser Schimmer in ihren Augen genügte schließlich, seinen letzten inneren Widerstand zu durchbrechen. Und endlich wagte er zu tun, wonach ihn die ganze Zeit verlangte.

In einer zärtlichen Geste schob er seine Hände in ihren Nacken und hob ihr Gesicht an. Sie folgte seinem Impuls ohne Zögern und rutschte näher. Ihre Arme umfassten seine Flanken. Er berührte ihren Mund mit dem seinen, erst sehr sanft, dann fordernder, legte eine Spur zärtlicher Küsse bis zu ihrem Ohr, ihrem Nacken und abwärts bis zu ihrer Schulter.

Marie bekam eine Gänsehaut.

Eine Flut von Gefühlen stieg auf und ohne falsche Scham ließ sie ihre Hände über seinen Rücken gleiten, sog seinen männlichen Geruch ein. Alle ihre Sinne reagierten auf diese innig ersehnte Umarmung.

Niemals zuvor hatte Marie einem Mann erlaubt, sich ihr in dieser Weise zu nähern. Aber niemals zuvor hatte sie eine solche Vertrautheit gespürt. Schon jetzt war Janek von Schwanberg ein Teil ihres Lebens geworden und ein Stück von ihm würde bei ihr bleiben, auch wenn sie ihn nie wiedersah. Es gab vielleicht nur diese eine Gelegenheit, einem Mann nahe zu sein, den sie von Herzen gern hatte.

Sie sanken zurück auf das Stroh, ließen die Welt hinter sich, vergaßen alles um sich herum. Jeder neue Kuss war tiefer als der vorhergehende, jede Berührung vertraulicher, jedes vorsichtig entblößte Stückchen Haut wurde zu einem sinnlichen Fest. Marie ließ sich fallen, hielt weder ihn noch sich selbst zurück. Sie nahm und sie gab und leise Jauchzer entflohen ihrer Kehle.

Janek spürte das auflodernde Feuer.

Ihre unerfahrene, natürliche Leidenschaft erhitzte ihn und es fiel ihm zunehmend schwer, sich zu beherrschen. Aber die letzten Schritte würde er sich versagen. Marie sollte unversehrt zu ihrer Familie zurückkehren.

Er atmete schwer, als er sich von ihr löste und auf den Ellenbogen stützte, um ihr Gesicht zu betrachten.

Das Haar war zerzaust. Wangen und Lippen gerötet, ihre Augen verschleiert. Erst allmählich schien sie sich ihrer Situation bewusst zu werden, richtete sich beklommen auf und zog verlegen an ihrem Mieder.

»Verachtet Ihr mich nun?«, fragte sie leise.

Ganz offensichtlich deutete sie die Lage völlig falsch.

Janek strich ihr beruhigend über den Rücken und zog sie dann wieder neben sich. »Nein, Marie. Das Gegenteil ist der Fall. Ich fühle mich geehrt für das, was du mir gestattet hast.«

Und Marie verstand. Er wollte sie schützen.

Langsam ging ihre körperliche Anspannung in etwas Tieferes über, in Respekt und ein Gefühl großer Geborgenheit. Er drehte ihren Kopf zu sich und so lagen sie, von Angesicht zu Angesicht, streichelten einander, lächelten, küssten sich.

Es waren geschenkte Stunden.

Er hatte sie in sein Leben gelassen, ihr ein Stück von sich gezeigt, das nur wenige kannten. Janek dachte an vieles, welches unerwähnt geblieben war. Dass er schon als ganz junger Mann Handel getrieben und Bernstein verkauft hatte, bis Oxenstierna auf ihn aufmerksam geworden war. Dass er mit dessen Hilfe sein Geschäft ausgebaut und dann, als Schweden in den Krieg eingetreten war, den Waffenhandel mit den Vereinigten Niederlanden aufgenommen hatte. Beide hatten davon profitiert, er für seine Unternehmungen und der Schwede für die immer klamme Kriegskasse. Als er Oxenstierna damals nach Deutschland gefolgt war, hatte er ein eigenes Regiment anwerben können und bis heute keine Mühe, für dessen Unterhalt aufzukommen. Seine Söldner waren geschult und kampferprobt, die Pferde kräftig. All das würde ihm ermöglichen, eines Tages seine Rechte auf Schwanberg geltend zu machen. Doch zuvor lagen Unmengen an Hindernissen auf seinem Weg.

In ihrer Umarmung hatten sie jegliches Zeitgefühl verloren. Irgendwann hob Marie den Kopf, drehte sich auf den Bauch und legte eine Hand auf Janeks Brustkorb.

»Weißt du eigentlich«, sagte er zu ihr, indem er eine Haarsträhne hinter ihr Ohr schob, »dass du mir gezeigt hast, was Frieden ist?«

Als Marie ihn fragend ansah, sprach er weiter: »Nicht nur der Friede auf einem Papierstück. Ein Frieden, der von hier kommt.« Dabei legte er seine Hand über Maries linke Brust.

Sie schluckte. »Ihr seid ein gerechter Mann. Gäbe es mehr von Euch, wäre der Krieg längst zu Ende.«

Ihr Lob freute ihn, zugleich machte es ihn ernst. »Höre, Marie. Ich werde fortziehen, in Kämpfe und Schlachten. Ich werde dem Tod ins Auge sehen. Ich werde am Morgen nicht wissen, ob ich am Abend noch bin. Und ich werde nicht zählen können, wie viele Menschen durch meine Befehle getötet wurden.« Er sah sie an und seine Augen füllten sich mit Wärme. Ein Lächeln umspielte seine Mundwinkel, als er ihre Hand von seiner Brust nahm und an die Lippen hob. »Aber sei gewiss. Ich werde an dich denken. Etwas von heute wird bleiben.«

Marie spürte einen Kloß im Hals. Sie berührte seine Lippen mit zwei Fingern und Janek wusste, dass sie verstanden hatte.

»Solange, wie ich atme«, antwortete sie flüsternd, »werde ich Euch in meinem Herzen behüten.«

Sie lächelte und konnte doch nicht verhindern, dass eine Träne über ihr Gesicht lief und von ihrem Kinn auf seinen Mundwinkel perlte. Er nahm sie mit der Zunge auf, ganz so, als wäre sie eine kleine Kostbarkeit.

Ein neuer Tag brach an. Marie hatte kein Auge zugetan, obwohl sie irgendwann zu Bett gegangen war. Gottlob hatte Ebba einen gesunden Schlaf, den nicht einmal eine Salve Gewehrfeuer zu stören vermochte. Reglos hatte sie neben ihrer Schwester gelegen, erfüllt von einem starken Glücksgefühl und zugleich einer solchen Traurigkeit, dass sie meinte, es würde sie zerreißen.

Noch immer fühlte sie Janeks Wärme, seine Arme, die sie umfingen, seinen Atem, der ihre Lippen streifte. Sie sah noch immer seinen brennenden Blick, als sie ihn verlassen hatte, um ins Haus zu gehen. Und sie spürte die trostlose Endgültigkeit des bevorstehenden Abschieds.

Eine Stunde später waren alle im Hof versammelt.

Marie stand in der Nähe des Eichentores. Heinrich zwinkerte ihr zu, während Bartholomäus mit seinem Pferd kämpfte, das ausgeruht war und am liebsten ohne Reiter losgestürmt wäre. »*Pugnax caballus!* Was bist du doch für ein halsstarriger Gaul!«

Frieder saß bereits auf seinem neuen Tier, das am Vortag gebracht worden war. Es war zwar nicht allzu groß, aber recht lebhaft. Die Augen des Jungen leuchteten vor Abenteuerlust.

Sie sah Janek bei ihrem Vater stehen. Die beiden Männer verabschiedeten sich mit einem respektvollen Schulterklopfen. Dann nickte Janek Conrad zu, der seinen prächtigen Hengst hielt. Er übernahm die Zügel, richtete ein paar Worte an das Tier und stieg auf.

Dunkel gekleidet und in einer entschiedenen Haltung wirkte er überlegen und unnahbar.

Maries Herz schlug schneller.

Würde es ein Zeichen des Abschieds geben? In ihrer Unruhe verflocht sie die Finger ineinander, bis das Weiße der Knöchel hervortrat.

Inzwischen hatte Janek seine Freunde um sich geschart.

Conrad öffnete das Tor und gab den Weg frei. Auf einen leichten Schenkeldruck seines Reiters hin setzte sich Moses in Bewegung.

Als sie auf ihrer Höhe waren, hielt Janek an. Für einen kurzen Moment leuchteten seine Augen auf, in einem klaren Blau, das sie in dieser Tiefe bisher nicht an ihm wahrgenommen hatte. »Gott mit dir, Marie.«

»Gott mit Euch, Herr von Schwanberg.« Sie lächelte mühsam. Sein Blick verdunkelte sich, als er sich abwandte und sein Pferd durch das Tor lenkte. Die postierten Wachen entboten ihren Respekt, während Heinrich es sich nicht nehmen ließ, Bartholomäus' Stute einen leichten Klaps zu geben. Als diese stieg, geriet der Geistliche in eine gefährliche Schräglage. »*Homo stultissimus!*«

Heinrich war sichtlich amüsiert und ignorierte den finsteren Blick, der ihn traf, als Bartholomäus sich wieder gefangen hatte.

Gemeinsam mit ihrem Vater trat Marie vor das Tor.

Eine Schar Reiter schloss zu den Davonziehenden auf und Marie war es, als legte sich eine bleierne Schwere auf ihre Brust. Sie sah ihnen nach, wie sie den Hügel erklommen und aus ihrem Blickfeld verschwanden.

Er hatte nicht mehr zurückgeschaut. Es war vorbei.

Eine ganze Weile verharrte sie regungslos und blickte verloren in die Ferne. Schließlich legte Jakob Schenk den Arm um seine Tochter. Ihr Rock raschelte leise, als sie gemeinsam zum Hoftor zurückgingen.

Zweiter Teil

Die Beute der Mächte

7. Kapitel

OMNIA CUM DEO.
ALLES MIT GOTT.

Wahlspruch Herzog Eberhards III.
von Württemberg

DAS SCHLOSS ZU STUTTGART,
ZWEITE AUGUSTHÄLFTE DES JAHRES 1634

Im Innenhof des Stuttgarter Schlosses herrschten trotz der frühen Stunde Hast und Eile. Ein steter Strom an Reise- und Gepäckwagen fuhr vor. Die Dienerschaft schleppte mühsam Kisten und Truhen, Bündel und Körbe über die Pflastersteine. Anweisungen übertönten die Geschäftigkeit und wiesen die Flut an mitzuführenden Gütern den aufnehmenden Gespannen zu. Kaum war eines bepackt, drängte bereits das nächste auf seinen Platz.

Die Frauengemächer im zweiten Stock standen diesem Trubel in nichts nach. Wo sonst eine ruhige Atmosphäre herrschte, wo man bei leiser Unterhaltung zu wirken und zu nähen pflegte, eilten nun Kammerfrauen hin und her, um die kostbaren Gewänder und wertvollen Schmuckstücke der Herzoginwitwe Barbara Sophie sorgsam zu verstauen.

Dieselbe ging reisefertig angekleidet durch ihre Räume, erteilte prägnante Befehle und schien sich durch die Betriebsamkeit ringsum nicht aus der Ruhe bringen zu lassen. Keiner ahnte, wie diszipliniert sie ihre Anspannung verbarg. Doch allein die Tatsache, dass sie die württembergische Residenz mitsamt ihren drei Töchtern und einem der Söhne in Kürze verlassen würde, zeugte von einer außergewöhnlichen Situation.

Schon das ganze Jahr hindurch war die politische Lage des Herzogtums nicht einfach gewesen und sie hatte sich in den letzten drei Wochen noch zugespitzt. Kaiserliche Streitkräfte hatten das hart umkämpfte Regensburg eingenommen und die mit Württemberg verbündeten schwedischen Streitkräfte dort vertrieben. Nun wurde die von den Schweden noch gehaltene, evangelische Reichsstadt Nördlingen unweit der württembergischen Landesgrenze belagert. Sollte Nördlingen kapitulieren, wäre der Weg nach Württemberg frei für den Kaiser und seine katholischen Truppen. Ein wenig mochte die Gewissheit beruhigen, dass auch die Schweden ihre Armeen zusammenzogen, um Nördlingen vor dem Fall zu bewahren. Doch während der letzten Jahre als Vormünderin ihres Sohnes hatte Barbara Sophie aktiv in der Landespolitik mitgewirkt und ein Gespür für die komplexen Verläufe des *Teutschen Krieges* entwickelt. Und dieses riet ihr zur Vorsicht.

Sie hatte alles wohl überlegt.

Ihr Ältester, Eberhard, war erst seit gut einem Jahr Herzog und dazu noch sehr jung, gerade einmal neunzehn Jahre alt. Man konnte von Glück sagen, dass angesichts der bedrohlichen Situation einige bewährte Ratgeber bei ihm blieben. Friedrich, der Zweitgeborene, befand sich im sicheren Ausland und Ulrich, mit siebzehn Jahren der jüngste Sohn, würde Mutter und Schwestern nach Straßburg begleiten. Sollte Eberhard etwas zustoßen, stünden zwei weitere Thronfolger bereit, um die Dynastie weiterzuführen.

Barbara Sophie verließ ihre Zimmer und begab sich in die große Dürnitzhalle. Die unzähligen Tische, an denen üblicherweise Gäste bewirtet wurden oder die Dienerschaft speiste, hatte man zusammengeschoben, um Platz zu schaffen für die zahlreichen Kisten mit wertvollen Kleinodien der herzoglichen Kunstkammer, die ihrer Verladung harrten. Pokale und Trinkbecher aus Silber, Schalen aus Bergkristall oder Jade, mit Edelsteinen und Kameen verzierte Kassetten und unzählige weitere Preziosen würde sie nach Straßburg mitnehmen. Sollte das Schlimmste eintreten und Württemberg okkupiert werden, fiele nicht alles an Wert den Feinden in die Hände. Aus dem gleichen Grund hatte man bereits das fürstliche Silbergeschirr, einige Truhen mit Kleidung und Schmuck ihrer Töchter sowie das württembergische Archiv auf die Festung Hohenasperg bringen lassen. Möge der Schatz des Landes innerhalb der schützenden, als uneinnehmbar geltenden Mauern sicher lagern, bis bessere Zeiten kämen.

Einige Zeit später formierte sich der Tross vor den Toren des Schlosses. Während die ersten Gepäckwagen und ihre Bewacher aufbrachen, fuhren die Kutschen für die Mitglieder der herzoglichen Familie vor.

Bevor Barbara Sophie als Letzte in eines der mit Samt ausgeschlagenen Gefährte einstieg, wandte sie sich an ihren Sohn, den Herzog, der mit einigen seiner Vertrauten im Portal der Dürnitz stand.

»Auf dich wartet eine große Aufgabe. Erweise dich deines Landes würdig«, sagte sie ernst.

»Gewiss, Euer Liebden«, antwortete Eberhard und versuchte, seiner Stimme einen entschlossenen Unterton zu geben. »Reist unbesorgt. Gott mit Euch.«

Der Blick, mit dem ihn seine Mutter zum Abschied bedachte, war ihm gut bekannt. Streng, aber mit einem erkennbaren Anflug von Zuneigung legte sie den Kopf zur Seite und sah ihm in die Augen. Er erwiderte ihre Geste mit einem angedeuteten Kopfnicken. Dann drehte sie sich um und ging gemessenen Schrittes zu den wartenden Kutschen. Ein Lakai half ihr hinein.

Türen klapperten, Pferde schnaubten und leise Rufe hallten über den Schlosshof. Dann fuhr der erste Wagen an.

Räder und Deichseln quietschten, als die Kolonne langsam zum Schlosstor hinausrollte und die Holzbrücke passierte, die auf steinernen Pfeilern den ausgetrockneten Burggraben überspannte. Draußen schloss ein starker, bewaffneter Begleittrupp auf, der die sichere Fahrt seiner Mutter und der Geschwister gewährleisten sollte. Bald würden sie Stuttgart verlassen haben.

Eberhard wartete, bis nur noch einige feuchte Pferdeäpfel von der Hektik der letzten Stunden zeugten. Während er sich in seine Räume zurückzog, stieg ein Anflug von Angst in ihm auf. Was geschähe, wenn Nördlingen tatsächlich fiele? Seine Mutter hatte den Hof nicht aus einer Laune heraus verlassen, sondern weil sie eine näherkommende Gefahr erahnte. Ganz sicher musste er wachsam sein, auch wenn ihm sein Landhofmeister Pleickhard von Helmstätt, der Vizekanzler und die Geheimen Räte zuverlässig zur Seite standen.

Eberhard holte tief Luft und blies sie hörbar aus.

Er konnte nichts weiter tun, als abzuwarten. Seiner Bündnispflicht war er bereits nachgekommen, indem er zwei Brigaden und damit rund 3 000 Mann württembergischer Landmiliz unter Obrist Philipp von Liebenstein zur Unterstützung der schwedischen Armee nach Nördlingen abkommandiert hatte. Das war natürlich nicht viel und allenfalls ein Tropfen auf den heißen Stein, doch woher neue Männer nehmen? Schon in diesem Aufgebot gab es viel zu viele unerfahrene Bauern und nur wenige kriegstaugliche Söldner.

Einige Tage später traf ein Metzgersbote zu Pferd ein und brachte wichtige Neuigkeiten. Im Kreise seiner engsten Regierungsmitglieder erbrach Eberhard die Siegel der beiden Briefe, überflog die Zeilen und reichte sie dem Vizekanzler Andreas Burckhardt weiter.

Dieser gab zunächst den Bericht des württembergischen Offiziers Offenburg wieder, der die Ankunft und die ersten Eindrücke der herzoglichen Landmiliz im schwedischen Feldlager bestätigte: »*Bis dato ist sonderlich nichts gewesen. Es sind etliche kleine Scharmützel vorgegangen, in welchen der Kroaten Obrist Blaskowitz eine Wunde in den Rücken empfangen hat, so dass man davon ausging, dass er tot sei. Die schwedischen Generale haben sich nun auf einen Berg bei Bopfingen begeben, um das Eintreffen der Truppen des Herrn Rheingrafen Otto von Salm-Kyrburg abzuwarten.«*

Eberhard wandte sich an den Landhofmeister und stellte fest: »Bis der Rheingraf Otto kommt, dürfte es noch eine ganze Weile dauern.«

»Er hat einen sehr langen Anmarsch«, stimmte Helmstätt zu und wandte sich an Burckhardt: »Was besagt der andere Brief?«

Dieser verlas die zweite Mitteilung, hielt aber mittendrin inne. »Potztausend!«

»Was ist?«, meinte der Herzog ungeduldig.

Burckhardt ließ das Schreiben sinken. »Feldmarschall Horn lässt unseren Fürstlichen Herrn wissen, dass es ihm gelungen sei, mehrere hundert schwedische Musketiere nach Nördlingen einzuschleusen.«

»Da ist die Garnison wohl verstärkt. Wie hat er das ins Werk gesetzt?«, fragte einer der Beamten.

»Wie es halt so gemacht wird«, antwortete der Vizekanzler. »Man verwickelte die Kaiserlichen in ein ablenkendes Scharmützel, wodurch Horn mit einigen Reitertruppen unbemerkt zu einem der Tore vordringen konnte. Auf jedem Pferd saßen zwei Männer, ein Kavallerist und ein Musketier. In der Nähe des Baldinger Tores sprangen die Musketiere ab und verschwanden in der Stadt.«

»Wahrlich gelungen!« Die anwesenden Männer waren beeindruckt, einige lachten.

Schließlich hob Herzog Eberhard die Hand. »Horn beklagt, dass er keine Kunde vom Verbleib der rheingräflichen Armee habe. Wir müssen ihm unverzüglich mitteilen, dass der Rheingraf eben erst von Freiburg aufgebrochen ist.«

Ein Kanzleischreiber wurde herbeigerufen, damit Eberhard seine Antwort an Horn diktieren konnte. Den fertigen Brief übergab man dem wartenden Boten mit der Maßgabe, ihn unverzüglich dem schwedischen Feldmarschall zu überbringen.

»Warum hat der Rheingraf seinen Aufbruch so lange hinausgezögert?«, überlegte Eberhard laut, als er sich am Ende der Zusammenkunft erhob.

Andreas Burckhardt antwortete gedämpft: »Bevor er seine Truppen sammeln und den Abmarsch nach Nördlingen vorbereiten konnte, musste er die Belagerung der Feste Rheinfelden abschließen.«

»Hat er sie eingenommen?«

»Das hat er.«

Nach einem ausgiebigen Mittagsmahl, dem eine ebenso ausgiebige Mittagsruhe gefolgt war, suchte Eberhard die großzügigen Gartenanlagen auf, die sich neben dem Schloss erstreckten und ihm hoffentlich ein wenig Zerstreuung bieten würden.

Hier hatten seine herzoglichen Vorgänger wahrlich Vortreffliches geleistet.

Während seines Spaziergangs ließ Eberhard den Blick über all die schönen Arrangements gleiten, die die Wege säumten.

Wie gekonnt die beiden Lusthäuser und die Grotte, die Rennbahnen, das Schießhaus und all die anderen Bauwerke in diesen Garten eingefügt waren. Umgeben von einer Mauer aus Stein, bot die Komposition eine Fülle an extravaganten Zerstreuungen. Seit Jahrzehnten versanken Besucher in Erstaunen, wenn sie den Stuttgarter Lustgarten erblickten. Würde noch etwas übrigbleiben von dieser Pracht, wenn die Kaiserlichen tatsächlich in Stuttgart einfielen?

Noch in Gedanken versunken erreichte er mit seinen Begleitern den Jerusalemturm. Als sie das vieleckige, dreistöckige Gebäude betraten, erfasste Eberhard eine vertraute Ehrfurcht, denn das Innere des Turms beherbergte eine kunstvoll gestaltete Miniatur-Ausgabe der Stadt Jerusalem. Zahlreiche Lichtquellen gaben der aufwändig gestalteten Szenerie eine nahezu mystische Schönheit.

Andächtig betrachtete der junge Herzog die detailgetreu nachempfundenen heiligen Stätten und fühlte bald eine tröstliche Leichtigkeit in seinem Innern aufsteigen. Der Himmel konnte einfach nicht zulassen, dass sein Land erobert und zerstört würde. Daran wollte er glauben.

Am Abend speiste Eberhard mit gutem Appetit und noch besserer Laune inmitten seiner Gefolgschaft. Der Kellermeister hatte dem großen Gewölbe unter dem Schloss einen vollmundigen Rotwein abgerungen, der nachhaltig zur guten Stimmung an der Tafel beitrug.

Als sich Eberhard an diesem Abend in seinem nobel ausgetäfelten Schlafgemach zur Ruhe legte, packte ihn eine vertraute Vorfreude. Auch wenn der Landhofmeister nur wenig Verständnis für seine militärischen Ambitionen aufbrachte und ihn unermüdlich vor den Risiken jeder Unternehmung außerhalb der Stadtmauern warnte, würde er morgen in aller Frühe mit Einheiten der württembergischen Landmiliz aufbrechen, um sich persönlich um die Landesverteidigung zu kümmern.

8. Kapitel

Immanuel!
Gott mit uns!

Feldwort der Schweden in der Nördlinger Schlacht 1634

Auf dem Breitwang bei Bopfingen,
4. September des Jahres 1634

Das Feuerzeichen vom hohen Kirchturm des Daniel war selbst mit bloßem Auge deutlich zu erkennen.

Janek und Heinrich standen auf einer leichten Anhöhe und beobachteten die Signale aus Nördlingen genau. Inzwischen wurden die Pechkränze in zunehmend kürzerer Folge abgebrannt.

»Denen geht es immer dreckiger da drüben, Teufel noch mal«, meinte Heinrich.

Nördlingen war während der letzten beiden Tage heftig beschossen worden. Den Lärm hatte man bis ins schwedische Feldlager gehört, das seit knapp zwei Wochen auf einem Hochplateau oberhalb des Städtchens Bopfingen stand.

Zwar war das bedrängte Nördlingen gute drei Meilen entfernt, doch durch die klug gewählte Lage des schwedischen Stützpunktes bestand Sichtkontakt zur Stadt. Zudem konnten alle wichtigen Truppenbewegungen der gegnerischen Streitkräfte beobachtet werden.

Kundschafter hatten die heftigen Angriffe der Kaiserlichen bestätigt, aber auch berichtet, dass sich die Stadt noch nicht ergeben hätte.

»Die Schlinge zieht sich zu«, stellte Janek nüchtern fest. »Wir hätten diesen Kampf gleich nach unserer Ankunft aufnehmen müssen, so wie Bernhard von Weimar vorgeschlagen hatte. Gestern ist der spanische Kardinalinfant zu den Kaiserlichen gestoßen. Und mit ihm erhebliche Verstärkung.«

»Wenn die Gefangenen Recht haben, dann ist Ferdinands Armada jetzt mehr als 30 000 Mann stark«, bemerkte Heinrich. »In jedem Fall eine deutliche Übermacht.«

Janek nickte, sagte aber nichts. Er selbst nahm die Aussagen der gegnerischen Soldaten, die im Laufe zahlreicher Scharmützel während der letzten Tage in die Hände der Schweden gefallen waren, genauso ernst wie Heinrich. Doch Weimar und Horn hielten deren Angaben für weit überzogen und vermuteten, dass die schwedische Führung mit aufgebauschten Angaben lediglich verunsichert werden sollte. Janek hatte zwar angemerkt, wie fatal es wäre, die Zahl der Gegner zu unterschätzen, war aber auf taube Ohren gestoßen.

Ein plötzlich aufkommender Wind ließ die Blätter der nahestehenden Bäume rauschen und blies den beiden Männern ins Gesicht.

Janek sah Heinrich an und konnte ein Lachen kaum unterdrücken. »Wir werden siegen. Dein Haar allein dürfte die Kaiserlichen zu Tode erschrecken.«

Heinrichs Mähne hatte sich durch die Böe zu einem wirren Kranz aufgerichtet. Mit einer schnellen Geste strich er es glatt.

»Ein Eimer Wasser würde helfen. Und ein ledernes Band«, schob Janek nach, woraufhin der Freund ihm einen Schlag in die Seite verpasste.

»Dafür werden dich die Kaiserlichen am Zopf in ihr Lager schleifen«, prophezeite er und sah bedeutungsvoll auf Janeks im Nacken zusammengenommenes Haar. Wie so oft half ihnen eine aus diesem scherzhaften Streit resultierende Rangelei, den bedrückenden Ernst ihrer Lage in den Hintergrund zu drängen.

Während Janek seinen Waffenbruder grinsend abwehrte, ließ er den Blick über die akkurat in Reihen ausgerichteten Zelte und Schlafplätze schweifen, die sich vom Fuße des Sandbergs, auf dem sie standen, bis zum Horizont erstreckten.

Dort unten ging es lebhaft zu, wie immer. Frauen versorgten ihre armselig zusammengeschusterten Behausungen, stritten und schimpften, hängten Wäsche auf und kämpften um jeden Bissen Nahrung, der auf den Breitwang gelangte.

Die Männer hatten begonnen, Schanzen um das Lager zu bauen und übten sich nun im Kampf, ließen die Würfel rollen oder die Fäuste fliegen, inspizierten ihre Waffen. Kindergeschrei und Lachen, Hundegebell und Rufe übertönten von Zeit zu Zeit das Stimmengewirr, das undeutlich zu ihnen heraufdrang.

Nur ein Drittel der zigtausend Menschen, die sich derzeit auf dem Breitwang aufhielten, waren kämpfende Söldner. Die Mehrzahl der Lagerbewohner gehörte zum Tross, welcher der schwedischen Hauptarmee seit Jahren folgte.

Neben den Soldatenfamilien mit all ihrem Hab und Gut setzte sich dieser Anhang aus Marketendern, Händlern und Handwerkern unterschiedlicher Professionen zusammen. Sie alle fanden sich zusammen zu einer eigenen zivilen Gemeinschaft, die in ihren Strukturen einer mobilen Stadt glich. Selbst die Huren hatten ihren Platz, lebten jedoch auch hier am Rande der Gesellschaft. Ihre Tätigkeit war eigentlich verboten, gleichwohl als unverzichtbarer Dienst für die Söldner geduldet. Manche von ihnen lebten unverheiratet mit einem Soldaten zusammen, andere boten sich jedermann an.

Während des letzten Jahres hatte sich Janek wegen seiner zusätzlichen Aufgaben nur selten inmitten der Gesamtarmee aufgehalten. Zumeist war es Bavor gewesen, der das Schwanberg'sche Regiment im Kampf befehligt und auch diesmal im Gefolge Bernhard von Weimars nach Nördlingen geführt hatte. Janek war mit seinen Gefährten erst vor Tagen –

direkt aus Elbing kommend – wieder zu seinen Reitern gestoßen. An den normalen Lagerbetrieb musste er sich daher zunächst wieder gewöhnen. Und an die Tatsache, dass er in seiner Entscheidungsfreiheit eingeschränkt war. Hier galt das Wort der beiden Oberbefehlshaber, auch wenn es ihm zunehmend schwerfiel, dies zu akzeptieren.

Am frühen Abend beriefen Bernhard von Weimar und Feldmarschall Horn, die die schwedische Armee endlich zusammengeführt hatten, ihre wichtigsten Offiziere zu einer Lagebesprechung ein. Die Männer drängten sich im prächtig geschmückten und bewimpelten Zelt des schwedischen Feldmarschalls. Janek stand neben Generalleutnant von Hoffkirchen und hielt die Arme vor der Brust verschränkt, während er die Diskussion aufmerksam verfolgte.

Soeben wurde die Option erwogen, den Rückzug ins Württembergische anzutreten und Nördlingen sich selbst zu überlassen. Heftige Wortgefechte zeigten an, wie kontrovers die Debatte und wie aufgeladen die Stimmung war. In gewisser Weise konnte Janek den Vorschlag nachvollziehen, da noch immer die Truppen des Rheingrafen fehlten. Schweden war nicht optimal aufgestellt und das Fehlen der erfahrenen rheingräflichen Soldaten stellte einen nicht zu unterschätzenden strategischen Nachteil dar.

Bis zu einem Waffentreffen auf württembergischem Boden dagegen würden noch mehrere Tage vergehen. Die schwedischen Streitkräfte könnten etwas Zeit gewinnen und sich derweil zu voller Stärke sammeln.

Gleichzeitig mussten die massiven Hilferufe aus Nördlingen ernst genommen werden. Allein würde sich die Stadt niemals halten können. Und wenn sie fiele, wären den Kaiserlichen im Südwesten Tür und Tor geöffnet.

Janek formulierte diese Bedenken laut und die Debatte fand in ruhigere Bahnen. Bernhard von Weimar unterstützte Janeks Argumentation. Auch er sah keinen Grund dafür, die Konfrontation weiter hinauszuschieben. Stattdessen plädierte der Feldherr nachhaltig dafür, die Kaiserlichen bereits am nächsten Tag anzugreifen.

Es dauerte eine Weile, bis auch die letzten Offiziere überzeugt waren. Schließlich fiel die Entscheidung. Man würde handeln, denn wenn es überhaupt einen taktischen Vorteil gab, den die Schweden nutzen konnten, so war es der eines Überraschungsangriffs.

Als sie einige Stunden später auseinandergingen, war der Plan ihrer Offensive in allen Einzelheiten besprochen. Es galt, keine Zeit mehr zu verlieren und sofort die entsprechenden Befehle auszugeben. Noch in der Nacht begannen die schwedischen Truppen damit, ihr Lager abzubrechen.

Als der Morgen graute, brachen sie auf. In Marschordnung formiert, verließ die gesamte Armee die Höhen des Breitwang. Janek und sein Kavallerie-Regiment befanden sich im Hauptzug unter dem Kommando Bernhard von Weimars, der auch die Vorhut befehligte. Gustav Horn führte die Nachhut und die Artillerie. Die Kolonnen bewegten sich langsam nach Süden. Dadurch erweckten sie den Eindruck, von den kaiserlichen Truppen wegzuziehen, anstatt eine mögliche Begegnung anzusteuern. Ginge alles nach Plan, so würden die kroatischen Späher den kaiserlichen Befehlshabern umgehend berichten, dass die Schweden in Richtung Donau marschierten und eine Schlacht nicht mehr zu erwarten sei.

Auf diesen Effekt spekulierten Weimar und Horn. Denn solange sich der Gegner in Sicherheit wähnte, würde er durch den unvermuteten schwedischen Angriff völlig überrumpelt.

Moses bewegte sich mit gewohnt sicherem Tritt über den unebenen Boden. Der Anmarsch erfolgte in größtmöglicher Stille und im Schutz ausgedehnter Waldgebiete, damit den Kaiserlichen die geplante Richtungsänderung erst möglichst spät auffallen würde.

Aus den Augenwinkeln heraus beobachtete Janek aufmerksam seinen Vetter, der zu seiner Linken ritt. Während der letzten Monate war Bavor allein für die Schwanberg'schen Reiter verantwortlich gewesen und Janek spürte, dass er nur ungern in die zweite Reihe trat. Sein Gesicht zeigte unübersehbar eine verkniffene Anspannung, die nicht nur mit der bevorstehenden Schlacht zusammenhing. Doch Janek hielt Bavor für intelligent genug, sich mit den Tatsachen zu arrangieren.

Trotz der unterschwelligen Reibereien zwischen ihnen wusste Janek, warum er Bavor zu seinem Stellvertreter gemacht hatte. Der Schwanberger besaß eine enorme Kampfesstärke und einen unbändigen Willen. Sollte ihm selbst etwas zustoßen, würde sein Vetter das Regiment zuverlässig durch jeden Kampf führen. Und schließlich gab es noch den unerschütterlichen Henri Decaen, der im Augenblick ein ganzes Stück hinter ihnen ritt. Er war die zweite Stütze des Regiments und ein guter Beobachter, kannte Bavor zudem seit vielen Jahren. Seine Anwesenheit garantierte die Stabilität der Truppe.

Heinrich, der kurzzeitig zurückgeblieben war, lenkte sein Pferd wieder an Moses heran.

»Tross und Bagage haben sich bereits von uns getrennt«, stellte er fest.

»In der Tat«, antwortete Janek. »Sie ziehen nach Neresheim. Kriegskasse und Kanzlei nehmen denselben Weg.«

»Hoffentlich bleiben sie unbehelligt.«

»Eine Brigade Württemberger begleitet sie.«

»Gut, dass Frieder und Bartholomäus bei ihnen sind«, witzelte Heinrich. »Während wir den Kaiserlichen Löcher in den Bauch schießen, darf sich unser Mönch denselben füllen.«

»Der Herr allein weiß, wie lange sein Wanst verschont bleibt«, entgegnete Janek. »Wir werden baldmöglichst nach ihm sehen müssen.«

»Wenn wir noch können. Auch wenn ich nicht einer Unke das Wort reden will, wäre es doch möglich, dass zumindest einer von uns während der nächsten Stunden in der Hölle vorstellig wird.«

»Und das bist natürlich du.« Janek grinste.

»*Fortes fortuna adiuvat*, würde Bartholomäus dazu sagen. Den Tapferen hilft das Glück«, gab Heinrich zurück.

Janek lachte. »Da wir wohl beide vorhaben, diesen Kampf zu überleben, gehe ich davon aus, dem Mönch samt dem Jungen in absehbarer Zeit in Stuttgart zu begegnen. So haben wir es vereinbart.«

Heinrich wurde ernst. »Sicher hast du auch Vorkehrungen getroffen für den Fall, dass Württemberg von den Kaiserlichen zu Erde gestampft wird.«

»Dann werden wir die beiden in Straßburg wissen«, gab Janek zurück.

»Aha.«

»Ja. Die Stadt ist relativ sicher.«

»Da bin ich deiner Meinung«, stimmte Heinrich zu.

»Und was unser Wiedersehen anbetrifft, so wird es dich beruhigen, dass wir im Haus des Rheingrafen Otto dort jederzeit willkommen sind«, fuhr Janek fort.

»Es gibt wohl keinen Ort auf dieser Welt, an welchem du keine Freunde hast?«

»Wenige.« Janek verzog keine Miene.

Heinrich tat so, als müsse er diese Information erst verarbeiten. Dann meinte er: »Also, auf nach Straßburg.«

»Wir sehen die beiden in Stuttgart«, korrigierte Janek mit Nachdruck.

»Ach ja, ich vergaß. Wir werden wohl gewinnen.« Heinrich gab sich spöttelnd geschlagen.

»Das werden wir.« Janeks Zuversicht klang aufrichtig.

Zweifel hatten beim Ritt in eine Schlacht keinen Platz.

»He, Schwanberg! Was werden wir?«, fragte plötzlich Bavor, der während der letzten Minuten offenbar erfolglos versucht hatte, ein paar Gesprächsfetzen mitzuhören.

Janek antwortete kurz angebunden: »Dem kaiserlichen Drachen den Kopf abschlagen.«

Er trieb Moses an und brachte einige Meter Abstand zwischen sich und seinen Vetter.

»Und versuchen, dabei nicht in Walhall zu landen«, meinte Heinrich trocken und zwinkerte Bavor zu, bevor er zu Janek aufschloss. Bavor hatte seine halbtauben Ohren einfach überall.

Bald darauf trennten sich die Marschsäulen Bernhard von Weimars und Gustav Horns. Während Letzterer in Richtung Ederheim weiterzog, bewegten sich die Truppen unter Bernhard von Weimar auf der Ulmer Straße nach Nördlingen. Erst im letztmöglichen Moment verließen sie die Deckung der Bäume, doch auch wenn die kaiserlichen Späher sie nun ausmachten – einen Angriff über zwei Flügel würden Ferdinands Truppen nicht so schnell parieren können.

Gegen vier Uhr am Nachmittag stießen sie auf feindliche Vorposten und konnten nach einigen harten Gefechten die ersten Anhöhen einnehmen. Entschlossen strebten sie weiter, doch der Schwung ihres Angriffs wurde bald von mehreren hundert kaiserlichen Musketieren gestoppt, welche erheblichen Widerstand leisteten und die Eroberung des bewaldeten, strategisch wichtigen Hesselberges verzögerten. Erst nach Stunden heftigen Artilleriebeschusses entschieden die Schweden auch diesen Kampf für sich.

Als Janek seine Reiter schließlich zusammenrief und deren Zustand kontrollierte, war es bereits Mitternacht. Bisher lief alles nach Plan. Sie gönnten sich eine kurze, wachsame Pause.

Zwei Stunden später beorderte ihn Bernhard von Weimar mitsamt einigen weiteren Offizieren zu sich. Sie trafen sich am Rande des Hesselwaldes, der von den kaiserlichen Truppen endlich ganz geräumt worden war, und berieten die aktuelle Lage.

Berittene Boten, die zwischen den beiden Flügeln der Armee hin- und hereilten, hatten gemeldet, dass sich der Anmarsch Gustav Horns durch steckengebliebene und umgestürzte Artilleriewagen beträchtlich verzögere. Die beiden Feldherren hatten sich daraufhin in Weimars Kutsche getroffen und den Angriff auf den anderen Morgen vertagt.

Verärgert gab Bernhard von Weimar nun die wichtigsten Informationen weiter und hielt seine Meinung nicht zurück.

»Die Kavallerie hatte sich hinter der Artillerie eingereiht«, schnaubte er. »Kein Wunder, dass jetzt alle im Morast verrotten!« Spontan wandte er sich an Janek: »Das ist das dritte Mal, dass Horn einen Angriff hinauszögert. Und jedes Mal gereichte es uns zum Nachteil.«

Janek hielt sich mit einer Antwort zurück, vermied es, sich zu offenkundig auf eine Seite zu schlagen, denn er wollte den Zwist, der seit Jahren zwischen den beiden schwedischen Feldherren schwelte, nicht befeuern. Jeder wäre gerne der alleinige Oberbefehlshaber, doch für solche Eitelkeiten war in der jetzigen Situation kein Platz. Weimar und Horn mussten zusammenarbeiten, wenn sie angesichts der bevorstehenden Herausforderung erfolgreich sein wollten.

Janek fiel es zwar nicht schwer, Weimars Einschätzung nachzuvollziehen. Doch auch Gustav Horns Argumente waren überlegenswert, denn da die ersten Vorteile ohnehin vergeben waren, musste die Truppenaufstellung für das nächste Gefecht sorgsam vorgenommen werden, um eventuelle Schwachstellen der Kaiserlichen ganz ausnutzen zu können.

Weimar schien gar nicht aufzufallen, dass ihm Janek außer einem neutralen Murmeln nichts entgegnet hatte, denn noch immer redete er sich seinen Frust über den unterbrochenen Sturmangriff vom Leib. Dabei nahm er nacheinander jedes Mitglied seines Stabes ins Visier.

Plötzlich hielt er inne.

»Hört!«

Die anwesenden Offiziere unterbrachen ihre Gespräche und lauschten.

Von einem nahe gelegenen, langgezogenen Hügel, von den Einheimischen als Albuch bezeichnet, waren Geräusche zu vernehmen, die eindeutig auf den Bau von Schanzen hinwiesen. Es schien, als würden die Kaiserlichen diesen bisher unbefestigten Bereich absichern.

»Verdammt. Das hatte ich befürchtet!«

Besorgnis machte sich breit. Weimar ging ein paar Schritte, um einen besseren Standpunkt zu haben, fixierte mit grimmiger Miene die unbewaldete Erhebung des Albuchs und beobachtete die darauf umhereilenden Schatten. Janek und einige weitere Männer traten zu ihm und folgten seinem Blick.

Das, was sie dort erkennen konnten, verhieß nichts Gutes.

Nur allzu schnell hatte sich der Gegner vom Schock der schwedischen Attacke erholt und richtete sich neu aus.

Den Schweden standen schwere Stunden bevor.

Unter dem Eindruck der geänderten Lage mussten die Angriffspläne neu überdacht werden. Während sie mühsam unterschiedliche Szenarien durchspielten, zog die Nacht dahin.

Derweil nahm die Betriebsamkeit auf dem Albuch stetig zu. Auf Seiten der Kaiserlichen verlegte man offenbar weitere Truppenteile dorthin. Damit schlossen sich nach und nach die Linien der kaiserlichen Truppen und bildeten eine schwer einzunehmende, abgeschlossene Einheit. Den Albuch zu stürmen, stellte nun die wichtigste und zugleich schwerste Aufgabe des neuen Tages dar.

»Wir können nur hoffen, dass sie mit dem Schanzenbau nicht allzu weit kommen«, meinte Bernhard von Weimar düster.

Es war gegen vier Uhr morgens, als sich Janek auf den Weg zurück zu seinem Regiment machte, um es befehlsgemäß einzuteilen. Unterwegs hielt er einen Moment inne, sog die feuchte Nachtluft ein und hob den Blick zum Himmel.

Kein Stern war zu sehen. Ein dunstiger Schleier entzog sie den Augen der Welt. Es hatte den Anschein, als würde das unendliche Gewölbe eine Nebeldecke auf all das Grauen und den Schmerz dieser Erde senken, sie einhüllen in ein ewiges Vergessen.

Janek schloss die Lider. Seine Gedanken kehrten zurück zu einem fernen Abend im Mai. Damals hatten Mond und Sterne geradezu amüsiert auf ihn herabgeleuchtet, auf ihn, und auf …

Der sanfte Schimmer dunkelgrüner Augen durchdrang seine Sinne und verursachte einen nie gekannten, tiefen Schmerz. Ausgerechnet jetzt nahm Maries Antlitz in seinem Inneren Gestalt an, drängte sich in sein gut gehütetes Herz.

Ihn überkam die Sehnsucht danach, die Hände in den seidigen Fluten ihres Haares zu vergraben. Ihrer Stimme zu lauschen, die so bestimmt und doch so sanft klang. Sie anzusehen und in ihrer Miene zu lesen. Einen Blick aufzufangen, der ihm allein galt. Zu scherzen und ihr ehrliches, vibrierendes Lachen zu hören. Sie zu halten und ihr Erbeben zu fühlen.

Niemals zuvor hatte ihn so drängend nach jemandem verlangt. Es schien ihm, als habe Marie eine längst verloren geglaubte Saite seiner Seele zum Schwingen gebracht.

Janek entfuhr ein frustriertes Stöhnen.

All die Jahre war er sich seines Weges und seiner Aufgabe sicher gewesen. Die Erfahrung hatte ihn eine gerechte Kaltblütigkeit gelehrt und nur selten war ihm schwergefallen, zu tun, was getan werden musste.

Im Gegenteil.

Er hatte seine Möglichkeiten zu nutzen gewusst, nebenbei ein Vermögen verdient und sich der richtigen Sache verpflichtet gewähnt. Und dabei sein ganz persönliches Lebensziel niemals aus den Augen verloren: Den Anspruch auf die Rückgabe der Herrschaft Schwanberg einzufordern, notfalls mit Gewalt.

Ausgerechnet in dieser Nacht war ihm, als würden sich seine Werte verschieben. Als bekäme der Panzer, der seine Seele inmitten von Zerstörung, Blut und Tod schützte, feine Risse.

Mit einem Mal fühlte er sich verletzlich.

Nicht körperlich, denn die Wunden des Leibes gehörten zu seinem Geschäft wie das Eisen zum Schwert. Es waren vielmehr Müdigkeit und Überdruss, eine angespannte Lustlosigkeit, die sich wie eine lähmende Decke über ihn zu breiten drohten, ungewohnt und gefährlich.

Nachdenklich betrachtete Janek seine Hände.

Wie selbstverständlich sie doch das Schwert schwangen, verletzten, Leben auslöschten. Auch wenn die widersinnige Logik eines Krieges dies zu jeder Zeit rechtfertigte, erfassten ihn nie gekannte Skrupel.

Mit aller Kraft rang er die unerwünschten Gefühle nieder, verdrängte Marie so weit wie möglich aus seinen Gedanken und besann sich auf den vor ihm liegenden Kampf. Er trug eine zu große Verantwortung.

Bei Tagesanbruch gaben Gustav Horn und Bernhard von Weimar den Befehl zum Hauptangriff.

9. Kapitel

Kyrie eleison.
Erbarme Dich unser.

Liturgie

Der Albuch bei Nördlingen,
am Morgen des 6. September 1634

Es mochte gegen acht Uhr am Morgen sein. Bernhard von Weimar war zugetragen worden, dass Feldmarschall Horn die mittlere der drei eilig erbauten kaiserlichen Schanzen erobert habe. Sofort kommandierte er Janek mit einer Kompanie Kavallerie ab, um den Sturm auf den Albuch zu unterstützen. Beflügelt von dieser guten Nachricht, brach Janek mit seinen Reitern auf und ließ die restlichen Kompanien unter Bavors Befehl zurück.

Ihr Anmarsch führte durch einen mit Hecken bewachsenen Hohlweg, der die Höhen des Hesselbergs und des Albuchs verband.

Gemeinsam mit Heinrich ritt Janek voran. Wenn bereits die erste Erdschanze in schwedischer Hand war, so hatten sie gute Chancen, den Albuch in den nächsten Stunden ganz einzunehmen. Die Stimmung war konzentriert, aber gelöst.

Heinrich pfiff ein Lied vor sich hin und auch Janek fühlte sich trotz der unguten Nacht voller Tatendrang, als urplötzlich, kurz bevor der Pfad wieder in freies Gelände überging, eine heftige Explosion die Erde unter ihnen erzittern ließ.

»Was war das?«, brüllte Heinrich.

»Das kann nur ein Pulverwagen gewesen sein«, rief Janek, während er versuchte, den steigenden Moses zu beruhigen.

»Vollgeladen bis zum Rand!«, mutmaßte Heinrich.

Janek nickte und vergewisserte sich, dass seine Reiter unverletzt waren und die Pferde unter Kontrolle hatten.

Nach und nach kam die Kolonne zum Stillstand. Ruß und Pulverdampf verdichteten sich rasch zu einer undurchdringlichen Wand, die ihnen jegliche Sicht auf alles nahm, was rundherum geschah. Nur der Kampfeslärm drang zu ihnen durch; das unaufhörliche Donnern von Waffen und Geschützen, durchzogen vom Grölen der Söldner und bizarr untermalt vom Spiel der Pfeifer und Trommler. Wertvolle Zeit verstrich, bis sie durch das diffuse Licht der sich nur zäh auflösenden, rußigen Wolke endlich etwas erkennen konnten.

Was sie dann sahen, war grauenhaft. Hunderte tote schwedische Soldaten säumten den Hügel des Albuchs von dessen Fuß bis hinauf zu den drei Schanzen der Kaiserlichen. Die mörderische Druckwelle der Detonation hatte ganze Arbeit geleistet. Wer noch reiten oder laufen konnte, befand sich in panischer Unordnung. Die schwedischen Soldaten schossen sich im Tumult gegenseitig nieder oder verstrickten sich in sinnlosen Einzelkämpfen mit den Gegnern.

Janek kniff die Augen zusammen, um die Bewegungen auf der mittleren Schanze besser ausmachen zu können.

»Verdammt!«, entfuhr es ihm, als er erkannte, dass die mittlere Schanze anstelle der erwarteten schwedischen Einheiten von einem spanisch-kaiserlichen Regiment besetzt war.

Heinrich sah ihn fragend an.

Janek zögerte.

In diesem Moment befahl Horn erneut, den Albuch zu stürmen. Ein hilfloser Versuch, das Geschehen wieder unter Kontrolle zu bringen.

Ungläubig mussten Janek und Heinrich mit ansehen, wie die geschwächten Söldner ein ums andere Mal den Hügel erklommen, mit schwindenden Kräften über ihre verletzten und toten Kameraden hinwegstiegen, nur um von den kaiserlichen Einheiten ein ums andere Mal gnadenlos zurückgeworfen zu werden.

Mit jedem Anrennen stapelte sich die Menge an Leichen höher. Verletzte wurden unter frisch gefallenen Soldaten begraben und erdrückt, unter Hufen zertrampelt. Unmenschliche Schreie waren zu vernehmen, ausgestoßen in höchster Todesangst, vermischt mit den durchdringenden Wehrufen sterbender Pferde.

Eine Klage der Hölle.

Janek lief ein Schauer über den Rücken. Er konnte regelrecht spüren, wie der schwedische Angriff zunehmend an Schlagkraft verlor, und noch während er abzuschätzen versuchte, an welcher Stelle er seine Reiter in den Kampf schicken sollte, bemerkte er einen Tumult am anderen Ende der Kompanie. Einer seiner Unteroffiziere sprengte heran und berichtete, dass nun massive Verstärkung benötigt werde, um den Hesselberg zu halten und Weimar ihn deshalb zurückbeordere.

Janek ließ seine Männer umkehren und binnen weniger Minuten erreichten sie wieder ihren Ausgangspunkt. Es gelang ihnen jedoch nicht, bis zum linken Flügel der schwedischen Kavallerie durchzudringen. Zu weit hatten sich die Kämpfe bereits ausgedehnt.

Stattdessen befahl Janek seine Reiter gegen die nördliche Albuch-Schanze, um Weimar an dieser Stelle zu unterstützen und gleichzeitig Horn auf dem rechten Flügel zu entlasten.

Noch während sie sich neu formierten, brach der Sturm der kaiserlichen Truppen über sie herein.

Janek hatte jegliches Zeitgefühl verloren. Immer heftiger rollten die gegnerischen Angriffswellen über sie hinweg. Mit hunderten Reitern und Musketieren drangen die Kaiserlichen in die schwedischen Linien ein und trieben sie schonungslos zurück. Immer wieder sammelten die Schweden Kraft und versuchten, den anstürmenden Feinden standzuhalten, doch ihr Widerstand wurde zunehmend schwächer.

Erneut kommandierte Bernhard von Weimar Teile seiner Kavallerie zur Unterstützung Horns ab und gemeinsam mit anderen Reitereinheiten versuchten sie einen weiteren Vorstoß in Richtung der nördlichen Schanze. Doch anstatt auf den kaiserlichen Erdwall zu stoßen, gerieten sie auf die steil abfallende und mit Gebüsch bewachsene westliche Flanke des Hesselberges.

Aus dieser Lage heraus konnten sie nur wenig ausrichten. Die kaiserlichen Verbände standen auf erhöhter Position und so blieb ihnen nichts anderes übrig, als sich am Hang festzusetzen und dadurch zu verhindern, dass der Gegner auf die Waldhöhe des Hesselberges vordringen konnte.

»Das sind Piccolominis Kürassiere«, rief Heinrich, »der dreckige Hund!«

Schnell sah Janek nach oben. Eine erneute Attacke. Messerscharfe Klingen überall, Pistolenschüsse, dumpfe Schläge. Sie kämpften bergauf, eine mühevolle Aufgabe, und Janek setzte alles daran, sich auf Moses' Rücken zu halten. Immer wieder flogen Geschosse dicht an ihnen vorbei, streiften Reiter und Pferde. Das Gefecht verkam zu einem zähen Ringen um jeden Zentimeter Boden.

Gerade, als sie den Überblick verloren gaben, erreichte sie bitter benötigte Unterstützung durch Kavallerieeinheiten Gustav Horns. Nun wogte der Kampf vor und zurück, doch Janek erkannte, dass sie lediglich einen Aufschub erhalten hatten. Die Kaiserlichen boten beharrlich frische Truppen auf, während sich die Schweden kaum noch auf den Beinen halten konnten.

Demoralisiert und ohne wirkliche Hoffnung, die Schlacht noch gewinnen zu können, brachen schließlich die letzten

Dämme des schwedischen Widerstands. Kaiserliche Musketiere und Fußregimenter nutzten den Augenblick und drangen über die westliche Flanke in das Wäldchen am Hesselberg ein. Unterstützt wurden sie durch massives Artilleriefeuer, das über die Köpfe der Schweden hinwegdröhnte, Krater schlug, Soldaten und Pferde in Fetzen riss und den aufgewühlten Boden in ein riesiges, blutiges Grab verwandelte.

»Zurück!«, brüllte Janek, der kaum mehr etwas sehen konnte. Moses suchte zwischen den Toten, Gesteinsbrocken und aufgeworfener Erde nach einer sicheren Spur. Janek trieb ihn ein Stück den Hang hinab und bemühte sich um Orientierung. Er musste seine Reiter aus der tödlichen Zone schaffen.

Heinrich tauchte neben ihm auf, das Gesicht zerschlagen und blutbesudelt. Er hielt sich nur mühsam auf seinem Pferd und zitterte am ganzen Körper.

»Sie sind tot!«, keuchte er. »Alle sind tot!«

In diesem Augenblick kam eine Handvoll Männer zu Fuß aus dem Wald und stolperte auf sie zu. Einer stürzte wenige Meter vor Moses zu Boden, während die anderen mit flackernden Augen ihren Weg in Richtung Tal nahmen. Alle waren schrecklich zugerichtet.

Janek konnte nicht mehr helfen.

Eine gnädige Ungerührtheit bemächtigte sich seiner. Als sei er nur ein ferner Zuschauer registrierte er den halb abgerissenen Arm, die blutige Augenhöhle, die fehlende Gesichtshälfte, aus der die Knochen hervorstachen, den zerschossenen Bauch. Es waren seine eigenen Leute, sterbend und elend. Er wünschte ihnen ein rasches Ende.

Bedacht nahm er Heinrichs Pferd am Zügel und führte seinen Freund den Berg hinab.

Verderben. Wohin der Blick auch schweifte, nichts als Tod. Es war, als ob die Menschheit beschlossen hätte, ihre Spuren auf dieser Erde für immer auszulöschen.

Beiläufig fiel Janek eine Silberdistel ins Auge. Ganz heil duckte sie sich ins Gras und schien mit ihrem hellen Glanz all dem tobenden Schrecken zu trotzen, der sie umgab.

Ihr Anblick gab Janek eine widersinnige Hoffnung, ihr mattes Licht ließ ihn nach vorn schauen, die Lücke suchen, die ihm den Weg aus diesem Inferno weisen würde.

Während Gustav Horn seine Truppen bei Ederheim zum geordneten Rückzug sammelte, strömten die besiegten Regimenter Bernhard von Weimars völlig aufgelöst von den Hügeln herab. Dabei prallten sie unmittelbar mit den abmarschierenden Einheiten Horns zusammen und rissen diese mit in eine überstürzte, konfuse Flucht.

Zeitgleich setzten die Kaiserlichen zum Generalsturm an. Ohne Gnade verfolgten sie die vom Schlachtfeld jagenden Schweden, machten nieder, was sich bewegte.

Mit zusammengebissenen Zähnen suchte Janek nach einem Durchlass für sich und seinen Freund, der apathisch hinter ihm herritt. Es war nicht leicht, das Knäuel der beiden ineinander verstrickten schwedischen Armeeflügel zu umgehen. Sie hielten sich in Richtung Nordwesten und entkamen somit knapp den flüchtenden Scharen, die sich panisch und planlos nach Süden und Westen hin ergossen.

»Da ist Weimar!«, rief Heinrich plötzlich aus, mit dem Finger nach vorn deutend.

»Hölle, du hast recht«, fluchte Janek.

Mehrere kroatische Reiter bildeten einen Ring um den schwedischen Feldherrn. Einer von ihnen hatte Weimars Säbel entwendet und hieb höhnisch lachend um sich. Die anderen zerrten grob an der roten Feldbinde des Oberbefehlshabers, bis sie schließlich zerriss.

Janek trieb sein Pferd voran und merkte, dass Heinrich ihm folgte. Von anderer Seite näherten sich weitere schwedische Kavalleristen. Ein kurzer Blickwechsel genügte. Janek hob sein blutverschmiertes Schwert und hieb hemmungslos auf den ersten kroatischen Söldner ein, den er erreichte. Plötzlich spürte er nichts mehr, außer eiskalter, mörderischer Wut. Das Blut rauschte ihm in den Ohren, sein Blick fokussierte sich und zugleich blendete er aus, was ihm an Mitgefühl geblieben war. Als der Mann tödlich verwundet vom Pferd fiel, wandte er sich sofort dem nächsten Gegner zu. Selten zuvor hatte er sich so vergessen, das Töten noch nie als derart gnadenlosen Rausch empfunden wie in diesem Moment.

Es war ein kurzes, hitziges Scharmützel, in dessen Verlauf es ihnen schließlich gelang, Bernhard von Weimar zu befreien. Spontan bot einer der Dragoner dem verwundeten Feldherrn sein Pferd an. Weimar schwang sich hinauf, machte eine ausholende Handbewegung und gab dem Tier die Sporen. Die umstehenden Reiter folgten ihm. Schweißgebadet und ausgelaugt schlossen sich Janek und Heinrich an. In wildem Galopp sprengte die kleine Gruppe davon, ließ das Schlachtfeld unbehelligt hinter sich und schlug den Weg nach Stuttgart ein.

Das Schicksal der schwedischen Armee vor Nördlingen war besiegelt.

Das Schloss zu Stuttgart, einige Stunden später

Herzog Eberhard jagte mit einigen Getreuen in ungezügeltem Galopp über die Zugbrücke und sprang vom Pferd, kaum dass er den Innenhof des Stuttgarter Schlosses erreicht hatte. Mit weit ausholenden Schritten gelangte er ans Portal und befahl den herbeieilenden Dienern, alle Räte zusammenzurufen: Er habe dramatische Neuigkeiten.

Binnen weniger Minuten versammelten sich die in Stuttgart weilenden Mitglieder der württembergischen Regierung in der Ritterstube. Der noch immer nach Atem ringende Herzog schlug das Angebot aus, sich mit einem Bier und einer kleinen Mahlzeit zu stärken, sondern trat sofort vor seine Beamten. Er schwitzte vor Anstrengung und Erregung, hatte er doch die Strecke von Göppingen nach Stuttgart überwiegend im gestreckten Galopp zurückgelegt. »Der Allmächtige stehe uns bei!«, rief er aus, kaum dass sich die Türen geschlossen hatten. »Wir sind verloren. Nördlingen ist gefallen.« Erschöpft sank er auf einen schnell herbeigeschafften Stuhl.

Erst nach und nach schienen die Männer die Bedeutung dieser Nachricht zu erfassen. Ungläubigkeit malte sich auf ihren Gesichtern, ein entsetztes Murmeln kam auf und setzte sich einem Echo gleich fort, bis es auch den letzten Winkel des prächtigen Saales erreicht hatte, bevor es wieder erstarb. Der Schock war fast mit Händen zu greifen. Niemand hatte an eine Niederlage des schwedischen Heeres zu denken gewagt.

Eberhard schüttelte mehrfach den Kopf. Die letzten Tage hatte er bei der rheingräflichen Armee verbracht, bereit zum Abmarsch in den Kampf, als plötzlich der Eilbote mit den verheerenden Neuigkeiten angekommen war. »Das ist das Ende«, sagte er nahezu tonlos.

»Wir teilen Eure Sorge, Euer fürstliche Gnaden«, begann Landhofmeister von Helmstätt und seine Stimme verriet große Nervosität. »Deshalb wird umgehend beraten, wie die persönliche Sicherheit Euer fürstlichen Gnaden garantiert werden kann.«

Die nachfolgende Stille sprach für sich selbst. Wäre eine Nadel zu Boden gefallen, hätte man das Geräusch bis ins Kanzleigebäude hinüber gehört.

Endlose Minuten vergingen, ehe einer der Räte sich ein Herz fasste und das Wort ergriff.

»Es wäre angeraten, die Residenz zu sichern«, meinte er und brach mit dieser Floskel wenigstens das betretene Schweigen im Raum.

Ein anderer nahm das Argument dankbar auf: »Alle Kräfte müssen zusammengezogen werden. Der Rheingraf steht doch noch bei Göppingen, nicht wahr? Er soll hierher zur Hilfe eilen. Für Nördlingen kann er ohnehin nichts mehr tun.«

Einige der Anwesenden nickten zustimmend mit den Köpfen.

»Der Vorschlag ergibt Sinn. Wir sollten sofort einen Boten an den Rheingrafen schicken, Euer fürstliche Gnaden«, riet Andreas Burckhardt in Richtung des Herzogs.

»Ich plädiere nachdrücklich dafür, den Herzog außer Gefahr zu bringen«, fuhr der Landhofmeister dazwischen. »Die Kaiserlichen werden bereits im Anmarsch auf Stuttgart sein. Gerät er in ihre Hände, ist sein Schicksal besiegelt. Und damit das des ganzen Landes.«

Alle Blicke richteten sich auf Eberhard.

Das zunächst gerötete Gesicht des Herzogs war kalkweiß geworden. Er schien plötzlich wie erstarrt. Als er registrierte, dass über seine Person debattiert wurde, führte er in einer weit ausholenden Geste die Handflächen zusammen. Einige Augenblicke wirkte er sehr nachdenklich. Dann kehrte die Farbe in sein Gesicht zurück. Er schien einen Entschluss gefasst zu haben.

»Wir verlassen Stuttgart«, sagte er, in unerwartet bestimmtem Ton. »Es soll alles Nötige veranlasst und in Straßburg um Aufnahme gebeten werden.«

»Wann gedenkt Euer fürstliche Gnaden zu reisen?«, fragte Andreas Burckhardt.

»Morgen«, antwortete der Herzog.

Mit gebotenem Respekt zogen sich die Männer zurück. Nur Andreas Burckhardt blieb in der Tür stehen.

»Was wünscht Ihr?«, fragte der Herzog.

»Sind Euer fürstliche Gnaden sicher, die Residenz so überstürzt verlassen zu wollen?«, entgegnete Burckhardt vorsichtig.

»Gewiss. Warum diese Frage?«

»Es bliebe zu erwägen, ob das Volk seinen Herzog braucht in einer solchen Zeit. Ob Euer fürstliche Gnaden Anwesenheit hier nicht von Vorteil wäre.«

Mit ausdruckslosen Augen sah Eberhard seinen Vizekanzler an. »Die Gefahr wird von Stunde zu Stunde größer.«

»Ich wage die Empfehlung, den Entschluss noch einmal zu überdenken. Erzherzog Ferdinand ist nicht von einem solch verblendeten Eifer wie sein Vater, der Kaiser. Er sucht Erfolge, gewiss, und er ist katholisch, doch er ist auch klug genug, um zu wissen, dass er mit einem toten Land nichts anfängt. Man könnte mit ihm verhandeln.«

»Der Feind wird einfallen in Württemberg. Er wird die Macht an sich reißen. Wer ihm im Wege steht, wird gefangen genommen oder gemeuchelt.« Eberhard war bis zum Äußersten angespannt und seine Stimme klang gepresst, als er fortfuhr: »Meinem Land und meinem Volk nutzt weder ein toter noch ein internierter Herzog. Aber Württemberg wäre nicht das erste Land, das vom Exil aus regiert wird.«

Andreas Burckhardt sah ein, dass Eberhards Entscheidung unumstößlich war. Er verneigte sich und begab sich zur Kanzlei, um die wichtigsten Regierungsunterlagen und einige persönliche Sachen zu packen.

Als der Morgen heraufzog, verließ der württembergische Herzog mitsamt größerem Gefolge die Residenz. Neben einigen herzoglichen Räten und verängstigten Adelsfamilien reisten etliche Hofbedienstete mit, um auch in der Fremde dafür zu sorgen, dass es ihrem Herrscher an nichts mangele. Die Insassen der Kutschen und Wagen machten keinen Hehl aus ihrer Erleichterung. Keiner von ihnen hätte seinen Platz freiwillig mit jenen getauscht, die dazu bestimmt worden waren, in Stuttgart auf die Ankunft der kaiserlichen Truppen zu warten. Doch nicht nur die letzte Besetzung der württembergischen Regierung war dazu verdammt, auszuharren. Auch Land und Volk blieben in dunkler Furcht zurück, als ihr Landesvater eilig dem sicheren Exil entgegenfuhr.

10. Kapitel

Gib, dass deiner Liebe Glut
Unsre kalten Werke töte,
Und erweck' uns Herz und Mut
Bei erstandner Morgenröte.
Dass wir, eh wir gar vergehn,
Recht aufstehn.

Christian Knorr von Rosenroth (1636–1689)

Feste Hohenasperg,
9. September des Jahres 1634

Ermattet zogen die schwedischen Soldaten über die verwahrloste Straße. Der Himmel war wolkenverhangen, aber es regnete nicht. Ein frischer Wind wirbelte kleine Zweige und Staub auf, der sich in Augen, Kleidung und Haaren festsetzte.

Drei Tage waren vergangen, seit die kleine Gruppe um Bernhard von Weimar auf ihrer Flucht von den Schlachtfeldern Nördlingens zu den bei Göppingen liegenden Einheiten des Rheingrafen gestoßen war; die Kaiserlichen unmittelbar auf den Fersen.

Nachdem der Feldherr dort in aller Eile an den schwedischen Kanzler geschrieben hatte, waren sie bis Cannstatt marschiert, wo es Weimar gelang, die Reste der schwedischen Armee zu sammeln und einigermaßen zu organisieren. Immer wieder hatten sich ihnen versprengte Söldner angeschlossen, die auf der Suche nach Obdach und Nahrung durch die Gegend geirrt waren.

Bernhard von Weimar hatte keine Zeit mehr gehabt, einen vernünftigen Plan zur Verteidigung des Landes zu erstellen. In Windeseile verstärkte er deshalb die württembergischen Garnisonen, damit wenigstens diese den einfallenden kaiserlichen Armeen etwas entgegensetzen konnten. Nun waren sie auf dem Weg zu einem ihrer letzten Ziele. Ehe der Tag zu Ende ging, würden sie den Hohenasperg erreicht haben.

Janek und Heinrich ritten schweigend nebeneinander. Ihre Pferde waren so erschöpft wie sie selbst, die wilde Jagd über Land hatte sie viel Kraft gekostet. In den vergangenen Nächten hatte der Schein brennender Orte und Dörfer die Gräuel erahnen lassen, die der Bevölkerung angetan wurden. Denn selbst dort, wo die feindlichen Truppen noch nicht durchgezogen waren, herrschte grausamste Anarchie. Tagsüber begegneten ihnen abgemagerte Wesen, viele trugen kaum mehr als einen Stofffetzen am Leib, die meisten waren nackt. Sie flohen vor einem Verderben, das nicht selten in Gestalt einheimischer Söldner über sie kam, denn diese raubten und mordeten im eigenen Land genauso gewissenlos wie in feindlichen Gefilden. Wem Gott gnädig war, dem schenkte er einen schnellen Tod.

Der dumpfe Schlag der Pferdehufe ließ Janek in eine müde Desillusion gleiten.

Die Niederlage vor Nördlingen war absolut gewesen und noch immer konnte er weder fassen, dass Schweden die Schlacht verloren hatte, noch, dass sie selbst dem finalen Untergang entkommen waren.

Mühsam versuchte er, die Zerrbilder der vergangenen Tage zu verarbeiten, denn inzwischen war einiges über die verhängnisvollen Konsequenzen der Schlacht bekannt geworden.

Die Kaiserlichen hatten Feldmarschall Horn gefangen genommen und die schwedische Führung dadurch einen ihrer

Köpfe beraubt. Keiner wusste, was man mit ihm vorhatte. Würde der schwedische Kanzler erpresst werden, zumal Horn sein Schwiegersohn war?

Die Zahl der Schlachtopfer jedenfalls überstieg jede Vorstellungskraft. Ganze Regimenter waren ausgelöscht.

Wer überlebt hatte, war in Gefangenschaft geraten. Die meisten dieser Männer würden künftig unter der Fahne der Kaiserlichen kämpfen. So war es üblich.

Janeks unruhige Gedanken schweiften weiter.

Vor zwei Tagen hatte ihm ein schwedischer Dragoner berichtet, dass Bavor im Kampf mit kroatischen Reitern schwer verwundet und unter seinem eigenen Pferd begraben worden war. Die Schwanberg'schen Soldaten wurden anschließend völlig aufgerieben. Er hätte Wut oder wenigstens Bedauern fühlen müssen, doch er spürte nichts.

Über Henri Decaen hatte er keinen Deut in Erfahrung bringen können. Doch schien ihm die Wahrscheinlichkeit, dass sein Corporal überlebt hatte, lächerlich gering. Schwer lastete zudem der Gedanke auf ihm, dass Frieder und Bartholomäus etwas zugestoßen sein könnte. Berichten zufolge hatten die kaiserlichen Reiter den Tross der Schweden bei Neresheim aufgespürt und in einem furchtbaren Blutbad niedergemacht. Doch trauern würde er erst, wenn ihr Tod endgültig feststünde. Bis dahin wollte er das winzige Fünkchen Hoffnung nähren, das in ihm flackerte.

Heinrich machte eine Bemerkung und Janek sah auf. Selbstgefällig erhob sich die auf einem vereinzelten Gipfelplateau erbaute Feste Hohenasperg über die umliegenden sanften Hügel. Janek konnte die gewaltigen Mauern erkennen und je näher sie ihrem Ziel kamen, desto klarer grenzten sich Wälle, spitze Türme unterschiedlicher Höhe und ziegelrote Dächer voneinander ab.

Im schwindenden Tageslicht glich die Feste einer Trutzburg, gebaut für die Ewigkeit.

Sie erreichten das zugehörige Städtchen gleichen Namens, welches der Burg zu Füßen lag. Der unmittelbar dahinter aufsteigende südliche Hang des Hohenasperg war terrassiert und mit Weinstöcken bepflanzt, die restlichen Flanken der Höhe bewaldet.

Während die Soldaten sich verteilten, um zu lagern, machte sich eine kleine Gruppe von Männern direkt auf den Weg zur Burg. Bernhard von Weimar ritt voran und erklomm den Pfad, der sich steil ansteigend um die Erhebung des Hohenasperg wand.

Zu voller Größe aufgerichtet, wirkte er in seiner dunklen, mitgenommenen Rüstung nicht wie ein Mann, der seinen Stolz auf dem Schlachtfeld verloren hatte. Vielmehr schien eine drängende Tatkraft von ihm auszugehen. Seine Haltung, der Ausdruck auf seinen gefälligen, länglichen Gesichtszügen, sein selbstherrliches Wesen verbargen jede Regung, die auf das Eingeständnis einer persönlichen Niederlage oder gar Schuld hätte hinweisen können. Janek wunderte sich nicht darüber, er kannte den Herzog.

Der unmittelbar hinter Weimar reitende Rheingraf Otto von Salm-Kyrburg war tadellos gekleidet und trug einen prächtigen Filzhut auf seinem langen, dunklen Haar; ein kostbarer, weißer Spitzenkragen schmückte seine Schultern. Damit repräsentierte er eine Stärke, die den Tatsachen zu spotten schien. Doch Otto wusste um die Fähigkeiten der rheingräflichen Soldaten und stellte sein Licht nicht unter den Scheffel. Janek war dem beeindruckenden Heerführer bereits früher einmal begegnet, als Oxenstierna seine deutschen Bündnispartner koordiniert und ihn dazu ins Elsass entsandt hatte.

Sie kamen an das Burgportal.

Die formale Begrüßung durch die Kommandantur des Hohenasperg war nüchtern und emotionslos und mündete unmittelbar in einen Rundgang, an dem auch Janek und einige andere Offiziere teilnahmen. Sorgfältig wurden die inneren und äußeren Verteidigungsanlagen in Augenschein genommen, Waffen und Munition inspiziert, die eingelagerten Lebensmittel bewertet und der Zustand der vielen Menschen begutachtet, die mittlerweile auf der Feste lebten. Neben Räten und Beamten des Landes hatten sich auch mehrere hundert Flüchtlinge in den Schutz der Burg begeben.

Betrachtete man die schwierigen Umstände, so war kaum etwas der Beanstandung wert. Nach einer kurzen, abschließenden Beratung befanden Rheingraf Otto und Herzog Weimar die Feste für verteidigungsfähig.

Am Abend quartierten sich Janek und Heinrich in den Burgstallungen ein. Sie rieben ihre Pferde ab, warfen ihnen Stroh hin und tränkten sie. Zum abendlichen Mahl mit den Feldherren waren sie nicht geladen und so endete ihr Tag bei Sonnenuntergang.

Die Nacht brachte Janek einen tiefen, traumlosen Schlaf, das erste Mal seit Nördlingen. Dennoch fühlte er sich gerädert, als er am nächsten Morgen erwachte. Neben ihm vergrub Moses seinen Kopf in einem Haufen Heu und das nachdrückliche Mahlen seines Kiefers erinnerte ihn an den eigenen Hunger.

Er stand auf und klopfte sich das Stroh aus den Kleidern. Dann trat er neben sein Pferd und tätschelte ihm gedankenverloren den Hals. Moses wandte sich zu ihm hin, stieß ihn mit den Nüstern an und schnaubte. Ein stilles Einvernehmen lag in dem Blick, den Pferd und Reiter wechselten.

Heinrich, der sich von den Verwundungen der Nördlinger Schlacht erstaunlich rasch erholt hatte, war bereits munter. Er reichte Janek einen Becher mit Wasser und einen Kanten Brot. Während ihres kargen Frühstücks berieten sie über die kommenden Tage. Janeks Regiment gab es nicht mehr, seine Tage als Obrist waren vorbei. Er würde keine neuen Söldner anwerben.

Obschon es widersinnig schien, so eröffneten ihm die furchtbaren Ereignisse der letzten Wochen doch völlig neue Möglichkeiten. Er wollte die Gelegenheit nutzen, sein Leben anders zu ordnen, und Heinrich hatte keinen Zweifel daran gelassen, dass er auch künftig an seiner Seite bliebe.

Als die Freunde ihre Mahlzeit beendet hatten, packten sie ihre wenigen Habseligkeiten, überprüften ihre Waffen und sattelten die Pferde.

»Was hältst du eigentlich von der Flucht des württembergischen Herzogs?«, fragte Heinrich plötzlich. »Man sagt, er lasse sein Volk im Stich.«

Janek zurrte die Riemen an Moses Seite fest. »Vordergründig ist es wohl so. Feige und ehrlos. Doch ob es richtig oder falsch war, wird die Zukunft zeigen müssen.«

»Du meinst, dass er von Straßburg aus etwas für sein Land tut?«

»Das sollte sein Ziel sein. Die Frage ist, ob es ihm gelingt.«

Sie stiegen auf und lenkten ihre Pferde hinaus auf den Burghof.

Wenig später trafen sie dort mit Bernhard von Weimar zusammen. Während einer kurzen Unterredung teilten sie ihm mit, unmittelbar nach Frankfurt aufbrechen zu wollen, um dort den schwedischen Kanzler aufzusuchen. Der Feldherr machte keine Einwände. Er gab ihnen einige Instruktionen und erklärte, in Kürze nachzukommen. Rheingraf Otto dagegen hatte andere Pläne. Sein Weg würde ins heimatliche Straßburg und dann nach Speyer führen.

Ein Gefangenenlager der Kaiserlichen auf fränkischem Territorium, zehn Tage später

Die eisenbeschlagene Tür quietschte laut in den Angeln. Zugleich fiel das helle Licht einer Fackel in den mit Stroh ausgelegten Raum. Der Gefangene hielt sich rasch eine Hand vor die Augen, eine unwillkürliche Schutzreaktion. Zu lange lag er hier bereits in völliger Dunkelheit, zusammen mit anderen Verletzten der Nördlinger Schlacht, einige von ihnen waren bereits tot. Er fühlte sich entsetzlich. Das Stöhnen und Jammern, rasselnde Atemgeräusche und der durchdringende Geruch sterbender Leiber zerrten an seinen Nerven. Er blinzelte. Ein Schatten fiel in den Raum und er erkannte die untersetzte Gestalt des kaiserlichen Feldherrn. Seine Sinne schärften sich. Er war also gekommen. Endlich.

General Octavio Piccolomini blieb in der Tür stehen. Zwei Wachsoldaten begleiteten ihn. Mit einer herablassenden Kopfbewegung bedeutete er dem Gefangenen, zu sprechen.

»Dank für Euer Kommen.« Die Stimme des Gefangenen war nicht mehr als ein raues Kratzen. Er hustete.

»Spare Er sich seinen Dank und verschwende Er nicht meine Zeit. Was hat Er zu berichten?« Piccolomini stellte keine Fragen, er forderte.

Während der vergangenen, elenden Tage hatte der Gefangene reichlich Zeit gehabt, gründlich nachzudenken und sich jedes Wort gut zurechtgelegt. Es gab nur diese eine Chance. Wäre sie vertan, würde sein Kopf schneller von seinen Schultern geschnitten, als er ein Ave Maria zustande brächte.

»Ich kann Euch dienen, Herr. Mit Wissen.«

Piccolomini veränderte seine Haltung.

»Was weiß Er denn?«

»Vieles, was Habsburg von Nutzen sein kann.« Erneut musste er husten. »Geheime Pläne aus dem schwedischen Lager.«

In Piccolominis Augen blitzte verhaltene Neugier auf.

»Wer bist du, dass du solche Informationen weitergeben kannst?«

»Ich bin … war Obristleutnant.«

»Fußvolk?«

»Reiter.«

Mit einer Handbewegung beorderte Piccolomini mehrere Wächter zu sich.

»Warum befindet sich dieser Mann *hier*?«, fragte er verärgert.

Der Gefangene erlaubte sich ein minimales Aufatmen. Üblicherweise wurden Offiziere weit besser behandelt als gemeine Soldaten und zudem in annehmlichen Quartieren untergebracht. Piccolomini, so deuchte ihm, schien den Hinweis auf seine Stellung ernst zu nehmen.

Unterdessen verteidigte sich einer der Soldaten: »Es gab keine Hinweise auf seinen Rang, er war unbekleidet.«

»Man hatte mich von allem beraubt«, sagte der Gefangene.

Piccolomini spie Speichel aus, blieb aber ruhig.

Wenn die siegestrunkenen Soldaten und in ihrem Gefolge die Leichenfledderer erst einmal über die Schlachtfelder gestreift waren, ließen sie nichts an Wert zurück. Verletzte wurden gemeuchelt, die Toten ausgeraubt und geschunden zurückgelassen.

»Ich bin nicht sicher, ob du die Wahrheit sprichst«, meinte der Feldherr, wieder an den Gefangenen gewandt. »Aber ich lasse dich berichten. Doch bedenke: Eine Lüge kostet dich das Leben.«

»Ihr habt mein Wort. Was ich sage, ist wahr.«

Piccolomini machte sich nicht die Mühe einer Antwort, sondern drehte sich um und verließ mit großen Schritten das Gebäude.

Die Wächter traten näher, hoben den Gefangenen an und schleiften ihn aus diesem Höllenloch hinaus in die grelle Mittagssonne.

11. Kapitel

Und kommst du, liebe Sonn, nicht bald,
so weset alls im grünen Wald,
und all die müden Blumen,
die haben müden Tod.

Aus Johann Werlins Liederhandschrift (1646)

Die Freie Reichsstadt Hall,
Ende September des Jahres 1634

Ein entsetzlicher Gestank kroch durch die Gassen und durchdrang das Tuch, welches sich Conrad schützend vor den Mund gebunden hatte. Er war in Eile, kam aber nur mühsam voran. Eine dicke Schicht aus Kot, Urin, verwesenden Kadavern und anderem Unrat bedeckte die Straße, das darunterliegende Pflaster war nicht mehr zu erkennen. Immer wieder blieb er mit den Holzpantinen im Dreck stecken.

Hunde, Schweine und Rindviecher säumten seinen Weg, Entgegenkommende rempelten ihn an und kurz vor dem Marktplatz griff ein Bettler nach seinem Arm, hielt ihn fest und flehte aus zahnlosem Mund um eine Gabe. Fluchend riss er sich los und überquerte rasch den Platz vor der Michaelskirche.

Als er in die Obere Herrngasse einbog, drängte ihn eine Gruppe kaiserlicher Soldaten an die Wand des Eckhauses. Schmerzhaft spürte er den rauen Stein im Rücken. Ihm entfuhr ein leises Stöhnen. Die betrunkenen Söldner stießen ihn höhnisch lachend zur Seite und setzten unter Drohgebärden ihren Weg fort.

Conrad stand einen Moment gebeugt, die Hände auf den Knien und atmete tief durch. Dann richtete er sich auf und ging entschlossen die Gasse hinauf.

Vor einem Haus, dessen Front im Erdgeschoss mit Diamantquadern bemalt war, blieb er stehen. Wie so oft fiel sein Blick auf die gemeißelte Jahreszahl im Torbogen, durch den er in den Innenhof des Gebäudes gelangte. 1578, das Geburtsjahr seines Vaters.

Marie hörte Conrad durch das Tor treten und legte den harten Brotlaib beiseite, den sie gerade in mundgerechte Stücke brach, um die Krumen in verdünnter Milch einzuweichen. In der anderen Ecke der Scheune, die nun ihrer aller Obdach war, saß Ebba auf strohbedecktem Boden und flickte lustlos an einem Hemd, dessen Stoff an mehreren Stellen zerrissen war. Das bleiche Gesicht ihrer Schwester und die Unruhe ihrer Hände verrieten Marie, wie schlecht es ihr ging. Verschwunden waren die unbedachte Leichtigkeit und die Koketterie, die Ebba bisher zu eigen gewesen waren. Es gelang ihr einfach nicht, sich auf die neuen Umstände einzustellen.

Vor gut einem Monat, kurz nachdem ein Teil der Ernte eingefahren worden war, hatten sie Rosengarten verlassen. Niemals würde Marie den Tag vergessen, an welchem sie ihr Hab und Gut auf Wagen geladen und mitsamt dem Vieh in die Stadt gebracht hatten. Der letzte Blick zurück auf Rosengarten im Sommerlicht stand ihr noch immer vor Augen und sie kämpfte die Wehmut nieder, die sich in ihr breitmachte, sobald sie an diesen Moment zurückdachte.

Marie wandte sich zu Conrad um, der seinen zerdrückten Hut abgenommen und an einen Nagel in der Wand gehängt hatte.

»Hast du ihn gefunden?«, fragte sie.

»Nein. Ist er nicht zurückgekommen?«, gab Conrad zurück.

Marie schüttelte hilflos den Kopf.

Bereits seit dem Vorabend vermissten sie ihren Vater.

Als er zum Abendbrot fehlte, hatten sie vermutet, dass er noch einmal nach den beiden Kühen und dem anderen Vieh sah, das aus Platzmangel in einem entfernteren Stall untergebracht war. Doch als er bei Anbruch der Morgendämmerung noch immer nicht zurückgekehrt war, konnten sie ihre Sorge nicht länger ignorieren. Conrad hatte sich daraufhin auf den Weg gemacht, um nach Jakob Schenk zu suchen.

»Du warst lange fort«, sagte Marie.

Der Knecht setzte sich auf einen Ballen Stroh und senkte den Kopf.

»Er scheint wie vom Erdboden verschluckt. Ich habe nahezu die ganze Stadt abgesucht. In den Ställen hat ihn niemand gesehen. Auch die Sieder wussten nichts, obwohl einige dort ihn von früher kennen.«

»Das gibt es doch nicht!«, rief Marie laut, so dass Ebbas Kopf von ihrer Näharbeit auffuhr. »Er muss doch irgendwo sein!«

Conrad sah Marie an und in seinen braunen Augen glomm eine ungewohnte Unrast.

»Vielleicht ist ihm wirklich etwas zugestoßen«, mutmaßte er.

»Nein!« Ebba schluchzte auf.

Conrad warf einen kurzen Blick zu ihr hin, sprach aber leise weiter: »Es ist schlimmer, Marie. Die Pest greift weiter um sich. Möglicherweise ist er krank und kehrt nicht zurück, um niemanden anzustecken.«

Auch wenn sie sich innerlich gegen diese Vorstellung sträubte, wusste Marie, dass ein solches Verhalten für ihren Vater typisch wäre.

»Aber wohin sollte er denn gegangen sein?«, fragte sie mit zunehmender Verzweiflung in der Stimme.

»Ich weiß es nicht. Vielleicht vor die Tore, hinaus aus der Stadt«, antwortete Conrad.

Marie sah ihren Knecht an, den sie schon lange nicht mehr als einen solchen betrachtete. Sein dunkles, von einzelnen grauen Strähnen durchzogenes langes Haar fiel ihm bis auf die Schultern. Die Kleidung war abgetragen und starr von Schmutz und Staub. Er wirkte völlig erschöpft.

Mit einem Mal wurde ihr bewusst, wie uneingeschränkt sie sich auf ihn verließ, seit er vor Jahren auf dem Schenk-Hof aufgetaucht war. Kein Söldnerführer hatte ihn mit der Aussicht auf Beute und Löhnung weglocken können und auch jetzt, in der dunkelsten Zeit ihres Lebens, blieb er bei ihnen, genauso wie Grete, von deren Familie inzwischen niemand mehr existierte.

Nicht zum ersten Mal fragte sich Marie, wer er eigentlich war, denn über seine Herkunft hatte er bisher kein Wort verloren. Dass er nicht aus der Gegend kam, verriet die Färbung seiner Sprache, ein leicht rollendes »r«.

Ebbas Stimme durchdrang das kurze Schweigen: »Hinaus aus der Stadt«, wiederholte sie Conrads Worte. »Hinaus. Nach Hause?«

Conrad und Marie sahen sich an.

Conrad stand sofort auf und griff nach seinem Hut.

Marie stellte sich ihm in den Weg.

»Du kannst nicht nach Rosengarten gehen. Es ist viel zu gefährlich. Vielleicht ist er auch gar nicht dort, und wenn dir etwas zustößt, dann sind wir ganz allein.«

»Ich muss. Wir brauchen Gewissheit, Marie. Es ist … wegen der Pestilenz. In der Gelbinger Gasse sind heute schon wieder vier Leute gestorben. Wir müssen die Stadt so schnell wie möglich verlassen.«

»Wir müssen weg?« Ebba begann zu schluchzen.

Marie sah Conrad an und fragte ihn eindringlich: »Wohin sollen wir gehen?«

»Darum werde ich mich kümmern, wenn ich Euren Vater gefunden habe.«

Damit war er zum Tor hinaus.

Marie ging zu Ebba, die noch immer weinte, und strich ihr tröstend über den Rücken.

»Ich denke, er weiß, was er tut, Ebba.«

Sie dachte noch einmal an die vergangenen Tage zurück.

Ihr fiel ein, wie erschöpft der Vater gewirkt hatte und wie viel mehr Zeit als gewöhnlich er fort gewesen war. Würde sich Conrads Verdacht bewahrheiten? Trug er die Krankheit in sich?

Sie zwang ihren aufgewühlten Geist zur Ruhe und sandte ein Gebet gen Himmel. Für ihren Vater, für alle, die ihr nahestanden und ganz am Ende auch für sich selbst. Dann stand sie auf.

Während der nächsten Stunden bemühte sie sich, die stete Unruhe zu verdrängen, indem sie ihrem Tagwerk nachkam. Zugleich vergegenwärtigte sie sich ihre momentane Situation. Denn auch wenn sie die ungewohnte Enge in Hall bedrückte, hatten sie wenig Grund zur Klage. Der Holzschuppen, in dem sie lebten, stand im Hof eines begüterten Hauses in der Oberen Herrngasse, einem der besten Viertel Halls. Das Besitzerehepaar Firnhaber war noch jung und hatte sie ohne Umstände aufgenommen. Marie wusste diese Freundlichkeit zu schätzen, insbesondere jetzt, da täglich mehr verstörte Menschen in die Stadt drängten und oftmals unter erbärmlichen Umständen hausen mussten. Zum Dank teilten sie mit den Firnhabers Getreidevorräte und die Milch, welche die Kühe gaben. Immerhin eines ihrer drei verbliebenen Tiere hatten sie in einem kleinen Stall auf dem Nachbargrundstück unterbringen können.

Dennoch war Marie klar, dass sie auf einem Pulverfass saßen, seit vor drei Wochen die Glocken der Stadt die Niederlage der schwedischen Armee bei Nördlingen verkündet hatten. Binnen einer Woche war der kaiserliche Obrist Butler vor den Toren Halls aufgetaucht und hatte den Ratsherren des Kaisers Gnade angeboten. Als Gegenleistung mussten sie ihm unverbrüchliche Treue schwören und diese Versicherung beinhaltete immense finanzielle Verpflichtungen. Mehr als 20 000 Gulden sei dem Rat die Schonung wert gewesen, so munkelte man. Und weitere Geldforderungen würden nicht lange auf sich warten lassen.

Eine Kompanie des Butler'schen Regiments wurde als Besatzung in der Stadt stationiert. Vor den Toren lagerten weitere Truppen, für die Fourage und Nahrung herbeigeschafft und der Sold bezahlt werden musste. Doch vor allem hatten die kaiserlichen Soldaten mit der Pest eine furchtbare Fracht im Schlepptau gehabt. Sie fand unter den geschwächten Menschen in den überfüllten Unterkünften leichte Opfer und griff rasch um sich. Der Tod war nun allgegenwärtig.

Wenn Conrad es also für unerlässlich hielt, ins Ungewisse aufzubrechen, dachte Marie und rieb sich über die Stirn, so hatte er seine Gründe. Sie vertraute ihm.

Mit einer Näharbeit setzte sie sich schließlich zu ihrer Schwester. Ebbas Tränen waren versiegt, an ihre Stelle war ein heftiger Schluckauf getreten. Marie füllte einen Becher mit Wasser und gab ihr zu trinken.

»Nimm zehn Schlucke ohne abzusetzen. Aber langsam.«

Ebba nickte und führte das Gefäß an die Lippen. Als sie es Marie zurückgab, kam sie allmählich zur Ruhe.

Sie redeten kein Wort, doch die Spannung war greifbar.

Der Nachmittag dehnte sich, es wurde Abend. Grete, die tagsüber im Haus der Firnhabers half, kam herein und setzte sich schweigend zu ihnen.

Conrad war noch nicht zurück.

Rosengarten, zur selben Zeit

Die Dämmerung brach zügig herein. Conrad trennten nur noch wenige Schritte vom Hof der Schenks. Er spürte seine Unruhe wachsen. Was würde ihn erwarten?

In Gestalt eines kranken Bettelmanns hatte er sich aus der Stadt geschlichen und zunächst in den provisorischen Pestunterkünften der Umgebung nach Jakob Schenk gesucht. Doch der Bauer war nicht unter den auf verdrecktem Stroh dahinsiechenden Menschen gewesen. Nur kurz hatte Conrad mit sich gerungen, dann war er in Richtung Rosengarten aufgebrochen, die Quartiere der Soldaten rund um Hall gewissenhaft umgehend. Er kannte sich aus, fand seinen Weg über Wiese und Feld, durch Busch und Gehölz und schaffte es, keiner der umherziehenden Söldnerbanden in die Arme zu laufen. Doch der Spur des Entsetzens, die sie legten, konnte er nicht entkommen. Aufsteigende Rauchsäulen trugen die Todesqualen unzähliger Männer, Frauen und Kinder in den Abendhimmel. Er roch verbranntes Holz und Fleisch, hörte Schüsse und Grölen, das Brüllen des Viehs, Schreien und Klagen. Später vernahm er nur noch das Knistern der unzähligen Brände, die das Amt Rosengarten versengten.

Hall hatte sich Gnade erkauft. Das Land nicht.

Als Conrad den letzten Hügelkamm entlanglief und in die vertraute Senke hinabblicke, verzog sich sein Gesicht zu einem bitteren Lächeln.

Der Hof hatte sich seiner Peiniger tapfer erwehrt. Zwar war das große Eichentor nur noch ein armseliger Haufen schwarzer Holzbalken, waren die gläsernen Fenster zerborsten, zeigten die steinernen Wände schwärzliche Spuren eilig gelegten Feuers – und doch hatte das Gebäude standgehalten.

Conrads Schritt beschleunigte sich. Auf einer feuchten Grassode rutschte er aus und schlitterte den flachen Hang hinunter. Er fing sich, streifte die Erdklumpen von den Sohlen und ging auf das zerstörte Tor zu. Als er die Mauer fast umrundet hatte, flatterte ein aufgeschrecktes Huhn auf ihn zu. Er sah ihm kurz nach. Die meisten Tiere hatten sie irgendwo in Hall unterbringen können, doch manche waren in der Hektik des Aufbruchs übersehen worden und zurückgeblieben. Die meisten, schätzte er, waren entweder im nahen Wald verschwunden oder in den hungrigen Mägen plündernder Soldaten gelandet.

Er legte seine rechte Hand auf das Mauerwerk und spürte der feuchten Kühle nach, die davon ausging. Der Geruch nasser Erde und eines frühen Herbstes mischte sich unter das vertraute Aroma abgebrannten Holzes. Bevor er den Innenhof betrat, holte er tief Luft, dann lief er angespannt die Stallungen ab. Auch hier war Feuer gelegt worden, es hatte aber nicht auf die steinernen Fundamente übergegriffen.

Von Jakob Schenk war keine Spur zu sehen.

Conrad arbeitete sich bis zur Tür vor, die ins Wohnhaus führte. Sie hing schief in den Angeln. Einige Splitter zeugten davon, dass sich jemand gewaltsam Zutritt verschafft hatte. Als er sie vorsichtig weiter aufdrückte, ächzten die Scharniere. Hier waren die Spuren der Plünderungen nicht zu übersehen. Vorsichtig stieg er die Treppe ins Wohngeschoss hinauf, von deren Stufen kaum eine mehr ganz intakt war. Das gesamte Mobiliar war fort oder zerschlagen, der Boden mit Scherben übersät. Durch die kaputten Fenster strich der Abendwind. Conrad wartete, bis sich seine Augen an das dunkle Zwielicht gewöhnt hatten. Dann begann er, die Räume systematisch nach Jakob Schenk abzusuchen.

Er fand ihn nirgends.

Schließlich stand er wieder am Fuß der Treppe. Hastig fuhr er sich mit der Hand durch die Haare. Sollte er unverrichteter Dinge nach Hall zurückkehren müssen? Was war mit Jakob Schenk geschehen?

Als Conrad wieder ins Freie trat, war es dunkel geworden und damit zu spät, um den Rückweg anzutreten. Er musste die Nacht in Rosengarten verbringen. Als er sich nach einer geeigneten Stelle zum Schlafen umsah, fiel ihm ein matter Lichtschein auf, der aus dem Gewölbekeller drang.

Seine Sinne erwachten.

Lautlos schlich er zu der ramponierten, eisenbeschlagenen Tür. Würde er den Bauer finden oder Wegelagerer, die sich an den letzten Beständen der Schenks gütlich taten?

Entschlossen stieß er gegen das schwere Holz.

»Verschwinde!«, zischte jemand. »Hier ist der Tod.«

Conrad erkannte die brüchige Stimme sofort, ignorierte die Warnung und stieg die steinernen Stufen hinab. Nach wenigen Metern wurde das Licht heller. Er folgte seinem Kegel bis in eine der riesigen Vorratskammern. Unter seinen Sohlen knirschte es. Zahlloses Ungeziefer suchte Schutz in den Ritzen der Steinplatten. Mehrere Ratten huschten ohne Scheu an ihm vorüber.

Jakob Schenk lag in einer Ecke. Nur eine dünne, löchrige Decke schützte ihn vor der Kälte des Bodens. Mühsam hob er den Kopf und sah dem Eindringling entgegen. Als er den Knecht erkannte, weiteten sich seine Augen für einen Augenblick vor Freude und Überraschung. Dann ließ er den Kopf wieder sinken.

»Keinen Schritt weiter«, mahnte er leise. »Geh zurück zu den Mädchen. Sie brauchen dich.«

Conrad spähte zu Jakob Schenk hinüber. Als dieser merkte, dass sein Knecht keine Anstalten machte, den Raum zu verlassen, richtete er sich langsam auf, zog sein Hemd über die Schulter und hob den Arm.

Conrad sah die riesigen Beulen am Hals und unter den Achseln.

Sie waren blauschwarz, einige bereits eitrig eingefallen. Jakob Schenk fiel auf sein Lager zurück, er zitterte heftig.

Ebba hatte sich nicht getäuscht. Jakob Schenk war heimgekehrt, um zu sterben.

»Ich verspreche bei meinem Leben, dass ich für deine Familie sorgen werde.«

Der Bauer nickte kraftlos und schloss die Augen.

»Danke. Und … geh«, flüsterte er. »Bitte.«

Conrad zog sich bis zur Treppe zurück. Gedankenverloren strich er über die grobe Narbe an seinem Hals, die er für gewöhnlich unter einem Halstuch verbarg. Sie würde ihm das Leben retten, aber das konnte Jakob Schenk nicht wissen. Er lehnte den Kopf an die Wand und schlief ein.

12. Kapitel

LASS, WENN DER MÜDE LEIB ENTSCHLÄFT,
DIE SEELE WACHEN.
UND WENN DER LETZTE TAG WIRD MIT MIR ABEND
MACHEN, SO REISS MICH AUS DEM TAL
DER FINSTERNIS ZU DIR.

Andreas Gryphius (1616–1664), »Abend«

ROSENGARTEN,
WENIGE STUNDEN SPÄTER

Die Nacht war noch nicht gewichen, als Conrad aus einem leichten Schlaf erwachte. Er stand rasch auf und rieb seine steifen Glieder. Bevor er Rosengarten verließ, musste er einen letzten Dienst zu Ende bringen.

Kein Licht erhellte mehr die klammen Kellerräume. Vorsichtig tastete er sich durch die Dunkelheit zurück an das Lager des Bauern. Die Kerze daneben war erloschen, aber auch ohne ihren Schein konnte Conrad spüren, dass Jakob Schenk mit ihm gegangen war. Kein leiser Atemzug durchdrang mehr die Stille, kein mühsames Klammern an das Leben erschütterte den schwachen Leib. Der Bauer lag völlig ruhig, sein Körper ein gekrümmter Schatten in der Schwärze der Nacht. Conrad neigte den Kopf in Dankbarkeit und zutiefst empfundenem Respekt.

Er verharrte eine ganze Weile, ließ sich fallen in die bleierne Ruhe des Gedenkens. Dann nahm er den Toten vorsichtig auf die Arme und trug ihn ins Freie. Eine Weile stand er unschlüssig in der Nähe des Brunnens, überlegte, welche Stelle Jakob Schenk wohl als seine letzte Ruhestätte gewählt hätte. Schließlich brachte er ihn in das angrenzende Waldstück, legte den Leichnam ab und kehrte noch einmal zurück, um nach einem Grabwerkzeug zu suchen. Er fand einen Spaten, nahm ihn an sich und hob eine Kuhle aus. Vorsichtig bettete er den Toten zur Ruhe und bedeckte ihn mit Erde und Ästen. Da das Grab nicht sehr tief war, schleppte er größere Steine heran und schichtete sie zu einem Hügel auf. Schließlich suchte er nach zwei längeren Holzstücken, die er mit Strohresten zu einem einfachen Kreuz zusammenband. Ein letztes Mal beugte er sich hinab zu Jakob Schenk, steckte das Kreuz neben die Steine in die feuchte Erde und betete um Frieden für seine Seele. Für einen kurzen Moment kam ihm all das in den Sinn, was gewesen war und das, was hätte werden können. Eine sichere Stellung auf einem blühenden Hof, vielleicht eine Heirat, Kinder. Der Krieg vernichtete alles, auch Hoffnungen und Träume. Die Felder waren verwüstet, die Erde verbrannt und der Bauer lag tot zu seinen Füßen. Jakob Schenk hatte ihm einst Arbeit und Obdach geboten, ohne viel zu hinterfragen. Als er sah, dass sein neuer Knecht gut arbeitete, waren ihm anspruchsvollere Aufgaben und eine Verantwortung eingeräumt worden, die eigentlich dem Sohn des Hofes zugestanden hätte. Für Conrad war Rosengarten bald zur Heimat geworden, er hatte seine Vergangenheit hinter sich gelassen und das Fundament zu einem neuen Leben gelegt.

Nun stand er wieder am Anfang, würde erneut weiterziehen müssen. Und trug dabei eine weit größere Verantwortung als einst. Marie, Ebba und Grete waren ihm anvertraut. Und so verlockend der Gedanke sein mochte, einfach zu verschwinden, so klar gab sein Gewissen die Richtung vor.

Ein Jammer um die Weinstöcke, dachte er plötzlich und wunderte sich über diesen banalen Gedanken. *Der Rebensaft wäre durch den warmen Sommer reichlich und süßer als gewohnt in die Fässer geflossen.*

Es dämmerte. Er lief den Hügel hinauf, drehte sich aber nicht mehr um. Rosengarten stand noch. Doch das Leben darin war fort.

Hall, 3. Oktober des Jahres 1634

Nur wenige Tage waren vergangen, seit Conrad mit der traurigen Nachricht aus Rosengarten zurückgekommen war. Ebba war in eine dumpfe Melancholie verfallen, verschlief den größten Teil des Tages und konnte von Grete nur mühsam dazu gebracht werden, zwischendurch einige Bissen zu essen. Ihr Leib war erschreckend abgemagert.

Marie trug die Trauer in ihrem Herzen, während ihr Verstand wie gewohnt die Führung übernahm. Das Wissen darum, dass Jakob Schenk auf seinem Hof gestorben und dabei nicht allein gewesen war, tröstete sie. Er hatte wohl die ersten Anzeichen der Pest an sich erkannt und beschlossen, den letzten Weg allein zu gehen. Ein überlegter und würdevoller Schritt.

Gemeinsam mit Conrad und Grete hatte sie an den vergangenen Abenden, wenn sie Ebba im Schlaf wussten, über Jakob Schenk gesprochen. Conrad hatte von den letzten Stunden in Rosengarten erzählt. Unwillkürlich waren Erinnerungen aufgekommen, heitere, besinnliche und traurige Bruchstücke vergangener Tage. Nebenbei war ihnen bewusst geworden, wie sehr sie einander nun verbunden waren. Aus Leid und Not war eine Familie entstanden, die keiner Blutsbande bedurfte.

Grete, deren Haar inzwischen so weiß geworden war wie der Morgennebel im Herbst, umgab sie alle mit mütterlicher Fürsorge. Besonders freute sich Marie darüber, dass Conrad fest entschlossen war, sie aus diesem Elend herauszuführen. Als ob er seine Loyalität untermauern wollte, zeigte er eine ungewohnte Offenheit und sprach erstmals über Dinge aus seiner Vergangenheit.

»Mein Vater war Wundarzt und stammte aus dem Veltlin. Er hat mich in seinem Beruf ausgebildet«, erzählte er. »Später studierte ich dann Medizin an der Universität von Padua.«

»Also bist du nicht nur der Sohn eines Baders«, stellte Marie fest.

»Nein, wenn man es so betrachtet, ist die Medizin für mich viel mehr.«

»Sie ist dein Leben!«

»Zumindest ein wichtiger Teil davon. Und weil ich die menschliche Anatomie besonders interessant fand, habe ich versucht, meine Kenntnisse als Arzt um die der Chirurgie zu erweitern.«

»Konntest du dein Studium abschließen?«

»Ja, doch nur wenig später erreichte der Krieg Oberitalien. Ich beschloss, aus der Not eine Tugend zu machen und ließ mich als Feldscher bei den Habsburgern anwerben, die damals gegen Mantua zogen.«

»Ich kann mir kaum vorstellen, dass du aus freien Stücken in den Krieg gegangen bist«, meinte Marie.

»Ich war ehrgeizig und hoffte, meine Kenntnisse im Feldlazarett praktisch erproben und auch erweitern zu können«, erklärte Conrad.

»Hat dich diese Entscheidung gedauert?«

»Zunächst nicht. Einer der italienischen Offiziere fand Gefallen an meiner Arbeit und bot mir an, vier Schwadronen italienischer Söldner zu betreuen, die im Veltlin stationiert waren. Ich musste natürlich nicht lange überlegen und sagte zu. So kehrte ich im Sommer 1630 in meine Heimat zurück.«

Hier geriet Conrads Erzählung ins Stocken. Denn der Freude über das Wiedersehen mit seinen Eltern war bald Ernüchterung gefolgt – die italienischen Soldaten hausten fürchterlich und gewissenlos. Ohne Not peinigten sie die hilflose Bevölkerung, folterten und mordeten. Als Conrad vom grausamen Tod der eigenen Eltern berichtete, brach seine Stimme und er brauchte lange Augenblicke, bis er weitersprechen konnte.

»Danach hielt mich nichts mehr zuhause.«

»Hattest du denn eine andere Möglichkeit?«

»Ich habe mich davongemacht.«

»Und sie haben dich gehen lassen?«

Conrad lachte bitter. »Nein. Ich bin nach Padua zurückgekehrt und dort untergetaucht, weil mein Offizier nach mir suchen ließ. Er muss rasend vor Wut gewesen sein, als ihm von meinem Verschwinden berichtet worden ist.«

»Woher weißt du das?«

»Manches spricht sich herum. Und es passt zu seinem Charakter. Piccolomini heißt er und er ist auch heute noch ein Mann, der über Leichen geht.«

»Hätte er dich gefunden, wäre dir eine harte Strafe sicher gewesen«, konstatierte Marie.

»In der Tat. Und wenn ich diese überlebt hätte, so wäre ich doch nicht mehr frei gewesen, meine Zukunft selbst zu gestalten.«

Marie lächelte: »Da hast du dich lieber auf einem Hof verdingt?!«

»Das war den nachfolgenden Geschehnissen geschuldet. Denn nur wenig später kam die Pestilenz nach Oberitalien. Wie heute starben die Menschen auch damals wie die Fliegen im Herbst. Ich befürchtete, mich anzustecken.« Er machte eine Pause. »Aber ich wollte nicht sterben, vor allem nicht in der Gosse von Padua. So bin ich in die Berge gegangen. Unterwegs spürte ich dann schon, wie die Krankheit in mir tobte.«

»Aber du bist nicht gestorben.«

Jetzt lächelte auch Conrad. »Nein. Ich hatte großes Glück und fand ein kleines Kloster, ganz zufällig, denn es war völlig abgelegen. Die Brüder nahmen mich auf und pflegten mich gesund.«

»Das war doch gefährlich. Wer überlebt schon die Pestilenz?«

»Nur wenige. Aber diejenigen, welche die Krankheit besiegen, sind fortan gegen sie gefeit. Deshalb konnte ein Bruder mich versorgen und deshalb kann ich mit Kranken umgehen, ohne eine erneute Ansteckung zu fürchten.«

»Das wusste ich nicht«, sagte Marie nachdenklich.

»Nach und nach kam meine Kraft zurück«, fuhr Conrad fort, »und ich machte mir Gedanken über meine Zukunft. Zurück konnte ich nicht, also beschloss ich, mein Glück jenseits der Alpen zu versuchen. Sobald ich mich gut genug fühlte, brach ich auf.«

»Und bist zu uns gekommen.«

»Ursprünglich hatte ich viel weiter nach Norden gehen wollen, um dem kaiserlichen Einfluss zu entkommen und als Arzt arbeiten zu können. Doch der Feldzug der Schweden in Richtung Süden zwang mich, meine Pläne zu ändern. Ja, und dann kam ich auf den Rosengarten-Hof. Und bin geblieben.«

»Dem Himmel sei Dank!«, entfuhr es Marie.

»So denke ich auch«, meinte Conrad augenzwinkernd und fügte hinzu, dass er zu diesem Zeitpunkt bereits die italienische Form seines Namens, Corrado, geändert und sich fortan Conrad genannt hatte.

Als Grete an diesem Abend zu Ebba auf das Lager geschlüpft war, hielt Conrad Marie noch für einen Moment zurück. Er deutete auf die Tür. Gemeinsam traten sie in die feuchte Nacht hinaus.

»Ich möchte dir noch etwas sagen, Marie.«

Marie sah zu ihm auf.

»Du erinnerst dich vielleicht an jene Soldaten, die im Frühjahr auf dem Hof campierten. An den Obristen von Schwanberg und seinen Freund.«

Ein warmes Kribbeln überzog Maries Haut. Sie nickte.

»Nun, er hat damals oft mit mir gesprochen. Auch sein Begleiter hat immer wieder Fragen gestellt. Sehr geschickt, übrigens. Ich bin ein vorsichtiger Mensch, Marie, aber Janek von Schwanberg hat mich beeindruckt.«

Conrad schien fast verlegen zu sein, als er fortfuhr: »Er kennt meine Geschichte und begann, mir zu vertrauen. Und er bat mich, auf dich und Ebba aufzupassen. Vor allem du schienst ihm sehr am Herzen zu liegen.«

Er lächelte und Marie war froh, dass es dunkel genug war, um die aufsteigende Röte in ihrem Gesicht zu verbergen. Ihr Pulsschlag beschleunigte sich in Erwartung dessen, was sie noch hören würde.

»Wenn ein Mann seines Ranges in solchen Tagen seine Sorge um eine Frau zeigt, dann ist sie ihm teuer«, meinte Conrad. »Er hat Maßnahmen getroffen und mit mir besprochen. Seine Kontakte haben uns diese Unterkunft hier verschafft. Und er riet mir, die Stadt zu verlassen, sollten die Umstände zu schwierig werden.«

»Und das sind sie nun?«, fragte Marie.

»Ich denke ja.«

»Und wohin zu gehen hat er dir geraten?«

»Nach Straßburg.«

Die Zahl der Toten stieg täglich und unaufhaltsam und Conrad wurde von einem einzigen Gedanken getrieben: Marie, Grete und Ebba in Sicherheit zu bringen.

Janek von Schwanberg hatte ihm nützliche Hinweise gegeben und vor allem ein Ziel: den Bischofshof zu Straßburg. Dort hatte einer der wichtigsten Offiziere des schwedischen Bündnisses seinen Wohnsitz: Otto Rheingraf von Salm-Kyrburg. Schwanberg hatte ein kurzes Schreiben verfasst und dazu gemeint, dass man ihnen sicher weiterhelfen würde, wenn er sich auf diese Empfehlung beriefe. Den versiegelten Brief trug Conrad stets bei sich.

Nun gab es unzählige Dinge zu organisieren, denn die Zeit drängte. Zunächst war er bei einem Nachbarn der Firnhabers, dem Arzt Dr. Michael Löchner, vorstellig geworden. Dieser hatte einige Jahre lang in Straßburg Medizin studiert und zeigte sich begeistert von der Tatsache, dass Conrad die Universität in Padua besucht hatte. Es ergab sich eine rege, fachliche Diskussion. Als Conrad das Haus verließ, steckte ihm der Arzt die Adresse seiner ehemaligen Wirtsleute zu und wünschte ihm viel Glück. Dabei gab er sich keine Mühe, seine Skepsis hinsichtlich einer solchen Reise zu verbergen, und Conrad konnte diese Bedenken durchaus nachvollziehen. Die Straßenverhältnisse waren chaotisch und die Wege mehr als unsicher. Doch er ließ sich nicht beirren, denn in Hall zu bleiben war keine Alternative. Der bevorstehende Winter würde unaufhaltsam weitere Soldaten anschwemmen, da sich die Regimenter in die Winterquartiere zurückzogen. Das bedeutete noch mehr zusammengepferchte Menschen innerhalb der ohnehin überfüllten Stadtmauern, hinzu kamen die Seuche und die zu erwartende Knappheit an Nahrung. Binnen weniger Wochen würde die Stadt hunderte, wenn nicht gar tausende Tote zu beklagen haben.

Doch Conrad war nicht leichtsinnig und er blendete die Risiken nicht aus, die sie erwarteten. Deshalb suchte er nach einer zuverlässigen Reisemöglichkeit. Er hörte sich unter den Siedern der Stadt um, die in einem eigenen Viertel lebten und arbeiteten. Sie hatten durch den Salzhandel weitreichende und zuverlässige Verbindungen und seine Nachfragen gaben ihm Hoffnung.

Es sollten einige Fuhren Salz von Hall an den Rhein gebracht werden, um sie von dort aus weiter zu verschiffen. Der Transport würde von kaiserlichen Soldaten begleitet, die zudem die Abwicklung des Geschäfts beobachten und das Geld an die Kriegskasse der Habsburger weiterleiten sollten. Während einer schlaflosen Nacht entwarf Conrad einen ausgereiften Plan und es gelang ihm in den darauffolgenden Tagen tatsächlich, sich bei einem der beorderten Salzfuhrleute zu verdingen. Das weitaus größere Problem waren die Frauen. Marie erklärte sich sofort einverstanden, als Bursche getarnt mitzureisen. Ebba aber zeigte auf seinen Vorschlag hin keinerlei Reaktion. Marie war jedoch entschlossen, sie als ihren jüngeren Bruder auszugeben. Als Grete dann tatsächlich die Schere ansetzte, um beiden Mädchen das Haar auf Schulterlänge zu kürzen, tauchte Ebba aus ihrer Lethargie auf. Sie wehrte sich schreiend und heftig, so dass Conrad und Marie sie festhalten mussten. Marie brach es schier das Herz, doch wenn sie in ihrer Verkleidung glaubwürdig erscheinen wollten, mussten sie ihr Haar unter einer Kappe verstecken. Die langen Strähnen würden sie sonst verraten.

Gemeinsam ersannen Conrad und Marie auch eine Lösung für Grete. Als diese realisierte, dass sie mitkommen sollte, stand ihr die Überraschung ins Gesicht geschrieben.

»Ach, Kind«, meinte sie, an Marie gewandt, »ich freue mich gewiss darüber, dass ihr an mich denkt. Aber ich kann mir nicht vorstellen, hier wegzugehen. Fahrt ihr nur, ihr jungen Leute. Ihr habt die Kraft dazu, noch einmal anzufangen. Aber lasst mich hier.«

Alles Zureden half nichts. Grete sprach mit den Firnhabers, die ihr anboten, weiterhin als Dienstbotin im Haus zu bleiben.

Obwohl Marie die Entscheidung Gretes verstand, graute ihr vor der Trennung. Grete war bei den Schenks gewesen, seit Marie denken konnte. Sie zurückzulassen bedeutete einen weiteren, schmerzhaften Abschied.

Drei Tage später half Grete den Mädchen, sich für die Fahrt vorzubereiten. Sie band ihnen die Brüste mit einem Leinentuch ab, polsterte ihre schlanken Körper aus und steckte sie in Hosen, Hemden und Bauernjacken. Die weiblichen Gesichtszüge verschwanden unter Schlieren aus Asche und Öl. Von Firnhabers erhielten sie zwei Paar alter Stiefel voller Löcher, die viel zu groß waren und mit Tüchern ausgestopft werden mussten, damit sie nicht von den Füßen rutschten.

Ihre letzte Nacht verbrachten sie traurig, aber ruhig. Conrad ging im Geiste noch einmal die Abläufe durch. Er war erleichtert, dass niemand Anzeichen von Unwohlsein zeigte, denn noch bestand die Gefahr einer Ansteckung.

Ein bleigrauer Morgen dämmerte herauf. Ohne unnötige Worte machten sie sich reisefertig. Grete wünschte ihnen unter Tränen Lebewohl, begleitete sie aber nicht mehr zum Haal, auf dessen großem Platz sich die Wagen sammelten.

Zu seiner Überraschung bekam Conrad einen eigenen Transport zugeteilt, da einer der Fuhrmänner unerwartet ausgefallen war. Er besah sich sein Gefährt, unterhielt sich mit den anwesenden Siedern und Fuhrleuten und ließ sich einweisen. Ihre Ladung war schon bereitgestellt. Gemeinsam mit Marie machte sich Conrad daran, Scheibensalz und Fässer auf den Wagen zu hieven. Unterdessen verstaute Ebba die Bündel mit Nahrungsvorräten, welche Grete zusammengepackt hatte. Auch wenn sie fast nichts sprach, wirkte Ebba lebendiger als die Wochen zuvor. Marie hoffte, dass sie den Anforderungen der Reise gewachsen wäre. Als sie fertig waren, richtete sie sich auf und stützte mit beiden Händen ihren Rücken ab. Sie gab sich alle Mühe, kräftig und erfahren zu wirken, doch im Grunde war diese Arbeit zu viel für sie. Conrad bemerkte es und legte sorgenvoll die Stirn in Falten. Marie versuchte sich an einem beruhigenden Lächeln und klopfte die Hände an ihrer Kleidung ab. Sie würde es schaffen, wie schwer es auch werden mochte.

Plötzlich merkte Marie, wie Conrads Blick abschweifte. Als sie ihm mit den Augen folgte, sah sie zwei mit Schnabelmasken vermummte Gestalten, die einen Pestwagen zwischen den Siederhäusern hindurchmanövrierten.

»Beim Wetzel Georg ist das große Sterben im Haus«, erklärte Conrad. »Das haben sie vorhin erzählt.«

Marie nickte, nahm Ebba an der Hand, half ihr auf den hölzernen Karren und stieg danach selbst hinauf. Sie kauerten sich in die winzigen Nischen zwischen den Salzfässern. In dieser unbequemen Haltung würden ihre Glieder bald schmerzen und pelzig werden. Aber sie klagten nicht.

Allmählich rüstete die Kolonne zur Abfahrt. Conrads Gespann bestand aus vier Pferden, die als Teil der Kontributionen an die Kaiserlichen eingezogen worden waren. Er schwang sich auf das linke, nervös schnaubende Tier und redete ihm gut zu.

Schließlich knallten die Peitschen. Die schwer beladenen Fuhrwerke zogen an, verließen die Sammelstelle, passierten die Sulfurt und bogen auf die Landstraße ein.

13. Kapitel

Gebt mir sechs Zeilen von der Hand des ehrlichsten Mannes, so werde ich etwas finden, um ihn an den Galgen zu bringen.

Armand-Jean du Plessis Richelieu (1585-1642)
Herzog von Richelieu,
französischer Kardinal und Staatsmann

Paris, 2. Dezember des Jahres 1634

Janek trat in die frische Morgenluft hinaus und zog seinen Umhang fester zusammen. Er wartete, bis Jakob Löffler bei ihm war, dann schritten sie über die vereisten Straßen in Richtung Palais Royal, der Residenz des Kardinals. Die stolzen Fassaden der Stadthäuser reckten sich jenem vertrauten, grauen Schleier entgegen, der, geboren aus Dunst und Holzrauch, wie eine Glocke über Frankreichs Mittelpunkt lag. Niemals würde er sich an die stickige Enge einer Stadt wie dieser gewöhnen, dachte Janek. Die langen Wochen ihres Aufenthalts befeuerten lediglich seinen dringenden Wunsch nach einem stillen Quartier, weit weg, irgendwo auf dem Land.

Nichtsdestotrotz war die Unterkunft unweit des Louvre komfortabel, ihre Ausstattung wertvoll, die Betten weich, die gereichten Mahlzeiten üppig und schmackhaft. Der Krieg hatte Frankreich noch nicht erreicht. Fern schien das Elend der Heimat, wenn man das Treiben auf den Märkten sah oder die Auslagen der Händler.

Bereits Ende Oktober war Janek von Frankfurt nach Paris gereist. Axel Oxenstierna hatte ihn einer Delegation um Jakob Löffler zugeteilt, die Richelieu und den französischen König zu einer militärischen Intervention in Deutschland bewegen sollte. So, wie Janek es bereits vorausgesehen hatte, musste Schweden nun vor dem Kardinal zu Kreuze kriechen, um den Krieg gegen den Kaiser fortführen zu können. Frankreich besaß Geld und einsatzbereite Regimenter. Die schwedischen Truppen dagegen waren zermürbt, entkräftet und verheerend dezimiert. Seit die Kaiserlichen bei Nördlingen gesiegt hatten, stieg Habsburgs Stern wieder und keiner konnte Interesse daran haben, ihn ungehindert seine Bahn ziehen zu lassen, am allerwenigsten die Franzosen.

Jakob Löffler schien es nicht eilig zu haben an diesem Morgen, obwohl die eisige Kälte des Winters unter ihre Kleidung kroch. Sie hatten auf die Kutsche verzichtet und so fror ihr Atem zu Reif, der sich weiß auf ihren Bärten niederschlug.

»Und, Schwanberg«, fragte Löffler und rieb die behandschuhten Hände aneinander. »Wie schmeckt Euch die Mühsal des Verhandelns?«

»Wenn ich diesen Geschmack festhalten müsste«, antwortete Janek scherzhaft, »würde ich ihn als herb beschreiben. Aber interessant.«

»Es ist zuweilen ein wirklich hartes Brot. Aber Verhandlungen mit Richelieu sind obendrein mit Eisennägeln gespickt. Und derer hat er uns einige zu fressen gegeben.« Löffler kniff die Augen zusammen und beobachtete einige schwarze Raben, die auf den Dächern saßen. »Sein purpurner Kardinalsmantel bedeckt kaum seine rabenschwarze Seele.«

Die Vögel flogen auf und Löffler richtete den Blick auf Janek. »Dieses Mal«, meinte er, »habe ich das Gefühl, als hätte er mich mit dem Dolch durchbohrt.«

»Was wollt Ihr damit sagen?«, fragte Janek irritiert.

»Er hat seine Karten ausgespielt, Schwanberg. Der Vertrag, den er uns jetzt aufgenötigt hat, ist das Papier nicht wert, auf dem er steht. Schweden braucht einen verlässlichen Verbündeten, und Richelieu ist alles andere als das. Denkt nach, wir haben ihm alles angeboten, sogar die schwedischen Gebiete im Elsass. Und was hat er gegeben? Eine halbe Million Livres, ha! Ich muss mit Soldaten heimkehren, das ist es, was Oxenstierna erwartet. Und ich bringe nicht einen einzigen französischen Musketier!«

Janek war über den Ausbruch Löfflers entsetzt. Er kannte den Mann als allzeit bedacht und beherrscht und es fiel ihm nicht leicht, etwas Passendes zu erwidern. Zumal er Löffler recht geben musste.

»Oxenstierna weiß um Richelieus Gewissenlosigkeit«, versuchte er zu beruhigen. »Er kann nicht erwarten, dass der Kardinal auf Anhieb alle Forderungen Schwedens erfüllen wird.«

»Oh doch. Er steht bis zum Hals im Wasser. Wenn nicht rasch Hilfe kommt, schwimmt ihm all das davon, worum er die letzten Jahre gerungen hat.«

»Umso mehr braucht er Männer wie Euch«, erwiderte Janek. »Ihr habt Erfahrung und kennt Eure Gegner.«

»Nein. Es ist anders.« Jakob Löffler schüttelte den Kopf. »Aber das könnt Ihr nicht wissen, Schwanberg. Die letzten Jahre waren für mich nicht einfach. Ich diente zwei Herrschern. Oxenstierna als Vizekanzler und dem Württemberger als Kanzler. Daraus ergaben sich Situationen, in denen ich zwangsläufig eine der beiden Seiten enttäuschen musste. Oxenstierna war dies stets ein Dorn im Auge und bei mehr als einer Gelegenheit gemahnte er mich an meine Verpflichtungen Schweden gegenüber.« Urplötzlich wechselte er das Thema: »Ah, wir sind da, junger Freund.«

Sie traten vor das Portal der Kardinalsresidenz. »Genießt Wein und Speisen, Schwanberg. Wenn wir erst wieder im Reich sind, werdet Ihr voller Sehnsucht an diese Genüsse zurückdenken!«

Als sich Janek an diesem Abend allein in seinem Zimmer wiederfand, kehrten seine Gedanken zurück zu Jakob Löfflers düsterer Prophezeiung am Morgen. Im Geiste rekapitulierte er die wochenlangen Verhandlungen mit den Franzosen. Er hatte sehr wohl wahrgenommen, wie erbarmungslos Richelieu die Ersuchen der deutsch-schwedischen Gesandtschaft negierte und Löffler ein Zugeständnis nach dem anderen abrang. Am Ende hatte er kurzerhand gar Verpflichtungen abgestreift, die gegenüber Schweden bereits seit Jahren bestanden. Seine Argumente waren zwar fadenscheinig gewesen, aber ihre schwache Verhandlungsposition hatte es nicht zugelassen, sie wirksam zu widerlegen. Wie dem auch sei, die Würfel waren gefallen. Sie konnten kaum mehr tun, als abzuwarten, wie der schwedische Kanzler auf diese Botschaft reagieren würde. Vielleicht hatte Löffler recht und Oxenstierna lehnte das schwierige Vertragswerk rundweg ab.

Janek hatte die Kleidung des Edelmannes abgelegt und ging einige Schritte durch den hohen Schlafraum. Vor dem Kamin, in dem ein wärmendes Feuer prasselte, blieb er stehen.

Dies war seine erste offizielle politische Mission gewesen und sie war gescheitert. Kein guter Anfang, weder für ihn noch für Oxenstierna, der ihm den Wechsel in die hohe Diplomatie durchaus zugetraut hatte. Doch er hatte seine Unerfahrenheit auf diesem schlüpfrigen Verhandlungsboden unterschätzt. Zwar lag ihm das verbale Taktieren durchaus, das Abschätzen des Gegners und die Wahl der zu verwendenden Mittel, doch in den Gesprächen hatte er sich zurücknehmen müssen und stattdessen in der Rolle des Beobachters die Vorgehensweisen, die Körpersprache und Strategien der Parteien studiert. Er hatte gehört, wie Fakten zerpflückt und Worte verdreht wurden. Richelieu und seine Unterhändler waren mit allen Wassern gewaschen. Janek wusste, dass ihm die routinierte Schlagkraft noch fehlte, mit der Argumente gezielt geführt und zur Schwächung des Gegners eingesetzt wurden. Fast vermisste er sein Schwert, die ehrliche Sprache der Waffen, die klare Einteilung der Welt in Freund und Feind auf einem

Schlachtfeld. Zugleich wusste er sicher, dass es dorthin kein Zurück mehr gab. Vielleicht lag seine künftige Aufgabe darin, die Zusammenhänge zu erforschen, welche dazu führten, dass diese Welt keinen Frieden fand, warum der Krieg Herrscher, Generäle und Feldherren verschliss, ohne einen verheißungsvollen Neuanfang zu gebären. Dies war eine Herausforderung, die seinen Fähigkeiten entsprach. Sobald er wieder in Frankfurt war, würde er mit Axel Oxenstierna über einen neuen, anders gearteten Auftrag sprechen. Und mit Heinrich, der dort auf ihn wartete, über den Verbleib von Bartholomäus und Frieder. Denn entgegen aller Logik hoffte er noch immer, die beiden eines Tages munter und fidel wiederzusehen.

Er nahm ein Glas vom Tisch, in dem noch ein Schluck samtigen Rotweines lockte. Die Flüssigkeit rann warm seine Kehle hinab und er überließ sich einen Moment diesem köstlichen Wohlgefühl. Dann löschte er die Kerzen.

Zwei Tage später traten sie den Heimweg an.

Schloss Náchod im Nordosten Böhmens, Dezember des Jahres 1634

Der langgezogene Saal im zweiten Stock des Náchoder Schlosses wurde von unzähligen Kerzen erhellt. Zinnerne Teller, Porzellan und kostbare Gläser zierten die schweren Eichentische. Durch die Rundbögen der Fenster sah man in eine mondhelle Winternacht hinaus. Schneeflocken tanzten an den Scheiben vorbei und unzählige Kaminfeuer hielten die eisige Kälte draußen.

Er sah sich um und sein Gesicht verzog sich zu einem triumphierenden Grinsen. Kaum zu glauben, wie gut es der Zufall seit seiner Gefangennahme nach der Schlacht um Nördlingen mit ihm gemeint hatte. Den fauligen Geruch des Verlieses hatte er endgültig abgewaschen. Aus dem namenlosen Gefangenen war ein geschätzter Mann in Piccolominis Gefolge geworden. Im Stillen beglückwünschte er sich zu seinem Geschick. Einige gut ausgedachte Hinweise hatten genügt, seine Glaubwürdigkeit zu untermauern. Und ein wenig Schmeichelei zur rechten Zeit war sein Schaden nicht gewesen, denn Piccolominis Eitelkeit war unsäglich. Jedes bewundernde Wort sog er auf wie ein Schwamm im Badehaus. Doch unterschätzen durfte man den Italiener keinesfalls. Deshalb ging er behutsam vor, ließ das Vertrauen wachsen, versuchte, sich unentbehrlich zu machen. Die Rückeroberung Frankens hatte sie noch mehr zusammenwachsen lassen. Er hatte sein kriegerisches Talent bewiesen und eine Kompanie Soldaten befehligt, die aus Männern bestand, die Gefangene gewesen waren wie er und nun auf Seiten des Kaisers kämpften. Die ehrliche Anerkennung seiner Arbeit war ihm ein guter Lohn gewesen.

»Kommt und trinkt mit uns!«, rief Octavio Piccolomini, als er ihn erblickte und wirkte bestens gelaunt.

Er verneigte sich, trat näher, setzte sich auf einen rasch herbeigerückten Stuhl neben den Italiener und sah zu, wie dieser ihm höchstpersönlich einen Kelch aus marmoriertem böhmischem Glas mit Wein füllte. Offenbar zog er den edlen Trank seiner Heimat dem in deutschen Landen häufig üblichen Bier vor. Dann wurde ihm auffordernd zugeprostet und er erhob sein Trinkgefäß zur Antwort: »Auf das Eure!«

Gleichzeitig nahmen sie einen guten Schluck.

»Ah, mein Guter, es feiert sich vortrefflich hier!«, sagte Piccolomini und wies mit seinem Pokal in großer Geste über die Runde. Der Wein floss reichlich in diesen Tagen, da sich der italienische Feldherr als neuer Besitzer der Herrschaft Náchod feiern ließ. Sie war, neben der erklecklichen Geldsumme von hunderttausend Gulden und der Würde eines Feldmarschalls, der Lohn des Kaisers für Wallensteins Ermordung in Eger gewesen.

Piccolomini war stolz auf sich. Die siegreiche Schlacht bei Nördlingen hatte ihn auf ein Podest gestellt, das er nicht mehr zu verlassen gedachte. Sein Gesicht zeigte Selbstgefälligkeit und leutselige Arroganz, geboren aus dem Wissen um die eigene Überlegenheit und die Gefolgschaft derer, die mit ihm an der Tafel saßen.

Piccolominis Stimme trat in den Hintergrund, als er seinen Blick zufrieden zu den kunstvoll bemalten Holzbalken wandern ließ, welche die Decke zierten. Das Schicksal war zu einer berechenbaren Größe geworden und irgendwann würde der Tag kommen, an dem er seine eigenen Karten mischte und ausspielte. An dem er mit Piccolominis Unterstützung endlich das Land in Besitz nahm, das er immer als das Seine betrachtet hatte – die konfiszierten Herrschaften der Familie Schwanberg.

Piccolomini könnte vielleicht dafür sorgen, sie jenem österreichischen Heerführer wieder abzunehmen, der sie vom Kaiser als Lohn für geleistete Dienste erhalten hatte.

Er konnte sich alles bereits bildlich ausmalen. Auf Schloss Ronsperg würde er residieren und nebenbei einen stillen Feldzug gegen den einen Mann führen, der es ihm erneut abspenstig machen könnte: Janek von Schwanberg, der davon überzeugt war, der rechtmäßige Nachfolger zu sein. Der aber glücklicherweise nun dachte, dass sein Leben auf dem Schlachtfeld Nördlingens geendet hatte und nicht ahnte, dass er jetzt hier saß, lebendig wie ein Vogel am Himmel und vorhatte, ihm das Erbe abzujagen. Irgendwann, wenn die Gelegenheit günstig wäre.

Bis es so weit war, würde er bei Piccolomini bleiben und weiter in Franken kämpfen, wo sich Teile der schwedischen Armee noch immer gegen die kaiserlichen Besatzer wehrten. Vielleicht fände der italienische Feldherr irgendwann sogar Gefallen daran, eine weitere Intrige einzufädeln. Er verzog die Lippen zu einem verächtlichen Lächeln. Das Leben war voll wunderbarer Aussichten.

DRITTER TEIL

Die Pfade der Zweifel

14. Kapitel

Niemand weiß, wie schwer mir's fällt,
Flammen in der Brust zu hegen,
Und sie dennoch vor der Welt
Nicht ans freie Licht zu legen.
Feuer lässt sich nicht verhehlen,
Denn sein Glanz ist allzu klar,
Und die Glut verliebter Seelen
Macht sich selber offenbar.

Christian Hofmann von Hofmannswaldau
(1617–1679)

Strassburg,
Ende März des Jahres 1636

Die Märzsonne warf ihre kühlen Strahlen über die Rheinebene und schien den harten Winter vergessen machen zu wollen, der das Land bis kurz vor Ostern in seiner eisigen Hand gehalten hatte. Die unzähligen Seitenarme des großen Stromes waren noch zugefroren und jeder Morgen zauberte Eiskristalle an Bäume und Sträucher, Hecken und Häuser. Über Tag verwandelten sie sich in glitzernde Tropfen, fielen zu Boden, rannen von den Dächern und sammelten sich in den Straßen zu schmutzigen Pfützen, bevor sie an den Abenden erneut zu Eis wurden.

Das frühe Fest der Auferstehung Christi hatte die Fastenzeit und mit ihr die leisen Töne für dieses Jahr beendet. In den Wirtshäusern und den Trinkstuben der Zünfte, auf den Gassen und Märkten Straßburgs erwachte allmählich das Leben.

Conrad genoss die helleren Tage, selbst wenn mit ihnen die Kriegsvölker aus den Winterquartieren krochen, um ihre schwachen Glieder erneut in endlose Kämpfe zu werfen. Kardinal Richelieu war an Schwedens Seite in den Krieg eingetreten und ein dauerhafter Friede damit in weite Ferne gerückt. Wenigstens bot die Freie Reichsstadt mit dem mächtigen Frankreich im Rücken eine weitgehend sichere Zuflucht. Nach wie vor war er froh, die Reise von Hall hierher gewagt zu haben.

Es war früher Nachmittag. Conrad befand sich auf dem Weg von der württembergischen Residenz an der Ill zum Bischofshof unweit des Münsters, um eine Botschaft des Herzogs an eine der dort lebenden jungen Gräfinnen von Salm-Kyrburg zu überbringen. In den vergangenen Monaten war er bereits unzählige Male auf die Wegstrecke zwischen den beiden Gebäuden geschickt worden, doch das störte ihn nicht. Ganz im Gegenteil. Dadurch bekam er häufig Gelegenheit, nach Marie und Ebba zu sehen, die in den Diensten derer von Salm-Kyrburg standen.

Als er am aufwändig gestalteten Portal des rheingräflichen Anwesens vorbei zum Dienstboteneingang trat und den Türklopfer betätigte, konnte er ein wissendes Schmunzeln nicht unterdrücken. Längst ahnte er die Inhalte der zahllosen Schreiben, die der württembergische Herzog eigenhändig verfasste und anschließend stets ihm, und nicht dem eigentlichen Postboten anvertraute.

Vertraut schlurfende Schritte näherten sich der Tür, die Riegel wurden zurückgezogen und die Tür schwang auf. Der betagte Lakai erkannte Conrad, trat umgehend zur Seite und ließ ihn ein.

Respektvoll wurde der mitgebrachte Brief entgegengenommen und von den Händen einer verschwiegenen Dienerschaft an die Adressatin weitergereicht, während Conrad, inzwischen gut bekannt im Bischofshof, den Weg zur Küche einschlug. Noch bevor er die Tür aufschob, hörte er Ebbas glockenhelles Lachen. Als sie ihn kommen sah, eilte sie zu ihm.

»Conrad«, rief sie, ein schelmisches Funkeln in ihren braungrünen Augen. »Wie schön, dass du da bist. Warte, ich lass dich etwas probieren!« Damit schob sie ihn an den Arbeitstisch des großen Raumes, auf dem frisches Gebäck zum Abkühlen stand.

»Es riecht auf jeden Fall gut«, meinte er und zwinkerte Ebba zu. »Was noch nichts besagen muss …«

»Sprich noch ein Wort!«, schimpfte sie lachend. »Und du bekommst in dieser Küche keinen einzigen Bissen mehr!«

Mit einem Grinsen nahm Conrad die Ecke des mit Honig gesüßten Nussgebäcks an, die sie ihm zusteckte. Er ließ sich Zeit, kostete ihr Werk ausführlich und erst als er sah, dass sie ungeduldig ihre Lippen verzog, spannte er sie nicht länger auf die Folter.

»Es ist köstlich«, ließ er sie wissen und genoss die Freude, die über ihr Gesicht zog.

Diese Verkostungen hatten sich zu einem Ritual zwischen ihnen entwickelt und Conrad beobachtete zufrieden, wie sehr sich Ebba im Laufe des letzten Jahres verändert hatte. Die Wochen ihrer Flucht waren eine Reifeprüfung gewesen, für sie alle drei, insbesondere aber für Ebba: Der Weg durch das traurige Land unter den Augen fremder Söldner, ihre Ankunft am Rhein und die Verladung des Salzes, die bangen Stunden, als sie sich in der Nacht durch ein Waldstück in Richtung Straßburg durchschlugen, die Erleichterung, als sie endlich das Stadttor passierten.

Gott sei Dank hatten sie das Haus der einstigen Wirtsleute von Dr. Löchner aus Hall ohne Probleme gefunden, denn Ebba und Marie waren völlig erschöpft gewesen. Zwar konnte ihnen nur eine winzige, unmöblierte Kammer angeboten werden, aber das tat nichts zur Sache. Conrad schlief mit einer Decke auf dem Flur vor der Tür, die Mädchen polsterten sich den Boden notdürftig aus.

Dann hatte sich eines zum anderen gefügt.

Als er das erste Mal im Bischofshof vorgesprochen hatte, war ihm bedauernd mitgeteilt worden, dass der große Rheingraf bereits Anfang Oktober in Speyer an der Pest gestorben sei. Man hatte ihn an den Hof des Herzogs von Württemberg verwiesen und Conrad war dort als Stallknecht eingestellt worden. Einige Tage später kam er mit einem der Hausknechte der rheingräflichen Familie ins Gespräch. Dieser berichtete ihm, dass im Bischofshof dringend nach einer zuverlässigen Kammerjungfer gesucht würde, da eine der Bediensteten gestohlen hatte und des Hauses verwiesen worden war. Der Bedarf sei unmittelbar, vor allem, da dort außer der Familie des verstorbenen Rheingrafen noch zwei Nichten lebten, die Jungfern Anna Catharina und Claudia von Salm-Kyrburg. Die beiden hatten dort Unterschlupf gefunden, nachdem ihre Mutter gestorben und der Vater als schwedischer Offizier ins Feld gezogen war.

So kam es, dass Conrad wenige Stunden später Marie in die rheingräfliche Residenz brachte und das Empfehlungsschreiben Janeks von Schwanberg vorlegte. Noch am selben Tag wurde sie eingekleidet und mit ihren Aufgaben vertraut gemacht. Wie sie es dann angestellt hatte, Ebba gleich am nächsten Morgen als Küchenmagd in den Bischofshof zu schleusen, war ein Rätsel geblieben. Auf seine Nachfrage hin hatte Marie nur gelacht und gemeint, dass es sie eben nur zusammen mit ihrer Schwester gäbe oder gar nicht. Conrad konnte sich eine solch unverblümte Forderung aus Maries Mund kaum vorstellen. Vielmehr schien der Name »von Schwanberg« tatsächlich eine weitreichende Wirkung zu besitzen. Ihre Wirtsleute hatten nicht schlecht gestaunt, als sie bereits eine Woche nach ihrer Ankunft in adeligen Diensten standen und ihre Gastfreundschaft nicht länger in Anspruch nehmen mussten.

»Marie!«

Ebbas Ruf holte Conrad aus seinen Gedanken. Als er Marie hereinkommen sah, runzelte er die Stirn. Sie sah besorgt aus.

»Conrad, wie gut, dass du da bist«, begrüßte sie ihn hastig. »Ich brauche deine Hilfe.«

»Jederzeit. Worum geht es?«

»Gräfin Claudia ist sehr krank. Nicht mit einem Fieber oder einer anderen Unpässlichkeit, aber sie hat immer wieder große Schmerzen, ohne dass bisher irgendjemand sagen kann, warum. Manchmal kann sie sich kaum rühren.«

»Du möchtest wissen, wie ich darüber denke?«

»Ja. Das heißt, wenn man zustimmt. Ich würde es ihr gerne vorschlagen.«

»Erkundige dich, aber mach dir nicht zu viel Hoffnung. Ihr Onkel wird schwerlich eine Untersuchung durch einen Fremden befürworten.«

Marie nickte. »Vermutlich hast du recht. Bist du noch eine Weile hier?«

»Nicht allzu lange. Der Herzog wartet auf seine Antwort.«

»Ach, der Brief für Anna Catharina.« Trotz ihrer Sorge lächelte Marie. »Sie war sehr erfreut, als sie ihn erhielt. Glaubst du, sie hat des Herzogs Herz gewonnen?«

Conrad zuckte mit den Achseln und grinste vielsagend.

»Also bleibst du noch eine Weile«, verkündete Ebba freudig, während Marie in die Frauenzimmer zurückeilte.

Kurze Zeit später kam die Köchin durch die hintere Tür herein und beäugte kritisch den Tisch mit den abgekühlten Küchlein.

»Wir scheinen Ratten hier zu haben«, bemerkte sie mit einem verkniffenen Blick auf Conrad. Der tat unschuldig und Ebba unterdrückte ein Lachen. Die alte Frau war zwar nicht böse, aber über das Essen wachte sie mit Argusaugen. Conrad beeilte sich, unauffällig die letzten Kuchenkrümel von seinem Wams zu streifen.

Es dauerte nur wenige Minuten, bis die Tür abermals klapperte. Ein gut gekleideter junger Mann schlenderte herein, der offenkundig nicht zum Gesinde gehörte, nahm sich ungeniert zwei Gebäckstücke und stopfte eines davon in den Mund. Kauend ließ er seinen Blick durch den Raum schweifen. Als er Ebba entdeckte, die gerade einen Brotteig ansetzte, flackerte etwas in seinen Augen auf. Ungläubig sah Conrad zu, wie der Jüngling gemächlich auf sie zuging, bis er nahe genug bei ihr stand, um ihre Röcke zu berühren. Doch statt ihn in seine Schranken zu weisen, drehte sich Ebba verlegen um und bedachte den Fremden mit einem hingebungsvollen Lächeln.

Conrad spürte Wut in sich aufsteigen. Die Unverfrorenheit, mit der Ebba hier belästigt wurde, schockierte ihn. Noch mehr allerdings störte ihn ihre Reaktion. *Oh Mädchen.* Sie dachte hoffentlich nicht daran, sich auf ein solches Geplänkel einzulassen.

Marie hatte ihm schon mehrmals geklagt, dass Ebba gerne ihre Wirkung auf das andere Geschlecht probiere. Er war davon ausgegangen, dass Marie sie diesbezüglich ermahnt hätte, doch das, was er hier mit eigenen Augen sah, belehrte ihn eines Besseren. Ebba schien sich um die Warnungen ihrer Schwester ebenso wenig zu kümmern wie um seine Anwesenheit in dieser Küche.

Er hustete. Ebba fuhr herum und ihr Gesicht rötete sich beschämt. Der junge Mann folgte ihrem Blick und stieß einen verächtlichen Laut aus, als er ihn erblickte.

»Mach, dass du an die Arbeit kommst, Knecht! Oder gehörst du hierher? In die Küche?«

Conrad ballte die Fäuste, aber er beherrschte sich. Würde er den anderen niederstrecken, wäre es nur zu seinem eigenen Schaden.

»Der Herr hat sich in der Kammer geirrt«, mischte sich die Köchin ein. »Ihr wolltet doch sicher Eurer Tante einen Besuch abstatten?«

»Und du willst mir doch nicht sagen, wo ich hinzugehen habe?«, drohte der junge Mann.

Die Köchin schwieg und warf Conrad einen hilflosen Blick zu.

»Nun«, fuhr der ungebetene Gast knurrend fort, seine leichte Unsicherheit mit Arroganz überspielend, »die Küche ist wahrlich nicht der richtige Platz für einen Mann.«

Damit legte er Ebba eine Hand auf die Hüfte, kniff leicht hinein, drehte sich um und verschwand.

»Wer war das?«, fragte Conrad, als sie wieder allein waren.

»Einer der zahlreichen Neffen der Rheingräfin. Allerdings ein ziemlich missratener. Macht Jagd auf jeden Rockzipfel. Und dieser hier«, antwortete die Köchin und deutete mit dem Ellenbogen auf Ebba, »ist ein ziemlich begehrter.«

Ebba knetete den Teig und sah nicht auf. Ihre Heiterkeit war verflogen.

Conrad erhob sich und ging ein paar Schritte auf sie zu.

»Zeigt er üblicherweise ein solches Interesse?«

»Conrad«, meinte Ebba verhalten. »Er ist halt freundlich zu mir.«

»Wenn er freundlich wäre, würde er dich in Ruhe lassen. Nimm dich in Acht! Mägde sind für solche Burschen nicht mehr als eine Mahlzeit, die sie verschlingen und Stück für Stück wieder ausspucken.« Conrad sprach leise und eindringlich, hatte aber den Eindruck, dass sie ihm nicht richtig zuhörte.

»Alle sind sie hinter ihr her«, murmelte die Köchin im Hintergrund.

»Alte Kuh«, zischte Ebba ungehalten. »Und wenn schon! Sie gönnt es mir nur nicht. Alle hier gönnen es mir nicht.«

»Ich glaube kaum, dass es darum geht, Ebba.« Conrad bemühte sich um einen versöhnlichen Ton. »Wir wollen nur verhindern, dass dir etwas geschieht.«

Ebba sah ihn an.

»Natürlich, Conrad. Mir passiert nichts.« Augenblicklich fand sie zu einem verschmitzten Lächeln zurück. »Aber es ist schön zu wissen, dass du dir Sorgen machst.«

Einige Tage später brachten zwei Mägde kichernd und schwatzend Perlenschnüre und Bänder in die herrschaftliche Ankleidekammer und legten sie auf einem Seitentisch ab. Gräfin Anna Catharina würde am heutigen Abend ein Bankett im kleineren Kreise besuchen, zu dem der württembergische

Herzog geladen hatte und Marie war dabei, ihre Kleidung vorzubereiten.

Sie lächelte leise in sich hinein.

Niemand im Bischofshof entging die Aufmerksamkeit, die der junge Herzog der Gräfin bezeugte. Es verging kein Tag, an dem er nicht von sich hören ließ. Oftmals erschien er gar in eigener Person, genoss sichtlich die Zeit in Gesellschaft der jungen Gräfin oder lud sie zu einer Spazierfahrt ein. Seit seine Mutter Mitte Februar gestorben war, machte er Anna Catharina noch häufiger seine Aufwartung. Marie war zu Ohren gekommen, dass die resolute Herzoginwitwe sein Interesse an einer Tochter der Wild- und Rheingrafen von Salm-Kyrburg stets vehement abgelehnt hatte. Die junge Gräfin selbst aber schien den Avancen des Württembergers gegenüber nicht abgeneigt zu sein, ganz im Gegenteil. Die Blicke, welche zwischen den beiden hin- und herflogen, die geflüsterten Worte, die erhitzten Gesichter blieben niemandem verborgen, schon gar nicht der Dienerschaft. Und seit vor drei Tagen die Einladung an den württembergischen Hof eingetroffen war, zeigte Anna Catharina eine freudige Nervosität, die sie nur leidlich verbarg. Eine Eskorte wurde zusammengestellt, doch auf die Unterstützung ihrer Schwester musste sie verzichten. Gräfin Claudia ging es noch immer so schlecht, dass sie nicht mitkommen konnte. Marie hatte Conrad wohl empfohlen, aber ihr war keine Beachtung geschenkt worden. Stattdessen führte ein eingesessener Doktor zweimal in der Woche eine Visitation mit zweifelhaftem Erfolg durch. Er propagierte die gängigen Mittel der Medizin, Aderlass, Schröpfkuren und Einläufe. Doch anstatt zu genesen, wurde Claudia lediglich schwächer.

Am Nachmittag kleidete Marie mit drei weiteren Bediensteten eine unübersehbar nervöse Anna Catharina ein. Sie halfen ihr in das mit Fischbein versteifte Mieder, legten Hüftpolster an, drapierten ein grünsamtenes, mit Musterborten verziertes Oberkleid über einen gelben Unterrock. Ein hoher Spitzenkragen umschmeichelte Anna Catharinas Nacken und eine Perlenkette schmückte ihren Ausschnitt. Das rotblonde

Haar war akkurat gescheitelt und am Hinterkopf zusammengesteckt, kleine Löckchen fielen in die Stirn und bildeten feine Kaskaden zu beiden Seiten ihres Gesichts.

Marie trat einen Schritt zurück und betrachtete die Erscheinung der Gräfin, die kaum älter war als sie selbst. Sie war gewiss nicht eitel, aber manchmal stellte sie sich vor, wie es wäre, selbst einmal ein solches Gewand zu tragen. Unterdessen brachten zwei Mädchen das passende Schuhwerk, zogen es über die bestrumpften Füße und banden die Schleifen fest.

Kurze Zeit später verließ die Wild- und Rheingräfin gemeinsam mit Onkel, Tante und einem kleinen Gefolge den Bischofshof.

Sobald Ruhe eingekehrt war, suchte Marie die zurückgebliebene Gräfin Claudia auf. Ihr tat die junge Frau leid, die ihr Los bewundernswert tapfer ertrug. Conrad hatte gemeint, dass Teeaufgüsse aus Weidenrinde und Brennnessel helfen könnten, oder Umschläge mit einem kühlen Sud aus Heublumen. Allerdings erschien es ihm schwierig, die Krankheit aus der Ferne zu beurteilen.

Als Marie ins Zimmer kam, war das Bett leer und Brida, die Kammerfrau, im Begriff, alles frisch herzurichten. Ohne Umstände ging Marie der Älteren zur Hand. Gemeinsam waren sie rasch fertig. Marie hob die gebrauchten Linnen auf, um sie den Mägden zum Waschen zu bringen.

An der Tür zögerte sie.

»Was gibt es noch?« Brida sah sie fragend an.

Marie überlegte kurz, ob es unverschämt erscheinen würde, unterbreitete dann aber nachdrücklich Conrads Vorschläge zur Behandlung der Gräfin. Die Kammerfrau hörte aufmerksam zu.

»Ich habe bereits gehört, dass Weidenrinde helfen soll«, sagte sie. »Schaden wird es jedenfalls nicht.«

»Soll ich etwas vorbereiten lassen?«, fragte Marie vorsichtig.

»Tu das. Es wird Zeit, das Mädchen wieder auf die Beine zu bringen.«

Marie nickte und eilte in die Küche, wo sie Ebba kurz anwies, das Gewünschte zuzubereiten. Dann hastete sie weiter zum Waschhaus.

In dieser Nacht schlief Claudia von Salm-Kyrburg zum ersten Mal seit einigen Tagen wieder ruhig und fest. Ganz im Gegensatz zu ihrer Schwester Anna Catharina, die mit geröteten Wangen und glänzenden Augen vom Herzogshof zurückgekehrt war und vor Glück und Aufregung wach lag, bis die Morgensonne über die diesige Silhouette der Reichsstadt spähte.

15. Kapitel

Du ahnst nicht, mein Sohn, mit wie wenig Weisheit die Welt regiert wird.

Axel Oxenstierna, schwedischer Reichskanzler

Das kleine Dorf
Rothenbergen bei Gelnhausen,
Ende Juni 1636

Der Tag war schwül gewesen. Fernes Donnergrollen kündigte ein abendliches Gewitter an, wie so oft in den letzten Wochen. Ein gnadenloser Sommer lag über dem Land, der das wenige Getreide vertrocknen ließ, das auf den Feldern stand. Die streng gehüteten, ohnehin kargen Vorräte in Kellern und Kammern schwanden dahin, der Hunger wurde zum täglichen Begleiter.

Tier und Mensch schleppten sich durch stickige Tage und Nächte, jeden Morgen vergeblich auf einen Wechsel der Witterung hoffend.

Janek und Heinrich waren vor mehr als drei Wochen in Pommern aufgebrochen und legten die letzten Meilen einer anstrengenden Reise quer durch Deutschland zurück. Sie befanden sich nun auf der viel genutzten *Hohen Straße*, die von Fulda kommend durch das Tal der Kinzig in Richtung Frankfurt am Main führte.

Es war schon fast dunkel, als sie sich endlich ihrem Ziel näherten, dem Gasthaus »Zum Faß« in Rothenbergen. Hier würden sie auf Axel Oxenstierna treffen, eine inoffizielle Begegnung, die auf ausdrücklichen Wunsch des Schweden hin stattfand. Janek fühlte eine diffuse Anspannung, denn die letzten Jahre waren alles andere als leicht gewesen. Im Anschluss an jene katastrophale Reise nach Paris hatte er sich vornehmlich in den östlichen Ländern des Reiches aufgehalten, Pommern, Kurbrandenburg, Sachsen. Es galt, wie so oft, die schwedischen Belange dort zu vertreten. Der Separatfrieden des sächsischen Kurfürsten mit dem Kaiser war allerdings nicht mehr zu verhindern gewesen, genauso wenig wie die Auflösung des Heilbronner Bündnisses, da weitere deutsche Fürsten den Friedensschluss ebenfalls ratifizierten.

Janek hatte sich schließlich nach Elbing begeben und einige Monate dort zugebracht, um seine Handelsgeschäfte wiederzubeleben, die unter den Kriegsgeschehnissen eingebrochen waren. Oxenstierna hatte sich gerne beteiligt, auch wenn der Profit lediglich eine Armengabe zu sein schien angesichts seines immensen Bedarfs an finanziellen Mitteln. Zumindest war Janek auf diese Weise in des Reichskanzlers Gunst geblieben.

Nun standen entscheidende Gespräche bevor und aus diesem Grund reisten Janek und Heinrich nicht allein. Sie befanden sich in Begleitung des einstigen sächsischen Heerführers Georg von Arnim, der aus Ärger über den Prager Friedensschluss seinen Dienst beim *Bierjorge* quittiert hatte, sowie des schwedischen Feldmarschalls Johan Banér, einem der letzten militärischen Hoffnungsträger der schwedischen Armee; insbesondere, nachdem er Unruhen und Meutereien aus den Reihen unzufriedener Offiziere in den Elbegebieten hatte niederschlagen können. Eine größere Gruppe Soldaten sorgte für ihre Sicherheit.

Als sie in den Hof der Schankwirtschaft ritten, herrschte reger Betrieb. Sie saßen ab. Banér schickte seine Soldaten mit den Pferden zu den Ställen, damit sie die Tiere versorgten und während der Nacht bewachten.

Durch eine niedrige Tür betraten die Herren das Innere des Gasthofs. Die Schankstube war überfüllt, die Luft darin schien zu stehen, der Geruch war widerwärtig. Unzählige verschmutzte Stiefelpaare standen in der Nähe eines großen Ofens, der zugleich mit feuchten Kleidungsstücken behängt war, die trocknen mussten. Ein Knecht verteilte Holzteller an den Tischen. Ein zahnloses altes Weib stellte Brot dazu.

Janek übersah geflissentlich eine Waschschale an der Seite, die Neuankommende stumm zum Händewaschen aufforderte. Das Wasser war trübe und letzte Ruhestätte zahlloser Fliegen.

Als der Wirt sie erspähte, schob er sich durch die dichte Menge seiner Gäste auf sie zu und bedeutete ihnen, ihm nach draußen zu folgen. Über eine Außentreppe gelangten sie in ein geräumiges Zimmer, das unmittelbar über der Schankstube lag. Von unten drang gedämpfter Lärm herauf. An einem großen Tisch saß Axel Oxenstierna, allein. Als er sie bemerkte, erhob er sich und kam ihnen einige Schritte entgegen. Der Kanzler trug einen einfachen Tuchrock und glich darin eher einem wohlhabenden Bauern als einem schwedischen Edelmann. Das schulterlange, graue Haar wich über der Stirn bereits weit zurück, seine blauen Augen blickten wachsam. Janek meinte gar einen Ausdruck der Resignation darin zu erkennen, als er die Gruppe begrüßte.

Sie nahmen Platz. Bier, Wein und Wasser wurden gebracht und man bediente sich aus den vollen Kannen. Nachdem ein Trinkspruch ausgebracht war, räusperte sich Oxenstierna.

»Meine Herren«, begann er, sorgsam in die gespannten Gesichter ringsum blickend. »Es mag so mancher die Frage nach dem Grund unseres ungewöhnlichen Zusammenseins an diesem Ort stellen.« Er machte eine wohlkalkulierte Pause. »Ich werde für längere Zeit nach Schweden zurückkehren. Wichtige Angelegenheiten der Königin erfordern diesen Schritt. Meine Abreise steht unmittelbar bevor.«

Einige Minuten herrschte vollkommene Stille. Janek waren zwar entsprechende Mutmaßungen zu Ohren gekommen, aber dass die Planungen für Oxenstiernas Abschied aus Deutschland so konkret waren, hatte er nicht gewusst. Er sah zu Georg von Arnim hinüber, dessen blasses Gesicht mit den schweren Tränensäcken unter den Augen beinahe einem Leichentuch glich. Nur die leichte Bewegung seines Knebelbartes zeugte von einer Reaktion auf die Worte des Kanzlers. Janek vermutete, dass Arnim erleichtert war. Der eigenwillige Boitzenburger suchte noch immer nach Formeln für einen Frieden, aber die wirren Verhältnisse und seine eigene, streng deutsche Sicht der Dinge hatten ihm Erfolge versagt. Es sollte ihm allerdings klar sein, dass mit dem Weggang Oxenstiernas der französische Kardinal an politischem Gewicht in Deutschland gewann und damit lediglich eine fremde Macht der anderen Platz machte.

Johan Banér könnte bereits mehr wissen. Oxenstierna und er hatten nach der Nördlinger Schlacht eng zusammengearbeitet und der Kanzler war stets bemüht gewesen, ihn als Oberbefehlshaber in Deutschland zu halten.

Als ob Janek seine Gedanken laut kundgetan hätte, begann Oxenstierna abermals zu sprechen: »Feldmarschall Banér wird künftig die militärischen Angelegenheiten Schwedens im Reich übernehmen.«

Banér neigte den Kopf bei der Erwähnung seines Namens.

Daraufhin ergriff Georg von Arnim das Wort.

»So sei Euch eine gute Reise gewünscht, Exzellenz. Wir haben manchen Disput ausgefochten, waren stets unterschiedlicher Meinung und haben einander doch geschätzt. Die Natur der Sache hat es uns nicht leicht gemacht und nach wie vor bin ich davon überzeugt, dass die deutschen Lande keine Einmischung anderer Nationen mehr verkraften. Wie lange werdet Ihr in Stockholm bleiben?«

»Solange die Umstände es erfordern«, antwortete Oxenstierna ausweichend und fügte mit einem warnenden Unterton an: »Es ist Euer Glück, Arnim, dass ich nicht Instruktion gegeben habe, Euch zu internieren. Ihr seid aus dem Dienst für Schwedens Verbündete ausgeschieden.«

»Das ist wohl wahr. Und wohl richtig, wenn man bedenkt, dass stets die Hand nach unseren Ländern ausgestreckt wird!«

Oxenstierna ignorierte die Bemerkung und fuhr fort: »Aber ich schätze Euren unermüdlichen Einsatz und Eure Gottesfürchtigkeit. Möget Ihr nicht in die Irre gehen. Und im Übrigen – solltet Ihr Eure Meinung ändern, so nehmt Kontakt zu Schwanberg auf. Er wird sowohl mit Banér als auch mit Sten Bielke in Pommern Kontakt unterhalten, der während meiner Abwesenheit die Befugnisse des schwedischen Generallegaten übernimmt.«

Er wandte sich nun direkt an Janek. »Schwanberg. Ihr seid Schweden verbunden, seit wir uns vor sieben Jahren in Elbing begegneten. Es ist nun an der Zeit, Euch einem anderen Herrn zu empfehlen.«

Janek schüttelte unmerklich den Kopf, denn es fiel ihm plötzlich wie Schuppen von den Augen: Oxenstierna würde nicht nach Deutschland zurückkommen, auch wenn er aus vermutlich guten Gründen von einem lediglich vorübergehenden Aufenthalt in Stockholm sprach.

Dem Reichskanzler fiel sein Innehalten auf. Er sah ihn prüfend an und Janek beeilte sich, den Moment des Zögerns zu brechen. »An wen habt Ihr gedacht, Euer Exzellenz?«

»An den Herzog zu Württemberg. Er hält sich seit bald zwei Jahren in Straßburg auf und betreibt mühevoll seine Restitution. Württemberg ist unverzichtbar, um Habsburg aus Südwestdeutschland zu drängen. Es ist bereits alles geregelt. Ihr werdet morgen nach Straßburg abreisen. Und Euer Freund«, er deutete auf Heinrich, »begleitet Euch.«

Von allen möglichen Optionen überraschte Janek diese am meisten. Er hatte sich bereits als Sekretär des Feldmarschalls gesehen.

»Darf ich mir eine Frage erlauben, Exzellenz?«

»Nur zu, Schwanberg.«

»Weshalb ausgerechnet Württemberg?«

»Nun, das Herzogtum hängt dem rechten Glauben an. Es verdient jede Unterstützung.«

Janek verstand, was Oxenstierna in seiner simplen Verklausulierung durchblicken ließ. Er wollte seinen Einfluss auf den Herzog nicht verlieren. Und über die Schritte der Württemberger informiert sein.

Er sah zu Heinrich, der einen Mundwinkel zu einem schiefen Lächeln verzog. Sein Freund wusste genau, was in ihm vorging. Janek hoffte, irgendwann dem langen Arm des Kanzlers entkommen zu können. Denn viele Dinge wollte er nicht mehr mittragen, vor allem nicht die rigide Linie des Schweden in Sachen Reparationen und Entschädigungen, die den deutschen Fürsten aufgedrängt wurden. Diese verhinderte einen wahren, gerechten Frieden und nahm den Ländern zudem jede Möglichkeit, einen Wiederaufbau aus eigener Kraft zu bewerkstelligen.

Und noch etwas rumorte in ihm. Es waren die Geschehnisse nach ihrer Rückkehr aus Frankreich, als die Verhandlungen mit Richelieu so kläglich gescheitert waren. Während er selbst glimpflich davongekommen war, hatte Oxenstierna den damaligen Vizekanzler Jakob Löffler erbarmungslos abgestraft. Niemals würde er Löfflers gefasste und würdevolle Haltung vergessen, als er aus den Diensten Schwedens entlassen worden war. Sie hatten beide versucht, den Kontakt trotz der Trennung beizubehalten, aber bereits nach wenigen Monaten war ihr Briefwechsel abgerissen. Er wusste lediglich, dass Löffler ursprünglich dem württembergischen Herzog bei seinem Bemühen beistehen wollte, das Herzogtum zurückzuerhalten.

Dazu war es letztlich nicht gekommen, denn die Häscher des Kaisers hatten ihn wegen seiner langjährigen Tätigkeit für die Schweden unerbittlich verfolgt. Löffler war seines Lebens nicht mehr sicher gewesen. Und ausgerechnet Schweden hatte dem Mann in dieser Gefahr nicht nur Hilfe, sondern auch jegliches Asyl auf seinen Territorien verweigert und damit tatenlos hingenommen, dass Löffler wie ein Stück Wild quer durch das Deutsche Reich gejagt wurde. Erst in Hamburg hatte er Zuflucht gefunden.

Für Janek war dies ein Zeichen gewesen, dass Oxenstierna entweder jegliches Gespür abhandengekommen oder er für die Sache Schwedens inzwischen bereit war, über Leichen zu gehen. Beides erfüllte ihn mit Abneigung, denn es widersprach all dem, was Janek in den letzten Jahren für sich selbst als wahr und erstrebenswert erkannt hatte.

Vielleicht war es tatsächlich das Beste, wenn Axel Oxenstierna die Führung des Reiches abgab. Er war über die Jahre starrköpfig geworden, trug zu viel Bitterkeit und Unwillen in sich, um noch Entscheidungen treffen zu können, die in die Zukunft wirkten. Es blieb zu hoffen, dass seine Nachfolger den Mut hatten, aus seinem Schatten herauszutreten.

Janek signalisierte dem Reichskanzler seine Zustimmung, die dieser gelassen entgegennahm. Oxenstierna übergab ihm mehrere Schreiben für den Herzog und eines für Janek selbst, welches genaue Anweisungen für seinen Auftrag enthielt.

Während ein einfaches Mahl aufgetragen wurde, überdachte Janek systematisch die Möglichkeiten, die ihm seine neue Aufgabe eröffnete. Straßburg war derzeit ein bedeutender Knotenpunkt, nicht zuletzt aufgrund seiner speziellen Lage an der Grenze des Reiches zu Frankreich. Es beherbergte unzählige Exilanten, insbesondere jene, die mit Schweden kooperierten und deswegen ihre Güter hatten verlassen müssen. Botschaften und Abreden machten aus der Stadt einen Kessel, in dem neue Vorhaben gebraut wurden. Wenn es irgendwo einen Überblick über Geschehnisse, Absichten und Veränderungen in all den kriegerischen Wirren gab, dann hier. Für ihn konnte es eigentlich keinen besseren Ort geben, um sich neu zu positionieren.

Zufrieden tauchte er ein Stück grobkörniges Brot in die dünne Suppe aus Wurzelgemüse und Gerste, welche in einer hölzernen Schale vor ihm stand.

In der nordfranzösischen Region Picardie, Ende August 1636

Die Hitze brachte ihn noch um. Wohin er auch blickte, flimmerte die Luft und erschuf Trugbilder von glitzernden Wasseroberflächen, welche die Augen blendeten.

Man brauchte keine Waffen in diesem Jahr, um das Land abzubrennen. Es schien, als wolle die Natur den Söldnern diesen Dienst abnehmen.

Er hob seine Feldflasche und trank gierig. Den Rest des Wassers schüttete er sich über den Kopf und schüttelte den dunklen Haarschopf, so dass die Tropfen Wams und Hose benetzten.

Dies war sein zweiter Sommer in Piccolominis Diensten. Und der Italiener wusste, was er wollte. Sie hatten die Schweden aus Franken vertrieben, waren anschließend zu den Truppen der spanischen Habsburger gewechselt und führten seither einen erfolgreichen Feldzug gegen die Holländer und die Franzosen, zunächst in den Spanischen Niederlanden und jetzt in Frankreich. Erst zu Beginn des Monats hatten sie die Somme überschritten und die wichtigsten Festungen entlang des Flusses eingenommen. Die Eroberung von Corbie verschaffte die nötige Ausgangsposition, um weiter nach Süden vorzudringen.

Er ging ein paar Schritte und setzte sich in den Schatten einer Baumgruppe unweit des Feldlagers, fand einen geraden Ast und zückte sein Messer, um ein Muster hineinzuritzen. Irgendwie steckte er hier fest. Statt Lorbeeren zu ernten, hatte er kaum etwas zu tun. Und noch dazu war die Stadt schrecklich öde. Weder die alte Abtei noch die wenigen verschreckten Mägde verhießen die Abwechslung, die ein Kämpfer brauchte. Dazu kam dieser verdammt heiße August.

Dabei hatte es zunächst ganz anders ausgesehen. Piccolominis Truppen hatten bereits kurz nach ihrer Ankunft eine

Schneise in Richtung Compiègne geschlagen. Der Weg nach Paris wäre frei gewesen, die Franzosen hätten ihnen kaum etwas entgegensetzen können. Und dann war es mit dem Teufel zugegangen.

Er hieb mit dem Messer tiefe Kerben in das widerspenstige Holz.

»He, du!«, ertönte es plötzlich hinter ihm. »Lust auf eine kleine Jagd?«

Zwei Söldner seiner Einheit kamen auf ihn zu.

»Lasst mich in Ruhe«, knurrte er und wartete darauf, dass die Männer weitergingen.

»Hört, er will seine Ruhe!«, spottete einer. Der andere zog seine Pistole und richtete sie auf ihn.

»Wollen wir mal sehen, ob er auch tanzen kann!«

Mit einem Satz war er auf den Beinen und rammte dem Kerl mit der Pistole die Griffseite des Messers in den Bauch, so dass die Waffe zu Boden fiel und der verhinderte Schütze sich vor Schmerzen krümmte.

»Wenn einer hier tanzt, dann du!«

»He he, nicht so schnell«, meinte der andere Mann und machte Anstalten, sich auf ihn zu stürzen.

Er fuhr herum und ließ sein Messer blitzen. »Du auch?«

Der Mann schien die Chancen abzuwägen, schüttelte dann den Kopf, nahm seinen Freund am Arm und zog ihn auf die Beine.

Unter wüsten Drohungen zogen die beiden von dannen.

Er steckte sein Messer wieder ein, kehrte an seinen Platz zurück und hob den geschnitzten Ast auf. Es war unverantwortlich, die Truppen ohne Aufgabe hier liegen zu lassen. Die Unzufriedenheit brodelte und richtete sich immer öfter gegen die eigenen Leute.

Es war einfach unglaublich. Der spanische Kardinalinfant hatte den Vormarsch doch tatsächlich eingestellt! Trotz der nahezu perfekten Ausgangslage hatte man beschlossen, nicht nach Paris zu ziehen. Piccolomini war außer sich gewesen vor Wut, hatte versucht, den Spanier vom Vormarsch zu überzeugen, damit die gute Position der kaiserlichen Truppen nicht verschenkt wurde – vergebens.

Stattdessen hieß es, die Armee sei nicht vollständig aufgestellt und ohnehin nur eine kleinere Operation geplant gewesen, keinesfalls ein Durchmarsch nach Paris mit dem Risiko hoher Verluste. Ein solches Vorhaben bedürfe einer durchdachten Vorausplanung. Diese sei in der Kürze der Zeit nicht zu entwerfen, zumal die anmarschierende und unerlässliche Unterstützung durch Österreichs Generalfeldmarschall Gallas nicht nur aufgehalten, sondern zurückgeworfen worden sei.

Er schleuderte den Ast von sich und machte sich auf den Rückweg. Den beiden Streithähnen würde er bei Gelegenheit noch einen Denkzettel verpassen. Verflucht sei dieser stockende Feldzug! Mit Paris hätten sie das Herz des Landes erreicht gehabt. Und Richelieu in der Hand. Das wäre gut gewesen, denn in Piccolominis Spur wäre auch er als wichtiger Teil eines grandiosen Sieges zurückgekehrt. Der Kaiser hätte seine Offiziere wohl reich belohnt und die Herrschaft Schwanberg wäre sein geworden, noch ehe das Jahr zu Ende ging.

Doch die Gelegenheit schien ungenutzt vorüberzuziehen. Die Spanier hatten sich in den eroberten Gebieten eingerichtet und die Franzosen damit begonnen, in Windeseile ihre Einheiten zu sammeln, um den Mittelpunkt des Landes bis aufs Blut zu verteidigen.

So musste er sich weiter in Geduld üben und auf eine neue Möglichkeit lauern.

In dieser Nacht lag er wach und grübelte einmal mehr darüber nach, was er als nächstes tun sollte.

Bleiben, und abwarten, oder gehen?

16. Kapitel

Ernst war das Jahr, das nun geendet,
Ernst ist das Jahr, das nun beginnt.
Dass sich die Welt zum Bess'ren wendet
Sei, Mensch, zum Besseren gesinnt.
Bedenk: Das Schicksal aller Welt
Ist mit in deine Macht gestellt.
Und auch das Kleinste in der Zeit
Ist Bild und Keim der Ewigkeit.

Friedrich Freiherr von Logau,
deutscher Barockdichter (1605–1655)

Der Bischofshof zu Strassburg,
Anfang Januar des Jahres 1637

»Sie kotzt jeden Morgen«, wisperte die alte Waschfrau der jungen Wäschemagd zu. Als die beiden merkten, dass sie nicht mehr allein waren, unterbrachen sie das Gespräch und wandten sich beflissen ihrer Arbeit zu.

In großen Kesseln köchelte die Lauge vor sich hin und hüllte den Waschraum in dichten Dampf. Die feuchte Hitze stand in krassem Gegensatz zur Eiseskälte draußen, die ein unerbittlicher Winterwind durch die eben geöffnete Tür hereinfegte. Marie, einen Korb mit schmutzigen Betttüchern in den Armen, beeilte sich, den Zugang zu schließen, indem sie sich mit der Schulter gegen das Holz stemmte und das Schloss einrasten ließ.

»Ihr sollt nicht schwatzen«, wies sie die beiden Wäscherinnen an, wohl wissend, dass Dienstbotengerede aus einem Adelshaushalt nicht wegzudenken war. Über den bedeutungsvollen Blickwechsel der Weiber hinwegsehend ging sie zu einem der steinernen Tröge und stopfte die Linnen in das Einweichwasser.

Im Stillen jedoch teilte Marie die Gedanken der Wäscherinnen. Jedem im Haus fiel mittlerweile auf, dass sich die Gräfin seit über einer Woche regelmäßig in den Nachttopf übergab. Anfangs befürchtete man eine Magenerkrankung und verabreichte ihr einen Aufguss aus Fenchelsamen und Kümmel. Doch auch wenn sich die Übelkeit den Tag über legte, kehrte sie konsequent allmorgendlich wieder. Und nicht nur dies legte einen bestimmten Verdacht nahe. Anna Catharinas Blutung hatte ausgesetzt. Üblicherweise wussten die Kammerfrauen über das Kommen und Gehen des Monatsflusses der Gräfinnen Bescheid, sorgten sie doch dafür, dass Hemden, Tücher und Vorlagen gewechselt und sorgfältig gewaschen wurden. Dieser Dienst wäre spätestens zur Zeit des Weihnachtsfestes vonnöten gewesen, wenn man den gewohnten Rhythmus zugrundlegte. In den Räumen der Gräfin ahnte man daher, dass eine Schwangerschaft als Ursache der anhaltenden Magenverstimmung nicht mehr völlig auszuschließen war.

Noch wusste die Herrschaft nicht Bescheid. Ob die Gräfin selbst sich ihres Zustandes bewusst war, konnte Marie nicht einschätzen. Sie hatte sich daher vorgenommen, mit Brida darüber zu sprechen, und eine günstige Gelegenheit ergab sich noch am selben Nachmittag, als die beiden Schwestern zu einem Besuch aufgebrochen waren und sie für einige Zeit mit der Kammerfrau allein in den Zimmern arbeitete.

»Es sollte ihr bald besser gehen«, begann Marie vorsichtig. Sie wusste um Bridas Loyalität zu ihren Herrinnen, denen sie bereits lange diente.

Die Ältere tat zunächst, als habe sie nichts gehört. Dann jedoch legte sie das Tuch beiseite, mit dem sie das Schnitzwerk auf der Stirnseite des gräflichen Bettes säuberte und sah zu Marie hin.

»Es wird ihr wieder besser gehen. In drei Monaten spätestens.«

Marie nickte und legte sorgfältig ein fein besticktes, weißes Hemd zusammen.

Brida richtete sich auf.

»Man sollte es bald dem Herzog kundtun«, meinte sie dann. »Er hat sie oft genug beehrt, um die Ursache des Übels zu sein.« In der Tat waren die Besuche des Württembergers in den letzten Wochen des alten Jahres recht häufig gewesen. Dabei hatte er zunehmend nach Gelegenheiten gesucht, mit Anna Catharina allein zu sein. Man hatte es hingenommen, denn die Aufmerksamkeit eines Landesfürsten war im rheingräflichen Hause durchaus begrüßt worden. Doch schien trotz der offenkundigen Zuneigung des jungen Herrn keiner geahnt zu haben, wie weit die romantische Verbindung der beiden bereits gediehen war.

»Du bist dir also auch sicher?«, fragte Marie nun direkt.

»Ja. Sie ist in Erwartung, daran besteht kein Zweifel. Natürlich könnte sie die Leibesfrucht noch vor der Zeit verlieren. Aber wenn sie weiterhin das Essen so heftig von sich gibt, scheint das Kind zu wachsen.«

»Das habe ich auch oft beobachtet. Je mehr die Mutter leidet, desto eher behält sie das Kind.«

»Du weißt darum?«

»Ja. Ich habe viele Frauen schwanger gehen und gebären sehen.«

Brida nickte. »Gut, gut. Ich warte noch einige Tage ab. Dann sollte man ihr die Augen öffnen.«

Brida, das wusste Marie inzwischen, war von der Witwe des Rheingrafen angestellt worden, als diese einige Monate nach dem Pesttod ihres Mannes mit einem Sohn niedergekommen war. Sie kannte sie als eine ruhige Frau, aus verarmtem Adel stammend, warmherzig und sehr bewandert in der Pflege von Säuglingen und Kranken und sie brachte ihr eine hohe Wertschätzung entgegen. Marie fühlte sich ernst genommen, denn in allem, was Schwangerschaft und Wochenbett betraf, besaß auch sie Erfahrung. Doch so gerne sie auch helfen würde – als einfache Kammerjungfer würde sie durch eine Einmischung zweifelsohne jede Grenze überschreiten. Blieb zu hoffen, dass bald Klarheit geschaffen würde.

Eine herzogliche Jagdgesellschaft, Mitte Januar 1637

An manchen Tagen wuchs Eberhard alles über den Kopf. Er war, verdammt, viel zu jung für diese verfahrene Angelegenheit, zu der sich seine Restitution entwickelt hatte.

Also konzentrierte er sich auf den kapitalen Eber, den die Hunde bellend und knurrend aus dem Unterholz trieben. Flankiert von der Jagdgesellschaft, die sich im Schutze hochgerüsteter Soldaten am Rande des südlich von Straßburg gelegenen Waldgebietes bewegte, fühlte er sich sicher und stark. Zum Teufel mit dem alten, kranken Kaiser. Der Sensenmann erwartete ihn, und zwar bald, glaubte man den Berichten aus Wien. Und mit seinem Sohn und Nachfolger könnten sich die Verhandlungen versöhnlicher gestalten. Dieser war bereits vom Erzherzog zum König des Reiches avanciert, aber er würde die Gnade seiner Wahl den vielen, auch evangelischen Reichsfürsten, vergelten müssen. Denn wer schrieb vor, dass nur ein Habsburger Kaiser des Reiches werden könne?

Die Hufe seines Pferdes knirschten auf dem griffigen Schnee.

Es gab, in der Tat, viel zu wenige Tage, die sich zur Jagd eigneten, da zum wiederholten Mal ein heftiger Winter einem allzu trockenen Sommer gefolgt war. Das erlegte Wild würde die herzogliche Tafel bereichern, die in letzter Zeit deutlich magerer ausfiel. Jahrelange Missernten hatten eine heftige Hungersnot verursacht, so dass auch die vielen Adeligen in Straßburg gezwungen waren, den Gürtel enger zu schnallen. Er hatte Knechte, Boten und Mägde entlassen müssen, Jagdhunde und Greifvögel zum Verzehr freigegeben. Dennoch sollte ihn keiner unterschätzen. Auf einer Jagd wie dieser konnte er Kampfgeist und sein Geschick im Umgang mit der Waffe demonstrieren.

Der große Moment stand kurz bevor. Eberhard fühlte die Anspannung steigen, das Vibrieren aller Sinne vor dem Schuss. Er ließ sich die präparierte Pirschbüchse reichen und wartete ab, bis ein dunkelgrauer Schatten aus dem Unterholz brach und sich gut sichtbar auf dem hellen Schnee abzeichnete. Geübten Auges schätzte er die Entfernung ab und schoss. Mit einem langgezogenen Kreischen zuckte der Keiler zusammen, torkelte einen Augenblick und ging tödlich verwundet zu Boden.

Stolz erfüllte Eberhards Brust. Das Waidwerk war seine Welt, überschaubar und befriedigend. Wäre alles andere doch genauso einfach. Das Ringen um den württembergischen Thron kostete ihn viel Kraft, so manche Nacht lag er wach und ging im Geiste seine Möglichkeiten durch.

Bisher hatte der Kaiser unerfüllbare Forderungen gestellt, wollte die geistlichen Herrschaften und wichtige württembergische Ämter behalten, so dass er von seinem Land nur weniger als die Hälfte zurückerhalten und die wichtigsten Einnahmequellen dauerhaft verlieren würde. Viele Millionen Gulden waren Württemberg bereits abgepresst worden. Wovon sollte der Wiederaufbau bezahlt werden? Er würde um jeden Punkt eines möglichen Friedensvertrages zäh verhandeln müssen.

Eberhard wendete sein Pferd, überließ es seinen Jägern und Treibern, den Kadaver des Wildschweins zu bergen, und machte sich auf den Rückweg in die Stadt. Er erwartete einen Gesandten aus Wien.

Janek stand im großen Empfangsraum der Straßburger Herzogsresidenz und erwies seine Reverenz, als Eberhard eintrat. Begleitet wurde der Herzog von einem örtlichen Rechtsgelehrten, Dr. Friedrich Schmid, der ihn derzeit in Sachen Restitution beriet. Die Herren setzten sich und ein Schreiber machte sich bereit, das Gespräch zu protokollieren.

»Gott zum Gruß, Euer fürstliche Gnaden«, begann Janek.

Eberhard neigte den Kopf und machte eine auffordernde Geste.

»Ihr bringt Neuigkeiten aus Wien?«

»In der Tat.«

»So sprecht.«

»Seine Exzellenz, der Vizekanzler Burckhardt lässt Euch grüßen und Euch seiner Loyalität und ungebrochenen Eifers versichern. Zu seinem Bedauern stehen die österreichischen Minister und auch der Kaiser einer Restitution zu den von Euch vorgeschlagenen Bedingungen noch immer ablehnend gegenüber.«

Eberhard fuhr sofort auf und seine über Wochen aufgestaute Frustration entlud sich in lauten Worten: »Was ist die Ursache dieser anhaltenden Ungnade? Andere deutsche Fürsten haben ebenso an der Seite Schwedens gekämpft wie Württemberg. Weshalb wird überall Frieden geschlossen, nur nicht mit uns?«

Janek versuchte, die umfangreichen Argumente Österreichs nach und nach vorzubringen und erklärte: »Die Gründe sind vielgestaltig. Zum einen wirft man Württemberg vor, trotz anders lautender Beteuerungen noch immer mit dem Feind zu kommunizieren. Hiermit ist konkret Bernhard von Weimar gemeint. Zudem zeigt man sich ungehalten darüber, dass württembergische Truppen noch immer im Dienste feindlicher Befehlshaber stehen.«

»Dem ist nicht so«, meinte Eberhard unwirsch, ließ sich jedoch auf einen kurzen, geflüsterten Wortwechsel mit Dr. Schmid ein, der ihn beruhigend an der Schulter berührte. Als der Herzog weitersprach, bemühte er sich um einen gemäßigten Tonfall: »Der Kaiser soll umgehend Antwort erhalten.« Er wartete, bis der Schreiber einen Briefbogen gezückt hatte und fuhr dann fort: »Was den Herzog von Weimar betrifft, so kann nicht verhindert werden, dass dieser Briefe an Württemberg richtet. Die Antworten sind jedoch stets so formuliert, dass dem Hause Habsburg kein Schaden entstehen kann. Zum zweiten Vorwurf sei dem Kaiser mitgeteilt, dass das württembergische Fußregiment bereits entlassen wurde. Das Kavallerieregiment steht unter dem Befehl des Herzogs von Weimar, so dass uns der Zugriff darauf verwehrt ist.«

Nach einer kurzen Pause, die dem Schreiber Zeit gab, die Worte des Herzogs zu notieren, sagte Janek: »Euer fürstliche Gnaden, ich überbringe außerdem eine dringende Bitte des Vizekanzlers, Andreas Burckhardt.«

»Tragt sie vor!«

»Die württembergische Gesandtschaft benötigt umgehend umfangreichere Vollmachten. In Wien sei man sehr ungehalten darüber, dass jede Verhandlung durch zeitraubende Rücksprachen mit Euer fürstlichen Gnaden erschwert werde. Bis eine Abstimmung getroffen sei, wäre sie oftmals schon hinfällig.«

Eberhard kniff die Lippen zusammen und unterdrückte eine Antwort. Dies war ein heikles Gesuch, dem er keineswegs nachzukommen gedachte. Er stellte eine Gegenfrage, um abzulenken: »Gibt es weitere Forderungen?«

Mit einem Blick auf Dr. Schmid begann Janek, die heikelste seiner Botschaften zu formulieren: »Man bittet Euer fürstliche Gnaden darum, von einer Heirat mit der Wild- und Rheingräfin Abstand zu nehmen. Dies wird nicht nur vom Kaiser, sondern gleichermaßen von Kurbrandenburg und Kursachsen gewünscht, die Euer fürstliche Gnaden Restitution seit Monaten nach Kräften unterstützen. Es würde allem mehr als dienlich sein.«

Mit angehaltenem Atem ließ der Schreiber die Feder sinken.

Der Herzog sprang auf, stieß dabei an den schweren Stuhl, auf dem er gesessen hatte, und gab einen wütenden Schmerzenslaut von sich. Zwei Diener eilten herbei, doch Eberhard lehnte ihre Hilfe mit groben Gesten ab. Als er sich wieder gesetzt hatte, meldete sich Dr. Schmid zu Wort: »Erlaubt mir, hierzu etwas anzumerken, Euer fürstliche Gnaden.«

Eberhard rang um Beherrschung, gab der Bitte aber statt, da er um die erheblichen Widerstände wusste, die seine Beziehung zu Anna Catharina von Salm-Kyrburg heraufbeschworen hatte.

Der Rechtsgelehrte hüstelte. »Gemäß dem *Fürstbrüderlichen Vergleich* vom Jahre 1617 ist abgeredet, dass kein Herzog von Württemberg sich außerhalb eines fürstlichen Hauses verheiraten solle.«

»Darüber wurde bereits gesprochen«, wandte Eberhard ein. Er wusste nicht, worauf sein Rat hinauswollte.

Schmid ließ sich nicht irritieren. »Einwände wurden nicht nur aus Wien und von den Kurfürsten erhoben. Selbst aus Schweden werden dergleichen Blutsbedenken geäußert. Sollte die Hochzeit tatsächlich erfolgen, so würde dies Württembergs Verhandlungsposition in der Tat erheblich schwächen. Bedenkt, dass der Vater und die Onkel der Gräfin noch immer gegen den Kaiser im Feld stehen. Habsburg hegt großen Hass gegen die Rheingrafen.«

Er sagte nicht das, was Eberhard hören wollte, sondern appellierte stattdessen an sein Pflichtgefühl. Seit über einem Jahr kämpfte er schon gegen all die Nörgler, die ihm seine Liebe verübelten. Er solle sein eisernes Wams anziehen statt der Brauthosen, hieß es. Besonders hervorgetan hatte sich in dieser Sache seine eigene Mutter, noch zu Lebzeiten. Der Herr sei ihrer Seele gnädig. Sie fürchtete damals bereits um den Ruf des Hauses Württemberg, warnte vor einer angeheirateten Sippschaft, die auf Ämter und Zuwendungen aus sei und ihn nur ausnutze. Dass die rheingräfliche Familie im Reich, abgesehen von Österreich, einen ausgezeichneten Ruf besaß, hatte nichts zu Sache getan. Ein Herzog durfte keine Gräfin ehelichen, sie war unter seinem Stand, und damit war die Sache erledigt. Doch wer war der Herrscher in diesem Land, wer arbeitete Tag und Nacht bis zur Erschöpfung, musste Unbill und Demütigungen ertragen? Diesen Kampf würde er ausfechten und nicht nur, weil seine Braut möglicherweise ein Kind erwartete. Bisher hatte er abgewartet, doch wenn der erste Todestag seiner Mutter vorübergegangen wäre, würde Hochzeit gehalten. Ein Datum stand bereits fest. In Kürze würde die offizielle Ankündigung erfolgen.

Mit einem Ohr vernahm er den Nachsatz Schmids, in welchem er ihm noch einmal riet, die Annahme der kaiserlichen Erwartungen in Erwägung zu ziehen. Der Gesandte schien seinen Auftrag als erfüllt anzusehen und wartete ruhig ab. Sein Schreiber sah ihn aufmerksam an.

»Nun«, hob Eberhard zum Schlusswort an. »Die Vorschläge des Kaisers bedürfen einer weiteren, gründlichen Prüfung.« Der Schreiber notierte diese Worte sogleich und setzte die üblichen Grußformeln unter den Brief. »Die Stellungnahme soll dem Kaiser unverzüglich zugestellt werden«, fuhr der Herzog fort, während er unterzeichnete, »und was Euch betrifft«, er wandte sich an Janek, »so werdet Ihr vorläufig nicht nach Wien zurückkehren. Eure Dienste werden hier benötigt. Ihr verfügt über Erfahrung und wichtige Verbindungen, seid gewandt in Wort und Schrift. Württembergs wichtigste Räte befinden sich auf diplomatischen Reisen. Ihr werdet eine Zeitlang die Korrespondenz mit Schweden, dem bierseligen sächsischen Kurfürsten und dem Kurbrandenburger führen, der seine Fahne stets in den Wind hängt. Sie alle sollten lieber ihre sachlichen Bemühungen verstärken und sich aus den Heiratsangelegenheiten des württembergischen Herzogs heraushalten.«

Janek senkte den Kopf zum Zeichen, dass er den Befehl verstanden hatte.

»Euer Begleiter allerdings wird umgehend an den Kaiserhof zurückkehren und die heutige Antwort überbringen. Anschließend soll er als Eilbote zur Verfügung stehen.«

Lediglich ein unmerkliches Zögern zeigte Janeks Verwunderung, als er die Anweisung vernahm. Ihn störte es nicht, eine Weile in Straßburg zu bleiben, doch dass Heinrich derweil als Bote zwischen den Verhandlungsführern hin- und herreisen sollte, gefiel ihm gar nicht. Er war an die Zusammenarbeit mit seinem Freund gewöhnt und mochte ihn als einen seiner wenigen Vertrauten nicht entbehren. Sobald sich eine Möglichkeit ergab, würde er sich dafür einsetzen, dass Heinrich von dieser Aufgabe entbunden wurde.

Als Janek am Abend in ihre gemeinsame Unterkunft zurückkehrte, wusste sein Freund bereits Bescheid.

»Ich werde mich einfach so blödsinnig anstellen, dass der Herzog es nicht noch einmal wagen wird, mir seine geheimen Botschaften anzuvertrauen«, scherzte er.

Janek lachte spöttisch, gab aber keine Antwort.

»Übrigens. Ich habe vielleicht etwas, das zu deiner Aufheiterung beitragen könnte«, meinte Heinrich mit einem zweideutigen Unterton.

»Was könnte das schon sein«, murmelte Janek frustriert, setzte sich aufs Bett und begann, seine Stiefel auszuziehen.

»Erinnerst du dich an diesen Knecht, der auf dem Hof in Rosengarten gearbeitet hat? Damals, als du verletzt warst und von der hübschen Bauernmaid versorgt wurdest. Sie hatte dir ganz schön den Kopf verdreht.«

»Sie hatte mir nichts verdreht. Was ist mit dem Knecht?«

»Beschwören möchte ich es nicht, doch ich glaube, ihn heute in den herzoglichen Stallungen gesehen zu haben.«

Janek hielt inne und dachte zurück. Ganz so unbewegt, wie er vorgab zu sein, war er nicht. Auch wenn diese Begegnung angesichts der vielen entscheidenden Ereignisse der letzten Jahre zunehmend in den Hintergrund gerückt war, so hatte er niemals gänzlich vergessen, wie die Liebe für einige Tage ein Leuchten in sein Herz gebracht hatte und ihm zuweilen noch heute manch einsame Stunde erhellte.

Ihm fiel ein, dass er jenen Knecht damals gebeten hatte, sich der beiden Bauerntöchter anzunehmen, sollte die Bedrängnis für sie zu groß werden. Sogar ein Schreiben für den Rheingrafen hatte er ihm gegeben, vielleicht in der unbewussten Hoffnung, dieses Mädchen eines Tages wiederzusehen.

Hatte der Mann es wirklich fertiggebracht, bis nach Straßburg zu kommen? Waren die Frauen ebenfalls hier? Ihm, der sonst niemals die Fassung verlor, wollte schwindelig werden.

Heinrich beobachtete ihn amüsiert.

»Eine Handvoll Goldtaler für deine Gedanken«, frotzelte er.

Janek, dessen Blick sich in der Ferne verloren hatte, sah seinen Freund mit zusammengekniffenen Augen an.

»Hat er dort Arbeit? In den Ställen?«, fragte er, ohne auf die Spöttelei einzugehen.

»Hehe, dir ist es ernst, Schwanberg. Also, mir kam es so vor, als kenne er sich gut aus, versehe aber nicht die Arbeit eines Stallburschen. Er trug saubere Kleidung und führte ein Pferd hinaus, mehr habe ich nicht gesehen. Ich musste mich ja um unsere Tiere kümmern. Und Moses nimmt es immer übel, wenn du ihn nicht selbst versorgst, das weißt du.«

»Ich muss es herausfinden.«

»Ob sie in der Stadt ist?«

»Ja.«

»Ich reise erst übermorgen wieder ab. Bis dahin helfe ich dir bei der Suche.« Heinrich rieb sich in Gedanken die Hände. Janek auf Freiersfüßen, das war eine treffliche Vorstellung.

Der Bischofshof zu Strassburg, zwei Wochen später

Anna Catharina ging es noch nicht besser. Wenn überhaupt von einer Zustandsänderung gesprochen werden konnte, dann dahingehend, dass sie außer der Abendmahlzeit kaum etwas bei sich behielt. Sie hatte abgenommen, ihr hübsches, fein gezeichnetes Gesicht war blass, unter ihren hellblauen Augen lagen dunkle Schatten.

Dem Herzog schien die Kunde seiner bevorstehenden Vaterschaft keineswegs ungelegen gekommen zu sein. Fast hatte man den Eindruck, als freue er sich seiner Zeugungskraft und der Tatsachen, die sie schuf. Die Formalitäten hinsichtlich einer baldigen Eheschließung waren ohnehin seit Monaten in vollem Gange, nun wurden die Vertragswerke mit Nachdruck fertiggestellt.

Über die Schwangerschaft wussten nur sehr wenige Menschen Bescheid. Das Gesinde war unter Androhung strengster Strafen angehalten, kein Wort Dritten gegenüber zu verlieren. Marie hielt sich viel bei der Gräfin auf, vor allem dann, wenn Brida sich um deren Schwester Claudia kümmerte, die mit den empfohlenen Heilanwendungen eifrig fortfuhr, um weiter zu gesunden. Vielleicht wollte sie ihre Eignung für die Ehe beweisen, da seit einiger Zeit ein Graf Jacob von Rappoltstein bei ihr vorsprach.

Anna Catharina dagegen trieben ihr Zustand und damit allerlei Aufregungen um und sie begann, sich Marie mitzuteilen. Marie wiederum gab sich Mühe, die unzähligen Fragen zu beantworten und half ihr mit sorgsam zusammengestellten Kräuter- und Gewürzmischungen über die ganz schlechten Tage hinweg.

Conrad kam regelmäßig vorbei und überbrachte Neuigkeiten vom Herzogshof. Er war es auch, der Marie über den Fortgang der Dinge unterrichtete. »Ende Februar soll geheiratet werden. Beinahe auf den Tag genau ein Jahr nach dem Tod der Herzoginwitwe, die ihrem Sohn diese Frau eigentlich ausreden wollte.«

»Es ist ihr nicht gelungen.«

»Nein«, meinte Conrad augenzwinkernd, »er hat sich nicht beirren lassen. So etwas ist also möglich, wenn ein Krieg alles durcheinanderbringt, auch den gesellschaftlichen Rang. Dann können Herzöge Gräfinnen heiraten. Ich gönne es ihnen. Sie haben sich wirklich gern.«

Am 17. Februar 1637 starb in Wien der alte Kaiser. Ihm folgte sein Sohn als Ferdinand III. auf den Thron und übernahm die Führung des zerschlagenen Reichs.

Wenige Tage später trat Herzog Eberhard von Württemberg vor seine Räte und verkündete offiziell die unmittelbar bevorstehende Hochzeit mit Anna Catharina, Gräfin zu Salm-Kyrburg. Die Nachricht verbreitete sich in Windeseile über Stadt- und Landesgrenzen hinaus. Der in Wien weilende Vizekanzler Andreas Burckhardt dachte ernsthaft daran, sein Amt als Geheimer Rat niederzulegen, denn er musste angesichts der höchst unpassenden Heirat seines Herzogs Hohn und Spott über sich ergehen lassen. Nur mit Mühe konnte er davon überzeugt werden, in württembergischen Diensten zu bleiben.

Währenddessen waren die Hochzeitsvorbereitungen in fieberhaftem Gange. Die geladenen Gäste wurden gebeten, sich am 26. Februar 1637 um drei Uhr nachmittags im Bischofshof einzufinden.

17. Kapitel

Das Leben ist ein Spiel.
Man macht keine grösseren Gewinne,
ohne Verluste zu riskieren.

Kristina, Königin von Schweden (1626-1689)

Strassburg,
25. Februar des Jahres 1637

Janek lief durch die Straßen rund um das mächtige Münster. Er wollte sich noch einmal nach dem Knecht umsehen, den Heinrich erkannt haben wollte. Bisher war er nicht zu finden gewesen, doch ein Stalljunge hatte gemeint, es gäbe tatsächlich einen Mann, auf den seine Beschreibung passe. Dieser halte sich ab und zu in den Stallungen auf, sei dort aber nicht beschäftigt, sondern stünde anderweitig im Dienste des Herzogs. Eine gründlichere Suche hatte sich noch nicht ergeben, da Heinrich nach Wien abreisen musste.

Janek selbst war rund um die Uhr beschäftigt. Noch besaß er keine Reputation innerhalb der württembergischen Exilregierung. Er konnte sich des Eindrucks nicht erwehren. dass man ihm eine große Nähe zu Schweden unterstellte und nicht wusste, ob er die Annäherung an Habsburg unterstützte oder erschwerte. Er arbeitete hart und ließ nicht den geringsten Zweifel an seiner Loyalität, dennoch würde es eine Weile dauern, bis man ihm ganz vertraute. Er nutzte seine verbliebenen Kontakte und suchte nach neuen, korrespondierte umfangreich mit Kursachsen und Kurbrandenburg. Er erfuhr, dass die beiden Kurfürsten Württembergs Interessen grundsätzlich unterstützten, doch mit der starren Haltung des Herzogs zu den kaiserlichen Friedensvorschlägen nicht einverstanden waren. Janek gab diese Erkenntnis an die württembergischen Räte weiter, die ihr Bestes taten, um zu vermitteln. Doch auch wiederholte Intervention konnte Eberhard nicht zum Nachgeben bewegen. Bisher.

Janek war bewusst, dass das Geschehen um Sieg und Niederlage inzwischen nicht mehr mit den bisherigen Hauptpersonen besetzt war.

Axel Oxenstierna war tatsächlich in Schweden geblieben. Dort kümmerte er sich um die inneren Angelegenheiten seines Königreichs und unterstützte die junge Regentin Kristina. Georg von Arnim hatte sich auf sein Stammschloss Boitzenburg zurückgezogen und stand für Reichsangelegenheiten nicht mehr zur Verfügung. Jakob Löffler lebte in Basel und war schwer krank.

Dafür hatten neue Persönlichkeiten Schlüsselstellungen übernommen.

Johan Banér kämpfte recht erfolgreich für die Schweden im Osten, errang wichtige Siege über das kaiserliche Heer, aber keinen Durchbruch. Im Augenblick unterhielt Janek keine Verbindung zu ihm, ebenso wenig zu Oxenstierna. Ein einziger abgefangener Brief würde genügen, um seine Stellung am württembergischen Hof zu gefährden. Dies wollte er um keinen Preis riskieren, denn er sah in seinen Aufgaben eine konstruktive Herausforderung. Es galt, Österreich und seinen neuen Kaiser auf diplomatischem Wege zu gewinnen und gleichzeitig in Schach zu halten. Letzteres traf auch auf Frankreich zu, das inzwischen viel zu selbstbewusst in Deutschland operierte. Ein Pufferstaat im Südwesten könnte einen Beitrag zur Stabilität der Region leisten und deshalb wollte Janek die württembergische Restitution unterstützen, so gut er konnte. Damit diente er der zukunftsfähigen Neugestaltung des Reichs und nicht einer der Kriegsparteien.

Er beschleunigte seinen Schritt.

Noch immer war es sehr kalt und auf den Dächern der Stadt hielt sich der Reif trotz der mittäglichen Stunde. Ein Fuhrwerk bahnte sich den Weg an ihm vorbei, gezogen von einem alten Maultier, das auf dem glatten Boden kaum vorankam und unter der erbarmungslosen Peitsche des Fuhrknechts zusammenzubrechen drohte. Janek blickte dem schwachen Tier nach, sicher, dass es wohl nicht mehr lange dauern würde, bis seine Knochen in einem Suppenkessel landeten. Im Weitergehen übersah er daher eine Gestalt, die aus einer der Seitengassen kam und ihm direkt in den Weg lief. Um den unvermeidlichen Zusammenprall zu mildern tat er einen Schritt zurück, fing sich ab und schlang instinktiv die Arme um ein zartes Wesen in einem dunkelbraunen Wollumhang, das auf ihn zu stürzen drohte.

Einige Sekunden lang hielt er die Frau fest, erstaunt, dass sich ein unbestimmtes Erkennen in ihm regte. Ihr Geruch, ihre Größe, die anmutige Bewegung, mit der sie sich rasch aus seiner Umarmung wand, schienen seltsam vertraut.

Als sie zu ihm aufsah, verließ sein Herz den üblichen Rhythmus.

»Verzeiht, mein Herr … oh, mein Gott.«

Marie schlug eine Hand vor den Mund. Mit großen Augen blickte sie den Edlen an, der sie gestützt und dabei einen Augenblick zu lange festgehalten hatte.

Träumte sie?

Gewiss, die letzten Wochen waren anstrengend gewesen und sie hatte nur wenig Schlaf bekommen, aber deshalb neigte sie nicht zu Trugbildern am helllichten Tag. Und selbst wenn sich der Mann, der hier vor ihr stand, manchmal heimlich in ungebetene Fantasien schlich, so war sie doch ein Mensch, der Wunsch und Wirklichkeit auseinanderhalten konnte.

Ihr Gegenüber schien nicht weniger erstaunt. Blaugraue Augen erfassten sie, glitten über ihr Gesicht und ihre Gestalt.

Langsam, als könnte er es selbst nicht glauben, fasste er nach der Kapuze, die sie tief in die Stirn gezogen hatte, und schob sie mit einer weichen Bewegung über ihr Haar zurück. Dann zog er sie ohne ein Wort in die enge Gasse und in seine Arme zurück. Marie barg ihr Gesicht an seiner Schulter und begann, am ganzen Körper zu zittern. Nach fast drei Jahren, in denen sie so oft vergeblich versucht hatte, ihre nagende Sehnsucht zu vertreiben, kreuzte er völlig unerwartet ihren Weg.

Für Augenblicke standen sie reglos. Dann löste Janek die Umarmung so weit, dass er sie anschauen konnte. Mit einer Hand hob er ihr Kinn an. Sie sah die Ungläubigkeit in seinen Augen, die bald einem irritierend weichen Ausdruck wich. Als sein Mund spontan ihre Lippen berührte, glich diese Geste dem Flügelschlag eines Schmetterlings. Zart, kaum zu spüren, aber mit der Wirkung eines Trommelwirbels. Noch während Marie im Nachhall seines Kusses gefangen war, ließ er sie los und trat zurück. Sein Blick wurde zweifelnd.

»Marie Schenk. So lange … ich sollte nicht … verzeih mir.« Mit einer für ihn völlig untypischen, unsicheren Geste nahm er den Hut ab und fuhr sich durch sein schwarzes Haar, das kürzer war als damals in Rosengarten. Sie schüttelte nur den Kopf und sah verlegen zu Boden.

»Ich hätte niemals gedacht, dass ich dich wiedersehe«, meinte er fassungslos und hob die Arme in einer hilflosen Bewegung. »Ich schwöre, niemals.«

Marie schaffte es irgendwie, sich zusammenzureißen. Hier war nicht der Ort, um ein Wiedersehen zu zelebrieren und auch er schien von seiner spontanen Reaktion überrumpelt zu sein. Als sie ihm schließlich antwortete, rang sie um einen beherrschten Tonfall.

»Ich bin auf dem Weg zur Offizin, um Besorgungen für meine Herrin zu erledigen. Man erwartet mich zurück.«

Janek nickte und gab sofort den Weg frei.

»Begleitet dich niemand?«

»Heute nicht. Alles ist beschäftigt, wegen der Hochzeit des Herzogs.«

»Es ist gefährlich, wenn du allein gehst.«

»Ich weiß, doch es ist nicht weit. Eigentlich kümmert sich Conrad um diese Dinge, aber er hat heute viel zu erledigen.«

Janek entfuhr ein jähes Lachen.

»Nach ihm habe ich gerade gesucht. Er war Knecht auf eurem Hof, nicht wahr?«

»Ja. Und er passt noch immer auf uns auf. Mich und Ebba.«

»Und dein Vater? Ist er auch hier?«

»Nein«, antwortete Marie. »Er ist tot.«

»Was ist geschehen?«

»Die Seuche hat ihn umgebracht, noch bevor wir Hall verlassen haben.«

»Wann seid ihr von dort aufgebrochen?«

»Gleich nach seinem Tod hat uns Conrad hergebracht. Die Pestilenz war in der Stadt, die kaiserlichen Soldaten hatten sie eingeschleppt. Die Not war groß.«

Janek fühlte Hochachtung für den Knecht. Er hatte die ihm angebotenen Möglichkeiten gut genutzt.

»Ich sollte aufbrechen, Herr von Schwanberg.«

Maries Wangen waren gerötet. Daran war nicht nur der kalte Wind schuld, der durch die Gassen strich. Aufregung und Befangenheit spiegelten sich in ihren Zügen, als sie sich anschickte, ihren Weg fortzusetzen. Janek wusste, dass sie nicht miteinander gesehen werden sollten. Auch wenn sie in einer Mauernische zwischen zwei Häusern standen, wäre es möglich, dass jemand sie erkannte und seine Schlüsse zog. Das wäre für beide eine schwierige Situation.

»Wo lebst du jetzt?«, fragte Janek schnell, bevor sie ihm erneut entglitt.

»Im Bischofshof.«

»Dort wird morgen Hochzeit sein«, sagte er erstaunt.

Marie nickte. »Meiner Herrin geht es nicht gut. Sie ist über die Maßen aufgewühlt, weil der württembergische Herzog sie ehelicht, aber viele Menschen sie seiner nicht für würdig erachten.«

»Also dienst du der Gräfin Anna Catharina?«

»Ich bin ihre Kammermagd.«
Damit eilte sie davon.

Der nächste Tag

Prächtig gekleidet trat Anna Catharina von Salm-Kyrburg in ihr neues Leben als Herzogin von Württemberg ein. Das reich gefältelte Hochzeitskleid aus taubenblauem Brokat, durchwirkt von einem filigranen Muster aus goldfarbenen Ornamenten, war vorn geöffnet und gab den Blick frei auf einen Unterrock aus elfenbeinfarbener Seide. Das opulent bestickte Mieder lief in einer verstärkten Schneppentaille aus und betonte den raffinierten Schnitt. Doppelte, geschlitzte Puffärmel wiederholten das Farbenspiel des Gewandes und endeten in umgeschlagenen, mit Spitzenborte verzierten Manschetten, die die Handgelenke der Trägerin eng umschlossen. Eine kostbare Brosche hielt den breiten, elliptischen Spitzenkragen zusammen, der sich um ihre schmalen Schultern schmiegte. Etwa eine Woche vor der Hochzeit hatte sich die Schwangerschaftsübelkeit gelegt und ihre zierliche Gestalt ließ kaum vermuten, dass sie ein Kind unter dem Herzen trug.

Blass und ernst stand Anna Catharina neben ihrem Bräutigam. Die Zeremonie folgte dem üblichen Ritual. Nach der Trauung wurde zum Hochzeitsbankett geladen, dem das Beilager folgte. Unter den aufmerksamen Blicken des Hofmeisters und etlicher Zeugen legten sich die Brautleute gemeinsam in ein eigens ausgestattetes Bett, während eine über sie gebreitete Decke den Vollzug der Ehe symbolisierte. Damit war die Eheschließung rechtmäßig.

Anna Catharina zog sich schon früh zurück. Während die Gäste noch tafelten, tranken und tanzten, halfen ihr Marie und Brida aus den Kleiderschichten, schlugen das Bett auf, brachten einen Nachttrunk und zogen sich zurück.

Marie wollte nach Ebba sehen, die noch in der Küche arbeitete, und ging hinunter. Der Raum war erfüllt von einer Mixtur aus unterschiedlichen Aromen, einer unerträglichen Hitze und zahlreichen Menschen, doch ihre Schwester befand sich nicht darunter. Einer der Küchengehilfen meinte, sie hätte vor einigen Minuten den Raum verlassen und werde wohl bald zurückkommen. Auch von Conrad war nichts zu sehen, doch das wunderte Marie nicht. Er war vom frühen Morgen an auf den Beinen gewesen und hatte sicher auch jetzt noch eine Menge zu tun.

Marie nahm einen Becher mit Wasser und ließ sich kurz auf einem dreibeinigen Hocker nieder, der in einer Ecke stand. Sie war froh, dass der Tag seinem Ende entgegenging. Anna Catharina würde eine glückliche Ehe führen, wenn die Aufregung darum allmählich verebbte. Der Herzog war völlig vernarrt in seine Frau und zeigte seine Liebe, diskret, aber ohne Scheu. Wenn die Zeiten doch besser wären! Doch dann wiederum wäre der Herzog nicht nach Straßburg geflüchtet und die beiden hätten sich gar nicht erst kennengelernt.

Marie sinnierte noch über die paradoxe Schicksalhaftigkeit des Krieges, als sie bemerkte, dass Ebba wiederkam. Irgendetwas schien sie zu bedrücken, daher stand Marie auf und ging zu ihr.

»Was ist, Ebba?«

»Nichts, Marie. Ich bin nur sehr müde.«

»Das sehe ich.« Marie fiel nicht nur der erschöpfte Gesichtsausdruck auf, sondern außerdem die unordentliche Kleidung und das zerzauste Haar.

»Wirklich, Marie. Es ist nichts. Lass mich weitermachen, sonst komme ich heute nicht mehr zum Schlafen.«

Ebba drehte ihr den Rücken zu und begann, gebrauchte Töpfe und Schüsseln einzuweichen. Eine derart brüske Reaktion hatte Marie nicht erwartet, aber vielleicht war Ebba wirklich so abgehetzt, dass sie keine Lust mehr hatte auf schwesterliche Gespräche. Ohne ein weiteres Wort ging Marie ihr zur Hand. Es war bereits nach Mitternacht.

Janek genoss den ausgezeichneten Wein, der reichlich floss und zuverlässig nachgeschenkt wurde. Vom Brautpaar war nichts mehr zu sehen und auch einige der älteren Gäste hatten die Tafel verlassen. Die letzten Stunden waren eine einzige Völlerei gewesen, eine Schlacht auf silbernen Platten und Tellern, zelebriert mit Tranchiermessern und Vorlegegabeln, begleitet vom Klirren venezianischer Trinkkelche und ruhiger Tafelmusik. Während eine erlesene Speise nach der anderen aufgetragen wurde, der Fisch auf die Täubchen und der Braten dem Perlhuhn folgte, während Backwerk und Konfekt in übervolle Mägen gepresst wurden, verhungerten in Straßburgs Häusern die Kinder. Janek war sich der Dekadenz adeliger Privilegien bewusst, diese gab es schon immer und würde es auch weiterhin geben, aber die Unmäßigkeit der Hochgeborenen im Angesicht des allgegenwärtigen Hungertodes berührte ihn heute Abend ganz besonders. Das machte der Wein, den er sonst selten genoss. Geistesabwesend drehte er sein Glas zwischen Daumen und Mittelfinger hin und her. Von der Ungerechtigkeit der Welt wanderten seine Gedanken zurück zum vorangegangenen Tag und seiner Begegnung mit Marie. Sie musste in der Nähe sein. Hatte sie schon ihre Kammer aufgesucht oder arbeitete sie noch? Janek vermutete Letzteres. Plötzlich drängte es ihn, einen Streifzug durch das Haus zu unternehmen, zumindest soweit es möglich war, ohne größeres Aufsehen zu erregen.

In einem raschen Zug leerte er den Kelch. Dann erhob er sich und spürte, wie sich sein Puls beschleunigte. Geriet er allein durch die Vorstellung, Marie hier zu treffen, in Aufregung? Nachdrücklich mahnte er sich zur Ruhe.

Betont gemächlich schlenderte er durch die angrenzenden Räume, grüßte diejenigen, die er kannte, stellte sich dem einen oder anderen vor, dem er noch nicht begegnet war. Einige Paare hatten sich im Kreis aufgestellt und tanzten einen Branle, begleitet von Laute, Flöten, Gamben und Schalmeien. Ein mit Zimbeln besetztes Tambourin gab den Rhythmus vor. Eine Weile sah er dem fröhlichen Reigen zu, klatschte zum

Takt, wehrte aber lachend ab, als eine junge Frau ihn zum Mitmachen bewegen wollte. Die Musik klang noch in ihm nach, als er sich wieder auf den Weg machte. Es zog ihn in Richtung der Wirtschaftsräume.

Der Gang wurde etwas enger. Zwei Pagen drückten sich an ihm vorbei, als er durch ein schmales Tor in den Innenhof des repräsentativen Gebäudes trat. Es war kalt, aber nach der Hitze im Festsaal genoss er die frische Luft.

Er hatte erst wenige Schritte hinaus in die Dunkelheit getan, als ihm ein einfach gekleideter Mann entgegenkam, der mit leiser Stimme auf einen übermütig umherspringenden Hund einsprach. Dieser bemerkte Janek als Erster, blieb einen Moment stehen und knurrte warnend. Sein Begleiter holte ihn mit einem knappen Befehl an seine Seite. Dann ging er auf Janek zu.

»Herr von Schwanberg?«

»Der bin ich. Und wer bist …?« Noch bevor er seinen Satz zu Ende gesprochen hatte, wusste Janek, wer ihm gegenüberstand.

»Wir kennen uns bereits, Herr von Schwanberg.«

»In der Tat. Du bist Conrad aus Hall.«

Conrad nickte. »Marie hat mir bereits erzählt, dass sie Euch begegnet ist.«

Janek schmunzelte. »Sie ist mir direkt in die Arme gelaufen.«

»Es hätte schlimmer kommen können, denke ich.« Conrad lachte.

»Oh ja.« Janek beschloss, diesen Augenblick nicht ungenutzt verstreichen zu lassen. »Halte ich dich von deinen Aufgaben ab?«

»Unsereins hat stets zu tun, aber im Augenblick wartet nichts Eiliges. Ich hatte vor, in der Küche um etwas Essbares zu bitten, für mich und meinen jungen Gefährten hier.«

Conrad deutete auf den dunkelbraunen Mischling neben sich, der immer noch skeptisch guckte.

»Nun, wenn dein hungriger Magen es erlaubt, würde ich gerne eine Frage stellen.«

»So fragt.«

»Marie bekannte, dass sie für die neue Herzogin von Württemberg arbeitet. Wird sie nun an den Hof wechseln?«

»Danach sieht es aus. Obwohl die Herzogin und ihre Schwester Claudia sich regelrecht um Maries Dienste gestritten haben. Gräfin Claudia möchte sie gerne bei sich behalten, da sie oft kränklich ist. Herzogin Anna Catharina aber besteht darauf, sie mit sich zu nehmen, um ihr die Eingewöhnung zu erleichtern.«

»Dann ist die Entscheidung bereits gefallen.«

»Ja. Marie verlässt den Bischofshof. Gegen das Wort des Herzogs ist nichts auszurichten. Wollt Ihr sie aufsuchen?«

Janek hörte den forschenden Unterton in Conrads Stimme. Er nahm ihm seine Vorsicht nicht übel und setzte darauf, dass der ehemalige Knecht nicht nur Marie, sondern auch ihm vertraute.

»Ja, ich möchte sie wiedersehen«, bekannte er. »Erlaube mir, offen zu sprechen. Wenn ich Interesse bekunde, dann nicht leichtfertig. Niemals möchte ich ihr zum Schaden sein. Das Gegenteil ist der Fall. Ich schätze sie hoch und der Gedanke an sie war und ist mir stets eine große Freude.«

»Ich verlasse mich auf Euer Wort«, antwortete Conrad.

»Das kannst du.«

Während ihrer kurzen Unterhaltung waren sie gemeinsam ein Stück durch den schneebedeckten Garten gegangen. Nun blieb Janek stehen: »Ich muss mich verabschieden. Ein wenig Ruhe sollte nicht schaden, bevor ich morgen meine Pflichten erledige. Die kühne Hochzeit unseres Herzogs wird eine umfangreiche Korrespondenz mit ganz Europa zur Folge haben, um den Schaden für das Haus Württemberg gering zu halten.«

»Seid Ihr für die diplomatischen Angelegenheiten des Herzogs zuständig?«

»Für einen Teil davon, in der Tat.«

»Ich bin überrascht. Was ist aus Eurem Regiment geworden?«

Janek schilderte in aller Kürze die Geschehnisse seit jenem Morgen, da er Rosengarten verlassen hatte. Conrad hörte aufmerksam zu. Schließlich meinte er: »Mit Eurer Erlaubnis werde ich Marie darüber berichten. Sie hat sich bereits gefragt, weshalb Ihr in der Stadt seid.«

»Tu das. Ich werde vermutlich einige Wochen hierbleiben, aber die Unterhandlungen mit Wien sind schwer vorhersehbar. Ich treffe dich bald wieder. Richte Marie meine Grüße aus.«

Sie verabschiedeten sich mit einem kameradschaftlichen Schlag auf die Schulter. Als Janek den Hof verlassen hatte, stand Conrad noch eine Weile draußen. Er überlegte, ob er wie geplant in der Küche vorbeischauen sollte, entschied sich dann aber dagegen. Zu Fuß ging er die wenigen Schritte bis zu seiner Unterkunft in einem Nebengebäude des Herzoghofs, sein kleiner Freund folgte ihm auf den Fuß.

Das Ballhaus in der Nähe der Wiener Hofburg, Mitte April 1637

Mit aller Kraft zog er seinen netzbespannten Schläger durch die Luft und traf zielgenau den Ball, der in einem hohen Bogen über die tiefhängende Fransenschnur flog und mit einem ploppenden Geräusch auf dem Boden des gegenüberliegenden Feldes aufschlug. Sein Gegner parierte sofort, fing das Geschoss geschickt ab und gab den Ball mit gleicher Wucht zurück. Der Schlagabtausch währte bereits eine halbe Stunde und er genoss die völlige körperliche Verausgabung. Beim Spiel konnte er seinen Ärger darüber verarbeiten, dass all die gut durchdachten Pläne der letzten Jahre ins Stocken geraten waren.

Zunächst hatte er monatelang mit Piccolominis Regiment in Nordfrankreich festgesessen, weil der österreichische

Oberbefehlshaber Matthias Gallas unfähig gewesen war, die militärischen Vorteile der kaiserlichen Truppen in Siege umzumünzen. Auch kaum einer der anderen Generäle hatte sich mit Ruhm bekleckert und folglich gab es keine Erfolge, die eine größere Belohnung durch den Kaiser gerechtfertigt hätten. Entsprechend miserabel war die Stimmung gewesen, unter den Soldaten genauso wie unter den Offizieren. Dennoch hatte er es gewagt, Piccolomini vorsichtig auf die Herrschaft Schwanberg anzusprechen.

Er schlug erneut auf. Sein Ball blieb im Netz hängen.

»Verflucht!«

»Es gewinnt doch stets der Bessere!«, kommentierte sein Gegenüber spöttisch.

Gepaart mit der Erinnerung an seine letzten Begegnungen mit Piccolomini wirkte diese Bemerkung wie die Flamme an der Lunte.

Den nächsten Ball schlug er mit blindwütiger Kraft, so dass sein Gegner bei der Annahme ins Wanken geriet und den Rückschlag nicht kräftig genug ausführen konnte.

»Lasst unser Ballhaus stehen!«

»Vielleicht!«

Der Mann konnte ja nicht ahnen, was ihn antrieb. Der Zorn über Piccolominis harte Zurückweisung tobte noch immer in seinen Eingeweiden.

»Mach Er sich bloß keine falschen Hoffnungen«, hatte der Italiener herablassend gemeint. »Das Gebiet ist bereits seit Langem vergeben und kann dem Begünstigten nicht mehr abgesprochen werden.«

Tagelang hatte er über diesen Satz nachgedacht, verbittert und gedemütigt. Doch noch während er darüber sinniert hatte, wie Piccolomini zum Umdenken bewegt werden könnte, war dieser nach Wien beordert worden. Flugs hatte er sich angeschlossen in der Hoffnung, im Machtzentrum der Habsburger etwas in eigener Sache zu erreichen. Nur mit Mühe hatte er Piccolomini davon überzeugen können, ihn mitzunehmen.

»Was Er sich da wieder erhofft«, hatte er gesagt, der italienische Ehrgeizling, und ihn mit der Hand weitergewunken, als wäre er eine lästige Fliege. Es war ihm unerklärlich, warum er aus der Gunst des Generals gefallen war. Anfangs schien der doch so große Stücke auf ihn gehalten zu haben, hatte ihm wichtige Missionen anvertraut und ihn häufig an seine Tafel geladen. Aber so waren sie, die Großen: Nahmen sich, was ihnen von Nutzen, aber gaben nur, wenn sie sich etwas davon versprachen.

Zu Jahresbeginn waren sie in der österreichischen Residenzstadt eingetroffen, doch noch bevor er wirklich nützliche Beziehungen hatte knüpfen können, war der alte Kaiser dahingeschieden. Sein Nachfolger erschien ihm geradezu ekelerregend geradlinig und passte kaum zu intriganten Plänen, so dass er seine Strategie erst einmal neu überdenken musste. Und jetzt steckte er in einer höchst unbefriedigenden Warteposition.

Seine Stimmung war genauso düster wie die Wände des Ballhauses. Diese waren schwarz gestrichen, damit sich die gespielten Bälle davon abhoben und gut zu erkennen waren. An diesem Spätnachmittag gab es allerdings kaum Zuschauer auf den Galerien und die wenigen, die dort saßen, waren in Gespräche vertieft und achteten nicht auf ihr *Jeu de paume*. Es war ihm gerade recht, wer wusste schon, ob die Netze vor den Rängen wirklich stabil genug waren, um seine aggressiv geschlagenen Bälle abzufangen, falls sie sich verirrten. Der Ballmeister, mit dem er seine Übungen absolvierte, hatte gerade zum wiederholten Mal angekündigt, die Partie abzubrechen, sollte er seine Spielweise nicht mäßigen. Er ignorierte die Mahnung, wusste er doch genau, dass sein Gegenüber ebenso grimmiges Vergnügen an harten Begegnungen fand wie er.

Das Licht, welches zu den Oberlichtern entlang der Decke des großen, rechteckigen Saales hereinfiel, begann zu schwinden, als er sich schließlich geschlagen geben musste. Schweißgebadet trafen sie sich am Spielfeldrand, um die Runde mit einem Handschlag zu beenden und einen Becher Wasser zu trinken.

Während er die Kleidung wechselte und seinen Schläger zurückgab, dachte er darüber nach, wie lange er Piccolomini nicht mehr zu Gesicht bekommen hatte. Ab und zu war man sich bei einem Umtrunk oder einem Bankett begegnet, hatte belanglose Worte gewechselt, aber die Türen zum Herzen der Hofburg waren ihm nicht geöffnet worden. Manchmal hatte er den Eindruck, dass der Italiener seiner überdrüssig war.

Aufgeben aber kam nicht in Frage. Als er die Übungsstätte verließ, sann er, wie so oft, über neue Möglichkeiten nach. Mit einem dumpfen Laut fiel die Tür des Ballhauses hinter ihm ins Schloss, doch anstatt zu seinem Quartier zurückzukehren, ging er die wenigen Schritte zur Hofburg und blieb vor dem rot-schwarz gestrichenen, mit Blattgold reich verzierten Tor stehen, das den von vier Türmen begrenzten, viereckigen Burghof vor ihm verschloss. Ärger rumorte in seinem Inneren. Eines Tages wollte er hindurchschreiten.

Just in diesem Moment vernahm er Schritte und Stimmen. Rasch zog er sich in den Schatten eines Gebüschs zurück und beobachtete die Szenerie. Mehrere Männer trafen vor dem Tor ein und wurden auf ein Losungswort hin eingelassen. Im Licht der mitgeführten Fackeln erkannte er auf einmal einen alten Gefährten. Heinrich von Biberstein sah kurz in seine Richtung, bevor er den Burghof betrat und aus seinem Sichtfeld verschwand.

Er konnte es kaum glauben. Den ließ man ein, während er wie ein Bettler vor der Tür bleiben musste? Oder war dies ein Hinweis darauf, die Richtung zu wechseln? Auch auf die Gefahr hin, noch einmal völlig neu beginnen zu müssen? Er bog einige Zweige auseinander und trat zurück auf die Straße. Ein Feigling war er nicht. Er wollte es anpacken. Ohne Risiko gab es nun einmal keinen Gewinn.

18. Kapitel

Ihr Götter leiht uns Fehler,
dass wir Menschen seien.

William Shakespeare (1564-1616),
»Antonius und Cleopatra«

Am württembergischen Hof
zu Strassburg,
9. September 1637

»Presst!« Die Stimme der Hebamme klang ruhig, aber bestimmt. Mit einem verhaltenen Schrei hob die Herzogin den Oberkörper und drückte mit aller Kraft, um die Wehe zu unterstützen. Marie hielt sie an den Schultern und half ihr, sich zurückzulegen, als die Schmerzen verebbten.

Bisher verlief die Geburt ohne Schwierigkeiten. Die Leibesfrucht lag richtig, mit dem Köpfchen nach unten, im Geburtskanal und Anna Catharinas junger Körper folgte rhythmisch den Abläufen der Natur.

»Es ist fast geschafft«, meinte die Hebamme zufrieden, während Marie einen Becher mit Beifußaufguss an die Lippen der Gebärenden hielt. Das Kraut förderte die Geburtstätigkeit und sorgte im Anschluss für einen guten Wochenfluss, der den Unterleib reinigte und dadurch half, das gefürchtete Fieber zu vermeiden. Hin und wieder warf eine der Mägde getrocknete Kräuter auf das prasselnde Kaminfeuer, welche einen angenehmen, würzigen Duft verbreiteten und für eine entspannte Atmosphäre im Raum sorgten.

Eine weitere Wehe durchlief die Schwangere, begleitet von den anfeuernden Worten der Hebamme. »Ein wenig noch! Ein klein wenig!«

Minuten später glitt das feuchte Bündel aus dem Schoß der Mutter und tat seinen ersten, empörten Schrei.

»Ein kräftiger Junge, Euer fürstliche Gnaden!«

Die erlösende Botschaft aus den Zimmern der Herzogin ließ den jungen Vater ans Bett seiner Frau eilen, um ihr für das Glück des Thronerben zu danken. Bewegt genoss er den Anblick seines Kindes, das man ihm, gewaschen und eingewickelt in saubere Tücher, mit aller Ehrerbietung präsentierte. Bevor er seine kleine Familie wieder verließ, drückte er fest die Hand der Herzogin, die viel Blut verloren hatte und noch sehr schwach war.

Eine Stunde später lag der neugeborene Prinz zufrieden an der Brust seiner Amme und saugte kräftig. Schon einige Wochen vor der Geburt hatte man nach einer geeigneten Anwärterin Ausschau gehalten, die an Leib und Seele gesund sein musste. Adelige Frauen stillten nur selten selbst und Anna Catharina machte da keine Ausnahme. Das natürliche Bedürfnis einer Mutter, ihr Kind an die Brust zu legen, wurde durch festgelegte Abläufe von vornherein erstickt. Die Herzogin bekam einen Trank, der den Milchfluss aufhalten sollte. Kühlende Kompressen auf den Brüsten beugten Verhärtung und Entzündung vor.

Marie beteiligte sich an diesem Prozedere mit Bedauern, denn sie wusste, dass stillende Frauen ihr Wochenbett leichter verließen. Überdies profitierten sie davon, dass sich der Abstand zwischen den Schwangerschaften verlängerte. Wie genau das alles zusammenhing, war ihr zwar ein Rätsel, doch das Wissen darüber wurde unter den Geburtshelferinnen schon seit langer Zeit weitergegeben. Allerdings hütete sie sich, auch nur ein Wort darüber zu verlieren. Solche Gedanken waren nicht nur unerwünscht, sondern konnten zu großen Schwierigkeiten führen.

Anna Catharina erholte sich, auch wenn sie ihren unersättlichen Sohn nicht selbst nährte. Die bedauernswerte Amme kam kaum zur Ruhe, so hungrig war das Kind. Und auch die Kindfrauen hatten reichlich zu tun, denn alles, was der Junge trank, fand sich wenig später in den herzoglichen Windeln wieder.

Nicht allzu weit entfernt, in den Beratungszimmern Eberhards, zerbrachen sich derweil einige Hofbeamte den Kopf darüber, wie die vorzeitige Geburt des fürstlichen Kindes angemessen verkündet werden sollte. Der Knabe sah keineswegs aus, als habe er den Mutterleib ganze zwei Monate zu früh verlassen. Schließlich einigte man sich darauf, einen unglücklichen Sturz als Ursache der übereilten Niederkunft anzugeben in der Hoffnung, dass sich die Welt nicht allzu lange mit den Geschehnissen in Straßburg aufhalten und bald zur Tagesordnung übergehen würde.

Die Exil-Residenz der Württemberger befand sich am St.-Thomas-Platz. Das dort angemietete Haus gehörte Theodosius Rihel, dem Sohn eines bekannten Straßburger Buchdruckers. Von der Üppigkeit Stuttgarter Verhältnisse war man hier weit entfernt. In dem mehrstöckigen Gebäude lebten einschließlich der herzoglichen Familie etwa dreißig Personen. Täglich fanden sich zudem zahlreiche Gäste, Gefolgsleute und Bedienstete ein, die bezahlt und verköstigt werden mussten. Eberhard beschäftigte einen Leibbarbier und einen Hofschneider, Lakaien und Kutscher, Jäger und Falkner, Köche, Hofprediger, Präzeptoren und Skribenten, Silberkämmerlinge und etliche Personen mehr. Die Tafel in der Rihel'schen Behausung verzeichnete Tag für Tag weit mehr als hundert Menschen, das machte sich im Säckel des Herzogs schmerzlich bemerkbar. Küchenmeister Victorin Neser veranschlagte in seinen Aufrechnungen den Bedarf an Nahrungsmitteln auf wöchentlich rund 900 Gulden. Hinzu kamen Kosten für Besoldung, Kleidung, Postdienste, die Löhnung von Fuhrleuten und Handwerkern und vieles mehr. Da regelmäßige Einkünfte fehlten, hatte Eberhard große Mühe, den Unterhalt seines Hofes aufzubringen.

Anfangs waren noch Wein und Getreide aus dem elsässischen Reichenweier und aus Oberkirch geliefert worden, inzwischen lebte man von den Reserven. Große Teile der mitgebrachten Kleinodien der verstorbenen Herzoginmutter waren bereits verpfändet oder verkauft und der Hofmeister hatte ein striktes Spardiktat erlassen. Von den einst neunzig Pferden im Kuppelhof, dem ausgelagerten Marstall des Herzogs, waren schon an die sechzig Tiere abgeschafft worden. Zu weiteren Einsparungen war Eberhard nicht bereit, denn auch im Exil galt es, eine – wenn auch bescheidene – repräsentative Hofhaltung aufrechtzuerhalten und damit Rang und Ansprüche kundzutun.

Und so merkte Marie nur wenig von den Nöten des herzoglichen Haushalts, als sie mit dem Umzug an den Hof in den Stand eines Kammerfräuleins trat. Man ging gut gekleidet, speiste üppig und fand Zeit für allerlei Unterhaltung. Im großen Saal des Hauses wurden Feste gefeiert und Empfänge gegeben. Die Schwestern des Herzogs widmeten sich ausgiebig der Bildung, insbesondere Antonia, alle waren Mathematik und Wissenschaft, aber auch den schönen Künsten zugetan, liebten Musik und spielten das Clavichord. Der Herzogin fehlte es ohnehin an nichts, Eberhard behielt ihre Bedürfnisse aufmerksam im Auge.

Marie hatte sich in ihre neue Aufgabe hineingefunden. Anstatt wie bisher vornehmlich niedere Kammerdienste zu verrichten, arbeitete sie nun im engsten Umfeld der Herzogin. Anna Catharina nahm sie gerne als Gesellschafterin in Anspruch, eine Rolle, die eigentlich den Damen von Adel vorbehalten war und die Marie sehr verlegen machte. Aber sie folgte den Aufforderungen, gemeinsam zu lesen und Konversation zu pflegen, den Säugling zu bewundern, zu sticken oder zu nähen. Sie begleitete die Herzogin zu den Gottesdiensten in die Thomaskirche oder, wenn auch seltener, in das prachtvolle Münster. Welch ein Bauwerk! Conrad hatte gemeint, es sei das höchste der Christenheit und man habe über zwei Jahrhunderte lang daran gearbeitet. Nicht ganz erschließen wollte sich ihr allerdings die Tatsache, dass nur einer der beiden geplanten Türme aufgesetzt worden war. Die dadurch entstandene Asymmetrie wirkte auffallend unfertig. Conrad hatte gelacht, als sie sich darüber ereiferte. »Vielleicht«, hatte er zu ihr gesagt, »ist es gerade das, was es einmal berühmt machen wird.«

Das gewaltige Innere des Gotteshauses ließ sie dann stets die unvollkommene Außenansicht vergessen. Durch zahlreiche Buntglasfenster strömte gedämpftes Licht ein, das dem Raum eine erhabene und zugleich berührende Stimmung gab. Eine filigran gearbeitete Fensterrose stand über dem Portal und erweckte den Eindruck, als blicke sie milde auf die Schar der armen Sünder, die sich in den Reihen versammelten und für ihr Seelenheil beteten. Marie nutzte die kontemplative Zeit, um in sich zu gehen und ihre Sorgen vor Gott zu bringen.

Sie vermisste Brida, die bei Gräfin Claudia geblieben war. Auch Conrad sah sie nur wenig, genauso wie ihre Schwester. Der Gedanke an Ebba traf einen ihrer wundesten Punkte. Conrad hatte sich erfolglos darum bemüht, sie in der herzoglichen Küche unterzubringen. Viele der Küchenmägde seien in den letzten Monaten entlassen worden, hatte man ihm gesagt, es bestehe keine Notwendigkeit, weitere Hilfen zu beschäftigen. Ebba war also im Bischofshof zurückgeblieben. Und obwohl Marie nicht bezweifelte, dass sie es dort gut hatte und Brida, soweit es möglich war, nach ihr sehen würde, lastete die Trennung wie ein Stein auf ihrer Brust. Sie fürchtete, Ebba könnte sich noch weiter von ihr zurückziehen, als sie es in der letzten Zeit ihres Zusammenlebens ohnehin schon getan hatte. Es war nicht zu übersehen, dass sie zunehmend ihren eigenen Weg ging und Marie schmerzte diese Distanz. Hinzu kam ein diffuses schlechtes Gewissen, ihre Pflicht zu vernachlässigen.

Dass ihre Bedenken keineswegs grundlos waren, erfuhr Marie an einem milden Oktobertag, als Conrad sie nach dem Kirchgang abpasste.

»Ich habe keine guten Neuigkeiten, fürchte ich.«

»Was ist geschehen?«

»Aus dem Bischofshof kommen Gerüchte, dass eines der Küchenmädchen ein Balg unter der Schürze trägt.«

Marie spürte, wie sie blass wurde. Conrad nahm ihren Arm.

»Vielleicht handelt es sich um eine andere, Marie, aber ich weiß inzwischen, dass einer der jungen Herren sie arg bedrängt hat.«

»Es könnte also sein«, stellte Marie fest.

»Ja«, antwortete Conrad. »Du solltest eine Gelegenheit suchen, mit ihr zu reden. Ich kann sie nicht darauf ansprechen, auch wenn ich sie ab und zu sehe.«

»Ich werde es versuchen. Ich lasse dir eine Nachricht zukommen.«

Conrad nickte und wirkte sehr nachdenklich.

»Du machst dir auch Sorgen um sie, nicht wahr?«, fragte Marie.

»Ich habe Eurem Vater mein Wort gegeben.«

»Du kannst nicht Nacht und Tag über uns wachen. Du hast dein Bestes getan.«

»Wie könnte ich mir verzeihen?«

»Wo keine Schuld ist, gibt es nichts zu verzeihen.«

»So einfach ist es nicht, Marie.«

Eine Weile standen sie in bang geteilter Befürchtung beieinander. Als sie sich verabschiedeten, stellte Marie abrupt eine Frage, die ihr schon lange auf dem Herzen lag. »Hast du etwas vom Herrn von Schwanberg gehört?«

Trotz seiner düsteren Stimmung lächelte Conrad. »Das habe ich. Augenblicklich befindet er sich am kursächsischen Hof und versucht einmal wieder, den Herzog beim Kurfürsten ins beste Licht zu stellen.«

»Ach«, sagte Marie, es klang enttäuscht. Seit er sie damals auf der Straße aufgefangen hatte, war ihr Janek nicht mehr begegnet, nur wenige Male hatte sie ihn von Ferne gesehen. Hin und wieder ließ er ihr über Conrad seine Grüße ausrichten. Nun war er also auf Reisen. Es fiel ihr zunehmend schwer, mit ihren Gefühlen umzugehen, es war, als kenne sie sich selbst nicht mehr. Wieder und wieder fragte sie sich, was an ihm sie so anzog. War es einfach die natürliche Reaktion einer Frau auf einen beeindruckenden Mann, oder ein tiefer Gleichklang ihrer Seelen? Wie auch immer, sie musste sich zusammennehmen. Eine Tändelei wäre ohnehin nur unter größter Heimlichkeit möglich und gewiss nicht das, was Marie sich für ihr Leben wünschte. Außerdem wollte sie es sich nicht anmaßen, über Ebba zu richten, und zugleich selbst die Folgen einer aussichtslosen Liebe heraufbeschwören.

Sie seufzte.

Conrad, der wusste, dass Janek schwierige Pflichten zu erfüllen hatte und eine engere Bindung nicht eingehen konnte, obwohl er dies durchaus wollte, spürte ihre Niedergeschlagenheit.

»Er wird Ende des nächsten Monats zurückerwartet, Marie. Den Winter wird er wohl hier in Straßburg verbringen.«

»Ach«, sagte Marie und es klang hoffnungsvoll.

Die Kammer der Mägde im Bischofshof, eine Woche später

»Möchtest du mir nicht sagen, wer der Vater ist, Ebba?«, fragte Marie.

Sie hielt ihre Schwester im Arm, die sich diese Berührung nur widerstrebend gefallen ließ und auf ihre Frage hin lediglich den Kopf schüttelte.

»Es ist einer aus der Herrschaft, nicht wahr?«

Ebba zuckte mit den Achseln.

»Also gut, vor allem ist es dein Kind und damit ein Teil unserer Familie. Wir sollten nicht weinen, nur weil es sich in Zeit und Ort geirrt hat. Wir sollten uns freuen.«

Nun sah Ebba auf.

»Freuen?«, brachte sie hervor.

»Ja«, antwortete Marie. Sie hatte lange nachgedacht. Jedes Kind war ein Gottesgeschenk und damit Grund zur Freude, umso mehr inmitten dieses großen Sterbens, das die Welt heimsuchte. Sie wollte Ebba keine Vorwürfe machen, sondern mit ihr gemeinsam nach vorn schauen.

»Ich werde nicht im Bischofshof bleiben können«, meinte Ebba leise.

»Wir werden einen Weg finden, das verspreche ich dir.«

»Und wenn es keinen gibt?«.

»Weißt du, wann das Kind ungefähr zur Welt kommen wird?«

»Vielleicht im Januar.«

»Darf ich nach ihm spüren?«, bat Marie vorsichtig.

Ebba schien die Frage abzuwägen. Dann löste sie sich aus Maries Umarmung, stand auf, legte sich auf ihre schmale Matratze und zog langsam ihren Rock zurück.

Vorsichtig tastete Marie den Bauch ab. Die Wölbung war klein und fiel unter der Kleidung noch nicht sehr auf, aber das würde sich bald ändern. Als sie merkte, wie das Kind auf ihre Hände reagierte und sie einige Male stupste, erfüllte eine große Wärme ihr Herz.

»Gib mir deine Hand!«

Behutsam führte sie die Hand ihrer Schwester über die Stelle, an der sie die Bewegung gefühlt hatte.

»Warte einen Moment. Hier, da ist es wieder! Spürst du es?«

Ebba drückte zögernd gegen ihre Bauchdecke und wartete. Und dann sah Marie verhaltene Freude in ihrem Gesicht.

»Ich merke es schon eine Weile. Bisher war es seltsam. Jetzt ist es … schön«, flüsterte Ebba.

Conrad saß auf dem Rand seiner Ruhestatt, die Unterarme auf den Schenkeln abgestützt, einen Becher mit Wein in den Händen. Ganz gegen seine Gewohnheit trank er hastig und füllte reichlich nach aus dem Krug, der zu seinen Füßen auf dem Boden stand. In stillem Verständnis lag der Hund daneben, so als spürte er, dass es seinem Herrn nicht gut ging.

Es war absehbar gewesen. Und doch hatte er sich eingebildet, dass seine Autorität weit genug reichen würde, um Ebba vor einem katastrophalen Fehler wie diesem zu bewahren. Momentan wusste er nicht einmal, von wem er mehr enttäuscht war, von Ebba oder von sich selbst. Marie konnte er keinen Vorwurf machen. Seit sie am Hof lebte, blieb ihr keine Zeit, sich um ihre Schwester zu kümmern. Schließlich richtete er seine Wut gegen den verdammten Burschen, der die Leichtgläubigkeit einer unerfahrenen Magd ausgenutzt hatte. Ein wahrlich unreifer Kerl, kaum älter als Ebba und dabei so grün hinter den Ohren, dass mühelos eine ganze Blumenwiese darauf wachsen würde.

Conrad gab einen hässlichen Fluch von sich.

Er hatte ihn sich vorgenommen, den feinen jungen Herrn mit der feinen Kleidung und diesem blödsinnigen Grinsen auf dem Gesicht. Der hatte zunächst natürlich alles abgestritten, später in Frage gestellt, ob er überhaupt der Vater sei, da die Magd sich wohl aufs Herumhuren verstünde. Daraufhin war Conrads Griff um den Kragen des Tunichtguts deutlich fester geworden, der junge Mann blasser und zuletzt eine widerwillige Entschuldigung von seinen Lippen gekommen. Conrad hatte ihn mit einem Stoß losgelassen, er war rückwärts gestolpert und auf dem Boden gelandet, die Hand an seinem befreiten Hals. Um keine weiteren Folgen für sich oder Ebba heraufzubeschwören, hatte Conrad den kleinen Vorratsraum verlassen, in welchem er dem Übeltäter begegnet war. Im Zweifel hätten sich die Herrschaften wohl kaum auf die Seite einer bedeutungslosen Frau aus dem Gesinde gestellt, geschweige denn die Tat des Jungen als das verurteilt, was sie für Conrad gewesen war. Im Stillen verwünschte er den Tag, an welchem er Ebba in die Obhut des Bischofshofes gegeben hatte, auch wenn er wusste, dass sie an jedem anderen Ort in die gleiche Situation hätte geraten können. Es war eine Herkulesaufgabe, einen Menschen vor sich selbst zu schützen.

Während der Alkohol barmherzig seine Sinne vernebelte, gestand Conrad sich endlich ein, dass es nicht nur sein Versagen gegenüber Ebba war, welches an seinem Gemüt nagte. Ein ungewohntes Gefühl hatte sich dazugesellt.

Er konnte nicht mehr feststellen, seit wann er sie nicht mehr mit den Augen des väterlichen Freundes, sondern mit denen eines Mannes ansah. Unerklärlich war ihm überdies, wie es dazu gekommen war, denn es trennten sie wohl an die fünfzehn Lenze. Und doch konnte er nicht leugnen, dass sein Herz schneller schlug beim Gedanken an sie, dass er den Drang verspürte, sie in die Arme zu ziehen und ihren Duft einzuatmen, dass jede unschuldige Berührung sein Blut durch die Adern rauschen ließ.

Conrad stöhnte auf. Er war keinen Deut besser als all die anderen, die ihr schöne Augen machten. Wäre er nicht mit einer ausgeprägten Disziplin ausgestattet, wer weiß, ob er auf Dauer der Versuchung widerstanden hätte?

Der Becher fiel ihm aus der Hand und rollte über den unebenen Boden unter einen niedrigen Hocker. Hellrote Tropfen markierten seine Bahn. Conrad ließ sich auf die harte Matratze fallen und spürte seinem Seelenzustand nach. Bevor der Schlaf ihn überwältigte, hatte er einen Entschluss gefasst.

»Du willst ihr die Ehe anbieten?«, fragte Marie erstaunt. »Sie trägt die Frucht eines anderen.«

»Das tut nichts zur Sache. Nicht für mich. Sobald ihr Zustand nicht mehr zu verbergen ist, wird man sie davonjagen. Du weißt, was das bedeutet.«

»Ja, aber ich …«

»Ich habe deinem Vater versprochen, für euch zu sorgen, und das werde ich tun. Natürlich nur, wenn sie mich will.«

Marie betrachtete den einstigen Knecht. Er schien entschlossen, doch obschon er die Kiefer fest aufeinanderpresste, stand in seinen Augen ein sanfter Ausdruck.

»Du magst sie«, stellte Marie fest.

»Ja. Sehr.«

»Hast du mit ihr gesprochen?«

»Nein. Ich wollte zuerst deines Einverständnisses sicher sein.«

»Ich stehe dir nicht im Weg, ganz im Gegenteil. Hoffentlich weiß Ebba ihr Glück zu schätzen.«

»Das hoffe ich auch«, meinte Conrad und ein unsicheres Lächeln umspielte seine Mundwinkel.

Conrad heiratete Ebba knapp drei Wochen später in einer schlichten Zeremonie, die einer der Hofpfarrer abhielt. Marie spürte die befangene Distanz in der Haltung ihrer Schwester und wünschte nicht nur um Ebbas Willen inständig, dass diese Ehe gelingen möge.

19. Kapitel

Alles, worauf Liebe wartet, ist Gelegenheit.

Miguel de Cervantes-Saavedra (1547-1616),
spanischer Schriftsteller

Kehl an der
Langen Bruck über den Rhein,
30. November 1637

Janek und Heinrich verließen das kleine Zollhaus mit dem hellroten Dach und lenkten ihre Pferde auf die hölzerne Brücke, die das Dorf Kehl und die Reichsstadt Straßburg verband. Mit einem dumpfen Klacken schlugen die Hufe auf die hölzernen Planken. Unter ihnen floss der Rhein in seinen unzähligen Verzweigungen dahin, rauschend, gurgelnd, plätschernd. Ein feuchter Nebel nahm ihnen die Sicht auf alles, was mehr als eine Pferdelänge entfernt war. Während sie vorsichtig die knappe halbe Meile des geländerlosen Bauwerkes hinter sich brachten, zählte Heinrich laut die einzelnen Joche ab, jene aus Pfählen, Riegeln und Balken gefertigten Pfeiler, welche die Brückenbalken trugen. Janek amüsierte diese Marotte, die sich sein Freund im Laufe der Zeit angewöhnt hatte, musste aber anerkennen, dass sie dadurch ungefähr ihren Standort bestimmen konnten, wo doch der Dunst die Konturen der zahllosen Türme Straßburgs so hartnäckig verbarg.

Am Vortag waren sie einige Meilen von Kehl entfernt in einem kleinen Wirtshaus aufeinandergetroffen. Zwar hatte Janek gewusst, dass Heinrich auf dem Rückweg von Wien war, doch die Begegnung noch vor dem Rheinübergang war Zufall gewesen. Er selbst kehrte soeben aus Dresden zurück und so beschlossen sie, nicht nur eine Mahlzeit gemeinsam einzunehmen, sondern die Nacht zu pausieren, bevor sie sich am darauffolgenden Tag an den württembergischen Hof begeben würden. Damit war ihnen ein wenig Zeit geblieben, sich seit Langem einmal wieder ungestört zu unterhalten.

Heinrich hatte die vorangegangenen Monate in Wien verbracht, während Janek wiederholt an den Dresdner Hof gereist war, um die Missstimmung zwischen den beiden Fürstenhäusern nach der Hochzeit des Herzogs zu bereinigen und gleichzeitig neue Möglichkeiten sächsischer Hilfe in der Restitutionssache nach Straßburg zu melden.

»Und, Gesandter von Schwanberg«, hatte Heinrich gefragt, »was hast du in Dresden erlebt?«

»Ein Bad im Dünnebier«, war Janeks sarkastische Antwort gewesen.

»War es erfolgreich?«

»Das Bad?«

»Natürlich das Bad! Du bist ja schließlich nicht nur zu diplomatischen Gesprächen aufgebrochen, sondern auch, um dich zu vergnügen.«

»Wohl wahr. Das Bad hatte eine nachhaltige Wirkung auf das Gedärm und den Kopf, insbesondere des Kurfürsten, der einfach nie wusste, wann er den Zuber besser verlassen sollte. Schließlich handelte es sich nicht um eine Sauerbrunnenkur.«

»Dafür ist er ja bekannt.«

»Und weil ich meist vor ihm dem Bade entstiegen bin, ergaben sich gewisse Vorteile.«

»Bei uns in Wien ist schließlich eine sächsische Gesandtschaft aufgetaucht, die Burckhardt helfen wollte. Hattest du damit zu tun?«

»Indirekt. Möglicherweise. Zuletzt aber glaube ich, dass Kursachsens Einfluss begrenzt ist. Man hat die Möglichkeiten ausgereizt.«

Sie grinsten sich an.

»Warst du in Elbing?« hatte Heinrich wissen wollen.

»Nein. Aber ich habe von dort gehört. Es geht allen gut.«

»Und einige Taler hast du auch bekommen.«

»Das ließ sich nicht vermeiden. Aber ich verkaufe keine Waffen mehr. Sollen andere liefern, was zerstört. Auch mit Bernstein lässt sich trefflich handeln.«

»Irgendetwas von Bartholomäus?«

Auf diese Frage hin war Janek schlagartig ernst geworden. Mehr als drei Jahre waren seit der Nördlinger Schlacht vergangen. Mehrfach hatten sie bereits versucht, etwas über das Schicksal des Mönchs und des Jungen herauszufinden, doch ihre Bemühungen waren in der Dynamik der äußeren Ereignisse stets im Sande verlaufen. »Nein. Keine Zeile. Ich denke, wir müssen uns mit dem abfinden, was augenscheinlich ist.«

»Dass sie tot sind.«

»Ja.«

Eine Weile war jeder bedrückt seinen Erinnerungen nachgehangen. »Und du, wie geht es in Wien voran?«, hatte Janek schließlich gefragt.

»Was soll ich sagen? Es ist eine mühsame Arbeit, zumal unser Herzog die unglückliche Gabe besitzt, jeden kleinen Fortschritt durch unangebrachtes Beharren auf irgendwelchen Rechten zu gefährden. Er muss sich der Tatsache stellen, dass seine Wünsche dem Kaiser nicht Befehl sind. Dazu kommt, dass die katholischen Ordensleute verbissen um ihre Klöster und Stifte kämpfen. Ihre ständigen Einsprüche sind für Burckhardt zu einer rechten Plage geworden.«

»Der gute Burckhardt. Er lässt nicht locker. Ich bewundere ihn.«

»Genauso wie ich. Wenigstens hat er seit dem Sommer Unterstützung durch Prinz Friedrich, des Herzogs Bruder.«

»War Friedrich nicht längere Zeit am dänischen Hof?«

»Doch. Vielleicht empfing man ihn deshalb mit allen Ehren. Zu Beginn schien der Herzog allerdings unsicher zu sein, ob sein Bruder nicht eigene Interessen verfolgt. Doch inzwischen ist allen klar, dass es auch ihm ausschließlich um die Restitution des Hauses Württemberg geht.«

Heinrich hatte weiterhin berichtet, wie mühsam die Verhandlungen noch immer waren, obwohl sie sich vom neuen Kaiser mehr Entgegenkommen erhofft hatten. Außer eines diplomatischeren Tons waren die Standpunkte im Wesentlichen unverändert geblieben.

»Und dann wollten sie uns einen besonders festen Strick drehen, indem sie dem Herzog vorwarfen, mit dem Heilbronner Bund über eine Absetzung der Habsburger als Kaiser des Reichs beraten zu haben«, hatte Heinrich sich ereifert, »doch Burckhardt erklärte ihnen, dass es Oxenstierna gewesen war, der ein solches Vorgehen angeregt hatte. Du erinnerst dich sicher noch daran, wie er den Interessenskonflikt der Österreicher hervorgehoben hat, weil sie kaum das Oberhaupt des Reiches sein und gleichzeitig gegen diejenigen Fürsten kämpfen konnten, denen sie in dieser Eigenschaft vorstanden.«

»Haben sie ihm geglaubt?«

»Es sah danach aus. Burckhardt konnte darlegen, dass die Stände Oxenstiernas Ansinnen damals zurückgewiesen hatten. Damit war der Herzog entlastet.«

»Da hat Burckhardt einige Scharten auszuwetzen. Ich beneide ihn nicht.«

»Wie wahr. Aber es gibt noch mehr Schwierigkeiten. Wie du weißt, möchte der Kaiser auf jeden Fall die Festung Hohentwiel. Die letzte, die Württemberg überhaupt noch hält. Das ist eine seiner Hauptbedingungen für die Rückgabe des Herzogtums.«

»Davon habe ich gehört. Wer den Hohentwiel hat, hält eine der wertvollsten Pfründe. Widerhold, der Kommandant, verteidigt ihn seit Jahren wie eine Wölfin ihr Junges.«

»Und das könnte ein Haken sein. Widerhold scheint nicht im Traume daran zu denken, seine Feste den Kaiserlichen zu überlassen. Ich bin mir nicht sicher, wie weit Eberhards Einfluss auf ihn überhaupt noch reicht.«

Davon war auch Janek schon zu Ohren gekommen.

»Es wird sich zeigen, ob der Herzog einem Konrad Widerhold gewachsen ist. Wichtig ist, dass er endlich einmal die Gelegenheit ergreift, nach Stuttgart zu fahren.«

»Genau deshalb«, hatte Heinrich mit gespieltem Stolz vermeldet, »führe ich ein kaiserliches Schreiben an den Herzog mit. Möge er es genauestens studieren!«

»Eine weitere Resolution?«

»Man könnte einer Einigung näherkommen.«

»Das wäre wünschenswert. Sonst ist von Württemberg nichts mehr übrig, wenn sein Fürst heimkehrt.«

So war der Abend dahingegangen und entgegen ihrer Gewohnheit hatten sie die frühen Morgenstunden verschlafen und die Brücke deutlich später erreicht als geplant. Inzwischen war es fast Mittag. Sie waren nicht die Einzigen auf dem Überweg. Gedämpft hörten sie das schwere Schnauben von Zugpferden und die ruhigen Kommandos eines Fuhrmanns, der sein Gefährt hinter ihnen über den Fluss lenkte.

»Hier kommt das siebenundachtzigste Joch«, bemerkte Heinrich schließlich. Es war das letzte der Brücke. Als Janek aufsah, erkannte er durch die Nebelschwaden Straßburgs äußere Stadtmauer. Sie wurden durch das Metzgertor eingelassen und ritten zum Kuppelhof, um die Pferde unterzustellen. Zu Fuß brachten sie dann die kurze Wegstrecke bis zum Herzoghof hinter sich.

Sie hatten ihr Ziel beinahe erreicht, als eine Sänfte vorbeigetragen wurde. Noch ehe die beiden Freunde einen zweiten Blick auf diese werfen konnten, hielten die Träger an. Der Vorhang teilte sich und das Gesicht des württembergischen Herzogs erschien. Er sah kurz zu ihnen und winkte dann einen der begleitenden Wachmänner zu sich. Dieser nahm mit knappem Nicken einen schnell gesprochenen Befehl entgegen und trat gemessen zurück, um Platz zu machen. Dabei behielt er Janek und Heinrich im Auge. Unterdessen gab der Herzog den Trägern ein Zeichen und verschwand wieder im Inneren der Sänfte.

Während der Württemberger weitergetragen wurde, ging der Wachsoldat auf sie zu und forderte sie auf, sich dem herzoglichen Gefolge anzuschließen. Janek und Heinrich sahen sich kurz an, zuckten mit den Schultern und kamen dem Befehl nach.

»Hast du eine Ahnung, wohin er will?«, fragte Heinrich.

»Nein. Ich habe ferner keine Ahnung, warum er angehalten hat. Bisher hatte ich nicht den Eindruck, für so bedeutend gehalten zu werden, um im Vorübergehen zu einer privaten Audienz gebeten zu werden.«

Sie hielten mit den Trägern Schritt, welche die Thomasbrücke passierten, um einige Ecken bogen und die Sänfte schließlich vor einem eindrucksvollen Haus zu Boden ließen.

»Der Rappoltsteiner Hof«, stellte Janek fest und betrachtete aufmerksam die ausgestaltete Fassade, die im trüben Novemberlicht verschmutzt und abgenutzt wirkte. In diesem Augenblick entstieg die Herzogin der Sänfte, gefolgt von ihrem Gemahl. Beide waren festlich gekleidet.

»Lasst euch etwas kredenzen«, ordnete der Wachsoldat an, der sich in ihrer Nähe gehalten hatte. »Sobald es möglich ist, wird Euer fürstliche Gnaden euch holen lassen.« Dieser bot bereits seiner Frau den Arm und führte sie durch das Portal in eine geräumige Empfangshalle. Der Mann schloss zu seinem Herrn auf, während Janek und Heinrich den Weg zu einem abgelegenen Gastzimmer nahmen.

Es war beinahe Abend, als endlich ein Page kam und sie bat, ihm zu folgen. Bis dahin hatten sie gut gespeist und ihren Durst gelöscht. Außerdem war das umhereilende Gesinde sehr gesprächig gewesen und hatte ausführlich von der Gesellschaft erzählt, die sich an diesem Tag versammelt hatte und den Haushalt in Aufruhr versetzte. Janek freute sich zu hören, dass die Schwester der Herzogin, Claudia von Salm-

Kyrburg, mit dem Grafen Jacob zu Rappoltstein Hochzeit hielt. Angeblich hatte der Rappoltsteiner einige Jahre lang geduldig darauf gewartet, seiner Auserwählten endlich die Ehe antragen zu dürfen. Und dann musste die ursprünglich auf den Heumonat angesetzte Hochzeit noch einmal verschoben werden, da der Vater des Bräutigams gestorben war. Heute aber, so schwärmten die Mägde des Hauses, seien die beiden endlich zusammengeführt worden. Man munkelte, das Paar werde sich bald nach der Hochzeitsfeier in die angestammte Grafschaft aufmachen, um dort ihren Sitz zu beziehen. Einige meinten, die Herzogin habe vor, Schwester und Schwager noch vor Weihnachten zu besuchen; andere wollten gehört haben, dass gar der gesamte herzogliche Hof dort aufziehen sollte, um gemeinsam den Christtag zu begehen. Man würde sehen, ob der Herzog die Stadtmauern wirklich verlassen wollte oder ob in der gut bestückten Küche des Rappoltsteiner Hofes lediglich allerhand Gerüchte vor sich hin brodelten. Bei Gelegenheit würden sie sich auf jeden Fall ein genaues Bild über die Sicherheitslage verschaffen müssen.

Janek überlegte, was er über die Rappoltsteiner wusste. Sie gehörten elsässischem Uradel an und galten als fähige Herren, die ihre umfangreichen Besitzungen geschickt verwalteten. Teile ihrer Herrschaft standen als Lehen in direkter Abhängigkeit zu Österreich. Ungewöhnlich war, dass die Rappoltsteiner sich zum evangelischen Glauben bekannten, ihr Gebiet aber weitgehend katholisch geblieben war. Dass sie es geschafft hatten, sich all die Jahre hinweg trotz der engen Beziehung zu Habsburg ihre Glaubensfreiheit zu sichern, konnte getrost als ein diplomatisches Meisterstück bezeichnet werden. Wie vielerorts in den letzten Jahren waren auch über diese Gegend Pest und Krieg hinweggegangen, die gräfliche Familie hatte sich nach Straßburg zurückgezogen und harrte dort der Dinge. Nebenbei, stellte Janek belustigt fest, war die Stadt ganz offensichtlich zum Tummelplatz heiratslustiger Burschen und Mädchen aus emigrierten Adelshäusern geworden. Und nicht nur das. Man feierte, wann immer sich Gelegenheit dazu bot, besuchte Bankette und andere Geselligkeiten, vergnügte sich auf der Jagd oder bei Hofmusik. Ein Phänomen, das ihm nicht nur hier aufgefallen war. Gerade in den schrecklichsten Zeiten ergaben sich die Menschen der Lebenslust, als bräche der nächste Tag nicht mehr an.

Der Herzog empfing sie ohne großes Aufsehen, bat lediglich um eine kurze Zusammenfassung der Reiseberichte. Er wollte insbesondere wissen, ob seine Vermählung noch immer Gegenstand üblen Geredes sei. Janek und Heinrich bemühten sich, ihm zu versichern, dass die württembergischen Gesandten ihr Bestes gaben, um Schaden abzuwenden und durchaus erste Erfolge zeitigen konnten. Eberhard nahm es erfreut zur Kenntnis. Anschließend übergab Heinrich das kaiserliche Schreiben, welches der Herzog unverzüglich öffnete. Während er die Zeilen überflog, wechselte seine Stimmung. Als er geendet hatte, kam ein unchristlicher Fluch von seinen Lippen.

»So geht mein Land dahin! Am Kaiserhof nutzen sie meine Not, um auf ihren Forderungen zu beharren. Dabei trägt der Kaiser ebenso Verantwortung für dieses Fürstentum. Und bis alles in die Wege geleitet ist, wird es noch eine Ewigkeit dauern.« Er beruhigte sich ein wenig. »Wenigstens hat Burckhardt Geld auftreiben können. Es geht weiter.« Sie berieten sich noch geraume Zeit. Anschließend lud der Herzog sie spontan ein, zu bleiben und mit ihnen zu feiern.

»Der Rappoltsteiner schwebt im Glück«, meinte er mit einem verschmitzten Blick, »und das teilt er sicher gerne mit wichtigen Gästen. Lasst uns für einige Stunden alle *res publica* vergessen.«

Janek und Heinrich nahmen die Einladung erfreut an und folgten dem Herzog in den kleinen Festsaal. Sie wurden Jacob von Rappoltstein und seiner Gattin vorgestellt sowie weiteren Familienmitgliedern der Elsässer. Erneut wurden die Gläser gefüllt, auf das Brautpaar, Land und Herzog getrunken.

Später musterte Janek die Umgebung. Er schätzte die Gesellschaft auf etwa fünfzig Personen. Diener versorgten die

Geladenen, die Stimmung war heiter. Er sah Heinrich, ins Gespräch vertieft mit einem älteren württembergischen Beamten. In einer Ecke standen Musikanten und intonierten eine Pavane. Während die getragene Melodie den Raum erfüllte, stellte sich das Hochzeitspaar auf, um den nur noch selten dargebotenen, festlichen Schreittanz anzuführen. Hinter ihm reihten sich weitere Tänzer ein, darunter der württembergische Herzog mit seiner Gemahlin.

Janeks Blick flog zum Gefolge der württembergischen Herzogin, einer Gruppe junger Frauen, die beschämt die Annährungen einiger Verehrer abzuwehren versuchten. Das Blut stieg ihm zu Kopfe, als er unter ihnen tatsächlich diejenige fand, nach der er sich seit Wochen sehnte. Sie schien verändert, reif und schön, in einem Kleid aus dunkelgrünem Samt und kunstvoll aufgestecktem Haar. Ein kleines, melancholisches Lächeln umspielte ihre Lippen, es galt niemandem im Besonderen, denn sie saß am Rand und hielt den Kopf von den anderen jungen Leuten abgewandt.

Janek konnte nicht anders. Als leite ihn eine unsichtbare Macht, stand er auf, stellte seinen Weinkelch ab und ging in ihre Richtung.

»Man sagt, Elisabeth von England habe die Pavane geliebt«, sprach er leise, als er vor sie trat. Beim Klang seiner Worte drehte sie sich ihm zu.

Er lächelte und bot ihr den Arm: »Magst du sie, Marie?«

Bestürzung überzog ihr Gesicht, wich aber sofort einem freudigen Erstaunen, als sie erkannte, wer um diesen Tanz bat. Dann sah sie sich rasch um und ihm war, als könne er die Gedanken lesen, die ihr durch den Kopf gingen. Durfte sie annehmen? Würde es Gerede geben? Schließlich richtete sie ihre Augen wieder auf ihn, erhob sich und neigte dann den Kopf in stillem Einverständnis. Überreiche Zuneigung erfüllte ihn, als er ihre Hand auf seinem Arm spürte.

Marie dagegen beherrschte sich nur mit Mühe. Ihr Herz schlug hart gegen die Rippen und das Atmen fiel ihr schwer, so sehr erschütterte sie Janeks unerwartete Nähe. Niemals hätte sie ihn hier vermutet und ein unwirkliches Gefühl spielte zwischen ihnen, als Janek mit ihr zu den tanzenden Paaren aufschloss. Seine Hand führte sie sicher, als sie den linken Fuß voranschob, den anderen nachzog und die Fersen hob. Sie glitten in den nächsten Schritt, diesmal mit dem anderen Bein. Dann der *double* mit drei flachen Schritten, zum vierten Schlag hoben sie erneut die Fersen in einer wiegenden Bewegung. Marie wunderte sich über ihre eigene Courage. Es war der Wunsch der Herzogin gewesen, dass sie sich ein wenig im Tanz üben sollte. Und sie hatte sich wirklich vergnügt bei den Lektionen, auch wenn ihr niemals in den Sinn gekommen wäre, sich in aller Öffentlichkeit zu bewegen. Doch mit jeder Figur ließ ihre Anspannung nach und sie begann, den Tanz und die ungewohnte Nähe zu ihrem Partner zu genießen. Als die Weise verklang und Janek sich formell verbeugte, stieg ein heftiges Bedauern in ihr auf. Mit gesenktem Kopf beugte sie die Knie zur Reference, doch anstatt sie an ihren Platz zurückzubringen, fasste er sie spontan an den Händen und zog sie in den fröhlichen *cinque-pas* der sich anschließenden Gaillarde. Und mit einem Mal schien die Musik zu jubeln und zu erzählen von etwas, das nicht sein sollte und dennoch war. Marie und Janek. Janek und Marie.

»Du hast dich ihr ergeben, Schwanberg«, meinte Heinrich mit einem hinterhältigen Grinsen, als sie später am Abend zu ihrer Unterkunft gingen.

»Mag sein«, antwortete Janek, eine Melodie auf den Lippen.

»Was singst du eigentlich?«

»Wonach hört es sich an?«

Heinrich zuckte mit den Schultern. »Ich habe keine Ahnung. Ein Liebeslied?«

»Mag sein«, gab Janek zurück und pfiff betont laut vor sich hin.

»Verdammt noch mal, Schwanberg. Du sollst dich um die Restitution des Herzogs kümmern und nicht um die Mädchen im Gefolge seiner Frau.«

Janek verstummte und packte seinen Freund bei der Schulter.

»Hör zu, Biberstein. Du kennst mich gut genug, um zu wissen, dass ich nicht leichtfertig zu irgendeinem Weib gehe. Und ja, ich bin ihr zugetan. Wohin dies führen wird, weiß ich nicht. Aber meine Pflichten werde ich deshalb niemals vernachlässigen.«

Heinrich knuffte zurück. »He, ganz ruhig. Lass mir doch mein Vergnügen. Sonst verstehst du Scherze wohl …« Er sah Janek an. »Oha, Schwanberg. Es ist dir ernst.«

Anstelle einer Antwort zettelte Janek eine Rangelei an, die in herbem Gelächter endete. Sie lachten noch immer, als sie die Treppe des Gasthofs *»Zum roten Männel«* erklommen, in welchem sie nächtigten.

Rappoltsweiler, Mitte Dezember des Jahres 1637

Der Herzog hatte es sich trotz des Risikos nicht nehmen lassen, den Aufzug von Schwager und Schwägerin nach Rappoltsweiler zu begleiten. Den Aufenthalt dort wollte er zu einer winterlichen Jagd nutzen und so kam es, dass ein ansehnliches Gefolge in Kutschen und zu Pferd die winterliche Rheinebene hinabzog, flankiert von Soldaten und bewaffneten Dienern. Rechter Hand stiegen die Höhen der Vogesen auf mit ihren tief verschneiten, dichten Wäldern und den unzähligen Burgen aus rotem Sandstein, die über dem weiten Tal Wache hielten.

Die Württemberger nahmen Quartier im Schloss von Rappoltsweiler. Der etwa hundert Jahre alte, in einem von den Italienern *rinascita* genannten Stil gehaltene Bau am Fuße eines steilen Weinbergs bot nicht allen Platz. Und so fanden sich Heinrich und Janek mit einigen herzoglichen Räten im Gasthaus »*Zur Sonne*« wieder, einem komfortablen Fachwerkhaus mit gut eingerichteten Kammern. Die Anwesenheit der Regierungsmitglieder zeigte, dass Eberhard neben dem Vergnügen das Tagesgeschäft nicht vernachlässigen wollte. Zu viel stand auf dem Spiel. Unter anderen Umständen hätten die Württemberger das zu ihren linksrheinischen Besitzungen gehörende, nahegelegene Reichenweier bevorzugt und in der dortigen Burg gewohnt. Man war jedoch übereingekommen, dass der Schutz der herzoglichen Familie in Rappoltsweiler am besten zu gewährleisten sei.

Um Rappoltsweiler und Colmar lagen Truppen Bernhard von Weimars im Winterquartier, unter ihnen befanden sich einige württembergische Einheiten. Man hatte abgewogen, ob Weimar, der eng mit Frankreich kooperierte, für den Herzog bedrohlich werden könnte, sah aber keine größere Gefahr. Vorsorglich wurde ein Sicherheitsnetz aus vertrauenswürdigen Wachleuten um den Herzog gezogen, Boten pendelten zwischen Straßburg und Rappoltsweiler, die Nachrichten beförderten und zugleich Armeebewegungen melden sollten. Sehr zu seinem Verdruss musste Heinrich sich schon am zweiten Tag nach ihrer Ankunft für diesen Dienst zur Verfügung stellen.

»Einmal Bote, stets Bote«, war sein ärgerlicher Kommentar gewesen, als er sich auf den Weg gemacht hatte. Zuvor waren die beiden Freunde beim Barbier gewesen, der ihnen Haar und Bart auf ansehnliche Länge gestutzt hatte.

Janek dagegen war eine Gruppe ausgewählter Soldaten zugeteilt worden, die insbesondere für die Sicherheit der Herzogin, des kleinen Prinzen und ihres Gefolges sorgen sollte. Im Gegensatz zu Heinrich war er sehr zufrieden mit seiner Aufgabe. Zum einen konnte er nach längerer Zeit wieder einmal eine kleine Gruppe führen, zum anderen hielt er sich dadurch in Maries Nähe auf.

Nach einigen Tagen fand er diese Aufgabe ebenso reizvoll wie heikel. Denn es fiel ihm zunehmend schwer, den gebotenen Abstand zu wahren. Ständig ertappte er sich dabei, wie er sie beobachtete und ihren Blick suchte, Kopf und Herz übervoll und stets nahe daran, sich zu erklären. Manchmal war er froh, wenn sich die Tür zu den Frauengemächern schloss und sie aufgefordert wurden, den Herzog auf die Jagd zu begleiten. Die körperliche Anstrengung in der kalten Luft ließ seinen Geist wenigstens vorübergehend zur Ruhe kommen.

Marie erging es nicht anders. Der Tumult in ihrem Innern nahm ihr nachts den Schlaf, ihre Gedanken kreisten nur noch um ihn. Ob bei der Tafel oder während des Gottesdienstes, ob beim Nähen oder am Spinnrad, dessen silbernes Glockenspiel hell bimmelte, stets war er dabei.

Und so wie der Magneteisenstein sich zum Pol ausrichtet bewegten sie sich aufeinander zu, machtlos gegen einen Reiz, der stärker war als Wille und Vernunft. Bald war offensichtlich, dass verstohlene Umarmungen und flüchtige Küsse nicht mehr genügten. Niemals zuvor in ihrem Leben hatte Marie so mit sich gerungen. Schließlich gab sie ihren inneren Widerstand auf. Sie liebte diesen Mann schon lange, fühlte sich ihm mit ihrem ganzen Sein zugehörig. Was war falsch daran, sich in Liebe und Respekt hinzugeben, und in Demut vor diesem unermesslichen Gefühl?

Janek suchte den verschneiten Pfad zur Ulrichsburg, dem früheren Stammsitz der Rappoltsteiner, die über Ort und Schloss thronte. Sie war nicht mehr bewohnt, doch zwischen den beiden auf Felsen errichteten Türmen waren die Wohngebäude teilweise noch intakt. Ohne sich ganz einzugestehen, was er damit wirklich bezweckte, begann er, einen der Räume zu säubern und mit Feuerholz auszustatten.

Wenige Tage später führte er Marie dorthin. Er hatte sie unter einem Vorwand aus den Räumen der Herzogin geholt, und da Anna Catharina sich mit einer Erkältung hingelegt hatte, war es unerwartet leicht gewesen, sich aus dem Schloss zu schleichen. Brida, die mit ihrer Herrin Claudia nach Rappoltstein gekommen war, hatte versprochen, sich zu kümmern.

Scherzend und lachend wie zwei Kinder waren sie den Weg hinaufgegangen. Befreit von der ständigen Anwesenheit anderer, hatten sie sich übermütig mit Schnee beworfen und geneckt. Oben angekommen hatte Janek ein Feuer entfacht und die nassen Mäntel zum Trocknen aufgehängt. Ohne ein Wort zu verlieren, hatte er sie in seine Arme gezogen und heftig geküsst. Dann war er einen Schritt zurückgetreten, eine Geste, die sie inzwischen gut kannte und die ihr signalisierte, dass die letzte Entscheidung bei ihr lag. Sie war längst getroffen. Eine lange Dezembernacht brach herein. Gemeinsam entzündeten sie einige Wachskerzen, die den Raum in ein mildes Licht tauchten. Ihr flackernder Schein tanzte über Maries Haut, spielte kleine Lichtreflexe in ihr Haar und ein Leuchten in ihre Augen. Erneut schlossen sich seine Arme um sie. Eine vibrierende Zärtlichkeit erfüllte die Luft zwischen ihnen. Liebevoll umfasste er ihr Gesicht, fuhr mit den Daumen die Linien ihrer Wangen nach und hob ihren Kopf an. Schauer durchrieselten sie, als er erneut ihre Lippen berührte, vorsichtiger diesmal, weniger ungestüm. Er streichelte ihren Hals, ließ seine Hand abwärts wandern, bis sie vorsichtig eine Brust umschloss. Seine Liebkosungen wurden inniger, trafen auf Erwiderung und verliehen endlich all jenen Gefühlen Flügel, die ihren Ursprung in längst vergangenen Maientagen auf Rosengarten hatten und für keinen von ihnen jemals Vergangenheit geworden waren. Stück um Stück fiel, was noch trennte, bis nichts mehr ihre Blöße bedeckte. Sie streckten sich auf dem Bett ihrer Kleider am Boden aus.

Er flüsterte ihr zarte Worte zu, als er sich zu ihr legte, und machte sie behutsam zu der Seinen, ließ ihr Zeit, sich an die Liebe zu gewöhnen. Als sie sich instinktiv an ihn drängte, nahm er ihre unbewusste Aufforderung an und gab einen sanften Rhythmus vor. Er hielt sie mit all seiner Zuneigung, blickte in ihre Augen, sah Staunen und Lust und vorbehaltlose Hingabe. Voller Dankbarkeit nahm er an, was sie ihm schenkte, überwältigt von ihrem Vertrauen und von seinen eigenen Gefühlen, deren Kraft schließlich beide mitriss. Marie taumelte in ein Meer aus Zärtlichkeit und Begehren, verlor sich darin, folgte ihm rückhaltlos bis zu jenem Augenblick, an dem sie den Ursprung allen Lebens erkannte und den Mann, mit dem sie diese kostbare Freude teilte.

Erfüllt von einer glücklichen Trägheit kuschelte sie sich an ihn. Ein Korb stand in Reichweite, gefüllt mit Brot und Käse. Janek brach von beidem etwas ab und bot es ihr an. Obwohl sie keinen Hunger verspürte, aß sie davon. Janek biss ebenfalls ab. Das letzte Stückchen Brot stahl ihm Marie aus der Hand, lachte verschmitzt und steckte es ihm dann in den Mund. So fütterten sie sich gegenseitig. Dazu tranken sie verdünnten Wein, teilten einen Becher und spürten, dass sich etwas Entscheidendes geändert hatte. Sie gehörten zusammen, waren Mann und Frau, selbst wenn keine offizielle Zeremonie dies besiegelt hatte.

»Es ist so friedlich hier. Am liebsten würde ich gar nicht mehr zurückgehen«, sagte Marie schließlich.

»Mhm«, meinte Janek und vergrub seine Nase in ihrem Haar.

»In Rappoltsweiler fühle ich mich nicht so sehr sicher. Was, wenn wir angegriffen werden?«

»Solange ich in deiner Nähe bin, brauchst du nichts zu fürchten, Marie.«

»Ihr seid Euch Eurer Kraft sehr gewiss, Herr von Schwanberg«, spöttelte sie liebevoll.

»Das bin ich.« Janek lächelte.

»Und Ihr nehmt es natürlich mit allen auf. Ganz allein ...« Marie sah ihn fragend an.

»Mit allen, zweifellos. Und wenn es doch zu schwer werden sollte, lagern noch schwedische Truppen in der Gegend«, antwortete Janek und küsste ihre Stirn.

»Aber gerade darüber mache ich mir Gedanken. Wer weiß, was sie vorhaben.«

»Das braucht es nicht. Ihr Feldherr ist Bernhard von Weimar und ich kenne ihn.«

»Aha«, meinte Marie wenig überzeugt.

»Es ist mein Ernst. Ich habe unter ihm gekämpft. Er ist zwar ein eitler Hitzkopf und ein Herzog ohne Land, aber er wird uns nichts tun. Und seine Anwesenheit wird andere davon abhalten, Rappoltsweiler anzugreifen.«

»Ein Herzog ohne Land? Hat er kein ererbtes Fürstentum?«, wunderte sich Marie.

»Das Land Sachsen-Weimar ist völlig unbedeutend und ernährt kaum seinen Besitzer. Vor allem, wenn dieser größere Ambitionen hat. Schon seit Jahren versucht Weimar deshalb, bessere Pfründe zu erhalten. Nach jedem erfolgreichen Feldzug hat er sich Gebiete zusichern lassen, die ihm durch den Kriegsverlauf dann wieder genommen wurden. Es geht mit dem Teufel zu für ihn.«

»Nun möchte er Rappoltsweiler?«

»Ich denke, ihm schwebt eher das ganze Elsass vor. Aber er wird es sich nicht mit Gewalt nehmen, gegen Frankreich könnte er das Land nicht sichern. Vielleicht bekommt er es ja wirklich geschenkt für Verdienste, die er ihnen leisten muss.«

»Du hast Zweifel. Weil es bisher niemals gut ausgegangen ist für ihn?«

»Weil Weimar allzu gerne über seine eigene Selbstherrlichkeit stolpert.«

Bernhard von Weimar hatte sich in der Tat eine komfortable Situation im Elsass erarbeitet. Sein Ziel, endlich Herr eines eigenen Landes zu werden, schien wieder einmal in greifbare Nähe gerückt. Doch die Franzosen ließen ihn deutlich spüren, dass sie das Heft nicht so schnell aus der Hand geben würden. Mit Vergnügen legten sie ihm Steine in den Weg. Richelieu kannte seine schwache Seite.

»Du musst wissen«, fuhr Janek fort, »dass Weimar chronisch unter einem Mangel an Geld leidet. Das nützt der Kardinal aus und lässt ihn die widerwillige französische Kuh stets selbst melken. Es reicht nicht, einfach Mittel anzufordern. Braucht Weimar Geld, muss er persönlich die Reise nach Paris antreten.«

»Ehrlich? Aber das muss für ihn doch stets ein unerquicklicher Bittgang sein!«

»Das ist beabsichtigt und nicht nur als kleine Demütigung gedacht. Richelieu ist selbst immer ein wenig klamm, hier wurde also richtig gefeilscht. Aber Weimar kann ebenso stur sein wie der Franzose. Ich erinnere mich an eine Begebenheit …«, Janek unterbrach sich und lachte.

»Erzählt!« Maries Augen blitzten neugierig. »Bitte!«

»Wie könnte ich dir einen Wunsch abschlagen? Also höre. Weimar hielt sich wieder einmal in Paris auf, um neue Mittel anzufordern. Um seine Bitte vorzutragen, musste er am Hof erscheinen. Eigentlich schreibt die französische Hofordnung vor, dass man dem König mit entblößtem Haupt begegnen soll. Der König seinerseits lüftet zwar kurz den Hut zum Gruß, setzt ihn aber gleich wieder auf. Du musst wissen, dass nur die Reichsfürsten das Privileg besitzen, sich ebenfalls wieder zu bedecken und Weimar ist keiner. Also trat Weimar dem König zunächst barhäuptig entgegen, so wie es vorgesehen ist. Der König hob den Hut und setzte ihn wieder auf. Doch anstatt den Hut in der Hand zu behalten, bedeckte auch Weimar frech sein Haupt. Das irritierte den König so sehr, dass er die Begrüßungszeremonie wiederholte. Er dachte an ein Versehen. Weimar folgte seiner Aufforderung, lüftete brav erneut den Hut, setzte ihn aber sofort wieder auf, genau wie der König. Es muss eine ganze Weile auf diese Art hergegangen sein, Hut gehoben, Hut aufs Haupt, Hut ab und wieder auf den Kopf.«

Marie hatte eine Hand vor den Mund geschlagen und kicherte.

»Irgendwann muss es doch zu einem Ende gekommen sein!«

»Der König soll am Ende so verwirrt gewesen sein, dass er die Gespräche unterbrach und sich in seine Gemächer zurückzog.«

»Und Weimar ging ohne Geld davon?«, fragte Marie.

»Nein. Angeblich sollen sie ihre Verhandlungen später wieder aufgenommen haben. Diesmal waren beide ohne Kopfbedeckung.«

Marie wischte sich mit dem Handrücken über die Augenwinkel. So unbeschwert hatte sie sich schon lange nicht mehr über etwas amüsiert. Dann wurde sie ernst, drehte sich in Janeks Armen um und sah ihm direkt in die Augen.

»Also gut, Janek von Schwanberg. Ich glaube Euch. Wir sind hier sicher. Und wenn wir sterben, haben wir wenigstens noch einmal wunderbar gelacht.«

Janeks Blick wurde weich. Behutsam strich er eine Strähne aus ihrem Gesicht. Dann küsste er sie sanft auf den Mund.

»Du wirst nicht sterben. Nicht, solange ich lebe.«

20. Kapitel

Wir sind doch nunmehr ganz,
ja mehr denn ganz verheeret!
Der frechen Völker Schar,
die rasende Posaun
Das vom Blut fette Schwert,
die donnernde Karthaun
Hat aller Schweiß, und Fleiß,
und Vorrat aufgezehret.

Andreas Gryphius, »Tränen des Vaterlandes« (1636)

Die Strasse zwischen
Plochingen und Göppingen,
1. März 1638

Herzog Eberhard von Württemberg ritt vor der Kutsche her, in der sechs seiner Beamten saßen. Nach langem Hin und Her hatte er sich endlich dazu durchgerungen, in eigener Person nach Wien zu reisen, um seine Restitution voranzutreiben. Eigentlich hatte er den Bedingungen des Kaisers schon zugestimmt gehabt und darauf vertraut, dass die Dinge sich nun zum Guten wenden würden. Vizekanzler Burckhardt und sein Bruder, Prinz Friedrich, waren aus Wien nach Stuttgart gekommen, um die Übergabe der Stadt in württembergische Hände vorzubereiten. Doch die österreichischen Beamten und Statthalter dort hatten nicht daran gedacht, die kaiserliche Anordnung zur Wiedereinsetzung zu befolgen, und so war ihnen sowohl der zugesicherte Aufenthalt verwehrt als auch jeder Respekt versagt worden. Daraufhin hatten sich Friedrich und Burckhardt nach Esslingen gewandt, wurden dort weniger als geduldet und ausgesprochen schlecht verpflegt. Ihr dringender Ruf, nur der Herzog könne jetzt noch etwas ausrichten, hatte Eberhard im badischen Durlach erreicht. Sofort war klar gewesen, dass er sich nicht länger entziehen konnte. Nun war er auf dem Weg in die kaiserliche Löwengrube und er fühlte sich kaum anders als einst der biblische Daniel.

Dieser ganze Aufwand war im Grunde überflüssig und äußerst ärgerlich. Eine Schande zudem, wie wenig sich die kaiserliche Generalität um die Direktiven ihres Oberhaupts scherte. Wäre er der Kaiser, würde er alle hart bestrafen, die sich einer derart weitreichenden Anordnung widersetzten.

Und dann war da noch diese Sache mit dem Hohentwiel, den der Kaiser ja unbedingt wollte. Ihm konnte jedenfalls keiner einen Vorwurf machen, weil Widerhold die Festung nicht übergab. Er hatte seinen Befehl erteilt. Was sollte er tun, wenn dieser sturköpfige Kommandant die Aufforderung einfach ignorierte?

Das alles würde er dem Kaiser erklären. Und dieser musste ihn anhören, schließlich war sein Erscheinen am Hof schon unzählige Male reklamiert worden. Nun war er unterwegs und keiner sollte es mehr wagen, ihm Feigheit und Zaudern zu unterstellen.

Die Straße zog sich als ein gewundenes Band über die Hügel dahin, gesäumt von Hecken, Buschwerk und Wald. Sie hatten gerade Plochingen verlassen und den Weg in Richtung Reichenbach eingeschlagen, als Eberhard Hufschläge hinter sich vernahm. Er drehte sich um. Ungefähr fünfzig Reiter hielten in wildem Galopp auf die Reisegruppe zu. Hier schien etwas nicht zu stimmen.

»Halt!«, schrie jemand.

Auf Eberhards Zeichen hin standen alle still. Bald waren sie von verwahrlosten Gestalten auf abgerittenen Pferden umringt, die lautstark nach einer Reiter-Zehrung verlangten. Wenn sie ruhig blieben, kämen sie vielleicht mit dem Schrecken und dem Verlust des Proviants davon. Er forderte seine Diener auf, das Gewünschte zusammenzupacken. Die Spannung war mit Händen greifbar, als diese zögernd begannen, einen Korb mit Nahrungsmitteln abzuladen. Eberhard behielt die Szene genau im Auge, versuchte die Ruhe zu bewahren, doch als einer der Kutscher unter sein Wams langte, interpretierten die Räuber diese Geste als einen Griff zur Waffe und ließen alle Beherrschung fahren. Einige von ihnen saßen ab, rissen den Verschlag der Kutsche auf, zerrten die Insassen heraus und stießen sie neben dem Gefährt zu Boden. Unter wüsten Beschimpfungen zogen sie ihre Opfer aus, nahmen die Kleidung an sich, luden sämtliche mitgeführten Kisten ab und brachen sie auf. Eilig verstauten sie alles an Wert auf ihren Gäulen, spannten dann die Pferde der Kutsche ab und trieben sie davon.

Eberhard, der sich am Rand gehalten und das Geschehen abgewartet hatte, war zunächst nicht weiter beachtet worden. Schließlich aber erkannten einige der Wegelagerer, mit wem sie es zu tun hatten, und kamen auf ihn zu. Unter lasterhaften Drohungen wurde er aufgefordert, seine Waffen und alle Dinge an Wert auszuhändigen. Der Herzog dachte nicht daran, und als sie sahen, dass er zur Flucht ansetzte, hielten sie ihn fest; versuchten, Pistole, Degen und Büschelrohr zu entwenden. Eberhard wehrte sich mit aller Kraft, konnte sich endlich losreißen, gab seinem Pferd die Sporen und stob in Richtung Göppingen davon. Wütende Rufe und Hufgetrappel erklangen hinter ihm, doch sein Pferd war kräftig und ausgeruht und somit hatte er keine Mühe, die Verfolger abzuschütteln. Einige Meilen weiter wechselte er in eine ruhigere Gangart und prüfte, ob ihm etwas fehlte. Erleichtert stellte er fest, dass er lediglich den Verlust seines Hutes zu beklagen hatte, und setzte seinen Weg fort.

Einige Stunden nach Eberhards Ankunft in Göppingen fand sich auch sein Gefolge ein. Sie sahen übel mitgenommen aus, hatten sich zu Fuß und ohne einen Fetzen Stoff am Leib über die Landstraße geschleppt. Man versorgte sie eilig mit frischen Kleidungsstücken und ließ ihnen etwas Zeit, sich von ihrem Schreck zu erholen. Später rätselten sie heftig, wer es wohl gewagt hatte, den Herzog am helllichten Tag auf offener Straße zu überfallen. Man sollte es niemals herausfinden.

Wien, im März des Jahres 1638

Am 16. März 1638 traf Eberhard von Württemberg endlich in Wien ein. Man hieß ihn mit allen Ehren willkommen, stellte eine Eskorte zur Verfügung und behandelte ihn mit ausgesuchter Höflichkeit. Er wurde in den Ministerien und durch den Bischof von Wien empfangen. Am fünften Tag seines Aufenthaltes fuhr am späten Vormittag ein kaiserlicher Leib-Wagen vor und brachte ihn zur Audienz in die Hofburg. Die Gespräche waren schwierig. Man diskutierte über den Hohentwiel, Eberhards Aufenthalt im abtrünnigen Straßburg und seine angeblichen Kontakte zu Bernhard von Weimar, allesamt langjährige Reizthemen, deren Brisanz nicht abgenommen hatte. Eberhard war bemüht, die Wogen zu glätten und Annahmen richtigzustellen. Dabei zeigte sich, wie hoch seine Anwesenheit geschätzt wurde. Insbesondere im Hinblick auf Bernhard von Weimar, so ließ er den Kaiser wissen, befände sich Österreich im Irrtum. Vielmehr sei das Gegenteil der Fall, er selbst sähe sich durch den ehrgeizigen Feldherren bedroht, denn schon seit Längerem befürchte man eine Intervention Weimars in Württemberg. Weimar stünde mit seiner schlagkräftigen Armee bereits an den Grenzen. Nach langen, ermüdenden Gesprächen kam man schließlich zu dem Ergebnis, dass von unbekannter Hand gezielt falsche Anschuldigungen gegen den Herzog gestreut worden sein mussten, vermutlich, um seine Restitution zu behindern. Der Kaiser selbst hatte ein vitales Interesse daran, die Verursacher ausfindig zu machen, und ordnete eine umfassende Untersuchung an. Eberhard hoffte, dass die Drahtzieher bald gefunden würden. Lichtblicke in all den Strapazen waren zweifelsohne die Jagdausflüge, an denen er teilnehmen durfte, und die Einladungen an die kaiserliche Tafel.

Ende März erreichten Janek und Heinrich die Wiener Hofburg. Sie brachten besorgniserregende Nachricht von Burckhardt und Prinz Friedrich aus Esslingen und suchten umgehend den Herzog in seinem Quartier auf.

»Seid Ihr sicher, dass es sich so verhält?«, fragte Eberhard entsetzt, als er das Schreiben gelesen hatte.

»Vollkommen sicher, Euer fürstliche Gnaden«, antwortete Janek. »Teile der Reiter Weimars unter Georg Christoph von Taupadel sind nach Stuttgart aufgebrochen.«

Stuttgart, 30. März des Jahres 1638

Sie standen vor den Toren der württembergischen Residenz und noch immer war er verwundert, wie leicht es gewesen war, Wien zu verlassen, Österreich, Bayern, Württemberg und Baden zu durchqueren und sich endlich Bernhard von Weimar anzuschließen, ein Vorhaben, das während der vergangenen Monate in ihm gereift war. Nachdem Piccolomini ihm eine der tiefsten Enttäuschungen seines Lebens zugefügt hatte, eine kaiserliche Belohnung in unerreichbare Ferne gerückt und Heinrich von Biberstein ganz unvermutet vor seiner Nase aufgetaucht war, hatte er beschlossen, die Seiten zu wechseln und neue Wege einzuschlagen. Natürlich hatte er sich dem Biberstein nicht zu erkennen gegeben, aber einige junge Burschen in dessen Umgebung waren einem guten

Trunk nicht abgeneigt gewesen. Er wusste nun, dass Janek von Schwanberg in Diensten des Herzogs von Württemberg stand und Bernhard von Weimar möglicherweise auf das Herzogtum spekulierte. Das hatte ihm genügt, um seine Pläne auszugestalten. In Wien gab es genügend Leute, die seine Argumente, er habe lange Jahre Informationen gesammelt und wolle diese nun an den Feldherrn weitergeben, der es am meisten verdiene, unterstützt hatten und über die nötigen Kontakte verfügten. Der Feind im eigenen Lager war noch immer der gefährlichste.

Zunächst hatte er auf einen Posten als Offizier gehofft, doch nun war er Corporal und im Grunde ganz froh darüber. Dadurch sank die Gefahr, dass sein ehemaliger Feldherr ihn wiedererkennen könnte. So sah er ihn nur selten und wenn, dann von Ferne. Ohnehin hatten die vergangenen Jahre ihre Spuren hinterlassen. Eine tiefe Narbe zog sich quer über das linke Auge und sein Haar war grau geworden, dennoch wollte er sein Inkognito nicht riskieren. Unterdessen erwog er seine Optionen, dachte daran, das Pferd von hinten aufzuzäumen. Vielleicht konnte der Schwanberger ja nützlich sein bei dem Versuch, den Familienbesitz zurückzuholen. Vorerst also galt es, abzuwarten und sich umzuhören. Aber darin besaß er inzwischen ausreichend Übung.

Stuttgart fiel schnell. Binnen kürzester Zeit hatten sie die Schlagbäume und Tore der Stadt gewaltsam geöffnet und bemächtigten sich durch die Esslinger Vorstadt des Marktes. Der kaiserliche Kommandant und seine vier Dutzend Mannen hatten sich angesichts der 1 500 Reiter und Dragoner, die in die Stadt drängten, schnellstens ins herzogliche Schloss zurückgezogen. Zufrieden hatte man das Lager aufgeschlagen und dem österreichischen Kommandanten am anderen Morgen großmütig erlaubt, nach Heilbronn abzuziehen.

Während der folgenden Tage nahm er die Stadt in Augenschein. Er wollte sich auskennen, um zentrale Orte wissen und um verschwiegene Gassen. Wo wurden Nahrungsmittel umgeschlagen, wo der Wein. Wo standen die Pferde, wer belieferte das Schloss, wer war dort beschäftigt. Doch noch bevor er sich einen sinnvollen Überblick hatte verschaffen können, kam plötzlich der Befehl zum Rückzug. Bernhard von Weimar sammelte seine Truppen, um Freiburg zu erobern und anschließend die Festung Breisach zu belagern. Rheinfelden hatte er bereits Anfang März eingenommen. Innerhalb der Armee erzählte man sich von Weimars Ambitionen, ein Herzogtum entlang des Rheins zu etablieren. Mochte der Sachsen-Weimarer tun, was ihm beliebte, das kümmerte ihn wenig. Was ihn jedoch kolossal ärgerte, war die Aussicht auf eine wochenlange Belagerung Breisachs. Die Feste galt als kaum bezwingbar und es würde ihm vorerst die Möglichkeit genommen, in Schwanbergs Nähe zu gelangen. Widerwillig packte er seine Habseligkeiten zusammen.

Kaum hatten sie Stuttgart verlassen, eroberten kaiserliche Einheiten die Stadt zurück. Das Kriegsglück war ein untreuer Gefährte.

Wien, Anfang Mai des Jahres 1638

Eberhard kam nicht mehr zur Ruhe. Die Ereignisse überschlugen sich. Weimars Kurzfeldzug nach Württemberg hatte eine Übernahme des Herzogtums durch Schweden und Frankreich befürchten lassen. Doch selbst als die Lage sich entspannte, war die Erleichterung nur kurz gewesen. Denn die zurückgekehrten kaiserlichen Statthalter unterstellten den Stuttgartern, die Weimarer gerufen zu haben, und begannen mit barbarischen Racheakten. Briefe, die Eberhard von Prinz Friedrich erhielt, ließen das Schlimmste befürchten. Stuttgart solle zerstört werden, in der Stadt gäbe es massive Einquartierungen, welche die Kasse mit schwindelerregenden Summen belasteten – von einer Tonne Goldes war die Rede. Die Früchte auf den Feldern würden weggebracht oder von den

Reitern zertrampelt und ihren Pferden gefressen, eine weitere große Hungersnot drohe. Die Einwohnerschaft traf offenbar Anstalten, Haus und Hof zu verlassen, und Eberhard begann sich zu fragen, ob die Untertanen seine Rückkehr überhaupt noch befürworteten. Die Dinge gipfelten darin, dass eine württembergische Abordnung dem Kaiser in Eberhards Anwesenheit von den unhaltbaren Zuständen im Land berichtete. Eberhard, dem inzwischen eine weitere, unannehmbare Resolution zu seiner Wiedereinsetzung vorgelegt wurde, bat um seine Entlassung. Diese wurde gewährt mit dem Rat, nicht nach Straßburg zurückzukehren, da sich die gegnerischen Armeen in Richtung Rhein bewegten und die Versorgungslage der Stadt bedenklich werden könne. Der Herzog reiste dennoch Anfang Juni dorthin zurück, nicht zuletzt, weil ihn die Kunde von einer zweiten Schwangerschaft seiner Gemahlin erreicht hatte. Janek und Heinrich waren vorausgeritten, um die bevorstehende Heimkehr des Herzogs anzukündigen. Doch kaum angekommen, jagte bereits wieder eine schlechte Nachricht die andere. Zunächst wurde Eberhard in einem Schreiben aus Wien vor seinem früheren Kanzler Jakob Löffler gewarnt, der als einer derjenigen ausgemacht worden sein sollte, der Eberhards Rückkehr hintertrieben habe. In seiner Antwort bedankte sich der Herzog für die Sorge, gab aber zu bedenken, dass Löffler bereits einige Monate zuvor in Basel gestorben war und ihm wohl kaum noch gefährlich werden konnte. Währenddessen verzögerte sich die Übernahme Württembergs weiterhin und Eberhard musste tatenlos zusehen, wie die österreichischen Besatzer auch die letzten Kirchendiener verjagten und die Menschen so lange am Einbringen der Ernte hinderten, bis diese sich zum Katholizismus bekannten. Der Herzog schrieb an den Kaiser und bat noch einmal um die Schonung seines Landes.

Es war wohl Mitte Juli, als ein Wetterstrahl den Asperg traf und beschädigte. Janek und Heinrich wurden ausgeschickt, das Ausmaß zu begutachten und sich anschließend in Esslingen mit Prinz Friedrich und Andreas Burckhardt zu treffen.

»Der Wind hat getobt wie das Jüngste Gericht«, erzählte Heinrich bei diesem Anlass. »Wie ein Kreisel wurde alles in die Luft gewirbelt, was nicht angewachsen war. Und dann schlug der Blitz ein.«

»Und woher wisst Ihr das so genau?«, fragte der pragmatische Burckhardt. »Hat es Euch den Hut davongetragen?«

»Das nicht, Gott sei's gedankt. Wir kamen ja erst nach dem Ereignis dorthin. Aber unter den Leuten im Dorf herrschte noch helle Aufregung. Sie hatten wohl zunächst ein Zeichen des Himmels gesehen und gehofft, dass der kaiserlichen Besatzung dort oben der Garaus gemacht würde.«

»Und sie wurden enttäuscht«, meinte Burckhardt trocken.

»Ja, bedauerlicherweise. Ansonsten wäre die Rückeroberung des Hohenasperg zu einem Wunder allererster Güte avanciert. Hätte Gottes Hand doch höchstselbst die Burg ihrem angestammten Herrn zurückgegeben.«

Eberhard ersuchte derweil noch einmal schriftlich um seine Restitution. In seinem Antwortschreiben mahnte der Kaiser an, dass seit des Herzogs Abreise sich niemand mehr am Wiener Hof eingefunden habe, um die Rückgabe des Herzogtums zu verhandeln. Gemeinsam mit einem württembergischen Agenten wurde Janek direkt an den Wiener Hof weitergeschickt, ohne dass er Gelegenheit gefunden hätte, Marie unter vier Augen zu sehen.

Wenigstens empfing sie der Kaiser persönlich und ohne längere, zermürbende Wartezeit. Geduldig hörte der schwarz gekleidete Monarch mit den langen dunklen Haaren und dem ebenso dunklen Knebelbart die bekannten Argumente an. Seine grünbraunen Augen blickten aufmerksam und konzentriert. Doch trotz des gemäßigten Tons und des höflichen Umgang wusste Janek, dass diese Verhandlung die kaiserliche Position nicht verrücken würde. Nach wenigen Tagen sandten sie dem Herzog einen dringenden Rat: Um sein Land vor weiterem Schaden zu bewahren, müsse er das Angebot des Kaisers annehmen und seine Ansprüche geltend machen. Die Stuttgarter und die Cannstatter Bürgerschaft beschlossen kurzerhand, den Herzog mit einigen Dragonern und einem Trompeter nach Hause zu holen. Janek machte sich von Wien aus auf den Weg nach Stuttgart. Mittlerweile war es Oktober geworden.

21. Kapitel

All mein Gedanken die ich hab,
die sind bei dir.
Du auserwählter einz'ger Trost
bleib stets bei mir.
Du, du sollst an mich gedenken.
Hätt ich aller Wünsch Gewalt,
von dir wollt ich nicht wenken.

Lochamer Liederbuch (Mitte 15. Jahrhundert)

Strassburg,
Anfang Oktober des Jahres 1638

»Ich möchte dich etwas fragen, Marie«, meinte Ebba angespannt. Marie legte den Spitzenkragen, den sie gerade ausbesserte, zur Seite und sah ihre Schwester an.

»Ja?«

Der Besuch an diesem Nachmittag kam überraschend. In letzter Zeit hatten sie sich nicht mehr oft gesehen. Auf dem Arm hielt Ebba ihre neun Monate alte Tochter. Als müsse sie Mut sammeln, hob sie die Augen zur Decke, holte tief Luft und richtete ihren Blick auf Marie.

»Glaubst du, dass ich ihn liebe?«

»Nun setze dich erst einmal hin«, meinte Marie, zeigte auf einen Stuhl neben sich und wartete, bis Ebba Platz genommen hatte. »So. Jetzt noch einmal. Wen meinst du? Deinen Mann?«

»Ja.«

»Sicher hast du ihn sehr gern. Conrad ist ehrenhaft und vertrauenswürdig. Wer könnte ihn nicht mögen?«

Ebba schüttelte heftig den Kopf.

»Nein, Marie, das meine ich nicht. Gern hatte ich ihn schon immer. Schon als kleines Mädchen. Er war da und er hat uns beschützt. Immer. Besonders mich …«

Marie wurde allmählich bewusst, worauf Ebba hinauswollte und freute sich über das unverhoffte Vertrauen, das ihr entgegenschlug.

»Du meinst, ob du ihn als Mann liebst? Nicht nur um all dessen Willen, was er für uns getan hat?«

»Ja«, antwortete Ebba und fuhr scheu fort: »Weißt du, Marie, ich hoffe sehr, dass es gut wird. Er ist so liebevoll und er tut alles, dass ich mich wohlfühle bei ihm.«

»Oh Ebba«, Marie beugte sich zu ihrer Schwester hinüber und legte ihr eine Hand auf den Arm. Ebba sah verlegen zur Seite.

»Hör zu, kleine Schwester«, begann Marie. »Ich freue mich so sehr für dich und auch für Conrad, dass es euch wohl ist miteinander. Das ist ein Geschenk, Ebba. Du darfst es annehmen und dich daran freuen.«

Ebbas Gesichtsausdruck wurde weicher. Der Säugling fing an zu quengeln und Ebba öffnete ihr Mieder, um ihm die Brust zu geben. »Er ist so anständig zu mir und vor allem auch zu Magdalena. Er behandelt sie, als wäre sie sein eigenes Kind.«

»Das ist sie für ihn.«

»Wie kann er so fühlen, nach all dem, was ich getan habe? Wie sehr muss es ihn verletzt haben, als der Herr mit mir … als ich schwanger war. Er müsste mich verachten, aber stattdessen möchte er mich glücklich machen.«

»Conrad liebt dich, Ebba. Sonst hätte er dich nicht geheiratet. Gewiss, er hätte uns in jedem Fall geholfen, aber ich glaube nicht, dass er eine Ehe gewagt hätte, wenn du ihm nichts bedeuten würdest.«

Ebba schien nachzudenken und Marie ließ ihr Zeit, sich ihre Worte durch den Kopf gehen zu lassen. »Ich möchte ihm die Ehefrau sein, die er verdient. Am Anfang war es so schwer. Ich habe mich geschämt und war oft abweisend. Und irgendwie hatte ich noch gehofft, dass der … Herr mich nehmen würde, weißt du, und gedacht, dass Conrad ihn vielleicht davon abgebracht haben könnte.«

»So etwas würde er niemals tun.«

»Das weiß ich jetzt. Aber damals war ich so eine dumme Gans. Und jetzt fällt es mir schwer, es ihm zu sagen.«

»Versuche, offen zu ihm zu sein. Er wird es dir leicht machen.«

»Du hast recht.« Ebba stieß einen Seufzer aus. »Ich werde es versuchen.« Sie dachte nach. »Dabei fühle ich mich ihm schon so nahe. Er hat Magdalena auf die Welt gebracht. Unser Dreikönigskind. Er war so ruhig und verständnisvoll. Es war eine leichte Geburt, weil er da war.«

»Du hast ihm vertraut«, sagte Marie.

»Ja. Ich vertraue ihm. Ich verlasse mich auf ihn. Und ich möchte ihn wissen lassen, dass auch er mir vertrauen kann.« Ebbas Augen glänzten.

»Manche Dinge wachsen, Ebba. Du brauchst Zeit, aber ich denke, am Ende ist Conrad derjenige, der sich glücklich schätzen kann.«

»Da ist noch etwas, Marie.«

»Ja?«

»Ich würde ihm gerne ein eigenes Kind schenken, aber ich bin mir nicht sicher, ob er überhaupt eines möchte. Vielleicht bereut er inzwischen auch, mich geheiratet zu haben.«

»Weshalb denkst du das?«

Ebbas Gesicht wurde rot.

»Es ist schwer, das auszudrücken. Nun, wir teilen ein Bett, aber er will nicht … Er hält sich zurück, verstehst du?«

Marie verstand. »Das ist sehr verantwortungsvoll von ihm. Er will dich schützen. Du bist noch sehr jung und hast ein kleines Kind. Dazu die ganzen Umstände hier. Er möchte dich nicht bedrängen. Vielleicht weiß er auch gar nicht, dass du ihn auf diese Weise haben möchtest.«

»Du glaubst also nicht, dass er mich ablehnt?«

»Nein, Ebba, das glaube ich wirklich nicht. Er wünscht sich sicherlich, dass ihr wie ein richtiges Ehepaar zusammenlebt. Und dass er eigene Kinder zeugen darf.«

Ein hoffnungsvolles Funkeln trat in Ebbas Augen. »Ach, Marie. Ich bin froh. Wenn man Conrad kennt, dann passt es zu ihm. Aber weißt du, alles hat sich so schnell verändert in den letzten Jahren. Manchmal habe ich das Gefühl, meinem eigenen Leben nachzulaufen.«

»Das geht nicht nur dir so. Die ganze ist Welt ist in Aufruhr. Wir sind nur winzige Wassertropfen in einem riesigen Strom, der sich ein neues Bett bahnt. Manchmal braucht die Seele eine Weile, bis sie wieder bei uns ist.«

Marie betrachtete Ebba, die der kleinen Magdalena vorsichtig ihre Brust entzog. Das Kind protestierte, bis es die andere Seite angeboten bekam und mit einem leisen Schmatzen weitertrank.

»Sie hat einen gesunden Hunger«, bemerkte Marie. »Und du hast genügend Milch. Sie ist wohlgenährt.«

Ebba sah stolz auf ihre Tochter und strich mit dem Zeigefinger behutsam über die feste, vom Saugen gerötete Backe.

»Conrad achtet auf uns, denn er sagt, dass die Milch der Mutter das Beste ist. Auch wenn sie schon andere Dinge isst. Sie ist so neugierig und will am liebsten alles probieren und einige Zähnchen hat sie auch schon. Ich helfe unserer Wirtin in der Küche und dafür lässt sie uns mitessen.«

»Ich glaube, wir haben sehr großes Glück gehabt, Ebba. Es gibt so viele Menschen hier, die nicht wissen, wie sie den nächsten Tag überleben sollen.«

»Das glaube ich auch. Wie geht es dir eigentlich mit der Herzogin?«, fragte Ebba.

»Sie hat keinen Grund zur Klage und ich auch nicht. Der kleine Prinz läuft und plappert den ganzen Tag vor sich hin. Ihr steht übrigens bald schon die nächste Niederkunft bevor.«

»Conrad erzählte davon. Also hat der Herzog keine Rücksicht genommen«, stellte Ebba fest.

Genau genommen hatte der Herzog seine Gemahlin nach der ersten Geburt schnellstmöglich wieder aufgesucht. Sollte er auf diese Weise fortfahren, stünde dem Haus Württemberg in den kommenden Jahren ein enormer Kindersegen ins Haus.

»Nein, das hat der Herzog wohl nicht. Daran erkennst du, wie feinfühlig Conrad ist.«

»Eigentlich habe ich ihn nicht verdient.«

»So darfst du nicht denken, Ebba. Conrad würde das nicht gefallen.«

»Ich hoffe, dass er sieht, wie ich mich verändert habe. Dass ich nicht mehr die bin, die ich einmal war.«

Marie legte den Arm um ihre Schwester.

»Zeige es ihm. Sag ihm, dass du ihn magst. Du riskierst nichts, außer, dass du ihn glücklich machst. Wenn er dich ansieht, dann merkt man, wie sehr er dir zugetan ist. Ein gemeinsamer Weg ist niemals einfach und der eure hat mit einigen Hindernissen begonnen. Aber ihr habt zusammen schon viel geschafft. Und wenn ich eine Antwort auf deine Frage vom Anfang geben soll, dann würde ich sagen, dass du ihn von Herzen lieb hast.«

Breisach, Ende Oktober des Jahres 1638

Er säuberte seine Waffen. Mit bedächtigen Bewegungen strich er über den Lauf der Pistole, einer soliden, niederländischen Meisterarbeit mit aufwändiger Gravur. In den vergangenen Tagen hatten sie einige harte Gefechte hinter sich gebracht. Er schüttelte gedankenverloren den Kopf. Lange konnte es nicht mehr dauern, bis die Österreicher oben auf der Festung kapitulierten, allen Durchbrüchen und Entsatzversuchen ihres Kaisers zum Trotz. So mancher Bauer, den die Österreicher gekauft hatten, um Proviant hineinzuschmuggeln, war gut sichtbar aufgeknüpft worden und legte nun beredtes Zeugnis darüber ab, was demjenigen blühte, der die Belagerung zu unterlaufen versuchte. Die Zustände in Breisach mussten inzwischen unhaltbar sein, das Brot bestünde nur noch aus Eichenrinde, wurde erzählt, drei Pfund Brot und ein Maß Wein entsprächen dem Wert eines Diamantringes, einen Gulden zahlte man für eine Ratte, sieben Gulden für ein Viertel Hund und selbst Tierhäute erzielten gute Preise. Es sollte sogar Fälle von Kannibalismus gegeben haben. Hunger war ein mörderischer Antrieb, das wusste jeder.

Schon seit fünf Monaten war er Teil des Belagerungsringes, den Bernhard von Weimar um Breisach gezogen hatte. Mit dem heutigen Tag hatten die Österreicher die Außenwerke verloren, wobei französische Truppen Weimar kräftig unter die Arme gegriffen hatten. Weitere Verstärkung unter Longueville war im Anmarsch. Überhaupt mischten die Franzosen mittlerweile kräftig mit im Kriegsgeschehen. Große Erfolge stellten sich zwar keine ein, aber sie schafften es immerhin, einen generellen Friedensschluss unmöglich zu machen. Mit ihrer nachhaltigen Unterstützung dürfte eine Kapitulation Breisachs nicht mehr lange auf sich warten lassen und daher musste er sich entscheiden: Für Weimar und die schwedisch-französische Seite oder ein zweites Mal für Österreich.

Er legte die Pistole zurück in die Kiste und wischte sich die Hände an einem Tuch ab. Die letzten Wochen waren in einer seltsamen Mischung aus Anspannung und innerer Ruhe vergangen. Etwas in ihm veränderte sich und das irritierte ihn. Fast schien es, als würde er all das in Frage stellen, was ihn während der letzten Jahre angetrieben hatte. War er des Planens und Kämpfens überdrüssig? Glaubte er nach dem Debakel mit Piccolomini vielleicht gar nicht mehr daran, jemals nach Schwanberg heimkehren zu können? Wer sollte ihm denn die Herrschaft übereignen? An dieser Stelle gebot er sich selbst Einhalt. Es wurde höchste Zeit, ein Fazit zu ziehen und die nächsten Schritte einzufädeln.

Strassburg,
Allerheiligen des Jahres 1638

Conrad hielt sich für einen vernünftig denkenden und handelnden Menschen. Dadurch sollte es ihm eigentlich nicht schwerfallen, Kontrolle über seine Gefühle zu behalten. Doch seit Kurzem schien sein Verstand nur eingeschränkt Dienst zu tun. War es so, wenn man seine eigene Frau liebte, bis es wehtat? Er hatte sich schon damit abgefunden gehabt, dass Ebba ihn aus ihrer Not heraus geheiratet hatte und kaum mehr als Dankbarkeit für ihn empfinden konnte. Nach Magdalenas Geburt war sie zugänglicher geworden, doch er war vorsichtig geblieben. Seine ganze Fürsorge galt ihr und dem Kind, doch wagte er nicht, sich ihr körperlich zu nähern. Zwar teilten sie inzwischen ein Bett, denn Ebba hatte gemeint, dass es sie nicht störe und er nicht länger auf dem Fußboden liegen solle, aber vollzogen hatten sie die Ehe nicht. Er wollte sie nicht bedrängen, nach alldem, was sie in dieser Hinsicht erfahren hatte. Er redete sich ein, dass es ihm genügte, ihren zarten Körper neben sich zu wissen. Mit viel Selbstbeherrschung war es leidlich gegangen.

Deshalb konnte er noch immer nicht fassen, was nun geschehen war. Mitten in der Nacht hatte sich Ebba an ihn geschmiegt. Zunächst war er sich nicht sicher gewesen, was sie wollte. Eine schützende Umarmung, Trost oder doch etwas anderes? Als er sich zu ihr umgedreht hatte, war ein Anflug von Unsicherheit zu spüren gewesen, aber sie hatte nicht aufgehört, ihn zu streicheln und mit fester Stimme erklärt, was er ihr bedeute. Und plötzlich war alles ganz einfach gewesen. Nach einer unerwartet stürmischen Vereinigung hatte sie entspannt in seinen Armen gelegen und war mit einem Lächeln auf den Lippen eingeschlafen. Auf einen Ellenbogen gestützt hatte er sie betrachtet, war mit seinen Fingerknöcheln den Konturen ihres Gesichts gefolgt, von den geschlossenen Augen mit dem dichten Wimpernkranz über die zierliche Nase bis hin zu ihren vollen Lippen. Schließlich hatte er über das dunkle, lockige Haar gestrichen, das sich rührend zerzaust über die Kissen ergoss. Später war Magdalena aufgewacht. Vorsichtig hatte er das hungrige Kind aus seinem Weidenkörbchen genommen und an ihre Brust gelegt. Während es glucksend saugte, hatte Ebba schlaftrunken seinen Blick gesucht, ihre Hand ausgestreckt und an seine Wange gelegt. In diesem Augenblick war ihm klar geworden, wie tief er empfand, dass seine kleine Familie ihm alles bedeutete und er sein Leben geben würde für das ihre. Von nun an war er nicht mehr allein.

22. Kapitel

Noch berühmen wir uns keiner vollkommenen Erlösung, denn der grausame, schreckliche Krieg wütet und rumoret noch aller Orten.

Aus einem Gebet
zum württembergischen Land- und Bußtag
am 11. November 1638

Unterwegs zwischen
Strassburg und Stuttgart,
Anfang Januar 1639

Der Abschied war feierlich gewesen. In allen Ehren hatte der Rat der Stadt Straßburg den Herzog und die Herzogin von Württemberg verabschiedet und sich bei dieser Gelegenheit für die Unannehmlichkeiten entschuldigt, die der Aufenthalt in einer von unzähligen Menschen als Schutzraum genutzten Stadt mit sich gebracht hätte. In seiner Dankesrede war Eberhard großzügig darüber hinweggegangen, hatte die vorbehaltlose Aufnahme und Unterstützung durch die Reichsstadt gelobt und versprochen, die guten Beziehungen auch weiterhin zu pflegen.

Es war tiefster Winter. Wären ihm die Kosten für die doppelte Hofhaltung nicht über den Kopf gewachsen, hätte der Herzog seine Familie nicht vor dem Frühjahr erwartet.

So aber war er selbst mit Pferden und Wagen aus Stuttgart angereist, um Frau und Kinder heimzuholen. In gebotenem Tempo ratterten die eisenbeschlagenen Räder der Kutschen nun über die vereiste Landstraße gen Osten. Die harten Federungen ließen die Insassen schmerzhaft jeden Stein und jedes Schlagloch spüren, in der klirrenden Kälte gefror der Atem auf den schützenden Decken zu Eis. Längst waren die angewärmten Ziegelsteine erkaltet, die man ihnen daruntergeschoben hatte. Immer wieder wurden sie aufgehalten, wenn eines der Gefährte ins Rutschen geriet und mühsam zurück auf den Weg gebracht werden musste. Eberhard ritt die meiste Zeit neben der Kutsche seiner Gemahlin. Er war sehr besorgt, vor allem, da sich sein erst sechs Wochen alter Sohn Ludwig erkältet hatte. In den Nächten, die sie in Gasthöfen am Weg verbrachten, hörte er ihn husten, qualvoll und elend.

Tagsüber durchquerten sie eine Kulisse des Grauens. Die erstarrten Leiber hunderter Toter säumten den Weg; abgenagte Gebeine von Vieh und Pferden in unterschiedlichen Stadien der Verwesung lagen auf den Wiesen und Feldern ringsumher, barmherzig zugedeckt von einem Leichentuch aus frisch gefallenem Schnee. Die schwarz verkohlten Gerippe ausgebrannter Häuser und Höfe reckten sich in den klarblauen Winterhimmel, zeugten von Ohnmacht und Untergang und einer gespensterhaften Leere.

Eberhard hatte angeordnet, die Vorhänge in den Kutschen geschlossen zu halten, damit den Frauen der beklemmende Anblick erspart bliebe. Doch die düstere Stimmung kroch durch Ritzen und Fugen, erfüllte die Luft und das Gemüt.

Drei Tage nach Dreikönig kamen sie erschöpft in Stuttgart an. Der Säugling war noch immer krank, hustete keuchend und hatte hohes Fieber. Sechs Tage später war das Kind tot.

Es blieb wenig Raum für Trauer. Eberhard stürzte sich sogleich in die Regierungsarbeit. Erst im vergangenen Oktober war ihm endlich die Souveränität über sein Land zurückgegeben worden, nur drei Tage später hatte er einen ersten Landtag einberufen, weil er dringend Geld brauchte. Mit Murren hatte die Landschaft Mittel bewilligt, wenn auch nicht im erhofften Umfang. Wiederum drei Tage später war im Landschaftshaus ein verheerendes Feuer ausgebrochen, und weil er dort nächtigte – das Schloss war bis auf Weiteres unbewohnbar – hätte es ihm beinahe das Hemd angesengt. Damit aber nicht genug. Sein eigener Bruder Friedrich war ihm in den Rücken gefallen, indem er sich unerwartet Bernhard von Weimar angeschlossen hatte und damit den Kaiser aufs Höchste brüskierte. Noch immer war man dabei, die Scharte auszuwetzen. Schließlich hatte er noch einige Kostbarkeiten aus der württembergischen Kunstkammer verkaufen müssen, um die Heimkehr der Herzogin bezahlen zu können. Alles in allem kein vielversprechender Anfang.

Und dann war da das Land, sein Herzogtum, dessen Ruinen nun in seinen Händen lagen. Welches noch immer Truppen ertragen musste, die es nicht versorgen konnte; Schweden und Franzosen und vor allem österreichische und kurbayerische Völker, die sich einen Dreck darum scherten, dass der Kaiser sie regelmäßig zum Verlassen des württembergischen Territoriums aufforderte. Ihm blieb nichts anderes übrig, als weiterhin Gesandtschaften auszuschicken, die seine ewig gleichen Klagen unablässig vor den Kaiser brachten, und zu hoffen, dass sich irgendwann ein Erfolg einstellte.

Stuttgart, April des Jahres 1639

Auch wenn sich kaum etwas zum Besseren gewendet hatte, gab es doch Veränderungen. Eberhard hatte seine Feinde ausgemacht. Nicht nur die katholische Geistlichkeit versuchte immer wieder, ihn anzuschwärzen und in die landesfürstlichen Gerechtigkeiten einzugreifen. Es gab eine Widersacherin, deren Ehrgeiz für Württemberg eine nicht zu unterschätzende Gefahr darstellte: die österreichische Erzherzogin Claudia von Tirol, eine geborene de' Medici. Diese hatte ohnehin schon über die vorderösterreichischen Gebiete Württembergs geherrscht; seit der Nördlinger Schlacht versuchte sie, ihr Territorium weiter auszudehnen und intrigierte diesbezüglich konsequent beim Kaiser, der zu allem Unglück auch noch ihr angeheirateter Neffe war. Auf derlei Art und Weise war es ihr innerhalb der letzten Jahre gelungen, die Ämter Göppingen und Blaubeuren, sowie die *Pfandschaft Achalm* zu okkupieren. Dort versuchte sie seither, eine strenge Rekatholisierung durchzuführen. Wer sich widersetzte, musste mit schweren Strafen rechnen.

Für Eberhard war die Erzherzogin eine echte Plage. Sie saß in Innsbruck und schien nichts anderes im Sinn zu haben, als ihn zu ärgern. Zwei Ehemänner hatte sie überlebt und sechs Kinder zur Welt gebracht, darunter zwei Söhne, deren Erbe zu mehren ihr vordringlichstes Lebensziel zu sein schien. Es wunderte Eberhard letztlich nicht, dass sie es war, die ein eifriges Interesse an der Festung Hohentwiel hatte. Widerhold stand strategisch unübersehbar störend zwischen ihren Stammlanden in Tirol sowie den württembergischen und den elsässischen Besitzungen Habsburgs. Eine vertrackte Situation. Der Herzog ahnte, dass ihm mit Claudia eine Machtprobe bevorstand.

Und dann war das Geld noch immer knapp. Die württembergische Landschaft riet Eberhard, auf die hohen Wildbestände im Land zurückzugreifen und diese zu Gulden zu machen. Ein Wunder, dass die Soldatenmeuten diese Reserven nicht verputzt hatten. Es gab gar so viele Tiere, dass sie die Saat von den Feldern fraßen und die Not der Menschen noch vergrößerten. Eberhard nahm den Vorschlag auf, wusste aber, dass dies allein nicht reichen würde. Er musste wieder in den Besitz einiger seiner Ämter kommen, die ihm kaiserliche Beamte vorenthielten und für eigene Zwecke ausbeuteten. Die ersten hatte er bereits im Visier und entsprechende Anfragen nach Wien gesandt.

An einem sonnigen Tag Anfang Mai kehrten Janek und Heinrich Wien wieder einmal für einige Wochen den Rücken. Der Herzog hatte sie nach Stuttgart befohlen und sie waren dieser Aufforderung nur allzu gerne gefolgt. Heinrich, weil er die ewige Leier in Wien satt hatte, und Janek, weil er unbedingt Marie wiedersehen wollte. Er wusste, dass sie sich noch immer im Gefolge der Herzogin befand. Mehr als ein Jahr stand zwischen ihren leidenschaftlichen Tagen in Rappoltsweiler und dem gegenwärtigen Augenblick, ein verdammt langes Jahr, in welchem man ihn mit unzähligen Aufträgen durch die Lande geschickt hatte. Lediglich einige wenige Grüße waren zwischen ihnen hin- und hergegangen, und dabei gab es so viel zu sagen.

Als die Freunde nach anstrengenden Tagen im Sattel an den Toren der württembergischen Residenzstadt ankamen, waren sie auf schlimme Zustände gefasst. Abgebranntes Fachwerk, eingebrochene Dachgiebel und Schuttberge bestätigten ihre Befürchtungen während der kurzen Passage von der Stadtmauer zur Kanzlei. Die kaiserlichen Statthalter hatten vor ihrem Rückzug eine gründliche Zerstörung ins Werk gesetzt. Janek sah, wie Heinrich immer wieder fassungslos den Kopf schüttelte. Als sie den Platz vor dem Schloss erreichten, beschlossen sie spontan, das mächtige Gebäude von innen anzusehen, denn sie hatten von den ungeheuren Verheerungen dort gehört. Obwohl einige Soldaten Wache standen, hielt niemand sie auf, als sie ihren Weg durch den Innenhof und die Dürnitz nahmen und auf die Reitertreppe zuhielten, die die untere Etage mit den Räumen des Herzogs im ersten Stock verband. Von dieser breiten Spirale hatte Janek bereits gehört und nutzte die Gunst der Stunde, um Moses hinaufzutreiben, Heinrich folgte dicht dahinter. Auf der oberen Plattform angekommen saßen sie ab und banden ihre Pferde fest. Mit gebotener Vorsicht betraten sie die angrenzenden herrschaftlichen Räume, deren einstige Pracht kaum mehr zu erahnen war. Während sie sich umsahen, trafen sie auf einige Handwerker, die die Schäden begutachteten.

»Seht, meine Herren«, sprach einer sie an, der die Reste kostbarer Tapisserien abtrug, »feinste Kölner Fadenkunst. Moritz von Carmis hat sie ausgeführt, nachdem ein Feuer die vorherigen vernichtet hatte. Brokatgewebe aus Seide und Wolle. Es werden abertausende Gulden nötig sein, sie wiederherzustellen.« Wehmütig strich er über die abgerissenen Stofffetzen, die noch in den seitlichen Rahmen hingen. Janek und Heinrich taten ihr Mitgefühl kund und gingen weiter.

Im Rittersaal begegneten ihnen zwei Zimmermänner, die sich in gedämpftem Ton über die kaputte Täfelung unterhielten. Janek hörte sie sagen, dass auch die vergoldeten Ledertapeten des riesigen Raumes herausgelöst und wegtransportiert worden seien, ihre Stimmen hallten ungemütlich von den nackten Wänden wider. Welchen Raum sie auch betraten, überall bot sich dasselbe Bild. Sämtliches Inventar war verschwunden. Kein Tisch, kein Stuhl, keine Truhe war mehr zu finden. Sogar das fürstliche Bettzeug hatte man gestohlen, wie ihnen ein abgemagerter Junge erzählte, der sich zwischen den Zimmern herumdrückte und wohl mit einem Schmied gekommen war, der die Türbeschläge besah.

»Das wird Hunderttausende kosten«, bilanzierte Heinrich wissend. »Und den Stuttgarter Handwerkern auf Jahre hinaus Arbeit beschaffen.«

»Sicher«, antwortete Janek. »Und letzten Endes wird es prunkvoller ausgeführt sein als zuvor. Bluten dafür muss das Volk, so war es immer. Auf seinem Schweiß darf der Herzog dann das Haupt zur Ruhe betten.«

Sie gingen zurück zu ihren Pferden und verließen das Schloss wieder über die spektakuläre Reiterschnecke. Das Licht warf bereits lange Schatten, als sie durch das Portal und über die Brücke nach draußen ritten.

Eine Gruppe sich gedämpft unterhaltender Männer, ihrem Habitus nach vermutlich Jesuiten, erregte ihre Aufmerksamkeit. Als sie näher kamen, sah einer von ihnen herüber. Janek durchlief es heiß und kalt und er streckte den Arm aus, um Heinrich aufmerksam zu machen. Der ungläubige Blick seines Freundes verriet ihm, dass es diesem ähnlich erging. Konnte es wirklich sein? Hier, mitten in Stuttgart, nach all den Jahren? Er war zwar nicht mehr ganz so kräftig wie einst, aber der wache Blick unter dem Hut aus Filz konnte nur zu einem gehören. Noch während Janek nachdachte, schüttelte der Mann ganz leicht mit dem Kopf und schien bemüht, seine Begleiter in ein ablenkendes Gespräch zu verwickeln. Es war offensichtlich, dass er von einer offenen Begrüßung nichts wissen wollte, zumindest nicht in diesem Rahmen. Janek und Heinrich wandten sich ab und ritten langsam in die entgegengesetzte Richtung davon.

»War er es?«, fragte Heinrich.

»Ich denke schon«, antwortete Janek.

»Und daneben, der junge Mann? Kam er dir nicht auch bekannt vor? Groß, dürr und schlaksig, er ist erwachsen geworden.«

»Den habe ich gar nicht näher angesehen. Du meinst …?«

»Ja, vielleicht. Wir müssen sie wieder treffen. Teufel aber auch, bin ich neugierig. Einfach unglaublich!«

»In der Tat. Warten wir ab. Sicher findet sich ein Weg, mehr zu erfahren.«

Beide waren freudig erschüttert. Sie hatten nicht mehr daran geglaubt. Alles deutete darauf hin, dass Bartholomäus und Frieder am Leben waren und sich, aus welchen Gründen auch immer, in der Stuttgarter Gemeinschaft der Jesuiten aufhielten.

Am selben Abend empfing sie der Herzog im Landschaftshaus und im Laufe des gemeinsamen Abendessens sprach Janek ihn auf die Jesuiten in der Stadt an.

»Ein unglaubliches Ärgernis, Schwanberg. Gegen jedes Recht beharren sie auf der Ausübung ihrer Religion, nicht nur hier, auch in Backnang, Herrenberg und Tübingen. Und sie lassen sich aushalten, nicht zu knapp. Man müsste sie ausräuchern, diese Beichtväter. Ihnen verdanken wir einen großen Teil unserer Misere.« Der Herzog seufzte. »Aber nun berichtet mir aus Wien. Noch immer dasselbe Spiel? Was ist mit den Gesuchen hinsichtlich Möckmühl und Abstatt?«

»Der Kaiser hat diesbezüglich keine Direktive verlauten lassen. Keiner weiß, wem die Ämter gehören, nachdem der Bischof von Wien und damit ihr bisheriger Besitzer gestorben ist«, antwortete Janek. »Aber wir sollen Euer fürstlichen Gnaden mitteilen, dass Ihr Euch des Landes in guter Manier bemächtigen sollt.«

»Wer sagt das?«

»Schmidlin.«

Die Miene des Herzogs erhellte sich. »Dieser Rat ist Goldes wert.« Damit widmete er sich wieder seiner Mahlzeit.

Am anderen Tag traf sich Janek auf des Herzogs Geheiß mit dem württembergischen Obristen Pflaumer. Sie sollten die Empfehlung Schmidlins besprechen und einen Vorschlag unterbreiten, wie die beiden Ämter wieder in den Besitz Württembergs zu bringen seien. Denn »*In guter Manier*« bedeutete nichts anderes, als Tatsachen zu schaffen. Dafür mussten sie sich erst einmal vor Ort einen Überblick verschaffen, was wiederum verhinderte, dass Janek eine Gelegenheit fand, Marie zu sehen. Heinrich, der ihnen helfend zugeteilt worden war, bekam Janeks Unmut darüber oft genug zu spüren und fror daraufhin nicht nur ein freches Grinsen auf seinem Gesicht ein. Seit Neuestem rezitierte er bei jeder Gelegenheit die minniglichen Werke wohlbekannter Dichter, so dass Janek allmählich begann, die ungewohnte poetische Neigung des Freundes zu verfluchen. Eines Abends quälte er ihn mit Lyrik von Martin Opitz: »*Wann ich mit Frieden kann in deinen Armen liegen, so hab ich schon genug. Mehr Ehre wünsch ich nicht auf dieser weiten Welt, als dir, mein Trost und Licht, in deinem weißen Schoß zu ruhen nach Genügen.* Dort wünschst du dich hin, Schwanberg, nicht wahr?«

»Ich empfehle dir, deinen Mund aus freien Stücken zu verschließen, Biberstein, sonst könnte ich mich bemüßigt fühlen, es mit Gewalt zu tun«, knurrte Janek, obwohl ihm zugleich ein hilfloses Lachen in der Kehle steckte. Heinrich, der seinen

Freund noch ein wenig mehr aus der Reserve locken wollte, fuhr ungerührt fort: »*Läuft das Glücke gleich zu Zeiten anders, als man will und meint, ein getreues Herz hilft streiten wider alles, was ist feind. Mir ist wohl bei höchstem Schmerze, denn ich weiß ein treues Herze.* Auch Paul Fleming wusste, wovon er sprach.«

»Paul Fleming befindet sich in Persien.«

»Deshalb kann er dennoch wissen, wovon er spricht. Schließlich hatte er zuvor noch die Bekanntschaft einer schönen Maid gemacht. Vielleicht ist er der Seinen so treu wie du der Deinen?«

»Verdammt, Heinrich. Sprich nicht über Dinge, die dir selbst fremd sind.«

»Möglicherweise sind sie mir gar nicht so fremd?«

»Ist es eine schöne Wienerin?«

»Wer weiß.«

»Dann solltest du vielleicht das *Buch von der Deutschen Poetrey* studieren und selbst der Dichtkunst frönen. Damit würdest du sie vielleicht beeindrucken.«

»Sie ist schon beeindruckt.«

»Dann hast du ihr zuliebe all diesen Unsinn erlernt?«

»Das könnte sein. Und rede nicht von Unsinn. Gerade du müsstest wissen, dass die Liebe erstaunliche Seiten des menschlichen Selbst zutage fördert.«

Dem war schwerlich zu widersprechen.

Ein Klopfen ließ sie innerhalten.

»*Amantes amentes*«, tönte es spöttisch. »Ihr zwei liebt noch immer Eure Wortgeplänkel. Wie wenig Ihr Euch geändert habt. Das tut wohl.« In der Tür ihrer Kammer stand eine vertraute Silhouette – Bartholomäus.

»Gemach, meine Herren! Ich bin nur ein schlichter Diener des Herrn«, wehrte er lachend zwei herzliche Umarmungen ab. »Seht, wen ich mitgebracht habe!« Dabei deutete er hinter sich. Ein junger Mann trat ein.

»Frieder!«, entfuhr es Janek. »Wir haben uns also nicht getäuscht. Auf dem Platz vor dem Schloss vor einigen Tagen!«

»Das habt Ihr nicht. Doch die Freude ob unseres Wiedersehens mussten wir zurückhalten. Schließlich wollten wir unsere neuen Freunde nicht verwirren. Nicht wahr, Frieder?«

Frieder nickte.

»Jesuiten«, meinte Heinrich verächtlich.

»In der Tat. Sie sind sehr nützlich, zumal sie nicht wussten, wen sie da in ihren Konvent aufgenommen haben. Immerhin bin ich der katholischen Rituale mächtig. Und mein Novize hier«, er zeigte auf Frieder, »erwies sich als ein gelehriger Schüler.«

Janek und Heinrich boten den beiden ihre Hocker an und setzten sich selbst auf das provisorische Bettenlager, auf dem sie schliefen.

»Dann habt ihr überlebt, damals in Neresheim«, konstatierte Janek.

»Ein kaiserlicher Rittmeister war sehr gerührt, inmitten des schwedischen Trosses einen höchst unglücklichen Mönch vorzufinden, der zum Protestantismus gezwungen worden war und nahm ihn und seinen Jungen nur allzu gerne in Obhut. Und als derselbe Mönch den Wunsch äußerte, im Württembergischen die rechte Lehre zu verbreiten, fand er einen Platz für die beiden bei den Jesuiten in Backnang. Erst vor einigen Wochen kamen wir nach Stuttgart.«

»Unglaublich! Du hast sie wirklich an der Nase herumgeführt«, konstatierte Heinrich.

»Auch wenn diese bei den Jesuiten im Allgemeinen recht hoch getragen wird, so scheint es trefflich gelungen«, antwortete Bartholomäus ohne falsche Bescheidenheit.

»In dir wohnte schon immer ein Gaukler, Bartholomäus.«

»Es hat uns das Überleben gesichert«, meinte Bartholomäus, nun etwas nachdenklicher. »Ich habe immer wieder erwogen, Eurer Mutter Nachricht zu geben oder nach Straßburg zu schreiben, so wie es vereinbart war, Schwanberg, es aber nicht gewagt. Wäre ein Brief in falsche Hände geraten, hätte es mit uns aus sein können.«

»Verständlich, Mönch. Aber dass ihr nun in Stuttgart seid, verdanken wir weniger dem Zufall, nicht wahr?«

»Ich habe gehört, dass der Herzogshof zurückkehrt. Und ich wusste schon seit Längerem, dass Ihr Eberhard von Württemberg dient. Also fand sich ein Weg, den Konvent zu wechseln. Schließlich brauchen gerade die Jesuiten in Stuttgart in diesen schweren Zeiten jede Unterstützung, die sie bekommen können.«

»Klug gefolgert. Wie wird es weitergehen?«

»Zunächst bleiben wir, wo wir sind. Dort gibt es Obdach und Brot. Über kurz oder lang werden wir natürlich nach einer Gelegenheit suchen, um zu verschwinden. Schließlich will ich meine restlichen Tage nicht mit altgläubigen Eiferern verbringen.«

»Das freut mich zu hören. Wir erwarten eure Rückkehr.« Janeks Blick wanderte von Bartholomäus zu Frieder. »Frieder«, meinte er bewegt, »du bist gewachsen.«

»Ich bin froh, Herr, dass ich Euch wiedersehe!«, platzte es aus Frieder heraus. Seine Stimme, die tiefer geworden war, wollte ihm nicht so ganz gehorchen. »Am liebsten würde ich sofort in Eure Dienste treten.«

»Die Zeit wird kommen, Frieder. Aber Bartholomäus hat recht. Im Augenblick seid ihr so am besten versorgt. Und ihr erhaltet möglicherweise Kunde über so manche Dinge, die der Konvent plant. Haltet Augen und Ohren auf, dann wissen wir stets rechtzeitig Bescheid.«

Frieder nickte und Bartholomäus legte ihm tröstend die Hand auf die Schulter. »Lasst uns feiern«, meinte der Mönch. »Es geschieht nicht allzu oft, dass Totgeglaubte auferstehen.«

23. Kapitel

Mein sind die Jahre nicht,
Die mir die Zeit genommen;
Mein sind die Jahre nicht,
Die etwa mögen kommen;
Der Augenblick ist mein,
Und nehm ich den in Acht,
So ist der mein,
Der Zeit und Ewigkeit gemacht.

Andreas Gryphius (1616–1664),
»Augenblick«

Stuttgart,
Mitte Mai des Jahres 1639

»Erst die schwierige Reise von Straßburg nach Stuttgart. Dann stirbt das Kind. Und jetzt erbricht sie sich wieder mehrmals an einem jeden Tag, weil sie wieder in der Hoffnung ist. Es nimmt niemanden Wunder, dass es ihr so schlecht geht«, sagte die Kammerfrau der Herzogin zu Marie.

Marie war selbst in großer Sorge. Ihre Herrin lag die meiste Zeit des Tages darnieder, aß nur wenig und fand kaum Gefallen an den Zerstreuungen, mit denen man sie aufzuheitern versuchte. Selbst wenn der kleine, anderthalb Jahre alte Prinz hereingebracht wurde und mit seinem fröhlichen Geplapper das gesamte Frauenzimmer begeisterte, konnte seine Mutter nur ein schwaches Lächeln erübrigen.

»Ein Glück, dass nicht auch noch der Erstgeborene gestorben ist«, meinte eine der Kammermägde. »Sonst wäre es noch viel schlimmer.«

Marie verbrachte die meiste Zeit des Tages bei Anna Catharina. Sie hatte veranlasst, dass man stärkende Aufgüsse aus Basilikum und Rosmarin zubereitete, um die Schwangerschaft zu unterstützen und zugleich die begleitenden Beschwerden zu lindern. Wieder einmal kam ihr in den Sinn, dass dem Herzog etwas Zurückhaltung gut angestanden hätte, damit seiner Gemahlin etwas Zeit geblieben wäre, um wieder ganz zu Kräften zu kommen, bevor sie den nächsten Spross austrug. Doch wer sollte dem Herzog verwehren, sein eheliches Recht in Anspruch zu nehmen? Zumal das Herzogspaar mit seiner enormen Fruchtbarkeit die oberste aller Erwartungen erfüllte: dem Haus Württemberg ausreichend Nachkommen zu bescheren und damit den Fortbestand der Dynastie zu sichern.

Es war nicht an ihr, die Zustände zu ändern, sie konnte lediglich helfen, die Belastungen für die werdende Mutter erträglicher zu machen. Erfreut hatte sie daher die Kunde vernommen, dass der Leibarzt der Herzogin, Carl Bardili, dringend zu einem Kuraufenthalt riet und dem Herzog diesbezüglich den *Teinacher Hausbrunnen* empfohlen hatte.

Eberhard legte das neueste Schreiben Bardilis zu den anderen. Endlich hatte der Hofarzt verkündet, dass der Sauerbrunnen in Teinach die gewünschte Zusammensetzung habe, so dass die Herzogin aufbrechen könne. Ein lästiger Dauerregen in den letzten Wochen hatte nicht nur dafür gesorgt, dass im gesamten Herzogtum die Saat auf den matschigen Feldern verfaulte und die dringend erhoffte Ernte in Frage stellte – und das, nachdem bereits die Weinstöcke durch einen späten Frost stark geschädigt waren. Er hatte zudem das Wasser des Teinacher Sauerbrunnens so stark verdünnt, dass es für die gedachten Heilzwecke unbrauchbar geworden war. Eberhard lag ein Fluch auf den Lippen. Es schien, als hätten sich Himmel und Hölle in seltener Eintracht gegen ihn verschworen.

Vor einigen Tagen hatte sich endlich die Sonne hervorgewagt. Die Straßen waren weitgehend abgetrocknet und befahrbar. Und da mit den Reisevorbereitungen bereits vor Wochen begonnen worden war, stand der Abfahrt Anna Catharinas nichts mehr im Wege. Noch immer war Krieg, deshalb hatte Carl Bardili das unweit von Teinach gelegene Schloss Zavelstein als Unterkunft vorgeschlagen. Allerdings war es nach der Nördlinger Schlacht von Plünderern heimgesucht worden und in entsprechend schlechtem Zustand. Als die Meldung einging, dass man die Herzogin samt Gefolge und Gesinde trotz mangelhafter Einrichtung gerne erwarte, hatte Eberhard einen Mitarbeiter des Hofamtes eigens dafür abgestellt, die Räumlichkeiten einer Landesfürstin gemäß herrichten zu lassen. Nun war alles bereit und die Abreise der Herzogin konnte veranlasst werden. Eberhard griff selbst zur Feder und notierte: »*Von Gottes Gnaden Eberhard Herzog zu Württemberg. Demnach kann die hochgeborene Fürstin, unsere geliebte Frau Gemahlin, bis kommenden Montag zur vorhabenden Baden-Kur nach Teinach abgefertigt werden.*«

Schloss Zavelstein bei Teinach, 23. Mai des Jahres 1639

Marie stieg vorsichtig aus der Kutsche und streckte sich. Seit Tagesanbruch hatten sie in der Enge der Wagen gesessen, lediglich kleinere Pausen waren eingeräumt worden, um die Notdurft zu verrichten. Nun waren sie endlich angekommen und die Sonne schickte sich bereits an, in einem blaugelben Farbenspiel wieder unterzugehen.

Sie sah sich im Innenhof des kleinen Schlosses um. Schon als sie sich dem Bauwerk genähert hatten, war ihr das auf einem Felssporn gelegene Gemäuer aufgefallen. Zwei Türme begrenzten ein langgestrecktes Gebäude, das auf einer umgebenden Ringmauer aufsaß und aus dessen Dach der obere Bereich eines ungewöhnlich hohen Bergfrieds ragte. Nun, da sie unmittelbar davor stand, sah sie, dass der Gebäudetrakt durch diese Konstruktion regelrecht geteilt wurde, wobei die Übergänge von einem Teil zum anderen aus hübschen Arkaden bestanden. Als ob der Baumeister die barsche Zweiteilung dadurch habe abmildern wollen. Es wäre sicher interessant, die fein gestalteten Bögen zu durchlaufen.

Vorerst jedoch gab es anderes zu tun. Ein Mann steuerte auf die kleine Reisegesellschaft zu und stellte sich umständlich als Vogt und Verwalter von Schloss Zavelstein vor. Eine kleine Schar Bediensteter folgte ihm und reihte sich gehorsam auf. Formvollendet entbot er dann der Herzogin seinen Gruß, im Namen der Besitzerfamilie Buwinghausen und natürlich dem der schnellstens zusammengestellten Dienerschaft. Bevor er jedoch zu einer längeren Rede ansetzen konnte, trat Hofarzt Bardili hinzu, dem die Erleichterung über die wohlbehaltene Ankunft der Herzogin anzusehen war. Während die Diener damit begannen, das Gepäck abzuladen, ließ er es sich nicht nehmen, ihnen persönlich die Unterkünfte zu zeigen. Also folgten sie ihm über eine Außenstiege und ein zweiläufiges Treppenhaus in das Wohngebäude hinauf, das so frech den Bergfried bedrängte. Sie wurden über drei Etagen verteilt und jede davon bot Stuben und Kammern. Amme und Kinderfrau blieben in unmittelbarer Nähe der Herzogin ebenso wie die adeligen Damen des Gefolges. Marie, die zwar Gesellschafterin der Herzogin war, andererseits aber nicht die offizielle Stellung einer Hofdame einnahm, zog gerne mit Kammerfrau und Kammermägden in das erste Geschoss. Dort gab es eine Küche, eine Stube und mehrere Kammern und der Zufall wollte es, dass Marie allein in einem winzigen Zimmer unterkam. Eine schmale Matratze lag auf dem Boden, eine einfache

Truhe stand davor und durch ein kleines Fenster fiel das letzte Tageslicht herein. Die Enge störte nicht. Marie fand es eigentlich recht gemütlich. Sie ließ sich vor der Truhe nieder, um ihre Gewänder hineinzulegen. Als sie das letzte Kleidungsstück verstaut hatte, zog sie vorsichtig den Deckel zu, doch anstatt aufzustehen, legte sie beide Hände auf die Truhe und senkte den Kopf. Ein quälendes Gefühl stieg in ihr auf und für einen Moment ließ sie das zu, was sie sonst so gut es ging verdrängte.

Janek. Einst hatte sie geglaubt, die Sehnsucht zu kennen, genährt aus zärtlichen Erinnerungen an Rosengarten. Doch nichts war zu vergleichen mit dieser verzehrenden Regung tief in ihr, die sie begleitete, seit sie bei ihm gelegen hatte. Zweieinhalb Jahre waren inzwischen dahingegangen und außer einigen Empfehlungen hatte sie nichts mehr von ihm gehört. Damals, im Taumel von Liebe und Lust, war sie sicher gewesen, ihm etwas zu bedeuten, dass er ihr die Unschuld nicht leichtfertig genommen hatte. Doch sein Schweigen und seine Abwesenheit schürten Zweifel, die mit jeder Woche, die verging, stärker wurden. War sie auf jene Art und Weise hintergangen worden, die keinem Manne übelgenommen wurde, eine Frau aber ein Leben lang zeichnete?

Marie ermahnte sich im Stillen, dieser Stimmung nicht weiter nachzugeben. Es machte alles nur noch schlimmer. Und etwas in ihr weigerte sich ohnehin, die Hoffnung wirklich aufzugeben. Also riss sie sich zusammen und stand auf, straffte die Schultern und begab sich zu ihrer Herrin.

Die nächste Zeit brachte genügend Abwechslung, um schwere Gedanken in den Hintergrund treten zu lassen. Carl Bardili war mit der Zusammensetzung des Sauerbrunnens ausreichend zufrieden und ließ der Herzogin von nun an täglich seine *Präparatorien* zukommen. Alle achteten genauestens darauf, dass Anna Catharina das vielgepriesene Perlwasser der ärztlichen Anweisung gemäß zu sich nahm. Flankiert wurde die Trinkkur durch Heilbäder in Teinach. Etwa eine Viertelstunde Fußmarsch benötigte man, um das kleine

Dorf zu erreichen und Marie liebte diesen Weg. Er führte durch ein beschauliches Tal, das ein munterer Bachlauf in die bergige, baumbestandene Hochebene gegraben hatte. Wenn sie ihn entlangwanderte, genoss sie den Anblick der dichten Tannenwälder, die die Höhen ringsum bedeckten, und auch das hellgrüne Leuchten der Wiesenauen entlang der Teinach, auf denen um diese Jahreszeit der Wilde Safran wuchs, üppig und in allen Schattierungen – von einem milchigen Weiß über vielerlei Gelbtöne bis hin zu einem dunklen Violett. Die Dorfbewohner waren an Fremde gewöhnt, sie grüßten freundlich und gingen ansonsten ihrem Tagwerk nach. Entlang der gewundenen Gassen des Ortes gelangte man schließlich zu den heilenden Quellen. Ein verwinkeltes Haus war darüber gebaut und sein Anblick erheiterte Marie stets aufs Neue, wirkte es doch, als könne es jederzeit in sich zusammenbrechen. Im Inneren bereiteten sie die Herzogin dann für ihr Bad in der *Tintenquelle* vor, deren Wasser aufgrund des Eisengehalts eine gelbliche Färbung hatte. Die Stimmung war gelöst, wenn Marie und die Kammerfrau Anna Catharina beim Entkleiden und beim Einsteigen in den mit Steinen eingefassten Kasten halfen, der das heilkräftige Nass sammelte. Während die Herzogin im Wasser ruhte, hielten sie gerne einen leisen Schwatz, dessen Gegenstand meist der Zavelstein'sche Verwalter und seine übereifrige Dienstbeflissenheit war. Anschließend stützten sie die Herzogin beim Ausstieg, trockneten sie mit angewärmten Leinentüchern ab und hielten einen warmen Kräutertrank bereit. Nach der Rückkehr ins Schloss ruhte die Herzogin noch eine Stunde, bevor eine leichte Mahlzeit aufgetragen wurde.

So fielen die Tage in einen angenehmen Rhythmus. Die herrliche Luft, das weniger steife Hofleben, kräftigende Nahrung und nicht zuletzt das gute Wasser brachten nicht nur die Lebensgeister der Herzogin in Bewegung. Auch Marie merkte, wie in ihrem Inneren eine wunderbare Leichtigkeit erblühte.

Möckmühl,
17. Juni des Jahres 1639

Bald hatten sie ihn. Janek war heilfroh, dass diese Jagd nun zu Ende ging. Seit Wochen lagen sie in Löwenstein, um bei passender Gelegenheit den bischöflichen Amtmann von Möckmühl aus dem Rathaus zu werfen und die Stadt wieder unter die Fittiche des Herzogs zu bringen. Am frühen Morgen war nun tatsächlich ein Bote mit der Nachricht aufgetaucht, dass besagter Herr zur Hasenjagd aufgebrochen und mittlerweile mindestens eine Stunde von Möckmühl entfernt sei. Und das, nachdem er wochenlang keinen Fuß vor die Tore gesetzt hatte! Ihre Taktik war aufgegangen. Er hatte sich in Sicherheit gewiegt und prompt den entscheidenden Fehler gemacht.

Obrist Pflaumer handelte sofort, trommelte seine Männer zusammen und erteilte ihnen Instruktionen. Kurze Zeit später brachen sie auf und legten zügig die drei Meilen bis Möckmühl zurück. Ohne Verzögerung verteilten sie sich auf die Stadttore, erzwangen die Schlüssel und gelangten unbehelligt bis vor das Rathaus. Dort banden sie ihre Pferde fest. Pflaumer wies einige Soldaten an, die Tore von innen zu verbarrikadieren und teilte Sicherungsposten ein. Janek und Heinrich wurden mit weiteren Männern in die Ratsstube befohlen. Nach einer kurzen Beratung machten sie sich auf, um die städtische Bürgerschaft ins Rathaus zu beordern; oder zumindest das, was davon übrig war, wie Pflaumer sarkastisch bemerkte, denn die vergangenen Jahre hatten auch hier reichlich Opfer gefordert. Im Namen des Herzogs nahm der Obrist dann Stadt und Amt in Besitz und ließ die Bürger sogleich die Erbhuldigung leisten. Diese schienen zwar überrascht, aber keinesfalls unglücklich zu sein über die unerwartete Wendung der Dinge und kamen seiner Weisung widerstandslos nach. Anschließend bat Pflaumer – ausnehmend gut gelaunt – um ein anständiges Mahl, welches die Einwohnerschaft aus den mageren Vorräten zubereitete und mit einem leichten Neckarwein servierte. Während man zusammensaß, auf die geglückte Übernahme anstieß und so manchen Trinkspruch in die Runde warf, hörte man von der Rückkehr des österreichischen Amtmanns, der vergebens befahl, in die Stadt eingelassen zu werden. Janek und Heinrich konnten es sich nicht verkneifen, zur Stadtmauer zu gehen und einen Blick durch die Scharten zu werfen. Der Mann stand zornesrot vor einem der Tore, brüllte eine Abfolge von Befehlen und fuchtelte mit seinen Pistolen herum. Sein Jagdgefolge bemühte sich, die Autorität des Ausmanövrierten zu unterstützen, stand jedoch auf verlorenem Posten. Mit der Zeit verrieten die zunehmend hilflosen Gesten vielmehr Verzweiflung denn Entschlossenheit, und als es dunkel geworden war, zogen die Österreicher von dannen, nicht ohne die deftige Drohung zu hinterlassen, dass des Kaisers Vergeltung fürchterlich sein werde.

Heinrich sah es gelassen. »Man wird zweifellos debattieren, aber das kann der Herzog aussitzen. Darin, die Dinge über Jahre hinweg wie ein Ballspiel nach Wien zu werfen, ist er ja geübt«, meinte er. »Und als Netz dient wie immer Kurbayern.« Er lachte über seinen Witz, doch Janek war in Gedanken bereits woanders.

»Morgen reiten wir nach Stuttgart. Ich habe Pflaumer angeboten, dem Herzog ausführlich von seinem gelungenen Streich zu berichten. Stadt und Amt sind wieder bei Württemberg und das, ohne einen Tropfen Blut zu vergießen. Er war sofort einverstanden.«

»Vielleicht sollte man das Blut der Hasen nicht völlig außer Acht lassen …«

Wieder überging Janek Heinrichs Versuch, ihrer Unterhaltung den üblichen Humor zurückzugeben, und fuhr nüchtern mit seiner Planung fort: »In jedem Fall brechen wir im Morgengrauen auf, ich möchte um die Mittagszeit in Stuttgart sein.«

Woraufhin Heinrich, dem Janeks Ernsthaftigkeit allmählich zu bunt wurde, nicht umhin konnte, erneut ein Gedicht zu bemühen:

»Ach Liebste lass uns eilen! Wir haben Zeit. Es schadet das Verweilen uns beiderseit. Der edlen Schönheit …«

»Schweig!«

Heinrich lachte nur. »Es zieht dich zu ihr. Aber lass gut sein, ich bin dabei.«

»Nur, wenn du die Possen lässt.«

»Einverstanden. Auch wenn es mir schwerfällt. Du verstehst in der Tat keine Späße mehr, Schwanberg.«

Janek, der wusste, dass sein Freund recht hatte, brummte daraufhin nur etwas Unverständliches vor sich hin. Letzten Endes konnte auch er sich nicht erklären, warum er inzwischen so ungeduldig und gereizt war, dass er sogar an ihren eingespielten Foppereien keine Freude mehr fand. Sie verließen ihren Platz auf der Mauer und kehrten zu den anderen zurück, deren Zustand inzwischen reichlich angeheitert war. Den restlichen Abend bemühte sich Janek um eine angemessene Fröhlichkeit. Heinrich honorierte es mit einem wissenden Schmunzeln.

Obwohl die Nacht allzu kurz gewesen war, brachen sie am anderen Tag wie vorgehabt zeitig auf und sprachen bereits am frühen Nachmittag beim Herzog in Stuttgart vor. Er zollte ihnen und insbesondere seinem Obristen aufrichtig Respekt und ließ umgehend ein anerkennendes Schreiben an Pflaumer vorbereiten. Währenddessen erwähnte er beiläufig, dass die Herzogin mitsamt Gefolge in Teinach weile, woraufhin Janek in Gedanken augenblicklich nach einer Möglichkeit suchte, dorthin zu gelangen. Dies beschäftigte ihn noch Stunden nach der Unterredung und im Verlauf der Abendmahlzeit teilte er Heinrich mit, welchen Weg er ersonnen hatte: »Unweit von Teinach liegt doch Calw. Dort hat man lange Zeit kostbare Tuche hergestellt und nach ganz Europa gehandelt, doch die Stadt hat unter kaiserlichen Völkern sehr gelitten. Ich schlage dem Herzog vor, uns dorthin zu schicken, um eine Bestandsaufnahme zu machen.«

»Aha, der Handelsmann«, sagte Heinrich. »Hast du vor, in die Zeugmacherei einzusteigen?«

»Das Schlechteste wäre es nicht, Biberstein. Die *Calwer Engelsait* galt als ungewöhnlich feines Wollgewebe und war auf den Märkten in Deutschland, Holland, England oder Frankreich unglaublich begehrt. Ein Blick dürfte sich lohnen.«

»Wir waren lange nicht mehr in Elbing«, fiel Heinrich dazu ein.

»Nahezu drei Jahre.«

»Was machen die Geschäfte dort?«

»In letzter Zeit habe ich nicht viel gehört, doch scheint mein Bruder sie zufriedenstellend zu leiten. Ab und an erreichen mich einige Taler, aber wirklich große Summen Geldes schickt er nicht auf die Straßen. Ich hoffe, er legt meinen Teil zurück, bis ich ihn holen kann.«

»Du hast seit jeher eine glückliche Hand in diesen Dingen, Schwanberg, und er scheint es dir nachzutun. Lass uns dem Herzog meinetwegen einen Erkundungsritt nach Calw vorschlagen. Ich wünsche um deinetwillen, dass er zustimmt. Es ist sonst wohl kaum üblich, dass der Diener dem Herrn die Aufträge aufschwatzt. Aber sei's drum.«

Eberhard reagierte erwartungsgemäß überrascht auf ihr Ansinnen und bat um kurze Bedenkzeit. Nachdem er mit seinen Räten gesprochen hatte, gab er ihnen zu verstehen, dass sie Calw einen Besuch abstatten und bei dieser Gelegenheit nach Zavelstein weiterreiten sollten, um der Herzogin und ihrem Gefolge Briefe und Geld zu überbringen.

Schloss Zavelstein, sechs Tage später

Janek ließ sich genüsslich in den Zuber sinken. Das nach Lavendel riechende Wasser war genau richtig temperiert, nicht allzu warm, denn der Ritt von Calw nach Teinach war schweißtreibend gewesen, trotz der schattenspendenden Wälder. Heinrich saß mit geschlossenen Augen in einem zweiten Holztrog neben ihm. Ein Diener schleppte weitere Eimer mit angewärmtem Wasser herein, um bei Bedarf nachzuschütten.

Schoss Zavelstein bot schätzenswerte Bequemlichkeit. Nachdem sie vor etwa drei Stunden angekommen und in der Torstube verpflegt worden waren, hatte man sie direkt in die Badstube geführt, die im Erdgeschoss des Wohntraktes lag. Die Wärme des heutigen Tages hatte kein Feuer verlangt, doch bei kühler Witterung konnte der Raum geheizt werden. Während sie ihre müden Glieder entspannten, spekulierten sie träge über die Frage, weshalb man ihnen sofort ein Bad angeboten hatte. Bisher war ihnen eine solch zuvorkommende Behandlung noch nicht widerfahren.

»Vielleicht«, meinte Heinrich, »stecken sie jeden zu allererst in ihr Heilwasser. Das könnte Krankheiten fernhalten oder böse Geister.«

»Vielleicht waren wir auch einfach zu schmutzig«, antwortete Janek, der bereits darüber nachdachte, wo in diesen Mauern sich wohl Marie aufhalten mochte.

Heinrich tauchte unter und ließ den Atem in großen Blasen entweichen. »Weißt du, Schwanberg«, sagte er, nachdem er wieder aufgetaucht war, »manchmal wünscht man sich doch, ein Fürst zu sein.«

»Das hängt davon ab, wann und wo.«

»Heute und hier?«

»Dem könnte ich etwas abgewinnen.« Janek wechselte das Thema: »In Calw sah es schlimm aus. Ein Wiederaufbau könnte Jahre dauern. Und ohne die Ansiedlung auswärtiger Handwerker wird es nicht gehen.«

»Kein Spinnrad, kein Webrahmen, kein Färberbottich mehr. Man könnte meinen, in Calw wäre noch nie Tuch hergestellt worden«, fasste Heinrich zusammen.

»Du sagst es. Vor allem gibt es kaum mehr Menschen. Bleibt zu hoffen, dass das einzigartige Wissen nicht mit ihnen verlorengegangen ist. Die Calwer haben ihr Handwerk verstanden.«

»Möchtest du dich dort niederlassen?«

»Es wäre sicherlich reizvoll. Doch mir fehlt die Erfahrung im Handel mit Tuch und Leder und die Zerstörungen sind zu groß.«

»Wobei ich dir alles zutraue, Schwanberg. Du würdest auch hier einen florierenden Handel aufbauen.«

»Zu viel des Lobes, Biberstein. Vielleicht ist eines meiner Geheimnisse das Wissen darum, wo ich gut und mit Erfolg investieren kann. In Calw wurden meine Sinne diesbezüglich nicht geweckt.«

»Wie du meinst«, sagte Heinrich, »ich werde dich gewiss nicht überreden. Bleiben wir also vorerst bei den Württembergern.«

Marie hatte gehört, dass zwei Boten aus Stuttgart angekommen waren. Da es bereits dämmerte, beschloss die Herzogin, diese erst am nächsten Morgen zu empfangen und legte sich bald zur Ruhe. Ihr Gefolge durfte sich zurückziehen. Marie begab sich in ihre Kammer und zündete eine Kerze an. Bevor sie sich hinlegte, nähte sie den Saum eines Unterkleides fest, der abgerissen war, und überprüfte bei dieser Gelegenheit alle ihre Gewänder auf Schadhaftigkeit und Verschmutzung. Anschließend löste sie ihr Haar, flocht es ein, betete und blies die Kerze aus.

Mitten in der Nacht schreckte sie aus dem Schlaf. Ihr war, als hätte sie das Geräusch einer sich öffnenden Tür gehört. Verwirrt stemmte sie sich auf die Unterarme. Etwas raschelte in der Dunkelheit und im nächsten Moment legte sich eine warme Hand über ihren Mund, den Schrei erstickend, der auf ihren Lippen lag.

»Schscht, Marie.«

Ihre Welt stand still. Sie konnte nur einen markanten, männlichen Schatten erkennen, doch seine Statur, seine Stimme und sein Geruch machten ihn unverwechselbar.

»Janek?«, wisperte sie.

»Ja. Hab keine Angst«, flüsterte Janek, bevor er vorsichtig die Hand von ihrem Mund nahm und zu ihrer Schulter gleiten ließ. Dann nahm sie seine Lippen wahr, die zärtlich ihre Stirn berührten, ihre Schläfen liebkosten, über ihre Wangen wanderten.

Sie richtete sich ganz auf und schlang ihm fest die Arme um den Nacken. Noch halb im Schlaf gefangen erschien ihr seine Anwesenheit wie ein Traumbild, das sich jederzeit auflösen konnte.

»Du bist es«, raunte sie ungläubig. »Du bist zurückgekommen zu mir.«

Statt einer Antwort spürte sie seinen Mund über ihren gleiten. Ihr Herz raste, als sie ihm ihre Lippen öffnete. Sie fuhr mit einer Hand in sein Haar, wühlte in seinen Locken. Er presste sie fest an sich, ohne den Kuss zu unterbrechen. Sein Bart strich rau über die zarte Haut ihrer Lippen, als er seinen Mund von ihrem löste und eine zärtliche Spur über ihr Kinn und ihren Hals zog. Marie legte den Kopf in den Nacken und stöhnte verhalten.

Unvermittelt ließ er sie los und stand auf.

»Warte«, sagte er zärtlich.

Als er wieder zu ihr kam, fühlte sie seine nackte Haut unter ihren suchenden Händen. Seine Finger glitten an ihrer Seite entlang, schoben ihr Hemd nach oben, entblößten Knie und Schenkel. Sie hob die Arme, damit er es über den Kopf ziehen konnte. Schwer atmend fand er ihre Brust, liebkoste sie mit Händen und Lippen, strich verlangend über ihren Bauch und ihre Hüften, entfachte ein Feuerwerk der Sinne. Ihre unterdrückten Seufzer ermutigten ihn. Sein kräftiger Körper drängte sie auf das Lager zurück, ließ sie sein Begehren spüren. Angst und Sehnsucht, Ungewissheit und unterdrückte Hoffnung, Wut und Schmerz verschmolzen zu heftiger Lust. Erst am frühen Morgen kamen sie erschöpft zur Ruhe.

Die Tage, die ihrem Wiedersehen folgten, waren strahlend und unbeschwert. Janek nutzte jede Gelegenheit, um ihr nah zu sein. Es kümmerte ihn nicht, dass seine Gefühle kaum jemandem verborgen blieben. Marie dagegen bemühte sich, nach außen hin gefasst zu wirken und die Tiefe ihres Verhältnisses möglichst zu verbergen, so dass Janek sie gerne an die Hand nahm und an einen einsamen Ort verschleppte, wie er es ausdrückte. Das vom Krieg weitgehend unberührte Tal mit seinen steilen Hängen bot ausreichend Unterschlupf und verkörperte einen Frieden, der ebenso bezaubernd wie irreal anmutete. Gemeinsam ließen sie die Zeit zu gestohlenen Augenblicken werden, jeder einzelne erlesen und unersetzlich. Als Janek und Heinrich ihre Abreise unmöglich länger aufschieben konnten, brach er mit Marie zu einem letzten Zusammensein auf.

Sie folgten einem kaum erkennbaren Pfad an einem der kleinen Bäche entlang, welche die Gegend durchzogen. Das Wasser nahm mit leisem Rauschen seinen Weg über Felsen und Geröll, bot hin und wieder einen trockenen Platz an, der zum Verweilen einlud. An einem solchen aßen sie Brot und Käse, das Janek beides in der Küche ergaunert hatte. Anschließend tauchten sie ihre Hände in das kühle Nass, löschten ihren Durst und bespritzten sich gegenseitig. Lachend liefen sie weiter, blieben immer wieder stehen, um sich zu halten und zu küssen, während die Nachmittagssonne freundliche Streifen zwischen Kiefern und Tannen malte. Mochte der Wald auch dicht sein, so gelang es ihm nicht ganz, das Sommerlicht auszusperren, welches ein strahlend blauer Himmel über den nördlichen Schwarzwald warf. Schließlich liebten sie sich auf dem weichen Waldboden, der würzig nach Harz und Moos duftete, nach Erde und Kräutern. Marie fühlte sich vollkommen eins mit der Natur und mit ihrem Leben. Doch dann, als die Schatten länger wurden, schlich sich eine unaufhaltsame Traurigkeit in ihr Glück.

»Morgen seid Ihr bereits weit fort«, meinte sie bekümmert.

»Niemals weit genug, um dich zu vergessen«, antwortete Janek und strich mit ruhigen Bewegungen über ihren Rücken.

»Es wird mit jedem Mal schmerzlicher.«

»Eines Tages wird uns nichts mehr trennen, Marie. Denn du und ich, wir scheinen füreinander bestimmt.« Er nahm sie fest in die Arme. »Selbst wenn ich fern bin von dir, uns hunderte Meilen trennen, bleibe ich doch der Deine.«

Er ließ sie los, setzte sich auf, griff nach seinem Wams und holte aus dessen Innentasche einen schmalen Silberreif. Dann nahm er ihre linke Hand in die seine. »Du gehörst zu mir, Marie. Ich möchte dich an meiner Seite wissen, für den Rest meines Lebens. Werde meine Frau.«

Marie begann heftig zu zittern. Sein Geständnis erschütterte sie und erfüllte sie zugleich mit einer solchen Freude, dass sie zunächst kein Wort hervorbrachte. Tränen liefen über ihr Gesicht.

»Das letzte Mal, als du weintest, habe ich Rosengarten verlassen«, sagte Janek leise.

Marie nickte.

»Möchtest du mir etwas sagen?«

»Ja«, brachte Marie hervor.

»Eine Antwort auf meine Frage?«

Nun lächelte Marie. »Mein Herz schlägt für Euch. Seit ich Euch kenne, vergeht kein Tag, an dem ich nicht an Euch denke. Wenn es einen Weg gibt für uns, dann ... ja, dann gehe ich an Eurer Seite. Solange ich lebe.«

Janek hob ihre Hand an und küsste jeden einzelnen Finger. Dann schob er das Schmuckstück über ihren Ringfinger.

»Bartholomäus wird sich freuen, wenn er über uns den Segen sprechen darf«, meinte er mit einem zufriedenen Grinsen.

»Bartholomäus?«

»Richtig, du weißt ja noch gar nicht, dass er wieder aufgetaucht ist. Und Frieder mit ihm.« Er erzählte ihr vom unerwarteten Wiedersehen. »Sobald du in Stuttgart bist, werde ich ihn bitten, uns zu trauen.«

Marie betrachtete ihre Hand. »Der Ring ist wunderschön.«

»Er ist aus Elbing. Er fasst ein schmales Band aus Bernstein ein, siehst du? Das Gold der Ostsee. Wenn eines Tages Frieden herrscht, bringe ich dich dorthin. Du sollst meine Mutter kennenlernen und meine Geschwister. Sie werden froh sein, dass mich ein Weib genommen hat.«

Marie schmunzelte, denn sie ahnte, dass an heiratswilligen Jungfrauen kein Mangel herrschte. »Hatten sie denn Bedenken?«, neckte sie ihn.

»Berechtigte«, sagte Janek schnell und verschloss ihren Mund mit einem Kuss.

Der Abschied am nächsten Morgen war tränenreich. Janek versicherte Marie noch einmal seiner unbedingten Treue, ehe er und Heinrich aufsaßen. Allein und traurig zog sie sich auf den Bergfried des Schlosses zurück. Sie fühlte eine Starre auf ihrer Seele lasten, die alle Regung unterband. Über unzählige Stufen, die an den Seitenwänden des quadratischen Turmes entlangliefen, erreichte sie die Plattform. Ein frischer Wind spielte in ihrem Haar, als sie über die weite Landschaft sah, ein Meer ineinandergreifender Bergrücken, getaucht in die unterschiedlichsten Blaugrüntöne, durchzogen von idyllischen Tälern. Hier oben fühlte sie sich freier, dem Himmel näher, versuchte in tiefen Atemzügen ihren inneren Gleichklang wiederzufinden. Sie beobachtete die Schwalben, die ihre unter den Dachfirsten liegenden Nester hüteten und einen Habicht, der sich von einem günstigen Aufwind weithin tragen ließ. Schließlich glitt ihr Blick über den Horizont und blieb an den hellen Schleierwolken hängen, die gemächlich dahinzogen. Ihnen gab sie ihren stummen Gruß an den Liebsten mit.

Vor Breisach,
Ende Juli des Jahres 1639

Die junge Breisacherin auf seinem Lager drehte sich auf die andere Seite und murmelte etwas Unverständliches. Kurz darauf verrieten ihre regelmäßigen Atemzüge, dass sie wieder eingeschlafen war. Er schlug den Eingang seines Zeltes zurück und trat in den warmen Sommerabend hinaus. Sie war umgänglich gewesen, das hübsche Ding, hatte sich nicht groß gewehrt, als er sie mitgenommen hatte, und war ihm ohne Geziere zu Diensten gewesen. Ein glücklicher Umstand für ihn, aber auch für sie, denn die Mädchen hatten keine Wahl. Widerstand machte alles nur schlimmer und es musste wirklich nicht mit einem solchen Geschrei einhergehen, wie in manch nächstgelegenem Zelt. Eine Frau gegen ihren Willen zu nehmen, war befreiend nach einem Kampf, wenn der Kopf noch rauschte, aber nicht in der raren Behaglichkeit eines Lagers, zumindest nicht für ihn. Dieser unerwartete Überrest an Menschlichkeit in seiner Seele war geradezu amüsant und er konnte nicht umhin, in sich hinein zu kichern.

Er würde sie bald gehen lassen, denn seine Tage hier waren gezählt. Breisach war längst gefallen und seit dem Ableben Bernhard von Weimars Mitte des Monats in Neuenburg gab es keinen Grund mehr, zu bleiben. Bislang hatte er auf einen erneuten Feldzug ins Württembergische gehofft, doch diese Erwartung war mit seinem Feldherrn gestorben. Sie war unerwartet gekommen, die Todeskunde, und hatte ihn durchaus bewegt. Wenn er ihn auch nicht sonderlich gemocht hatte, den Weimarer, so zollte er doch dem mutigen Kämpfer Respekt, der viel gewagt und kaum etwas gefürchtet hatte. Selbst herbe Rückschläge waren ihm niemals Anlass gewesen, an der großen Sache zu zweifeln, geschweige denn, sie aufzugeben. Gestorben war er jedoch nicht auf dem Schlachtfeld oder in einem Zweikampf. Ein plötzliches, krampfartiges Fieber soll seinen Leib derart umklammert haben, dass keiner mehr helfen konnte. Inzwischen gab es Gerüchte, der Feldherr sei vergiftet worden. Ganz auszuschließen war das sicherlich nicht, hatte er doch Feinde genug gehabt. Für ihn bedeutete die Wendung der Dinge ein klares Signal, den Schauplatz zu verlassen. Unvorbereitet war er nicht. Lediglich eine längere Wanderung stand vor ihm, doch daran war er gewöhnt. Sein Ziel war Pfullingen, Amtssitz der *Pfandschaft Achalm*. Die österreichische Erzherzogin Claudia hatte sich dort festgesetzt, um dem württembergischen Herzog weitere Stücke seines Landes abzunagen, das wusste er von einem kaiserlichen Obristwachtmeister, den sie einige Wochen lang gefangen gehalten hatten, bis er im Austausch gegen einen Offizier Weimars wieder freigelassen worden war. Nach dem Fall Breisachs mussten die Österreicher umso zwingender die Interessen Claudias im Elsass verteidigen. Er rechnete sich also gute Chancen aus, sich dort endlich so nachdrücklich beweisen zu können, dass eine Erneuerung seiner Ansprüche auf Schwanberg Gehör finden würde. Immerhin war ihm die Herzogin aus Wien als ehrgeizig und weitgehend skrupellos in Erinnerung. Wenn noch etwas erreicht werden konnte, dann über sie. Und nicht zuletzt musste er nach Stuttgart, um Janek von Schwanberg zu stellen. Sollte er sein Land auch auf diese Art nicht bekommen, dann wollte er wenigstens Genugtuung.

Vierter Teil

Die Schwingen des Friedens

24. Kapitel

Anders sein und anders scheinen,
Anders reden, anders meinen,
Alles loben, alles tragen,
Allen heucheln, stets behagen,
Allem Winde Segel geben,
Bös und Gutem dienstbar leben,
Alles Tun und alles Dichten
Bloß auf eignen Nutzen richten:
Wer sich dessen will befleißen,
Kann politisch heuer heißen.

Friedrich Freiherr von Logau (1605–1655),
»Weltkunst«

Stuttgart,
Mitte Juli des Jahres 1640

Er hatte nicht zu hoffen gewagt, dass die Dinge einfacher werden würden, sobald er auf seinen Thron zurückgekehrt war. Und daran hatte Eberhard von Württemberg gut getan, andernfalls wäre er tief enttäuscht gewesen. Nicht nur, dass viele seiner altgedienten Räte im Laufe der letzten Jahre den Weg alles Irdischen gegangen waren und nun fehlten. Nein. Seine Brüder standen in fremden Diensten, der eine in Frankreich, der andere in Venetien. Drei Schwestern waren unversorgt und hingen von ihm ab, dazu kamen weitere Verwandte, die seine Unterstützung brauchten. Die im Grunde höchst erfreuliche Fruchtbarkeit seiner Ehe ging einher mit einer unerfreulichen Säuglingssterblichkeit, der dritte Sohn war im November zur Welt gekommen und kurz darauf dahingeschieden. Wenigstens lebte der Erstgeborene, doch auch er war noch nicht den Kinderschuhen entwachsen und das Leben hing in diesen frühen Jahren stets an einem seidenen Faden. Er konnte nur hoffen, dass die Herzogin bald wieder schwanger ging.

Abseits aller persönlichen Unbill verging kein Tag, der nicht irgendeinen Verdruss in den Regierungsgeschäften mit sich brachte. Da hatte er erfahren müssen, dass Bernhard von Weimar – Gott sei seiner Seele gnädig – jahrelang als Schutzpatron für den Hohentwiel aufgetreten war und Konrad Widerhold, den aufsässigen Kommandanten, militärisch unterstützt hatte. Kein Wunder, dass die Übergabe der Feste an den Kaiser verhindert worden war, damals, als er dies so dringend gefordert hatte. Nicht eine einzige der anderen württembergischen Höhenfestungen hatte dem Belagerungsdruck der Kaiserlichen auf Dauer standgehalten. Wenngleich man Widerhold für seinen Starrsinn bewundern musste, war all das ohne Rücksprache mit Eberhard geschehen, und die herzogliche Autorität damit auf unannehmbare Weise untergraben worden. Selbst der Erzherzogin Claudia hatte er sich nicht ergeben, der alte Haudegen, wohingegen er selbst, der württembergische Herrscher, kaum mit ihr fertig wurde. Inzwischen hatte sie ein Auge auf Urach geworfen. Gnadenlos zerrte sie alte habsburgische Ansprüche auf herzogliches Gebiet hervor und forderte es im Namen ihrer Kinder. Zu allem Unglück war den Österreichern mit der Festung Hohenasperg auch das herzogliche Archiv in die Hände gefallen, darunter einige Urkunden, auf welche sie ihre Anwartschaften stützen konnte, und so ging sie mit erheblicher Vehemenz vor. Nicht nur ihm, sondern auch den württembergischen Amtsleuten in den betroffenen Regionen wurde das Leben nun reichlich schwer gemacht, es war eine ständige Zerreißprobe.

Überhaupt war die Verteidigung der evangelischen Sache aufreibend. Das selbstherrliche Auftreten der Jesuiten wollte im Zaum gehalten werden und die Rangeleien mit den katholischen Ordensleuten begleiteten ihn wie das Fasten den Karfreitag.

Und noch immer mangelte es im Herzogtum an allem. Von Jahr zu Jahr zitterte man um die Ernte, von der alles Gedeihen abhing. Die extremen Wetterkapriolen der vergangenen Jahre waren ebenso schwierig zu bewältigen gewesen wie die unabsehbaren Wendungen des Krieges.

Doch es gab Bewegung. Ein weiterer Reichstag stand bevor und Eberhard witterte neue Hoffnung. Zugleich hatte er beschlossen, die Reise nach Regensburg nicht selbst anzutreten, sondern Vizekanzler Andreas Burckhardt zusammen mit zwei seiner fähigsten Räte zu entsenden. Bevor diese aufbrachen, beraumte er im Landschaftshaus eine Zusammenkunft an, um seine Vorgaben zu präsentieren. Denn für Württemberg stand viel auf dem Spiel.

»Wir sehen mehreren Problemen entgegen«, eröffnete der Herzog die Gespräche an diesem Abend. »Eines der drängendsten davon ist wohl die Tatsache, dass der Prager Friede das Wort nur im Namen trägt. In Wirklichkeit ist er zu einem neuen Kriegsbündnis verkommen. Seit die Franzosen mittun, haben wir noch mehr ausländisches Volk, das sich an unserem Land schadlos hält. Wir kommen nicht umhin, endlich auf einen Frieden hinzuwirken, der das gesamte Reich umfasst und allen fremden Mächten den Weg nach Hause weist.«

Der Geheime Regimentsrat Jäger, der zu Jahresbeginn bereits den Kurfürstentag in Nürnberg besucht und dabei die Vorbereitungen für den Reichstag beobachtet hatte, nickte zustimmend. »Wahr gesprochen. Auch wenn es widersinnig klingt, so ist fast nur noch der Kaiser selbst in der Lage, den deutschen Boden zu verteidigen gegen die Schweden und die Franzosen. Hoffen wir, dass sein Friedenswille ernsthaft ist und er den Reichstag nutzen kann, um die deutschen Fürsten davon zu überzeugen.«

»Selbst der Kaiser ist nicht mehr Herr der Lage«, meinte der Vizekanzler, »und das macht es nicht einfacher. Denn eines ist klar: Auch wenn verhandelt wird, geht der Krieg weiter und zwar so lange, bis ein Friedensschluss offiziell verkündet wird.«

»So ist es«, meldete sich Oberrat Janowitz zu Wort. »Und bis dahin wird sich ein jeder noch bestmöglich aufstellen wollen und schon allein deshalb weiterkämpfen. Die ständigen Gefechte, welche zwar für Unruhe sorgen, aber keine großen Verschiebungen mehr bewirken, belasten alle. Je eher man am Verhandlungstisch sitzt, desto besser.«

»Da habt Ihr recht. Keiner hat mehr die Kraft, sich durchzusetzen. Umso mehr bin ich mir sicher, dass der Kaiser ernsthaft nach Möglichkeiten sucht, um die innere Krise des Reiches zu beenden und die Grundlage für die Eröffnung eines Friedenskongresses mit Schweden und Frankreich zu schaffen«, unterstrich Jäger. »Allerdings hofft er auch auf umfangreiche Kontributionszahlungen der Reichsstände.«

»Württemberg kann keinen einzigen Taler mehr aufbringen, nicht für Kontributionen und noch weniger für die Fortführung des Krieges. Den anderen Fürsten wird es ähnlich gehen«, sagte der Herzog. »Und da in Regensburg vor allem um die Voraussetzungen für Friedensverhandlungen debattiert werden wird, müssen die württembergischen Angelegenheiten mit Nachdruck vorangetrieben werden. Jedes Pfund in der Schale zählt.«

»Vor allem die Klöster wiegen schwer«, betonte Burckhardt.

»So ist es«, antwortete Eberhard. »Die Prälaten möchten eine Anerkennung als Reichsstände durchsetzen und sie hoffen nicht ohne Grund. Sollten sie erfolgreich sein, haben wir die Klöster endgültig verloren. Württemberg besteht deshalb darauf, dass eine Sezession der katholischen Besitzer null und nichtig ist. Weist bei allen sich bietenden Gelegenheiten auf diese Tatsache hin! Zugleich werden die protestantischen Stände in diesen Tagen schriftlich über die schwierige Lage

Württembergs informiert, so dass sie unsere Sache unterstützen. Und daneben, nicht zu vergessen, stehen die unrechtmäßigen Ansprüche der Claudia von Tirol. Württemberg kann nicht dergestalt zerschlagen bleiben. Derzeit untersteht kaum ein Drittel des Herzogtums dem rechtmäßigen Fürsten. Rekatholisierte Gebiete müssen zurückgegeben und die Besitzstände der Protestanten anerkannt werden.«

»Die Dinge erfordern eine stichhaltige Argumentation«, sagte Burckhardt. »Vor allem die Forderungen der Erzherzogin stützen sich auf Pfandschaften. Damit sie die Gebiete aber auch tatsächlich zugesprochen bekommt, müssten diese von Österreich ausgelöst werden. Und die Pfandsummen sind hoch. Da die Erzherzogin bisher keinen Kreuzer herausgerückt hat, weil sie das nötige Geld vermutlich gar nicht besitzt, entbehren ihre Erwerbungen jeder Rechtsgrundlage.«

»Und das weiß sie«, ergänzte Eberhard. »Deshalb hat sie Söldnerheere angeworben und einen *Gubernator* eingesetzt. Sie wird keinen Schuh weichen.«

»Aus ihrer Sicht ist das verständlich«, meinte Janowitz, »denn je mehr Tatsachen sie schafft, desto besser ist ihre Verhandlungsposition. Wir sind gewarnt, Euer fürstliche Gnaden.«

»Es wird nicht einfach werden«, sagte Eberhard eindringlich. »Gebt dem Kaiser zu bedenken, dass die Gewalt in den von ihr okkupierten Gebieten ständig zunimmt und sie auf jegliche Intervention gleichgültig reagiert. Es ginge nun mal nicht ohne *Inconvenientien*, so ließ sie kürzlich verlauten.«

»Seid gewiss«, versicherte Jäger dem Herzog, »dass wir unsere Pflicht ernst nehmen und uns beim Kaiser Gehör verschaffen.«

»Abgesehen von Regensburg frage ich mich noch etwas anderes, etwas Grundsätzliches«, meinte Burckhardt. »Gesetzt den Fall, wir sind erfolgreich und es wird eines Tages Frieden geben. Müsste man sich nicht schon heute darüber Gedanken machen, wie die riesigen Armeen in Deutschland aufgelöst werden können? Es gibt hunderttausende Söldner, die keine andere Form des Auskommens kennen, als zu rauben und zu morden. Frieden ist für diese Leute ein Wort, unter dem sie sich nichts vorstellen können.«

»Das wird in der Tat die nächste Herausforderung werden«, antwortete Eberhard. »Die Heere sind inzwischen nicht mehr zu kontrollieren und sie werden täglich größer. Und was dort zusammenkommt, ist selten mehr als ein Haufen Plünderer.«

»Abgesehen von den Hauptkampflinien entlang der Elbe und am Rhein«, bemerkte Burckhardt.

»Und wer sollte es den Menschen verdenken? Natürlich ist ein jeder lieber auf der Seite der Räuber, als auf jener der Beraubten«, stellte Jäger fest. »Der Krieg hat Urgewalten entfesselt. Sie wieder einzufangen und darauf neu aufzubauen, wird die schwerste Aufgabe von allen werden.«

Stuttgart, Esslinger Vorstadt, 29. Juli des Jahres 1640

Strahlend vor Glück stand Marie neben Janek in der dreischiffigen Halle der Leonhardskirche. Sie trug ihr bestes Gewand, ein Kleid aus gemusterter, hellgrüner Seide, mit spitzenbesetzten Ärmeln und einem zur Seite gerafften Rock, der ein zartes Unterkleid hervorblitzen ließ. Ihr Haar hatte sie aufgesteckt, einige lose Strähnen umrahmten in natürlichen Locken ihr Gesicht. Sie sah zu ihrem Bräutigam auf, der fest ihre Hand hielt. Marie durchlief ein leichter Schauer, als er mit einem Lächeln gelobte, sie zu lieben und zu ehren bis ans Ende seiner Tage. Er war dunkel gekleidet, so wie er es bevorzugte, über dem geknöpften schwarzen Wams aus Samt lag ein dezenter Spitzenkragen. Den Hut hatte er beim Betreten der Kirche abgenommen, eine Haarsträhne fiel ihm in die Stirn und gab seiner imposanten Erscheinung etwas Verwegenes.

Als die Reihe an Marie war, versprach sie ihm mit klarer Stimme die Treue und spürte seinen ruhigen Händedruck, bevor er ihre Finger wieder freigab. An ihrer linken Hand glänzte nun ein schmaler, goldener Ring.

Bartholomäus zelebrierte die Trauung mit sichtlicher Freude. Janek wusste zwar nicht, wie er es geschafft hatte, als falscher Jesuit eine protestantische Trauung zu arrangieren, ohne größeres Misstrauen zu erregen, doch er kannte Bartholomäus' Überredungskunst. Die Zeremonie folgte denn auch keinem vorgegebenen Ritus, aber die Worte seiner Ansprache waren ehrlich, warm und heiter. Heinrich und Frieder waren zu Trauzeugen bestimmt worden und Janek hatte am Vorabend mit seltener Gelassenheit die unvermeidlichen poetischen Rezitationen über sich ergehen lassen.

Ansonsten hatten sie die Hochzeit mit Zurückhaltung geplant. Janek war immer noch viel unterwegs, und deshalb schien es ihnen im Moment am sinnvollsten, noch keinen eigenen Hausstand zu gründen. Marie würde vorerst am Herzogshof bleiben, genauso wie Janek in Diensten Württembergs. Bereits in sechs Wochen sollte er mit einer Gesandtschaft nach Innsbruck reisen. Für die Zukunft allerdings spekulierte er darauf, eine eigene Herrschaft zu übernehmen. Er wollte aufbauen, wo zerstört worden war, und pflanzen, wo Feld und Acker brachlagen. Dabei war Schwanberg nicht länger die alleinige Option, auch wenn ihn eine Rückkehr in seine böhmische Heimat nach wie vor reizte. Solange Marie mit ihm ging, konnte er sich ebenso gut vorstellen, eines der zahllosen verwaisten Gebiete zwischen Württemberg und Franken zu übernehmen und mit neuem Leben zu füllen. Bis dahin lag noch ein Stück Weges vor ihnen, das wussten sie beide. Aber mit dem Versprechen, das sie sich heute gegeben hatten, war der Grundstein für ihre Zukunft gelegt.

Als er mit Marie am Arm aus der Kirche trat, erfüllte ihn ein wunderbares Hochgefühl. Der einzige Wermutstropfen an diesem strahlenden Sommertag war, dass Ebba und Conrad, die noch immer in Straßburg lebten, nicht dabei sein konnten. Janek wusste, dass Marie unter der Trennung von ihrer Schwester litt, auch wenn sie es nicht zeigte. Er hoffte, dass der Tag nicht mehr fern sein möge, an dem sie sich wiedersahen.

Auf dem Platz vor der Kirche herrschte das übliche Treiben. Die Esslinger Vorstadt war vor allem von Handwerkern bewohnt; Gerber, Färber und Wagner nutzten den durchfließenden Nesenbach, um ihr Gewerbe zu betreiben. Einige Kinder hatten sich versammelt. Mager und schmutzig beäugten sie neugierig die Fremden in ihrer Mitte. Marie reichte ihnen ein Almosen. Anschließend lud das Hochzeitspaar einen plötzlich ungewohnt nachdenklichen Bartholomäus und zwei äußerst gut aufgelegte Trauzeugen in ein nahegelegenes Gasthaus zum Hochzeitsschmaus ein. Während des Essens kam eine rege Unterhaltung auf, die sich zu Janeks Bedauern recht schnell dem Kriegsgeschehen zuwandte. Er war froh, dass Marie neben ihm keineswegs unangenehm berührt zu sein schien, sondern interessiert zuhörte. Er beugte sich zu ihr. »Das sind eben die Angelegenheiten der Männer«, flüsterte er entschuldigend.

»Sorge dich nicht«, wisperte sie zurück, »dieses ist deine Welt und ich bin dankbar, etwas darüber zu erfahren.«

Sie lächelte ihn an und deutete dezent auf Heinrich, der eben eine launige Neuigkeit über den schwedischen Feldmarschall Banér zum Besten gab. Janek nickte und hörte zu. Er kannte ihn ja selbst, den altgedienten Kriegsmann, vor allem als ungeduldig und schlecht gelaunt.

»Stellt euch vor«, erzählte Heinrich mit humorvollem Pathos. »Die Frau des Feldmarschalls stirbt im letzten Mai und er stürzt in abgrundtiefe Trauer. Er lässt sich gehen, ergibt sich dem Trunk, ist für niemanden zu sprechen. Doch ein paar Tage später, als sie unter die Erde gebracht wird, erblickt er über das frische Grab seiner geliebten Gemahlin hinweg die Tochter des badischen Markgrafen.«

»Sie wird halt zufällig dort gestanden haben«, grunzte Bartholomäus.

»Oder das Schicksal hat sie dorthin gestellt, sei's, wie's sei, jedenfalls«, fuhr Heinrich fort, »wirbt der alte Banér seither um das junge Ding, und zwar so heftig, dass man ihn angeblich nur mit Mühe davon abhalten kann, die Ehe noch vor der Hochzeit zu vollziehen.«

Marie hob die Hand vor den Mund, um ein verlegenes Lächeln zu verbergen und Frieder sah der recht üppigen Schankmagd nach, die soeben einen Krug Bier auf den Tisch gestellt hatte.

»Dann sollte er es nicht mehr lange aufschieben und sich ihrem Vater erklären«, meinte Janek und warf seinem Freund einen Blick zu, der besagte, was er von seinem illustren Beitrag hielt.

»Man erwartet die Vermählung im September«, verkündete Heinrich ungerührt, zwinkerte Marie zu und bedachte Janek mit einem Grinsen. »Und dann gewinnt er nicht nur ein Mädchen, das sein Bett wärmt, sondern wird auch noch der Schwiegersohn des Markgrafen von Baden.«

»Alter Schwede«, brummte Bartholomäus.

Marie legte Janek beruhigend eine Hand auf den Arm. Sie wollte keine Missstimmung an ihrem Hochzeitstag und hatte gespürt, dass ihr Bräutigam nahe dran war, seinen Waffenbruder gehörig in die Schranken zu weisen. »Wirklich, es stört mich nicht, so etwas zu hören«, sagte sie leise. »Ich bin unter Männern aufgewachsen. Da ging es nicht besser zu.«

Zu fortgeschrittener Stunde spielten einige Musikanten zum Tanz auf. Bartholomäus, dank des schmackhaften Bieres seiner Lethargie entrissen, grölte aus voller Kehle die schwungvolle Melodie mit. Frieder scharwenzelte um die Schankmagd herum und das Brautpaar gesellte sich zu den Tanzenden. Heinrich, der an einem Stützbalken lehnte, mahnte seinen Freund scherzend von Zeit zu Zeit, es nicht zu übertreiben, schließlich stünde ihm noch ein wenig Arbeit bevor in dieser Nacht.

Janek lachte nur und drehte Marie, bis ihr schwindelig wurde. Selbst wenn er heute Abend allein die Wiener Hofburg gestürmt hätte, würde er die Kraft aufbringen, bei ihr zu liegen. Er bedeutete seinem Freund, dass es vielmehr die allzu forsche Hochzeitsgesellschaft war, die seiner Brautnacht noch im Wege stand. Endlich zeigten ihre Gäste Erbarmen und verabschiedeten sich, konnten es sich aber nicht verkneifen, eine Reihe ebenso unumgänglicher wie überflüssiger Ratschläge zu hinterlassen. Aber das focht Janek nicht mehr an. Er war mit Marie allein.

Ihre erste gemeinsame Nacht als Ehepaar verbrachten sie in einem heruntergekommenen Zimmer des Gasthauses. Doch sie störten sich weder an Schmutz noch Feuchtigkeit, nicht an den kleinen Nagern, die die Wände entlanghuschten und auch nicht am Grunzen und Schnarchen aus den angrenzenden Kammern. Diese Stunden gehörten nur ihnen.

25. Kapitel

Gewissen hin, Gewissen her,
Ich achte viel mehr die zeitliche Ehr,
Dien nicht um Glauben, dien um Geld,
Gott geb, wie es geh in jener Welt.

Spottlied aus dem Dreißigjährigen Krieg

Die Pfandschaft Achalm,
Ende September des Jahres 1640

Er hatte sein Pferd gesattelt und schwang sich hinauf. Der Wallach war zwar schon älter und nicht allzu schnell, aber er ließ sich gut leiten, deshalb war er mit ihm zufrieden. Richtig gute Gäule gab es ohnehin kaum mehr. Er drückte dem Tier die Sporen in die Flanken.

Gut vier Monate war er nun schon in der *Pfandschaft* und bisher hatte er nur Chaos erlebt. Den ständig wechselnden österreichischen Verwaltern im Pfullinger Schloss gelang es weder, eine funktionierende Administration zu etablieren, noch sich mit der Bevölkerung der *Pfandschaft* zu arrangieren. Diese sah in Habsburg nichts anderes als eine feindliche Besatzung, verweigerte den vorgeschriebenen katholischen Gottesdienst, schickte ihre Kinder nicht in die katholische Schule und zeigte bei jeder sich bietenden Gelegenheit, dass sie sich nach wie vor dem württembergischen Herzog zugehörig fühlte. Zudem war lange Zeit nicht sicher gewesen, ob der Kaiser das Gebiet auch wirklich der Erzherzogin zusprechen würde. Wenigstens diesbezüglich herrschte inzwischen Klarheit.

Um ihren widerspenstigen Untertanen den erforderlichen Respekt abzunötigen, ging Claudia von Tirol militärisch vor. Soldaten unterschiedlicher Nationen belegten nun die Orte und Ämter, darunter viele Spanier. Koordiniert wurden sie von Graf Otto von Friedberg-Scheer und der Mann hatte gehandelt, das musste man ihm lassen. Als zu Beginn des Herbstmonats die Abgaben fällig geworden waren, die Einwohner aber den Zehnten verweigerten, hatte er umgehend einen Trupp Soldaten in die Ortschaft Metzingen abkommandiert. Die Gemeinde galt als tonangebend und besonders wehrhaft. Viele der umliegenden Orte folgten in ihrem Gebaren den Entscheidungen der Metzinger Amtspersonen. Und da die dortige Bürgerschaft im August drei gestandene Reiterkompanien verjagt hatte, musste ein Exempel statuiert werden.

Also waren sie aufgebrochen, um die Metzinger an ihre Pflichten zu erinnern. Zusammen mit etwa zwei Dutzend weiteren Söldnern hatte er für den nötigen Respekt gegenüber dem Haus Habsburg gesorgt. Mit angelegten Waffen und gezücktem Degen waren sie durch den Ort gegangen, hatten die Leute gehörig eingeschüchtert und sich anschließend die Quartiere zuweisen lassen. Er selbst hatte es nicht schlecht getroffen gehabt, das Lager war nicht allzu hart gewesen und das Dach über seinem Kopf einigermaßen dicht. Doch als der erste Hunger sich regte, wuchs die Wut, denn die Bürger hatten sie nur leidlich mit Essen versorgt. Einige Tage lang hatten sie abgewartet, dann waren sie in die Metzinger Weinberge gestiegen, hatten die Trauben abgeschnitten und an Ort und Stelle verspeist. Abgesehen davon, dass diese recht sauer gewesen waren, hatten ihnen die verärgerten Mienen der Metzinger eine rechte Freude bereitet. Weit weniger erfolgreich war allerdings die Eintreibung des Zehnten gewesen. Hier war der württembergische Herzog den Österreichern zuvorgekommen, woraufhin sie die Einwohner deutlich spüren ließen, was sie davon hielten, und ihnen die letzten Reste abpressten. Er selbst war mit grimmigem Eifer dabei gewesen, hatte ein Ventil gesucht für den maßlosen Ärger darüber, dass sein Dienst in der *Pfandschaft* bisher nicht das war, was er sich erhofft hatte. Es war ihm nicht gelungen, eine Schlüsselstellung einzunehmen, die außergewöhnliche Lorbeeren versprach und ihn in Innsbruck für Höheres empfahl.

Sein Pferd bewegte sich in flottem Trab über die Straße. Dass er sich ohne Rücksprache mit einem Vorgesetzten aus Metzingen entfernte, machte ihm keine Sorgen. Es war höchste Zeit, dass er bei der Verwaltung in Pfullingen vorsprach, sonst würde er die kommenden Jahre damit zubringen, von Ort zu Ort befohlen zu werden, um Abgaben einzutreiben. Und seine Träume drohten, gänzlich zu scheitern.

Während der letzten Wochen hatte er versucht, seinen Standort im Leben zu bestimmen, und war kläglich daran gescheitert, irgendeinen nennenswerten Erfolg zu erkennen. Nach der Nördlinger Schlacht hatte er auf einen schnellen Aufstieg bei den Kaiserlichen gehofft, doch trotz anfänglicher Erfolge war Piccolominis Protektion keinen Pfifferling wert gewesen. Und die Entscheidung, sich Bernhard von Weimar anzuschließen, hatte lediglich den Beginn eines simplen Söldnerdaseins markiert. Er diente, wo man ihn gut bezahlte und zog weiter, wenn es opportun erschien. Auf diese Weise hatte er die vergangenen sechs Jahre zugebracht, dabei gewiss einige Taler verdient, aber von der Erfüllung seines Schicksals war er meilenweit entfernt. War es nicht erst im letzten Herbst so gewesen? Hatte er nicht entgegen seinem ursprünglichen Plan, von Breisach direkt nach Pfullingen zu gehen, zunächst auf der östlichen Rheinseite bei der kaiserlichen Armee angeheuert, weil ein stattlicher Sold lockte?

Nachdem er mit sich selbst derart konsequent ins Gericht gegangen war, hatte er versucht, sich neu zu motivieren. Denn noch war nichts verloren und immerhin hatte ihn der Gedanke an Schwanberg im späten Frühjahr weitergetrieben.

Er musste lediglich seine Kräfte bündeln und präziser ausrichten.

Es war noch hell, als er vor dem Pfullinger Amtssitz der Österreicher ankam. Eine Magd öffnete ihm das Tor. Er gab vor, eine eilige Meldung aus Metzingen zu überbringen, woraufhin man ihn sofort zu Johann Jakob Hennenberger brachte. Der gute Mann hatte erst kürzlich den Verwalterposten übernommen und konnte sicherlich jede Überstützung gebrauchen.

Hennenberger war allein, und da es um die Zeit der Abendmahlzeit herum war, lud man ihn ein, mit dem Verwalter zu speisen. Während des Essens gelang es ihm dann, das Gespräch geschickt weg von seiner vermeintlichen Botschaft auf all die Dinge zu lenken, die er in den letzten Jahren für Österreich geleistet hatte. Seinen Werdegang schmückte er dabei nach Gutdünken aus und Hennenberger zeigte sich vorsichtig beeindruckt. Als sie sich an diesem Abend mit dem letzten Tropfen Wein in ihren Bechern zuprosteten, war der Verwalter davon überzeugt, einen patenten Mitstreiter für die schwierige österreichische Mission in der *Pfandschaft* gefunden zu haben. Und er selbst war das erhoffte Stückchen weitergekommen.

Die Innsbrucker Hofburg, 6. Oktober des Jahres 1640

»Wenn die Herren so gut sein möchten, einen Blick hierauf zu werfen«, sagte der erzherzogliche Kanzler Wilhelm Bienner und schob Bernhard Planer eine Urkunde zu. Aufmerksam las der württembergische Gesandte die akkuraten Zeilen.

»Achalm und Hohenstaufen sind Pfandschaften des Hauses Österreich und können ausgelöst werden«, erläuterte Bienner hilfreich.

Janek beobachtete Planer und konnte förmlich sehen, wie es hinter der Stirn des Juristen arbeitete.

»Dieser Pfandbrief datiert aus dem Jahr 1366«, antwortete der Württemberger schließlich. »Das Recht des Inhabers erlischt aber nach einhundert Jahren. Dieser Zeitraum ist abgelaufen, die Erzherzogin kann hieraus keinen Anspruch mehr ableiten.«

»Hier sind wir an einem Punkt, der bereits wiederholt genannt wurde: Die Grafen von Württemberg haben sich diese Besitzungen damals widerrechtlich angeeignet«, entgegnete Bienner.

»Die Gebiete wurden über Generationen innerhalb des Hauses Württemberg rechtmäßig weitervererbt«, widersprach Planer. »Es kann deshalb keine anderen Ansprüche geben. Indem sich das Haus Österreich-Tirol gewaltsam der Pfandschaften bemächtigt hat, verstößt es gegen das Reichsrecht. Eine derartige Okkupation ist nicht legal. Die Reichsgerichtsordnung verlangt die Einhaltung des juristischen Weges. Dies ist nicht erfolgt, stattdessen lässt Österreich-Tirol Söldnertruppen aufmarschieren, die das ganze Land in den Ruin stürzen.«

Er sah zu Janek und fuhr fort: »Und diesbezüglich sind wir im Besitz eindeutiger Beweise. Jede belegbare Gewalttat wurde aufgezeichnet.«

Janek, der zusammen mit Planer im Auftrag des Herzogs nach Innsbruck gereist war, stand auf und reichte dem Gesandten einen Stapel mit Dokumenten. Noch bevor der österreichische Kanzler einen Blick darauf werfen konnte, meldete sich Erzherzogin Claudia selbst zu Wort, die sich bisher im Hintergrund gehalten hatte.

»Die Besitzungen der erzherzoglichen Nachkommen befinden sich in Vorderösterreich. Sie wurden in den vergangenen Jahren mehrmals bedrängt, so dass sie gezwungen waren, eigene Truppen aufzustellen. In diesem Falle handelte es sich um Notwehr, nicht um eine gewaltsame Übernahme, und verstößt damit nicht gegen das Reichsrecht.«

Claudia von Tirol, fand Janek, war eine Frau, die beeindruckte. Obwohl sie nur gebrochen deutsch sprach, strahlte sie große Autorität aus und zeigte trotz der schwarzen Witwenrobe, die sie stets trug, Spuren vergangener Schönheit. Ihren Augen entging nichts und in ihrer Stimme schwang eine leise Leidenschaft mit, wenn sie von ihren südwestdeutschen Besitzungen sprach. Unter anderen Umständen hätte er sie durchaus schätzen können, denn sie kämpfte ebenso für ihre Sache, wie der württembergische Herzog für die seine.

»Ich bitte Euch ausdrücklich, diese Aufzeichnungen zu betrachten«, ließ sich nun wieder Bernhard Planer vernehmen. »Es sind Gräueltaten vermerkt, die nichts mit Notwehr zu tun haben und damit, ich wiederhole mich, eindeutig gegen das Reichsrecht verstoßen.«

Die Erzherzogin ließ sich die Unterlagen reichen und überflog einige Blätter. »Eine Gewaltanwendung wurde niemals befohlen«, sagte sie dann. »Von diesen Untaten ist nichts bekannt. Und Soldaten zur Sicherung wären nicht nötig, wenn Euer Herzog nicht auf seinem Standpunkt beharrte.« Damit übergab sie die Papiere und das Wort wieder an ihren Kanzler, der durch die Verhandlung führte.

Seit dem Morgen diskutierten sie bereits die Rechtslage in den besagten Gebieten und es zeichnete sich ab, dass keine der beiden Seiten gewillt war, von ihrem Standpunkt abzurücken. Ginge es so fort, müsste die Gesandtschaft unverrichteter Dinge nach Württemberg zurückkehren.

Planer legte noch einen letzten Trumpf auf den Tisch: »Es liegt eine offizielle Beschwerde des württembergischen Herzogs bezüglich der durch Österreich verursachten Gewalttätigkeiten beim Kaiser vor, eingereicht beim Reichstag in Regensburg, der derzeit tagt. Er wird die Angelegenheit prüfen.«

Hierauf wechselte die Erzherzogin einen Blick mit ihrem Kanzler. Während sie verächtlich einen Mundwinkel nach oben zog, antwortete Bienner völlig unbeeindruckt: »Das ist sein gutes Recht. Soll der Kaiser darüber richten.«

Damit war die Zusammenkunft beendet.

»Die Erzherzogin pflegt ein ausgezeichnetes Verhältnis zum Kaiser«, meinte Planer am Abend im Gästehaus, wo ein appetitliches Mahl aufgetragen wurde, während sie die Ereignisse des Tages besprachen. »Deshalb fürchtet sie nicht, dass er ihr Schwierigkeiten macht.«

»Das dachte ich mir«, antwortete Janek. »Aber müsste er als Kaiser des ganzen Reichs nicht die Interessen aller Reichsfürsten beachten? Ich könnte mir denken, dass die evangelischen Stände sehr ungehalten reagieren, wenn einer von ihnen mit einer solchen Willkür behandelt wird.«

»Da steckt er sicher in einer Zwickmühle. Deshalb liegt der Erzherzogin so viel daran, ihre rechtlichen Ansprüche anzuführen. Aber selbst, wenn die juristische Seite unklar bliebe, ist das Kriegsglück derzeit mit Österreich. Solange die kaiserlichen Truppen in Deutschland erfolgreich sind, steht sie auf festem Grund.«

»Sie betitelt sich bereits als Herzogin von Württemberg. Der Verdacht liegt nahe, dass sie nicht nur die Pfandschaften behalten, sondern ihre Herrschaft in Württemberg weiter ausbauen möchte.«

»Und das ist eine Botschaft, die ich dem Herzog nur ungern übermittle. Hoffentlich ist der Vizekanzler in Regensburg erfolgreicher als wir hier. Aber nun, Schwanberg, lasst uns speisen. Mit hungrigem Magen kann ich derart unerfreuliche Gedanken nur schlecht ertragen.«

Stuttgart,
7. Oktober des Jahres 1640

Es war bereits dunkel und ein herbstlicher Regen hatte eingesetzt. Die Nässe durchdrang seine Jacke und das Wams, tränkte schließlich sein Hemd, aber das störte ihn nicht. Gemächlich streifte er durch Stuttgarts Straßen und versuchte sich zu orientieren. Grob kannte er sich noch aus, aber es waren zweieinhalb Jahre vergangen, seit er mit Weimars Truppen in der Stadt gewesen war, und sein Aufenthalt damals hatte nicht lange gedauert.

Bis auf das Rauschen des Regens war nichts zu vernehmen. Die Einwohner zogen es vor, während der Nachtstunden in ihren Unterkünften zu bleiben, so armselig diese auch sein mochten. Den umherstreifenden Soldaten wich er aus, um nicht angehalten und ausgefragt zu werden. Viele der Häuser, an denen er vorbeiging, waren offensichtlich nicht mehr bewohnt. Andere hatte man notdürftig repariert, einige waren nahezu unversehrt geblieben.

Er ging an der Rückseite der Stiftskirche entlang, wechselte in den Schatten der gegenüberliegenden Häuser und bewegte sich bis zum Kanzleigebäude. Das Schloss stand nun unmittelbar vor ihm, ein viereckiger Bau aus massivem Stein. Vorsichtig schlich er um die Mauern. Von außen besehen schien alles erstaunlich intakt zu sein, doch umherliegende Schutthaufen und Holzreste zeugten davon, dass im Inneren wohl kräftig ausgebessert wurde. Er hatte schon gehört, dass die Österreicher mit dem Inventar nicht gerade zimperlich umgegangen waren.

Den Pfullinger Verwalter breitzuschlagen, ihn auf einen kleinen Erkundungsritt nach Stuttgart zu schicken, war nicht weiter schwer gewesen. Hennenberger hatte ohnehin eine Botschaft für die württembergische Regierung zu überbringen gehabt und ihm diese gerne mitgegeben. Morgen würde er dem Hof also einen Besuch abstatten und dabei darauf bestehen, bis zum Herzog vorgelassen und nicht an einen Sekretär verwiesen zu werden. Er hatte einiges zu sagen. Für diesen Abend hatte er genug gesehen, schlug einen Bogen und kehrte an den Stadtrand zurück, wo er sich in einer provisorisch hergerichteten Herberge eingemietet hatte.

»Euer fürstliche Gnaden?«

Eberhard von Württemberg legte die *Relation* zur Seite, jene Wochenzeitung, die er regelmäßig aus Straßburg kommen ließ und die zu lesen er sich stets ausreichend Zeit nahm. Die Störung kam deshalb äußerst ungelegen und er fragte seinen Diener barsch, worum es ginge. Ein Bote der Erzherzogin sei angekommen und verlange ihn zu sprechen, teilte man ihm mit. Sofort war seine Aufmerksamkeit geweckt. Eberhard wies seinen Diener an, den Mann kurz warten zu lassen. Wenn es um Claudia von Tirol ging, so brauchte er Zeugen und einen Schreiber, der die Unterredung zu Protokoll nahm, also ließ er einen zweiten Lakaien zur Kanzlei schicken.

Eine halbe Stunde später führte man den Gast herein. Er war groß und dunkelhaarig, blieb in angemessener Entfernung stehen und erwies ihm die Reverenz.

»Gott zum Gruß, Euer fürstliche Gnaden«, begann er.

»Was führt Ihn her?«, fragte Eberhard und legte seine ganze herrschaftliche Würde in diese Worte.

»Erlaubt mir, Euer fürstliche Gnaden, diese Nachricht des Verwalters Hennenberger aus Pfullingen zu übergeben.« Er reichte dem Herzog ein versiegeltes Schreiben. Eberhard erbrach es und las, dann sah er den Boten an.

»Ist Er sicher, dass es sich hierbei um ein Schriftstück Hennenbergers handelt?«, fragte Eberhard mit Verwunderung in der Stimme.

»Gewiss, Euer fürstliche Gnaden. Er hat es mir persönlich übergeben.«

»Nun«, meinte Eberhard irritiert. »Das scheint mir reichlich ungewöhnlich zu sein.«

Er gab den Brief an seine Beamten weiter, die vom Inhalt ebenso überrascht waren wie der Herzog.

»Erlaubt mir, diese Worte zu ergänzen«, bat der Fremde. »Nicht alles durfte schriftlich niedergelegt werden, aus Gründen der Sicherheit und Geheimhaltung. Wäre das Schriftstück in die falschen Hände geraten, hätte dies erhebliche Schwierigkeiten verursachen können.«

Eberhard nickte.

»Der Mann, um den es geht, ist ein gewisser Johann Georg von Schwanberg.«

Der Herzog hob beide Brauen. »Ist Er sicher?«

»Völlig sicher.«

»Hier steht etwas von Landesverrat«, meinte Eberhard. »Aus welchem Grund sollte Schwanberg einen solchen begehen und warum sollte ausgerechnet Österreich daran interessiert sein, mir dies mitzuteilen?«

Diese Frage hatte er erwartet und darüber bereits nachgedacht, als er auf einem mitgebrachten Bogen Papier die Schrift Hennenbergers kopiert und eine gefälschte Botschaft verfasst hatte, jene, die dem Herzog nun vorlag. Das Original des Verwalters hatte er verbrannt, das Wachs des Siegels aber noch einmal erhitzt und damit seinen eigenen Brief verschlossen. Er ging davon aus, dass niemand diesen Betrug bemerken würde, denn Hennenberger hatte nichts Außergewöhnliches geschrieben gehabt, es drehte sich um die Abberufung der württembergischen Amtsleute aus den besetzten Ortschaften und mit diesem Anliegen belästigte er die württembergische Verwaltung schon längere Zeit.

»Österreich befürchtet eine Gefährdung des Friedensprozesses, Euer fürstliche Gnaden«, erklärte er deshalb selbstbewusst.

Daran, dass der Herzog verächtlich schnaubte, merkte er, dass dessen misstrauische Stimmung anhielt. Obwohl er angespannt war, fuhr er möglichst gelassen fort: »Dem Hause Habsburg ist an einer Beilegung aller Zwistigkeiten gelegen, um die Verhandlungen in Regensburg voranzubringen. Johann Georg von Schwanberg ist ein Hinderungsgrund, dient er doch ganz offensichtlich beiden Seiten. Dahinter steckt ein eigenes Interesse, seine früheren böhmischen Besitzungen betreffend. Er möchte Anspruch darauf erheben und nutzt die Kontakte zu allen Kriegsparteien, zu Schweden wie zu Österreich, um sich eine möglichst gute Ausgangsposition zu verschaffen. Die Belange Württembergs, denen er im Augenblick verpflichtet ist, interessieren ihn dabei nur, sofern sie ihm nützen. Gleiches gilt hinsichtlich seiner Tätigkeiten für Habsburg. Deshalb sehen wir uns hier einem gemeinsamen Feind gegenüber.« Er machte eine Pause und versuchte zu ergründen, wie seine Worte aufgenommen wurden. Es herrschte konzentriertes Schweigen, also sprach er weiter: »Für Württemberg ergeben sich hierdurch gleich mehrere Gefährdungen. Erstens könnte er dem Herzogtum zweifellos Schaden zufügen, wenn er in dieser schwierigen Lage verschiedenen Seiten sein Wissen zuträgt. Zweitens besteht die nicht zu unterschätzende Möglichkeit, dass er andere böhmische Exilanten aufhetzt, es ihm gleichzutun und ihre Güter zurückzufordern. Bis derlei Eingaben beim Kaiser gemacht und bearbeitet worden sind, dauert es Monate. Dadurch würden sich wiederum die Friedensverhandlungen verschleppen. Ihr seht also, Euer fürstliche Gnaden, dass es unumgänglich ist, diesen Mann festzusetzen.«

Zufrieden sah er in die Runde. Überall betretene Mienen. Daraus folgerte er, dass seine Argumentation schlüssig gewirkt hatte.

»Der Gesandte Schwanberg kam von Axel Oxenstierna«, sagte der Herzog dann nachdenklich. »Ich glaube kaum, dass der schwedische Kanzler eine Natter in seinem Haus geduldet hätte.«

Zum Teufel mit dem Herzog. Man traute dem rundlichen Mann mit den beinahe noch kindlichen Gesichtszügen so viel Nachdenklichkeit gar nicht zu.

»Er ist besonders geschickt.« Mehr als eine Floskel fiel ihm dazu nicht ein.

»Das muss er wahrlich sein, sollte der Vorwurf zutreffen«, meinte der Herzog.

Diese Wortklaubereien waren nicht seine Stärke. Er beschloss, noch einmal in die Offensive zu gehen, um seiner Geschichte Nachdruck zu verleihen: »Der Herr von Schwanberg befindet sich in Innsbruck mit einer württembergischen Gesandtschaft, nicht wahr?«

»Das ist richtig«, antwortete Eberhard.

»Diese Gesandtschaft wird erfolglos bleiben«, prophezeite der Mann. »Die Österreicher wussten bereits im Voraus, welche Argumente Württemberg auf den Tisch legt und haben sich in jedem Punkt der Rechtslage und, wo immer möglich, der Unterstützung des Kaisers versichert.«

An dieser Stelle entschloss er sich zum Rückzug, versicherte den Herzog seiner Hochachtung und verließ den Raum, nachdem ihm gestattet worden war, zu gehen. Erst als er über den Innenhof ging, bemerkte er, wie sehr seine Hände zitterten.

»Was meint Euer fürstliche Gnaden«, sagte einer der Beamten, als der seltsame Besucher gegangen war. »Spricht dieser Mann die Wahrheit?«

»Ehrlich gesagt, weiß ich es nicht. Die Vorwürfe kamen recht überraschend. Allerdings besitzt er doch ein konkretes Wissen. Zumindest auf den ersten Blick könnte es tatsächlich so sein.«

»Aber Schwanberg ist allen hier als äußerst loyal bekannt«, warf der Beamte ein. »Es gab niemals auch nur einen Anfangsverdacht gegen ihn. Gewiss, er ist schon viel herumgekommen und außerdem kein Württemberger, aber sein Ruf ist tadellos.«

»Außer vielleicht bei der Sache mit der Kammerfrau. Aber die hat er ja inzwischen geehelicht«, warf ein anderer der anwesenden Räte ein. Einige der Männer lachten.

»Tatsächlich?«, meinte Eberhard.

»Es wurde nicht an die große Glocke gehängt. Aber manche Dinge sprechen sich halt doch herum.«

»Wie dem auch sei.« Eberhard hatte andere Sorgen als die Liebeleien am Hof. »Wir werden ihn befragen«, sagte er. »Am besten machen wir uns selbst ein Bild davon, ob diese Anschuldigungen in irgendeiner Weise gerechtfertigt sind.«

Es war zugegebenermaßen ein direkter und gewagter Vorstoß gewesen und er musste äußerst wachsam sein, sonst würde er noch hinter Schloss und Riegel enden. Doch war das Glück nicht demjenigen geneigt, der etwas wagte? In überspannter

Erregung kehrte er noch am selben Tag nach Pfullingen zurück. Hennenberger übermittelte er eine erfundene Antwort des Herzogs und gab vor, dass der mitgeführte Brief bei einer Verfolgung durch zwei Räuber verloren gegangen sei. Derlei Dinge trugen sich auf den Straßen des Herzogtums täglich zu und gaben keinen Anlass, an seiner Aussage zu zweifeln. Der Verwalter drang auch nicht groß in ihn, sondern schickte ihn am nächsten Tag gleich weiter nach Urach, denn dort gärte es gewaltig. Die Grafschaft verweigerte sich recht erfolgreich den österreichischen Ambitionen und ihre Haltung drohte größere Kreise zu ziehen. Die Armeen der Erzherzogin in den umliegenden Dörfern mussten besser koordiniert werden und er sollte eine Liste mit Vorgaben überbringen.

Guten Mutes machte er sich auf den Weg. Die Saat war ausgebracht. Möge sie bald aufgehen.

26. Kapitel

Es ströme das Recht wie Wasser und die Gerechtigkeit wie ein nie versiegender Bach.

Amos 5, 24

Metzingen,
10. Oktober des Jahres 1640

Janek hatte an diesem Tag bereits einige Meilen hinter sich gebracht und erreichte ein kleines Städtchen. Er war hungrig und beschloss, eine ausgiebige Rast einzulegen. Der Ort wirkte belebt. Es war Erntezeit und mit Früchten beladene Fuhrwerke rumpelten über die ordentlich gehaltenen Straßen. Überall wurde aus- und umgeladen, gewogen und gefeilscht und Janek fiel der ungewöhnliche, regionale Zungenschlag auf. Als er sich nach einem Wirtshaus erkundigte, musste er zweimal nachfragen, bis er die Antwort verstanden hatte: »*Do virre ond noh rechts.*« In einer kleinen Gaststube verlangte er nach einer Wegzehrung.

Während er eine schmackhafte Krautsuppe löffelte, kam er mit zwei Fuhrleuten ins Gespräch. Es dauerte nicht lange und die beiden lagen ihm mit einer Menge Klagen in den Ohren, vor allem, wie wütend alle wegen der Abgaben seien, die Österreich ihnen abnötigte, wo sie in diesem Jahr doch bereits den württembergischen Herzog bedient hatten.

»Die meinen, dass man mit uns so was machen kann«, meinte der dickere der beiden, der aus der Umgebung zu stammen schien. Der andere, hagere, kam offensichtlich weiter herum, denn er gab sich sichtlich Mühe, seinen Worten einen gepflegten Ausdruck zu geben: »Der Herr kann sich denken, wie schwer das für uns ist. Mir g'höret jetzt zu den Habsburgern und das passt net jedem. Und mir möchten auf keinen Fall katholisch werden. Die da in Urach, die machen's richtig. Die wehren sich wenigstens. Aber wir«, setzte er mit einem grimmigen Grinsen hinzu, »machen's denen in Zukunft auch net so leicht.«

»Was geschieht denn in Urach?«, wollte Janek wissen. Vielleicht wäre es interessant, einen Abstecher in die Stadt zu machen, um den Widerstand im Namen des Herzogs zu ermutigen. Der Dicke hatte sich in seinem Stuhl zurückgelehnt und überließ es seinem Kameraden, fortan die Unterhaltung zu bestreiten.

»Ha, die haben ihr Stadttor zugeschlossen«, fuhr dieser prompt fort. »Und viele Bauern haben sich dahin geflüchtet. Haben ihr Vieh neigetrieben und einen Haufen von ihrem Zeug. Natürlich haben sie auch was abgeben müssen, aber das ist ja richtig, oder net?«

Janek nickte.

»Aber der Herzog hat sie wieder zurückgeschickt, die Bauern. Und jetzt wollen die Österreicher die ganzen Dörfer dazu bringen, alles ihnen zu übergeben. Aber das wird schwer«, sagte der Hagere und sah Janek dann plötzlich genauer an. »Woher kommet Ihr eigentlich?«

»Ich bin ein Bote und komme viel herum«, meinte Janek ausweichend. »Deshalb fällt es mir schwer zu sagen, wo mein Zuhause ist.«

»Aber Ihr kommet net von hier?«

»Nein.« Zu viel wollte er nicht verraten. Deshalb wechselte er das Thema: »Ihr habt genug zu essen hier, nicht wahr?«

Nun sah er die Brust des Dicken vor Stolz anschwellen: »Die Leut, die schaffen was. Und wir haben ein fruchtbar's Täle, auch wenn sich die Söldner einfach alles nehmen.«

»Bei uns wächst auch Wein, weil es so mild ist«, unterbrach der Hagere, »und ganz viel Obst. Eigentlich wächst hier so ziemlich alles und mir könnet auch noch unsere Felder b'stellen. Es ist viel kaputt, aber net alles.«

Janek freute sich aufrichtig, dass inmitten aller Ödnis offensichtlich ein kleines Stückchen Paradies überdauert hatte.

»Aber«, schränkte da der Hagere bedauernd ein, »die Pest hat uns auch erwischt. Anno 1635. Es sind viele gestorben. Und wir haben viel Kriegsvolk.«

»Nicht nur ihr«, sagte Janek und fühlte sich mit einem Mal sehr müde. »Nicht nur ihr.«

Sie saßen noch eine Weile zusammen und Janek beschloss, die Nacht in Metzingen zu verbringen und am anderen Morgen zunächst nach Urach zu reiten, bevor er auf die geplante Route nach Reutlingen zurückkehren wollte.

Das Nachtlager war schlicht, aber bequem.

Ein lichter Oktobernebel lag über der Landschaft, als er sich nach wenigen Stunden Schlaf wieder auf den Weg machte und bald ein lieblich anmutendes Tal hinaufritt, das sich zwischen zwei Bergrücken schmiegte. Ein Bach floss ihm entgegen und sein Plätschern verbreitete eine Heiterkeit, die Janek unwillkürlich ein Lächeln abrang. Davon würde er Marie erzählen. Wie sehr er sich doch darauf freute, sie endlich wiederzusehen!

Er mied die Ortschaften, so wie es ihm die beiden Burschen gestern empfohlen hatten. Es dauerte nicht lange, bis er sich auf einem kleinen Anstieg befand und bereits das nahe Ende des Tals erkennen konnte. Dort, wo die dicht bewaldeten Hügelketten zu seiner Rechten und seiner Linken einander trafen, lag Urach. Dem Städtchen vorgelagert thronte eine Festung über dem Tal. Im Gegensatz zur Amtsstadt befand sich die Burg Hohenurach in der Hand der Österreicher, das wusste Janek aus Stuttgart. In dem Moment, als er im Dunst die Fahne oben wehen sah, war es Janek, als nähere sich hinter ihm ein Reiter auf schnellen Hufen. Alarmiert drehte er sich um.

Er hatte Dettingen verlassen und sich auf den Weg zu seiner nächsten Station gemacht, der Besatzung der Festung Hohenurach. Sie war ihm von Hennenberger besonders ans Herz gelegt worden, da der erzherzogliche *Gubernator,* Graf von Friedberg-Scheer, dort seinen Sitz hatte.

Der Kopf war ihm ein wenig schwer an diesem Vormittag, denn er hatte am Abend zuvor ausgiebig mit drei spanischen Musketieren gezecht. Auch wenn die Bevölkerung versuchte, ihre Weinvorräte vor ihnen zu verstecken, hatten sie genügend aufgetrieben. Eine wüste Drohung war ausreichend gewesen. Als sich die Leute dann mit ängstlich geweiteten Augen um sein Begehr kümmerten, war da wieder dieses erhabene Gefühl gewesen, das er so sehr genoss. Eine Allmacht, mit anderen Menschen zu verfahren, wie es ihm beliebte. Seinen Willen aufzudrängen, wenn ihm danach war. Ein Kichern stieg in ihm auf. Die Spanier hatten sich ursprünglich noch ein paar Weiber suchen wollen, aber nachdem ein Becher nach dem anderen ihre Kehlen hinabgeronnen war, hatte ihre Männlichkeit sie herzlos im Stich gelassen. Nur er hatte es noch geschafft, sich einer Magd zu nähern, während die anderen drei hemmungslos vor sich hin schnarchten. Ihre blöden Mienen am Morgen hatten ihn wahrhaft amüsiert.

Im nebligen Morgenlicht erkannte er den Reiter vor sich erst, als er schon auf fünf oder sechs Pferdelängen herangekommen war. Schlagartig fiel alle Mattigkeit von ihm ab und er griff unvermittelt nach seinem Säbel. Dann aber kniff er die Augen zusammen. Irgendetwas an diesem Mann erschien ihm vertraut, die Größe, die Statur, das Pferd. Er trieb seinen Gaul voran und je näher er kam, desto größer wurde die Gewissheit. Vor ihm ritt Janek von Schwanberg.

Die Hand am Schwert wartete Janek, bis der Fremde nah genug war, um ihn anzusprechen. Der Mann hatte einen Säbel in der Hand und musterte ihn konzentriert. Janek wusste nicht recht, was er von ihm halten sollte. Um einen Wegelagerer handelte es sich keinesfalls, Kleidung und Waffe ließen eher auf einen Unteroffizier schließen.

»Gott zum Gruß, Fremder«, grüßte Janek und spannte sich an. »Wohin des Weges? In die Stadt?«

Der Unbekannte zügelte sein Pferd und blieb stehen. Unter seinem Filzhut sah Janek ein wüst vernarbtes Gesicht, aber intelligente Augen. Der Mann erinnerte ihn an jemanden, und noch während er fieberhaft darüber nachsann, an wen, sprach der andere:

»Gott zum Gruße, Janek von Schwanberg!«

Als er die Stimme hörte, fügte sich rasch alles zusammen. Echte Freude stieg in ihm auf. »Bavor von Schwanberg! Das ist unglaublich!« Janek sprang vom Pferd und schloss die wenigen Schuh Abstand, die sie noch trennten, Moses am Zügel führend. »Ich dachte, du wärst tot!«

»Das dachte ich auch. Aber wie du siehst, hatte die Vorsehung anderes im Sinn.«

Janek blieb vor Bavor stehen, der nicht abgesessen war. Dadurch musste er zu ihm aufsehen. »Was ist mit deinem Gesicht geschehen?«

»Nördlingen.«

»Ich verstehe.«

»Das tust du zwar nicht, aber ich habe mich daran gewöhnt. Es ist gar erheiternd. Wenigstens zweifelt niemand mehr an meinen bösen Absichten.« Bavor lachte. Es klang zynisch und in Janek machte sich eine warnende Unruhe breit.

»Was ist mit dir, Bavor? Lass uns nach Urach reiten. Dort können wir einander in Ruhe erzählen. Ich muss wissen, wie es dir ergangen ist, all die vielen Jahre lang.«

»Es ist mir gut ergangen und leider kann ich mich dir nicht anschließen. Ich habe einen Auftrag, der mich zur Burg führt.«

»Hast du dich bei Habsburg verdingt?«

Nun grinste Bavor und Janek sah, dass ihm ein Eckzahn fehlte. »Das habe ich. Und nicht zu meinem Schaden.«

»Dann ist es gut. Nun, wenn du es so eilig hast, möchte ich dich nicht aufhalten.«

Janek wandte sich ab und machte Anstalten, wieder auf sein Pferd zu steigen.

»Nicht so schnell, Janek von Schwanberg!«

Janek hielt inne und drehte sich langsam um. Bavor hielt die Säbelspitze auf ihn gerichtet.

»Bavor? Was zum Teufel …«

Bavors Gesicht war zu einer verkniffenen Maske geworden, in seine Augen war ein irritierend grausamer Ausdruck getreten. Janek wusste von Söldnern, die im Laufe des Krieges den Verstand verloren hatten, und wich zurück.

Bavor schloss sofort auf. »Wer hätte gedacht, dass du mir auf einem silbernen Teller dargebracht wirst?«

Janek, den diese unerwartete Drohung völlig überraschte, zog sein Schwert. »Wage es nicht!«

»So lange schon warte ich auf diesen Augenblick! Und ich lasse ihn mir nicht nehmen! Der große Janek von Schwanberg!«, höhnte Bavor.

Dann ging alles ganz schnell. Bavor griff an. Janek ließ Moses los und versuchte, Bavors Bein zu treffen und ihn vom Pferd zu ziehen. Die Klinge traf stattdessen das Pferd, welches sofort zu steigen begann. Bavor ließ sich von seinem Rücken gleiten und war kampfbereit, während Janek noch versuchte, den Hufen des panisch ausschlagenden Kleppers auszuweichen. Den ersten Streich von Bavors Säbel konnte er parieren, der zweite traf ihn an der Schulter. Das Pferd stieg erneut und bäumte sich unmittelbar über ihm auf. Er spürte einen heftigen Schlag. Dann wurde es schwarz um ihn.

Wer hätte gedacht, dass es so einfach sein würde. Zwei Männer und ein kurzer Kampf. Dazu noch ein gerechter, denn sie waren sich allein gegenübergestanden. Und es hatte sich bewahrheitet, was er die ganze Zeit über gewusst hatte: Er war der bessere, selbst wenn es die Hufe seines Wallachs gewesen waren, die Janek am Kopf getroffen und in die Besinnungslosigkeit geschickt hatten. Er beugte sich über seinen Vetter.

Blut lief ihm über Stirn und Schläfen. Der Brustkorb hob und senkte sich in flachen Atemzügen.

Zwei Bauern mit einem Handkarren kamen des Weges.

Das traf sich hervorragend.

»He, ihr da!«, brüllte er gebieterisch. »Helft mir, meinen Freund aufs Pferd zu bringen. Er ist verletzt!«

»Wir können ihn nach Urach mitnehmen«, meinten die beiden. »Dort kann man ihn versorgen.«

»Nein, ich nehme ihn mit mir. Und ihr geht nicht nach Urach, zu den verfluchten Württembergern. Bringt eure Sachen nachher auf die Burg!«

Die beiden wagten keinen Widerspruch. Während einer den Gaul beruhigte und hielt, half ihm der andere dabei, Janeks leblosen Körper auf das Pferd zu hieven. Sie schlangen Lederriemen darum und banden ihn fest, damit er nicht herunterfallen konnte. Dann schickte er die zwei ihres Weges und fing Moses ein, der abseits stand und nervös schnaubte. Stolz erfüllte ihn bis in die Spitze seiner Lederstiefel, als er Janeks Pferd in Besitz nahm, ihm über den edlen Kopf strich und auf den Hals klopfte. Er saß auf und machte sich den tänzelnden Hengst mit grobem Sporendruck gefügig. Dann nahm er das zweite Pferd mit dem Verletzten auf dem Rücken am Zügel und schlug den Weg zurück nach Dettingen ein. Sein Kopf schwirrte. Er musste dieses Werk vollenden, das stand außer Frage. Janek hatte ihn erkannt. Außerdem kam eine solche Gelegenheit nicht wieder. Das Schicksal hatte Zeit und Ort bestimmt.

Stuttgart, zur gleichen Zeit

Als Bernhard Planer mit seinen Begleitern am Spätnachmittag desselben Tages die Tore Stuttgarts erreichte, wurde er umgehend zum Herzog befohlen. Es folgte eine ausgiebige Befragung, die ihn zunächst irritierte, später bestürzte. Der Herzog teilte ihm unter vier Augen mit, dass Johann Georg von Schwanberg unter dem Verdacht des Landesverrats stand. Als Planer zugeben musste, dass Schwanberg nicht in seiner Begleitung war, sondern einen Umweg über Reutlingen gewählt hatte, spürte er den Argwohn weiter wachsen. Doch wie vielen anderen, die den adeligen Böhmen kannten, fiel es auch Planer schwer, diese Beschuldigung zu glauben. Um der Gerechtigkeit willen bemühte er sich um eine objektive Darlegung der Fakten.

»Schwanberg wählte den Abstecher«, erklärte er daher dem Herzog, »weil er sich im Archiv nach den Besitzurkunden umsehen wollte, die die österreichischen Ansprüche begründen könnten. Zugleich wollte er die Reichsstadt im Namen Württembergs bitten, diese keinesfalls an Habsburg auszuhändigen. Er müsste bald hier sein, heute Abend, spätestens morgen.«

»Besaß er dazu irgendwelche Vollmachten?«

»Sie wurden ihm auf der Rückreise erteilt, soweit nötig.«

»Kam dieser Einfall von Schwanberg selbst?«, fragte Eberhard.

»Ja. Er hatte diesen Vorschlag schon kurz vor Nassereith gemacht.«

»Hat ihm jemand davon abgeraten?«

»Nicht unmittelbar. Es gab eine kurze Besprechung, welche Vorgehensweise die sinnvollste wäre. Er hat an seinem Entschluss festgehalten. Aus meiner Sicht sprach nichts dagegen.«

»Ist an seinem Verhalten in den letzten Tagen etwas ungewöhnlich erschienen?«

»So gut kenne ich ihn nicht. Aber nein, er hat sich in keiner Weise verdächtig gemacht.«

Eberhard war nervös. Erst dieser Unbekannte, der von Heimtücke gesprochen hatte. Und dann die Tatsache, dass sich Johann Georg von Schwanberg von der Gesandtschaft entfernt hatte, obwohl dies in seinen minutiös ausgearbeiteten Vorgaben für diese Reise nicht vorgesehen gewesen war. Was zum Teufel führte der Mann im Schilde? »Wann hat Schwanberg die Gruppe verlassen?«, bohrte er weiter.

»Gestern um Mittag, bei Kirchheim. Man sollte abwarten, ob er nicht doch bis morgen eintrifft, Euer fürstliche Gnaden.«

Obwohl Eberhard unsicher war, akzeptierte er die Empfehlung des Gesandten. Planer erwies seine Reverenz und zog sich zurück.

»Wehe ihm, wenn er ausbleibt«, murmelte der Herzog.

Ein Waldstück zwischen Kohlberg und Nürtingen, am Abend

Mehrere Stunden war er umhergezogen auf der Suche nach einer Stelle, die ihm geeignet erschien. Er sah sich um. Der Wald um ihn herum stand dicht und es war nicht zu erwarten, dass sich allzu bald eine mitfühlende Seele hierhin verirren würde.

Er saß ab und machte Moses an einem Baum fest. Der Hengst zerrte an den Zügeln und einige Minuten lang nahm er sich die Zeit, ihn zu beruhigen. Als das Tier endlich den Kopf senkte und seine Nüstern neugierig über den Waldboden gleiten ließ, ging er zu dem alten Klepper hinüber, der trotz seiner Last geduldig gewartet hatte. Er löste die Riemen, mit denen er Janek gebunden hatte und zog ihn vom Pferd. Für einen Moment wankte er unter der allzu großen Bürde, dann schleppte er den schlaffen Körper einige Schuh ins Unterholz hinein und ließ ihn zu Boden gleiten. Janek war noch immer bewusstlos und aus der Wunde an seinem Kopf sickerte Blut, aber er lebte. Langsam ging er zu seinem Gaul und zog die Pistole aus dem Holster. Es war Zeit.

Der Schuss peitschte durch die Dämmerung, setzte sich für einen Wimpernschlag fort, verebbte. Dann war es wieder still. Als er nachladen wollte, stellte er fest, dass seine Munition fehlte. Diese verfluchten Spanier!

Er betrachtete den Körper, der verkrümmt vor ihm lag. Nicht ins Herz war das Blei eingedrungen, sondern in den Bauch. Am Ende hatte ihm doch die Hand gezittert, zur Hölle mit ihm. Aber als er niederkniete, um nach Lebenszeichen zu sehen, konnte er weder Puls noch Atem ausmachen. Er seufzte. Es war vollbracht.

Der Boden war zu lehmig, um eine Grube auszuheben. Also bedeckte er den Toten notdürftig mit Laub und verließ das Dickicht. Den Rest würden die Tiere des Waldes übernehmen. Er machte Moses los, griff die Zügel des zweiten Gauls und zog die beiden Pferde mit sich fort.

27. Kapitel

Halt du dein Treu so stet wie ich.
Und wenn es sein soll, findst du mich.
Halt dich in Hut, das bitt ich dich,
es segne Dich Gott. Gedenk an mich.
Ich fahr dahin! Ich fahr dahin.

Liebeslied, Lochamer Liederbuch
(Mitte 15. Jahrhundert)

Stuttgart,
12. Oktober des Jahres 1640

Die Nachricht, dass Janek vermisst und sein Name am Herzogshof mit Hochverrat in Verbindung gebracht wurde, verbreitete sich in Windeseile. Marie erfuhr durch Heinrich davon, der sie zur Seite nahm und versuchte, ihr die furchtbare Nachricht so behutsam wie möglich zu überbringen. Sie war geschockt.

»Das kann nicht sein«, stammelte sie, während ihr die Tränen über das Gesicht liefen. »Niemals würde er so etwas tun.«

»Nein. Niemals«, antwortete Heinrich und konnte nur schwer sein eigenes Entsetzen verbergen. »Ich kenne ihn seit Jahren und er ging immer den geraden Weg. Nur scheinen die Tatsachen in diesem Fall auf eine verfluchte Weise gegen ihn zu sprechen.«

»Wie kommt es zu einem derart absurden Verdacht?«

»Das werde ich herausfinden, das schwöre ich bei meiner Seele. Hier geht etwas nicht mit rechten Dingen zu.«

»Ihm muss etwas zugestoßen sein. Sonst wäre er doch längst hier! Das muss man dem Herzog sagen!«

»Eben da liegt der Hase im Pfeffer! Der Herzog sieht in seinem Verschwinden den Beweis für seine Schuld. Man erzählt sich, dass vor Kurzem ein unbekannter Bote am Hofe war und dem Herzog eine dringliche Warnung zukommen ließ.«

»Vor Janek?«

»So heißt es. Und nun meint man, zwei und zwei zusammenzählen zu können.«

»Mein Gott.«

»Im Augenblick stehen die Dinge wirklich nicht gut. Zugleich könnte dieser Bote aber die erste und wichtigste Spur sein, um ihn zu finden. Ich allein richte nichts aus. Deshalb treffe ich noch heute Bartholomäus und Frieder«, meinte Heinrich. »Gemeinsam werden wir überlegen, was zu tun ist. Die beiden werden noch nicht mit Janek und mir in Verbindung gebracht. Das ist wichtig.«

»Es ist ein Albtraum«, flüsterte Marie. »Kann ich irgendetwas tun?«

»Achte auf deine Umgebung. Wer oder was auch immer hinter der ganzen Sache steckt, könnte auch dir schaden wollen. Du musst hier bleiben, an deinem Platz. Wenn auch du verschwindest, erhärtet sich der Verdacht gegen deinen Mann. Du weißt nichts, du hast nichts gesehen oder gehört, verstehst du? Du kennst weder Bartholomäus noch Frieder, falls du ihnen begegnen solltest. Wenn er dich braucht, wird dir Bartholomäus ein Zeichen geben. Leider kann ich dir nicht helfen. Man kennt mich als Janeks Freund. Ich kehre erst hierher zurück, wenn ich den Beweis für seine Unschuld erbringen kann.«

Marie strich sich schützend über den Bauch. »Ich wünschte, meine Schwester und ihr Mann wären hier.«

»Euer früherer Knecht?«

»Ja, Conrad. Er wäre eine Hilfe, da bin ich mir sicher. Und ich wüsste, wohin ich mich wenden könnte, wenn das Kind …«

»Welches Kind?« Heinrich wirkte kurz erstaunt. »Sag bloß …?«

Marie nickte.

»Janek, der alte Potzblitz!« Heinrichs Stimme schwankte zwischen Überraschung und Ärger. Marie sah verlegen zur Seite und versicherte: »Seid unbesorgt. Bis man es sieht, wird es noch eine Zeit dauern.«

»Gut. Ich werde mit Bartholomäus darüber sprechen. Man sollte diesem Conrad wirklich eine Nachricht zukommen lassen. Hält er sich noch in Straßburg auf?«

»Soweit ich weiß.« Sie nannte ihm die letzte Adresse, die sie kannte. Heinrich legte ihr tröstend die Hand auf die Schulter.

»Wir tun alles, um ihn zurückzubringen. Achte auf dich und euer Kind, Marie!«

»Danke. Gott schütze Euch, Heinrich.«

Die folgenden Tage zogen Marie tief hinein in Trauer und Fassungslosigkeit. Zu der allgegenwärtigen Sorge um Janek kam das spürbare Misstrauen, das ihr nun am Hof entgegengebracht wurde. Man entfernte sie aus dem unmittelbaren Umfeld der Herzogin. Die anderen Frauen mieden ihre Gesellschaft. Selbst die Kammermägde, denen Marie bisher freundschaftlich verbunden gewesen war, verhielten sich distanziert. Nur eine Einzige wechselte ab und zu ein paar Worte mit ihr, ließ durchblicken, dass die Herzogin nicht glauben könne, dass Marie ihr oder dem Haus Württemberg schaden wolle. Der Herzog aber sorgte sich um die Sicherheit seiner Familie und handelte mit aller Konsequenz.

Eine Woche später trat ein, was Marie befürchtet hatte, seit Heinrich aufgebrochen war. In einem stundenlangen Verhör vor wechselnden Beamten des Hofes konfrontierte man sie mit absurden Verschwörungsplänen und verlangte ihre Mitarbeit bei deren Aufklärung. Unzählige Male beteuerte sie, nichts vom Verbleib ihres Mannes zu wissen, keine Zweifel an seiner Loyalität zu Württemberg zu hegen, auch keine Anhaltspunkte benennen zu können, die sein Verschwinden erklären würden. Doch im Kreuzfeuer der immer gleichen Fragen klangen ihre Antworten selbst in ihren eigenen Ohren irgendwann hohl und unaufrichtig. Dennoch kämpfte sie, versuchte, sich treu zu bleiben, hoffte, durch die Mauer der Anschuldigungen durchzudringen. Vergebens. Als die Sonne unterging, wusste Marie nicht mehr, was sie glauben sollte. Wie gut kannte sie ihren Mann? Bisher hatten sie kaum Gelegenheit gehabt, die Welt des anderen tiefer zu ergründen. Hatte er eine zweite, hässliche Seite, von der keiner etwas ahnte?

Nachdem man ihr eine kurze Zeit der Nachtruhe in einer abgesperrten Kammer erlaubt hatte, wurde sie am anderen Morgen erneut vernommen. Der Tag schleppte sich dahin, brachte weder neue Erkenntnisse noch erlösende Nachrichten. Es gab kaum zu trinken, nichts zu essen. Marie spürte, dass ihr Körper und ihr Geist auf den Abgrund der Erschöpfung zusteuerten.

»Es könnte vorbei sein, werte Maid«, meinte einer der Männer. »Lass dein Mundwerk seinen Dienst tun und schon wartet ein Krug Wasser auf dich. Sogar ein Kanten Brot.«

»Ich habe alles gesagt.«

»Denk noch einmal genau nach!«

Am Abend brach sie zusammen. Der Boden unter ihren Füßen wankte und die Herren auf den massiven Stühlen hinter dem Eichentisch verschwammen zu Schemen. Kopfschmerzen hämmerten hinter ihrer Stirn. Ihr Mund war staubtrocken und das Atmen fiel ihr ebenso schwer wie das Schlucken. Sie schloss die Lider.

Nur von Ferne nahm sie wahr, dass jemand ins Zimmer trat. Es folgte ein kurzer Wortwechsel, dann hielt man ihr einen Becher Wasser an die Lippen. Sie trank in kleinen Schlucken, um sich nicht sofort zu erbrechen. Anschließend setzte man sie auf einen Hocker.

»Könnte es sein, dass Ihr ein wenig übereifrig vorgeht?«, hörte Marie eine Stimme sagen, die ihr bekannt vorkam.

»Wie könnt Ihr es wagen!«, antwortete einer der Ermittler ungehalten.

Papier raschelte.

»Seht«, wurde selbstbewusst entgegnet. »Dieses Schreiben bestätigt, dass ich seit Jahren für das Haus Schweden tätig bin und dass besagte Marie von Schwanberg in meine Obhut übergeben werden soll.«

»Weiß der Herzog von dieser Anordnung?«

»Gewiss. Er konnte die Bitte Schwedens nicht ablehnen.«

Argwöhnisches Geflüster setzte ein. Schließlich räusperte sich jemand. »Nun gut. Obwohl dies eine württembergische Angelegenheit sein dürfte, ist eine Frau ein Zerwürfnis mit den Verbündeten kaum wert. Sie scheint ohnehin nichts zu wissen. Nehmt sie also mit. Lasst das Schreiben hier, so dass wir dem Herzog versichern können, sie unbeschadet an Euch übergeben zu haben.« Erneut hörte Marie knisternde Geräusche. »Am besten«, fuhr die gleiche Person fort, »notiert Ihr hier Euren Namen und unterzeichnet. So haben wir Gewähr.« Eine Schreibfeder wurde angespitzt, dann deutete ein leises Schaben darauf hin, dass sie zügig über Papier geführt wurde.

Marie fühlte Hoffnung aufsteigen.

»Nun denn«, sagte der Mann, der sie offensichtlich mitnehmen würde. »Seid bedankt für Eure Kooperation. Man wird sich zur rechten Zeit erkenntlich zeigen.«

War es tatsächlich der gute Bartholomäus, der da über ihr Schicksal verhandelte?

Marie zwang sich, die Augen zu öffnen und sah den rundlichen Mann, der langsam auf sie zuging. Er trug gute Kleidung, einen schwarzen Hut und hielt ein dickes Buch in der Hand.

»Marie von Schwanberg«, sagte er, in seinem Blick die Warnung, kein Zeichen des Erkennens verlauten zu lassen. »Ihr seid angehalten, mit mir zu gehen.«

Marie nickte langsam, während sie aufstand. Gleichzeitig arbeitete ihr Verstand fieberhaft, im Versuch, das Geschehen einzuordnen.

»Man nennt mich Bartholomäus«, meinte er. »Im Namen der Königin von Schweden nehme ich Euch in meine Obhut.«

Bartholomäus spielte das Spiel weiter und meinte: »Euch wird kein Leid angetan.«

Er legte Marie einen Überwurf um die Schultern, sah auf ihre bloßen Füße und wies einen der Herren an, ihr Schuhe zu geben. Eine herbeigerufene Dienstmagd stellte ein Paar abgetragener Lederschuhe vor sie hin. Marie zog sie an. Bartholomäus fasste sie am Ellenbogen, nickte den württembergischen Beamten zu und schob sie vor sich her zur Tür.

Im Hinausgehen drang eine letzte Bemerkung an ihr Ohr: »Diese Angelegenheit ist wahrlich seltsam. Worin soll die Verschwörung denn überhaupt bestehen?« Die Antwort konnte sie nicht mehr hören.

Als sie auf die Straße traten, trieb ein kalter Herbstwind buntes Laub vor sich her. Sie zog den Umhang fester und versuchte, ihre Kräfte zu mobilisieren.

»Keine Sorge«, meinte Bartholomäus tröstend. »Du musst nicht weit laufen.«

Er führte sie um zwei Ecken und eine schmale Gasse entlang. An deren Ende wartete ein junger Mann mit einem größeren Handwagen.

Marie lächelte, als sie Frieder erkannte. »Ich freue«, sie musste husten, »mich.«

Frieder grinste freundlich. »So wie ich mich!«

»Sprich nicht, Marie. Spar deine Kräfte«, meinte Bartholomäus. Dann zeigte er auf den Wagen. »Nimm Platz. Wir haben eine längere Reise vor uns.«

Trotz ihres Protestes bestand Bartholomäus darauf, dass Marie in die Karre stieg. Frieder nahm die Deichsel auf. Sie verließen die herzogliche Residenz durch die Esslinger Vorstadt und das gleichnamige Stadttor. Man ließ sie unbehelligt ziehen. Zunächst dachte Marie, dass sie keine Viertelmeile auf diesem Gefährt durchstehen würde, so schwerfällig rumpelte der Wagen über die Straße und gab jede Unebenheit weiter. Doch die letzten Stunden forderten bald ihren Tribut. Angelehnt an die niedrige Rückwand schlief Marie ein, kaum dass die Stadtmauer aus ihrem Blickfeld verschwunden war.

Pfullingen,
21. Oktober des Jahres 1640

Bavor war zufrieden mit sich, auch wenn er sein Werk nicht mit der gewünschten Perfektion vollendet hatte. Schließlich war die Gelegenheit urplötzlich gekommen und ihm nichts anderes übriggeblieben, als das Beste daraus zu machen. Als er mit den beiden Pferden aus dem Waldstück geritten war, in welchem er Janek zurückgelassen hatte, war sein Blick auf die geladenen Pistolen des Toten gefallen, die in ihren Holstern steckten. Aus ihnen hätte er noch einmal feuern können, um ganz sicher zu sein. Aber es hatte bereits gedunkelt; zu spät, um umzukehren. Ohnehin galt er als hervorragender Schütze und dieser eine Schuss hatte sicher genügt. So gesehen war ihm noch Blei geblieben für den Rückweg zum Hohenurach, auch wenn er es nicht benötigt und die Burg ohne Zwischenfall erreicht hatte.

Am nächsten Tag war er nach Pfullingen zurückgekehrt. Seither schlug er sich die Nächte damit um die Ohren, den nächsten Schachzug auszuarbeiten. Seinen ursprünglichen Plan, nach Innsbruck zu gehen, um aus dem Umfeld der Erzherzogin heraus etwas zu bewirken, hatte er verworfen. Welchen Grund hätte Claudia von Tirol, ihn bei seinen Gebietswünschen zu unterstützen? Die Unordnung, in der sich die *Pfandschaft Achalm* noch immer befand, erregte ihren Ärger, nicht ihr Wohlwollen, und ganz gewiss nicht ihren Wunsch, den Verantwortlichen Gutes zu tun.

Stattdessen geisterte nun eine völlig andere Idee durch seinen Kopf. Nach Janeks Tod hatte er die Laufbahn seines Vetters gründlich überdacht und festgestellt, dass dessen Erfolg vor allem auf Geld aufgebaut gewesen war. Geld, um ein Regiment zu rekrutieren, welches bedingungslos ergeben war, weil man die Söldner gut bezahlte. Geld, das Tore öffnete und Ansehen schuf. Ein paar Taler, die Hinweise honorierten. Einige Gulden, die Schweigen erkauften und mächtige Männer aufmerksam machten. So hatte es funktioniert. Über den verschlungenen Pfad, nicht über den geraden. Dienst gegen Land, das wäre zu einfach gewesen für einen wie ihn. Schließlich war er kein Heerführer. Aber die Jahre hatten ihn geschliffen wie das brackige Wasser der Ostsee einen Bernstein. Nun endlich war er so weit, die silberne Fassung dazu zu schaffen.

Hennenberger hatte ihn heute Morgen ins Schloss zitiert und einen neuen Befehl ausgegeben. Tausende Soldaten waren dabei, in der *Pfandschaft* ihr Winterquartier einzurichten, und da zeitgleich bayerische Truppen der Reichsarmee anrückten, waren Auseinandersetzungen abzusehen. Er sollte die Belegungen in den größeren Ämtern beobachten und der österreichischen Verwaltung Mitteilung machen, falls es zu Unruhen käme. Dieser Auftrag würde ihn einige Wochen lang beschäftigen. Und genau diese Zeit würde er nutzen, um sich abzusetzen und den Weg in Richtung Preußen einzuschlagen. Einer musste schließlich Janeks Mutter die traurige Botschaft vom Tod ihres Sohnes überbringen. Zugleich würde er sehen, von welchem Schlag Janeks verkrüppelter Bruder war und vor allem, wie es um das Handelshaus dort bestellt war. Wie ein Kuckuck würde er sich ins Nest setzen und jeden hinausexpedieren, der sich als störend erwies. Dann, wenn alles zu seiner Zufriedenheit geregelt wäre, könnte er eine eigene Söldnertruppe anwerben und die Rückeroberung der Herrschaft Schwanberg in die Wege leiten.

Vor den Toren Nürtingens, drei Tage später

Janek träumte von der Hölle und ihren unerträglichen Qualen. Überall Feuer, lauernd, flackernd, züngelnd. Es schloss ihn ein, bedrängte ihn. Einzelne Flammensäulen erhoben sich, tosten um seinen Kopf, leckten an Armen und Beinen und verbrannten sein Inneres. Ruß drang in seine Lungen und nahm ihm die Luft, auf seiner Zunge lag der Geschmack des Todes. Jeder Versuch, der Marter zu entkommen, war zum Scheitern verurteilt. Er versuchte, um Hilfe zu rufen, doch der Laut blieb in seiner Kehle stecken. Er begehrte auf, wollte kämpfen, doch kein Teil seines Körpers gehorchte. Nur sein eiserner Wille war geblieben, musste genügen, um sich an das letzte Stück Leben zu klammern, das in ihm wohnte.

Er wusste nicht, wie lange der Kampf dauerte. Doch irgendwann ließ die Hitze nach, loderten die Flammen weniger hoch, verblasste ihr Schein, bis nur noch ein brennender Schmerz in seinen Eingeweiden übrig blieb. Er hustete.

»Aha, er kommt zu sich. Hat vielleicht doch Glück gehabt der junge Mann.« Die Stimme klang fremdartig, heiser und alt. »Wir hatten Euch schon aufgegeben«, raunzte dieselbe Person nun direkt in sein Ohr und er versuchte mühsam, den Kopf wegzudrehen. »So ist's recht. Bewegt Euch! Ein feiner Mann, seid Ihr«, die Stimme quälte ihn weiter, »da wartet bestimmt eine holde Jungfer auf Euch!« Es folgte ein krächzendes Lachen. Janek versuchte, die Augen zu öffnen. Der Schmerz ließ nicht nach.

Ein Becher mit einer scharfen Flüssigkeit wurde an seinen Mund gehalten. Gehorsam schluckte er den Branntwein, vielleicht brachte er etwas Erleichterung.

»Das tut ganz schön weh, was? Ist auch ein riesiges Loch da in Eurem Bauch gewesen. Ein Wunder, dass Ihr nicht verblutet seid, dort in dem Wald.«

Innerlich wünschte er die Alte zum Teufel. Zugleich dämmerte ihm, dass sein Leben in ihrer Hand war und er verwarf den Gedanken. Währenddessen krakeelte sie gnadenlos weiter: »Ottel, er bewegt sich!« Und dann, wieder an ihn gewandt: »Jetzt stellt Euch nicht so an, hoher Herr, das Leben ist noch nicht vorbei! Schön dableiben. Wenn der Ottel nicht gewesen wär, dann hätt Euch nichts gerettet!« Schlurfende Schritte näherten sich, vielleicht gehörten sie besagtem Ottel, während der Monolog sich fortsetzte: »Wie gut, dass er den Schuss gehört hat, der Ottel. Er hat sich gedacht, ob da vielleicht einer ein Wild geschossen hat, und dann ist er über einen Haufen gestolpert. Er kennt sich aus, der Ottel, der ist Forstknecht. Und der Haufen, das war kein Tier, das wart Ihr. Übel mitgespielt hat man Euch, das kann ich Euch sagen. Keiner hat geglaubt, dass Ihr überlebt.«

»Hoffentlich hat sich's gelohnt«, meinte Ottel. Wieder waren Schritte zu hören. Eine Tür schlug zu.

»Wie geht es ihm, Bertha?« Nun mischte sich eine deutlich jüngere Frauenstimme ein und Janek wurde hellhörig.

»Er möchte aufwachen, Elisabetha, kann's aber noch nicht richtig«, meinte diese Bertha in unerwartet sanftem Ton. Etwas Kaltes fuhr über seine Backe. »Kommt, hoher Herr, es ist noch nicht vorbei, Euer Leben.«

»Wer immer das gewesen ist, er wollte ihn umbringen«, stellte Elisabetha fest.

Endlich gelang es Janek, die Augen zu öffnen. Zwei Personen standen über sein Lager gebeugt und begutachteten ihn.

Die alte Frau mit der kratzenden Stimme hatte ein verrunzeltes Gesicht, aber ihre Augen blickten freundlich. Die Jüngere war offensichtlich eine Bauersfrau. Sie war jung und hübsch, mit klarblauen Augen und hellem Haar, das weitgehend unter einer Haube verborgen war. Gedanken an Marie zogen vorbei und er wünschte, sie wäre bei ihm und lächelte ihm zu, anstelle der Fremden.

»Ah, Ihr seid wach«, sagte Elisabetha. »Ich denke, wir sollten Euch willkommen heißen, immerhin seid Ihr die zweite Woche bei uns.«

»Wo?«, brachte Janek heraus.

»Im Haus des Johann Roschitz zu Nürtingen. Der Forstknecht hat Euch hier abgeladen.«

»Mehr tot als lebendig«, warf Bertha ein.

Elisabetha schmunzelte. »Wohl wahr. Aber Berthas gute Pflege hat Wunder gewirkt.«

Janek sah von einer zur anderen. Und plötzlich kamen die Erinnerungen. Bavor, der ihn bedrohte und angriff. Sein Vetter, um den er getrauert hatte, und der um ein Haar sein Mörder geworden wäre. Janeks Welt stand Kopf.

»Und ich bin Elisabetha Roschitz«, fuhr die junge Frau fort. »Ihr bleibt bei uns, bis es Euch wieder besser geht.«

»Ich stehe in Diensten des Herzogs von Württemberg«, erklärte Janek unvermittelt.

»Das haben wir bereits vermutet«, entgegnete Elisabetha und Bertha ergänzte: »Deshalb hat der Ottel gut daran getan, Euch beim *Croat* zu lassen und nicht in die Stadt hineinzubringen. Dort ist ein Haufen spanisches Volk, das hätt Euch mit Vergnügen den Gnadenstoß gegeben. Dann wärt Ihr doch noch mit den Engeln geflogen.«

»Beim *Croat*?«, erkundigte sich Janek nervös. »Als Gefangener?«

»Nein, gewiss nicht«, antwortete Elisabetha mit einem beruhigenden Lächeln. »Aber jetzt kommt erst einmal wieder zu Kräften. In ein paar Tagen könnt Ihr uns Eure Geschichte erzählen. Und wir Euch die Unsrige.«

Pfullingen,
27. Oktober des Jahres 1640

Heinrich hatte sich nach einem langen Gespräch mit Bartholomäus und Frieder dafür entschieden, die Strecke abzureiten, die Janek genommen haben musste. Bevor er aber drei Tage nach seiner Begegnung mit Marie endgültig aufgebrochen war, hatte Bartholomäus noch wichtige Einzelheiten in Erfahrung gebracht. Heinrich wusste, wo und zu welchem Zeitpunkt Janek die Gesandtschaft verlassen hatte und welchen Weg er einschlagen wollte. Auch das Auftauchen jenes Fremden am Hof war beurteilt worden und Heinrich hatte sich deshalb vorgenommen, auf jeden Fall den österreichischen Verwalter der *Pfandschaft Achalm* aufzusuchen, um die Angelegenheit zu besprechen.

Auf einem ausgeruhten Pferd war er losgezogen und zunächst der Straße von Stuttgart bis nach Kirchheim am Fuße der Burg Teck gefolgt, deren massiver Bergfried im trüben Herbstlicht weithin sichtbar ins Land gegrüßt hatte. Von dort aus hatte er sich nach Südwesten gewandt und Nürtingen passiert. Immer wieder hatte er sich unterwegs Zeit genommen und die Menschen nach Janek gefragt, aber niemanden gefunden, der ihm Auskunft geben konnte. Es war bereits später Nachmittag gewesen, als er schließlich Metzingen erreicht hatte und sich in einem Gasthaus einquartierte, um dort die Nacht zu verbringen.

Am nächsten Tag war er nach Reutlingen weitergeritten und hatte dort konsterniert festgestellt, dass in den vergangenen Tagen niemand um Einsicht in das Archiv der Freien Reichsstadt oder die Vorlage der Urkunden der *Pfandschaft Achalm* gebeten hatte. Janek war, zumindest in offizieller Funktion, nicht in Reutlingen gewesen. Auch Heinrichs weitere Nachforschungen in den Gasthäusern ergaben keinerlei Hinweise auf einen Aufenthalt seines Freundes. Zwei Tage später hatte er sich dann besorgt auf den Weg nach Pfullingen gemacht. Vielleicht hatte Janek seine Pläne ändern müssen und sich direkt zum österreichischen Amtssitz begeben. War er dort festgesetzt worden?

Auf Bartholomäus' Anraten hin hatte er sich bei seiner Ankunft als ein Bote der Jesuiten ausgegeben. Sein eigentliches Ziel sei Tübingen, doch er habe einen kurzen Aufenthalt in Pfullingen eingeplant, um nachzusehen, wie die Rekatholisierung voranschreite. Ein entsprechendes Schreiben führte er bei sich, Bartholomäus sei Dank. Man hatte ihm Tisch und Bett angeboten, und nachdem er gut geschlafen und ausreichend gegessen hatte, wollte er sich am nächsten Morgen bei Johann Jakob Hennenberger melden lassen. Man hatte ihn nicht vorgelassen. Mehr als eine Woche lang war er hingehalten worden, weil der Verwalter Wichtigeres zu tun gehabt hatte. Eine verdammt lange Zeit, in der sich Heinrich immer wieder umgehört, nach Hinweisen gesucht und die Abfolge der Ereignisse noch einmal genau rekapituliert hatte, leider ohne Entscheidendes zu finden.

Nun also war der Verwalter endlich bereit, ihn zu empfangen, und er tat dies ausgesprochen freundlich. Zunächst sprach Heinrich die Widerstände innerhalb der *Pfandschaft* an, die sich durch den Wechsel zum Alten Glauben ergeben hatten, um seiner falschen Identität gerecht zu werden. Dann ließ er sich von Hennenberger darlegen, wie schwer es ihm als Repräsentanten Habsburgs dabei gemacht wurde, nicht nur von den Einheimischen, sondern auch von der Regierung in Innsbruck. Später tastete er sich dann vorsichtig an den eigentlichen Grund seines Besuches heran. Im Stuttgarter Konvent habe man von einer angeblichen Verschwörung gegen den Herzog gehört und es sei für ihn und die Gemeinschaft der Jesuiten äußerst wichtig zu wissen, ob es eine solche gäbe und ob er auf Erfolg hoffen könne. Die katholische Gemeinschaft in Stuttgart fühle sich von den Protestanten zunehmend belästigt. Vor allem im Hinblick auf die Nutzung der Kirchen dränge man die Heilige Messe mehr und mehr zugunsten der evangelischen Gottesdienste zurück. Wenn es so weiterginge, stünde die Existenz des Konvents auf dem Spiel.

Hennenberger bedauerte die Vorgänge, wusste aber nichts von Maßnahmen, die dies ändern sollten. Gewiss, ab und zu schicke er jemanden nach Stuttgart, auch an den Herzogshof, wegen der ständigen Dispute um die strittigen Gebiete und diesbezüglicher Kompetenzfragen, doch habe er niemals jemanden dorthin gesandt, um vor verräterischen Umtrieben zu warnen. Er wisse nicht, wer solche Annahmen streue.

Um seine Ratlosigkeit zu überspielen, beklagte Heinrich weiter die eigene missliche Lage und betonte, wie wichtig es sei, dass der Kaiser die geistlichen Herrschaften in Württemberg nicht aufgäbe. Schließlich erhob sich Hennenberger.

»Guter Mann, ich habe Eure Anliegen zur Kenntnis genommen, sehe mich aber außerstande, Euch in irgendeiner Hinsicht zu Hilfe zu kommen. Wendet Euch an Eure Brüder in Wien oder an Seine kaiserliche Majestät, doch wir hier haben unsere eigenen Sorgen. Weltlicher Natur.«

Heinrich verstand den dezenten Hinweis, dass dieses Gespräch beendet sei, und verabschiedete sich. Er war frustriert. Viele nutzlose Tage hatte er vergeudet, nur um zu erfahren, dass Hennenberger offenbar nichts von jenem mysteriösen Boten wusste und zudem keinerlei Notwendigkeit sah, diesen Sachverhalt aufzuklären.

Sein Magen verkündete die Mittagsstunde und er beschloss, um etwas Proviant zu bitten und seine Suche so schnell wie möglich fortzusetzen. Die Zeit drängte.

Als er durch das Tor ging, fiel ihm ein Pferd auf, das in der Nähe angebunden und schwer bepackt war. Solch beeindruckende Tiere bekam man nur noch selten zu sehen, aber das allein war es nicht, was ihn aufmerken ließ. Er ging langsam näher und mit jedem Schritt wuchs die Gewissheit.

»Moses?«

Ein freundliches Schnauben schien Begrüßung und Warnung zugleich. Heinrich blieb stehen. Dies war zweifellos Janeks Pferd. Mit einem Mal fühlte er sich wie vor dem Beginn einer Schlacht, der Körper angespannt, die Sinne geschärft und sein Verstand arbeitete eine Unmenge an Erklärungen aus. Die erste und wahrscheinlichste war, dass Janek einer der zahllosen Räuberbanden zum Opfer gefallen war, die täglich ihr Unwesen trieben. Ein derart wertvolles Pferd ließ sich gewinnbringend verkaufen und wer auch immer jetzt dieses Tier besaß, könnte ein wichtiger Hinweisgeber sein. Ebenso plausibel war die Möglichkeit, dass Janek den Österreichern in die Hände gefallen und Moses konfisziert worden war. Vielleicht hielt man ihn ganz in der Nähe gefangen. Weniger wahrscheinlich schien Heinrich, dass Janek aus freien Stücken hier war; in diesem Fall erwartete er eine wirklich gute Begründung, sonst würde er ihre Freundschaft an Ort und Stelle in den Staub treten.

Heinrich lenkte seine Schritte auf die Straße und lief ein Stück, behielt das Gebiet um das Schloss aber im Auge. Unwillkürlich zog er seinen Hut tiefer in die Stirn und den Mantel enger um sich, nicht nur, weil ein kalter Wind aufgekommen war. Einstweilen wollte er unbemerkt bleiben.

Es dauerte eine knappe halbe Stunde, bis ein Mann zu Pferd das Schloss verließ. Heinrich ging langsam weiter und beobachtete aus den Augenwinkeln, wie der Reiter noch einmal anhielt und sein Gepäck überprüfte, bevor er das Tier in einen leichten Trab fallen ließ und auf ihn zukam. Als die beiden auf gleicher Höhe mit ihm waren, sah er unter seiner Hutkrempe auf.

Er erkannte ihn sofort. Vor Verblüffung hätte er beinahe den Hut gelüftet, um Bavor freudig zu begrüßen und sich zu vergewissern, dass er keiner Täuschung aufsaß. Glücklicherweise besann er sich rechtzeitig und senkte rasch wieder den Kopf. Was zum Kuckuck hatte Bavor von Schwanberg auf Janeks Pferd in Pfullingen verloren? Die Gebeine dieses Mannes wähnte er zerschlagen auf den Schlachtgefilden Nördlingens, nicht hier. Währenddessen war Bavor weitergeritten, ohne den Jesuiten am Wegesrand zu beachten. Heinrich starrte ihm fassungslos nach. Ihm zu Fuß zu folgen, war sinnlos, dennoch eilte er ein Stück weit hinterher. Immerhin konnte er erkennen, dass Bavor den Weg in Richtung Reutlingen einschlug. Ohne weiteres Nachdenken hastete er in seine Unterkunft zurück, packte das Wenige, was er mit sich führte, auf sein Pferd und hetzte hinterher.

Kurz vor Reutlingen dankte er dem Allmächtigen, denn Moses wartete am Wegesrand, während Bavor breitbeinig dastand und ins Gebüsch urinierte. Noch immer konnte sich Heinrich keinen Reim auf dieses unerwartete Wiedersehen machen und hielt sich im Hintergrund. Nachdem Bavor wieder aufgesessen war, ließ er ihn in großzügigem Abstand vorausziehen.

Der Wind frischte auf. Heinrich packte die Zügel fester. Bavor ritt an Reutlingen vorbei und hielt auch in Metzingen nicht an. Er legte keinerlei Eile an den Tag, bewegte sich zielstrebig, aber in mäßigem Tempo, trotz des schlechten Wetters. Erst in Nürtingen klopfte er an das Tor.

Als Heinrich ihn hinter den Mauern der Stadt verschwinden sah, zügelte er sein Pferd. Er nahm an, dass Bavor die Nacht hier verbringen würde und überlegte, wo er selbst sein Lager aufschlagen sollte. In die Stadt wollte er ihm nicht unmittelbar folgen, sie war in der Hand kaiserlicher Truppen. Ein Blick in den Himmel zeigte, dass es zudem wenig ratsam wäre, im Freien zu kampieren. Dicke, bleigraue Wolken hatten sich zusammengeballt und warteten darauf, ihre feuchte Last auszuschütten. Zu seiner Rechten sah er einen bewirtschafteten Hof liegen und beschloss, dort um Quartier nachzufragen.

28. Kapitel

De profundis clamavi ad te, Domine.
Aus der Tiefe rufe ich, Herr, zu dir.

Psalm 130

Hall, 27. Oktober des Jahres 1640

Die Nacht war bitterkalt. Marie fröstelte unter der dünnen Decke, die sie um sich geschlungen hatte, und fand nicht in den Schlaf, obwohl sie todmüde war. Die vergangenen Tage auf der Straße bei Regen und Wind waren anstrengend gewesen, wiewohl Bartholomäus alles getan hatte, um ihr die Reise so angenehm wie möglich zu machen. Kaum mehr als eine Meile am Stück hatte sie das Gerüttel auf dem Karren ausgehalten, dann war sie heruntergeklettert und nebenhergegangen, so lange ihre Füße sie trugen. Dann und wann war sie in einen Dämmerzustand gefallen, hatte einen Fuß vor den anderen gesetzt, ohne die Anstrengung mehr wahrzunehmen. Nur, wenn es nicht mehr anders ging, war sie wieder auf den Wagen gestiegen. Die Nächte hatten sie in Herbergen am Wegesrand verbracht, eine verlauste und dreckiger als die andere.

Vorgestern waren sie in Hall angekommen und hatten sich beim Helmwirt am Milchmarkt eingemietet. Eine kleine Kammer musste genügen für Marie, zwei weitere Frauen und fünf Kinder. Hier lag sie nun schon die zweite Nacht, während durch die Ritzen im Holz der Außenwände der Nachtwind strich und den nahenden Winter hereinbrachte. Marie seufzte und drängte sich unwillkürlich an ihre Bettgenossin, die leise atmend ihren kleinen Sohn umfangen hielt, welcher auf der anderen Seite lag. Marie legte eine Hand über ihren Bauch, so als könne sie dadurch das kleine Stückchen Leben beschützen, das in ihr heranwuchs und um das sie sich große Sorgen machte. Vor dem Schlafengehen hatte sie den Abtritt aufgesucht und Blutspuren auf ihrem Hemd entdeckt. Auch wenn diese nur schwach gewesen waren, fürchtete Marie eine Fehlgeburt. Vielleicht war dieses Kind das Einzige, was ihr von Janek bliebe. Sie fühlte sich verloren und zugleich schien ihr, als wäre er ganz nah. Unentwegt versuchte sie, aus den wenigen Anhaltspunkten, die sie hatte, Erklärungen für sein Verschwinden zusammenzustückeln, und kam doch immer zu demselben Schluss, dass nichts die unerträgliche Unsicherheit vertreiben konnte, in die sie gestürzt war. Und wie so oft spielten ihr auch in dieser Nacht die Sinne einen Streich, im Halbschlaf meinte sie, seine Arme um sich zu spüren, fest und behütend, bevor sie die Kühle des nahenden Morgens erbarmungslos daran erinnerte, wie allein sie war. Als sie sich zerschlagen aus ihrer Decke schälte, hatte sich eine dünne Schicht Raureif darauf gebildet.

In der Gaststube wartete eine leichte Morgenmahlzeit. Dankbar trank Marie die warme Milch, welche ihr Bartholomäus hingestellt hatte. Sein Blick verriet Besorgnis und Anspannung.

»Du siehst nicht wohl aus«, meinte er.

»Es ist nichts weiter«, antwortete Marie müde und wusste, wie wenig überzeugend sie klang. Bartholomäus ließ es dabei bewenden, forderte sie lediglich auf, kräftig zu essen.

»Ich war gestern im Haus der Firnhabers«, fuhr er fort. »Eure Grete ist verstorben. Ein Fieber war es wohl, nicht die Pestilenz. Sie sind bereit, dich fürs Erste aufzunehmen. Ich will ehrlich sein, Marie. Die Umstände tragen viele Rätsel in sich. Ich kehre heute nach Stuttgart zurück.«

»Wirst du ihn suchen?«, fragte Marie.

»Heinrich ist unterwegs, wie du weißt. Ich werde in Stuttgart bleiben. Zum einen muss dem Konvent die eilige Botschaft über das tragische Ableben eines seiner Mitbrüder samt seinem Novizen zugespielt werden«, er nickte Frieder zu, der hungrig einen wässrigen Dinkelbrei in sich hineinstopfte. »Zum anderen möchte ich ein Ohr am Herzogshof haben. Jeder noch so kleine Hinweis könnte entscheidend sein.«

»Woran sind wir denn gestorben?«, wollte Frieder mit vollem Mund wissen.

»Erschlagen und ausgeraubt«, antwortete Bartholomäus.

»Aha«, nuschelte Frieder. »Nimmst du mich mit?«

»Darüber habe ich nachgedacht. Aber nein, du wirst hierbleiben und die Frau unseres einstigen Obristen schützen. Er würde mich zu Brennholz schlagen, wenn ihr etwas zustieße.«

Trotz ihrer Erschöpfung musste Marie lächeln. Inzwischen verstand sie, weshalb Janek den ehemaligen Mönch so schätzte. Bartholomäus war loyal und aufrichtig, aber auch gerissen. Vor allem schlüpfte er mühelos in unterschiedlichste Identitäten. Vom einfachen Bauern über einen Handelsmann bis hin zum verlorenen Geistlichen gab es kaum eine Person, die er nicht glaubhaft darzustellen vermochte. Marie bewunderte die Art und Weise, wie er diese Gabe nutzte. Die Menschen taten sich leicht mit ihm, er wusste ihr Vertrauen ebenso schnell zu wecken wie ihren Respekt.

»Wenn ihr gefragt werdet: Frieder ist dein Vetter«, sagte er nun zu Marie.

Frieder nickte.

»Und er wird die eine oder andere Arbeit verrichten, um für euch zu sorgen.«

»Wohlan«, meinte Frieder.

»Wir werden beide dazu beitragen«, entgegnete Marie.

»Ihr werdet euch gewiss durchschlagen, darum sorge ich mich nicht«, sagte Bartholomäus zufrieden und stand auf. »Ich mache mich auf den Weg. Wartet nicht auf Nachricht. Vorerst ist es besser, wenn niemand euren Aufenthalt kennt. Möge der Herr über euch wachen.«

Der Hof des Croat Roschitz bei Nürtingen am selben Tag

Die kalte Jahreszeit besaß ihre eigene Stille, dachte Heinrich. Alles Geräusch erschien gedämpfter und die Natur strahlte eine besondere Ruhe aus. Der Bachlauf, der an der Nürtinger Stadtmauer entlangführte und sich nur wenige Schuh weiter mit den unruhigen Wassern des Neckarstroms vereinte, war von dünnem Eis bedeckt. An der hölzernen Brücke, die sich darüber hinwegspannte und eines der kleineren Stadttore erschloss, glitzerten gefrorene Tropfen. Heinrich beließ es bei einem kurzen Blick auf die Gegebenheiten. Er saß ab, nahm sein Pferd beim Zügel und führte es die wenigen Schritte bis zu dem Bauerngehöft, aus dessen Kamin eine dünne Rauchsäule entwich. Der Gedanke an ein wärmendes Feuer und eine ordentliche Mahlzeit trieb ihn vorwärts. Doch noch bevor er um Einlass bitten konnte, riss ein Mann den hölzernen Flügel auf und herrschte ihn an: »Was willst du?«

»Ein Quartier für die eine oder andere Nacht.«

»Warum gehst du nicht in die Stadt?«

»Zu viel Kriegsvolk.«

Diese Antwort entlockte seinem Gegenüber ein Grinsen: »Komm herein. Allein kannst du wohl keinen Schaden anrichten.«

Durch einen schmalen, bezinnten Torbogen betrat Heinrich den Innenhof. Das Anwesen wirkte neu und gepflegt. Ein kleines Waschhaus und zwei Fachwerkgebäude gruppierten sich in harmonischer Eintracht.

»Willkommen in meinem Haus, Fremder«, meinte der Mann, dessen Gesicht ein buschiger Bart zierte. »Gib mir dein Pferd, ich stelle es unter. Wenn du uns übers Ohr hauen willst, behalte ich es.«

»So soll es dir denn als Pfand dienen.«

»Johann Roschitz.«

»Heinrich von Biberstein.«

In der Küche des Bauernhauses wurde ihm ein Stuhl an den Tisch geschoben. Aus einem großen Kessel über der Feuerstelle schöpfte die Bauersfrau einen deftigen Eintopf aus Linsen. Neben die gefüllte Schale legte sie einen Löffel und einen Kanten Brot. Als er nach bemerkenswert kurzer Zeit die Reste aus seinem Essgefäß kratzte, wurde ihm freundlich ein Nachschlag gereicht.

»Danke«, meinte Heinrich, wischte sich mit dem Handrücken über den Mund und stürzte einen Becher mit Wein hinunter. »Ich werde es angemessen entlohnen.«

»Wir haben bereits einen Gast im Hause«, meinte Roschitz. »Macht es Euch etwas aus, die Kammer mit ihm zu teilen?«

»Gewiss nicht«, meinte Heinrich. »Solange er mir nicht ans Leder will.«

»Dazu wird er kaum imstande sein. Er ist erst kürzlich von den Toten auferstanden.«

Roschitz ging Heinrich voran und öffnete die Tür zu einer kleineren Stube. Als Heinrich hinter dem Bauern ins Zimmer trat, glaubte er an eine Sinnestäuschung. Fassungslos ließ er sein Bündel fallen. »Fahr zur Hölle!«

»Nur wenn du diesmal mitkommst!«, antwortete Janek, der, von mehreren Kissen gestützt, auf einem Bett lag. »Ich kann dir nicht sagen, wie gut es tut, dich zu sehen, Biberstein!«

»Schwanberg, zum Henker, ach, was rede ich …« Heinrich ging zu seinem Freund und schlug ihm fest auf die Schulter. Janek zuckte zusammen, behielt jedoch das Grinsen bei, das sich beim Anblick des Freundes in sein Gesicht geschlichen hatte.

Roschitz sah irritiert von einem zum anderen. »Ihr kennt einander?«

»Seit Jahren«, antwortete Janek. »Heinrich von Biberstein ist mein enger Freund und Waffenbruder. Es würde mich nicht wundern, wenn ihn die Suche nach mir hierher geführt hat.«

»Gut möglich.« Heinrich, dessen Verwunderung allmählich tiefer Freude wich, lachte. »Kaum zu glauben, was die Vorsehung da mit uns angestellt hat!«

»Vielleicht fange ich doch noch an, dem Wunderglauben anzuhängen«, meinte Janek kopfschüttelnd. »Allerdings habe ich weder Blut vom Himmel tropfen sehen noch einen außergewöhnlichen Himmelskörper bemerkt, der dich angekündigt hätte.«

»Nun, es scheint eine göttliche Fügung gegeben zu haben«, unterbrach Roschitz. »Verzeiht meine Neugierde, doch wüsste ich allzu gerne mehr.«

»Das könnte ein langer Abend werden«, sagte Heinrich.

»Mein Weib soll uns einen Wein kredenzen, um die Zeit zu verkürzen«, entgegnete Roschitz.

»Er ist in Nürtingen?« Janek ballte die Hände zu Fäusten, nachdem er Heinrichs Bericht gehört hatte.

»Zumindest heute Nacht kann er nicht weiter«, antwortete sein Freund.

Sie saßen mit Roschitz zusammen. Elisabetha hatte zwei Hocker gebracht und an Janeks Lager gestellt. Mit Berthas Hilfe säuberte sie Janeks Bauchverletzung.

»Er wird wohl noch ein paar Tage hierbleiben müssen«, knurrte Roschitz. »Das Wetter wird schlechter.«

»Wir können kaum davon ausgehen, dass Bavor denkt und handelt wie ein vernünftiger Mensch«, meinte Janek und verzog schmerzhaft das Gesicht, als Elisabetha einen neuen Verband anlegte.

»Diese Missgeburt!«, schnaubte Heinrich. »Ich habe es dir schon immer gesagt, Schwanberg. Mein Freund war er nie!«

»Er ist ein fähiger Mann«, entgegnete Janek. »Ich hatte keinen Grund, ihm zu misstrauen.«

»Du hast die Augen verschlossen, weil er für dich wie ein Bruder war«, sagte Heinrich barsch. »Sonst hättest du genauso gedacht.«

»Die Ereignisse zeigen, dass du Recht hattest, Biberstein. Es bleibt die Frage nach den Gründen«, antwortete Janek.

»Eifersucht, was sonst?«, stellte Heinrich fest.

»Eine wahrlich mörderische Kraft«, bestätigte Roschitz und griff nach dem Krug mit kräftigem Neckarwein, der zwischen ihnen auf dem Boden stand und fleißig frequentiert wurde. »Es ist offensichtlich, dass Ihr jemandem im Weg gewesen seid, Herr von Schwanberg. Ich dachte zunächst jedoch an Feinde des Herzogs, die einem seiner Boten auflauerten. Die Wahrheit kommt einem Gauklerstück nahe.«

»Wir verlassen uns auf deine Verschwiegenheit, Roschitz«, sagte Janek. Sein Ton war härter, als er beabsichtigt hatte.

»Auch ein *Croat* weiß sein Maul zu halten«, antwortete der Bauer mit einem verständnisvollen Augenzwinkern.

»Ein *Croat*?«, fragte Heinrich. Er musterte Roschitz mit kritischem Blick.

»Aber ein anständiger«, mischte sich nun Elisabetha ein.

»Wagt es nicht, an ihm zu zweifeln«, ergänzte Bertha mit schnarrender Stimme. »Einen besseren Herrn hatte ich nie.«

»Kann man das glauben? Alles, was ich mit diesem *Krabaten*-Volk erlebt habe, waren Hinterhalt und Tod«, entfuhr es Heinrich.

»Dieser hier ist wahrlich anders«, sagte Janek ruhig.

»Ich nehme Euch Euer vorschnelles Urteil nicht übel«, meinte Roschitz. »Die Kroaten werden gewisslich nicht ihrer Menschlichkeit gerühmt. Doch schlimme Vögel finden sich überall, meint Ihr nicht?«

»Nun denn«, sagte Heinrich, »da du das Vertrauen aller hier zu besitzen scheinst, sei dir auch das meine sicher.«

»Gut«, entgegnete Roschitz. »Dann möchte ich mich gerne anbieten, bei der Suche nach diesem Narren zu helfen.«

Sie unterhielten sich die halbe Nacht hindurch, erörterten die Tatsachen und suchten Motive, erwogen, diskutierten, verwarfen. Einig in der Ansicht, keine Zeit verlieren zu dürfen, entstand schließlich ein einfacher Plan, an dessen Ausführung Heinrich, Roschitz, seine Frau und die alte Bertha beteiligt sein sollten. Janek musste widerwillig einsehen, dass er noch viel zu schwach war, um dabei sein zu können.

»Diesmal, Schwanberg, wirst du dich auf uns verlassen müssen.« Heinrich grinste.

Roschitz und die beiden Frauen hatten sich schon zur Ruhe begeben, als Heinrich eine Decke neben Janeks Lager ausrollte.

»Sag doch«, meinte er, »was hat diesen *Croat* eigentlich hierher verschlagen?«

»Sein Weib natürlich«, antwortete Janek.

»Natürlich! Wieso ist mir das nicht selbst eingefallen, sie ist ja eine Hiesige«, spottete Heinrich und zog die langen Stulpenstiefel aus.

»Sie ist die Tochter des städtischen Spitalmeisters«, erklärte Janek und rutschte vorsichtig hin und her, um eine schmerzarme Schlafposition zu finden.

»Und ich bin ein Bankert des Kaisers!« Heinrich nestelte sich in seine Decken und hielt inne, als er Janeks ärgerliche Miene sah. »Das war ein Scherz, Schwanberg. Die Geschichte scheint fürwahr interessant.«

»Sie ist ganz und gar unglaublich«, meinte Janek. »Hätten Roschitz und sein Weib mir nicht selbst berichtet, wäre ich geneigt gewesen, alles als Lügengespinst abzutun. Es hat sich dennoch so zugetragen. Nachdem die Kaiserlichen uns bei Nördlingen geschlagen hatten und anschließend durch die württembergischen Lande zogen, fielen sie auch über Nürtingen her. Natürlich hausten die Kroaten gewohnt grausam. Sie trieben junge Frauen und Mädchen zusammen, banden sie und nahmen sie mit.«

»Unter ihnen befand sich auch die Tochter des Spitalmeisters«, folgerte Heinrich.

»Ein Corporal hatte sie sich ausgesucht, doch bevor er zum Ziel gelangte, erwischte ihn die Pestilenz.«

»Das nenne ich einen Pechvogel.«

»Roschitz hat sich dann um sie gekümmert.«

»Und gelangte zum Ziel«, grinste Heinrich.

»Mit großem Erfolg.« Janek schmunzelte. »Sein Weib scheint ihm sehr zugetan, obwohl auch er zu den Eroberern

Nürtingens gehört hat. Sie versprachen sich die Ehe im Alten und im Neuen Glauben.«

»Geht das?«

»Es scheint so. Vor drei Jahren kamen sie hierher zurück. Roschitz kaufte diesen Hof und seitdem ist er Bauer.«

»*Auf den Nebel folgt die Sonn*«, rezitierte Heinrich und gähnte.

»Manches Mal. Weißt du etwas von Marie?« Janeks Stimme wurde leise und drängend.

»Bartholomäus wollte sich kümmern, doch was genau er veranlasst hat, weiß ich nicht.«

»Nachdem du heute meintest, dass man mich als Verräter sucht, ist sie am Hof in Gefahr«, meinte Janek gepresst.

»Ich traue Bartholomäus zu, dass er sie in Sicherheit bringt, falls es nötig ist«, erwiderte Heinrich.

»Wenn er sich nicht gerade am Messwein gütlich tut.«

»Du kannst nichts tun.«

»Verflucht sei meine Hinfälligkeit!«

»Du bist nicht hinfällig«, unterbrach ihn Heinrich. »Du wurdest fast getötet und brauchst einige Tage Ruhe. Danach wirst du zu deinem Weib gehen und es bis an dein Lebensende behüten. Bis dahin musst du sie Bartholomäus überlassen. Er hat sich mit Frieder durchgeschlagen, er wird es auch diesmal richtig machen.«

Nur wenige Augenblicke später verriet ein leichtes Schnarchen, dass Heinrich eingeschlafen war. Janek dagegen kam nicht zur Ruhe. Erst nach und nach wurde ihm das Ausmaß dessen bewusst, was sich drohend über ihm zusammengebraut hatte. Bisher war er lediglich davon ausgegangen, vermisst zu werden, möglicherweise als tot zu gelten. Erst durch Heinrichs Bericht wurde klar, dass die Umstände ihn als Verräter am Herzog brandmarkten. Je mehr er grübelte, in dieser Nacht, desto klarer wurde ihm, dass Bavor ihn sicherlich schon längere Zeit verfolgt hatte. Möglicherweise war sogar er es gewesen, der denunzierende Gerüchte über ihn am Herzogshof verbreitet hatte. Dass sie sich ausgerechnet bei Urach über den Weg gelaufen waren, war vermutlich Zufall gewesen. Doch früher oder später hätte Bavor eine Gelegenheit gefunden, seine Absichten in die Tat umzusetzen. Gelobt sei Heinrich. Er hatte Moses erkannt und die richtigen Schlüsse gezogen.

Was hatte Bavor nun vor? Würde er an den Herzogshof gehen und dort seine Dienste anbieten? Berichten, wie es ihm gelungen war, den Verräter zu töten und damit das Haus Württemberg vor Schaden zu bewahren? Oder zog es ihn ins Böhmische, nach Hause? Janek betete selten und wusste nicht, ob der Allmächtige ihm überhaupt zuhören würde, doch nun, in seiner tiefen Verzweiflung, rief er ihn an. Dass Heinrich Bavor finden möge, bevor dieser weiteres Unheil anrichten konnte. Dass dessen Ränke erfolglos blieben. Dass man, wenn er erst genesen war und vor den Herzog treten würde, an seine Unschuld glaubte. Und um Segen für Marie.

29. Kapitel

Wie auch wir vergeben unseren Schuldigern.

Aus dem »Vater unser«

Nürtingen,
28. Oktober des Jahres 1640

Gleichsam über Nacht war es Winter geworden. Der Schnee fiel in dichten Flocken und hielt die Menschen in ihren Behausungen. Bavor hätte seinen Weg lieber heute als morgen fortgesetzt, doch nicht nur das Wetter nagelte ihn vorerst in Nürtingen fest. Es gab reichlich Ärger mit den spanischen Besatzern der Stadt. Schon am Tag seiner Ankunft war ihm von Überfällen auf unbescholtene Bürger berichtet worden: Kürzlich hätten Soldaten eine Handvoll Frauen ausgeplündert, die auf dem Weg von Nürtingen in ihren Heimatort gewesen waren. Als die Ehemänner zur Hilfe herbeieilten, hatten die Spanier das Feuer eröffnet und einen davon erschossen, woraufhin die Begleiter des Getöteten wiederum auf die Soldaten losgegangen waren und den Schützen mit einer Hellebarde lynchten. Derlei Unruhen waren der österreichischen Verwaltung ein Dorn im Auge, denn die Winterquartiere der Heere belasteten das Land bereits zu Genüge. Zusätzliche Auseinandersetzungen gefährdeten die prekäre Ordnung zwischen Bürgen, Bauern und Besatzern unnötig.

An diesem trüben Morgen hatte Bavor eine Kerze entzündet und schrieb einen ausführlichen Bericht an Hennenberger. Neben den Untaten der Spanier, die er mit Genugtuung meldete, informierte er den Verwalter darüber, einige Zeit in Nürtingen verweilen zu wollen, obgleich er binnen Wochenfrist eigentlich in Münsingen und Tübingen erwartet wurde. Er schob sowohl das Wetter als auch die angeblich schwierige Sicherheitslage der Stadt vor, um Zeit zu gewinnen. Er hatte nicht vor, die beiden Städte überhaupt noch zu besuchen. Wenn er Nürtingen verließ, würde er sogleich den Weg nach Nürnberg einschlagen und von dort aus weiter nach Norden reisen. Bis Hennenberger sein Verschwinden auffiele, hätte er die österreichischen Gebiete längst hinter sich gelassen.

Bavor versiegelte das Schreiben und übergab es einem Boten, der vor der Tür gewartet hatte. Anschließend löschte er die Kerze und machte sich auf den Weg zur Marktstraße, um nach Ordnung zu sehen. Da es dort ruhig zuging, beauftragte er einige Söldner mit der Aufsicht über das karge Marktgeschehen und inspizierte die wenigen Verkaufsstände mit ihren knappen Auslagen. Er ließ sich eine Wurst und ein Stück Brot geben, lachte den Bauern aus, als dieser seine Kreuzer einforderte, und zog sich in die Halle unter der Ratsstube zurück. Dort, wo es nicht ganz so zugig war, verspeiste er seine Morgenmahlzeit und sah den vermummten Menschen zu, die an ihm vorbeieilten.

Zur gleichen Zeit vor den Toren der Stadt

»Am besten bettest du dein Haupt zur Ruhe. Dann verrinnt die Zeit viel schneller«, riet Heinrich mitfühlend und beeilte sich, die Kammer zu verlassen, welche er mit seinem Freund teilte. Janeks Fluch wurde durch die rasch geschlossene Holztür nur unzureichend gedämpft. Er wollte sich nicht damit abfinden, tatenlos herumzusitzen und darauf zu warten, dass Bavor gefunden wurde, und Heinrich verstand ihn nur zu gut. Aber in seinem Zustand wäre er ein unkalkulierbares Risiko, für alle.

In der Küche traf Heinrich auf Roschitz, dessen Frau und Bertha. Während des Morgenessens gab er ihnen eine möglichst genaue Beschreibung Bavors, der Janek nicht unähnlich sah, mit dunklen Haaren und Bart, dabei aber etwas kleiner und schmaler war als der Vetter.

Gemeinsam traten sie schließlich in den Hof. Auf einem schmalen Handkarren hatte Elisabetha Feldfrüchte zusammengepackt, um sie mit Bertha auf dem Markt anzubieten. Die beiden Frauen nahmen die Deichsel auf und gingen voraus. Roschitz und Heinrich, in Schafspelze gehüllt, folgten mit einigem Abstand, passierten ohne Eile Brücke und Stadttor. Unmittelbar dahinter stieg eine Gasse steil an und führte durch eng stehende Fachwerkhäuser hinauf bis zur Kirche. Hier, am höchsten Punkt der Stadt, ließ sich Heinrich die wichtigsten Plätze und Gebäude erklären, bevor Roschitz und er sich trennten. Der *Croat* wollte sich bei der Administration umhören, Heinrich hatte beschlossen, die Ställe abzulaufen, um Moses zu suchen.

Das Gehen entlang der Steigen auf dem frisch gefallenen Schnee glich einer Rutschpartie und Heinrich schlitterte von Stallung zu Stallung. Die meisten waren fest verschlossen, um Kälte und Wind draußen zu halten. Man beobachtete ihn misstrauisch und wenn er sich an Riegeln und Toren zu schaffen machte, drohte man ihm mit Fäusten und Hellebarden. Also ging er dazu über, sein Anliegen vorzutragen, doch wenn es ihm tatsächlich gelang, einen Blick ins Innere der Gebäude zu werfen, sah er nur wenige Pferde, viele von ihnen krank und schwach. Es wunderte ihn nicht. Wenn schon die Menschen nichts zu essen hatten, woher sollte Fourage für die Tiere kommen? Mit jedem Unterstand, den er inspizierte, wuchs seine Unruhe. Von Moses keine Spur. Er beschloss, zur Marktstraße zu gehen und bei Elisabetha zu warten, bis Roschitz kam. Er würde sich Zutritt zu den Ställen verschaffen können, die Heinrich verschlossen geblieben waren.

Janek war schwindelig, doch er gab dem Gefühl nicht nach, sondern blieb stehen und wartete, bis der Raum sich nicht mehr drehte. Dann ging er langsam in die Kammer der Bauersleute und suchte einige Kleidungsstücke zusammen. Sein eigenes Zeug war zwar gewaschen und geflickt, die Montur eines Bauern aber schien ihm unauffälliger zu sein. Roschitz' Sachen waren ihm deutlich zu klein, doch er zwängte sich in Beinlinge und Wams ohne Rücksicht auf die Schmerzen, die seinen Bauch durchzuckten. Auf der Bank in der Küche lag ein verblichenes Fell. Nach kurzem Überlegen band er es sich mit einem Lederriemen um Rücken und Brust. Von einem Haken nahm er einen schlichten Hut und zog seine Stiefel an. Die Anstrengung trieb ihm den Schweiß aus allen Poren. Er verdrängte seine Schwäche, so gut es eben ging, trank einen Schluck Wein und machte sich auf den Weg.

Die Wache am Tor öffnete widerwillig, ließ ihn nach einer kurzen Musterung aber durch und zog sich wieder in die Wärme des kleinen Feuers zurück, das in der Nähe entfacht war. Nun befand er sich in der Stadt. Doch wo sollte er seine Suche beginnen?

Bavor wischte sich die Hände an seinem Wams ab. Das Brot war trocken gewesen und mit allerlei Undefinierbarem gestreckt, aber es hatte das Hungergefühl beseitigt, das in seinem Magen rumort hatte. Was in der Wurst verarbeitet worden war, wollte er lieber nicht wissen, der Nachgeschmack war grauenhaft. Er beschloss, nach seinem Pferd zu sehen, das er weiter entfernt in der Scheune eines Stadthauses untergebracht hatte. Der Bürger, dem es gehörte, war zunächst wenig begeistert gewesen, einen Platz bereitzustellen, aber einige Münzen hatten ihn schnell überzeugt. Auf Moses musste man achtgeben. Das Tier war auffällig und er wollte nicht, dass die

Spanier es wegführten. Inzwischen ärgerte er sich über seine Entscheidung, ohne Geleit zu reisen. Einige loyale Söldner hätten es ihm leichter gemacht, seine Autorität durchzusetzen. Andererseits hatte er es bewusst unterlassen, um unabhängig agieren zu können. Hennenberger war darüber regelrecht ungehalten gewesen.

Energisch stieß sich Bavor von dem Holzpfosten ab, an den er sich gelehnt hatte und ging weiter. Eine hübsche, junge Bauersfrau hatte sich zu den Ständen gesellt. Er grinste sie an, nahm sich einen Apfel aus ihrem Korb und setzte seinen Weg fort. Ihre Begleitung schickte ihm eine plärrende Schimpftirade hinterher, woraufhin er stehenblieb, sich umdrehte und langsam sein Messer aus dem Stiefelschaft zog. Die Bäuerin erbleichte, während er die wenigen Schritte zu ihr zurückging, mit der Klinge spielte und schließlich einen weiteren Apfel damit aufspießte. Mit einem warnenden Blick ließ er die beiden Frauen stehen. Diesmal blieb es still, als er weiterging und in seinen Apfel biss, das Geschwätz der Marktbesucher, das bei seinem kurzen Auftritt verstummt war, setzte erst allmählich wieder ein. Keiner hielt ihn zum Narren, das hatte er jetzt hoffentlich allen klargemacht.

Moses stand in seinem Unterstand, so, wie er ihn zurückgelassen hatte. Er gab ihm einen Apfel und den abgenagten Butzen des anderen und sah zufrieden zu, wie das Pferd beides genüsslich zermalmte. Dann warf er ihm eine Decke über den Rücken. Um den vor ihnen liegenden, harten Winterritt gut bewältigen zu können, musste Moses bei Kräften bleiben. Während Bavor über die warmen Nüstern strich, fiel ihm ein, dass die beiden Weiber auch einiges an Wurzelgemüse auf ihrem Wagen mitgeführt hatten. Moses würde eine solche Zehrung schätzen. Bliebe abzuwarten, wie ein zweiter Besuch aufgefasst werden würde. Er grinste, knuffte das Pferd und machte sich gleich noch einmal auf den Weg in die Marktstraße.

Bavor genoss den panischen Ausdruck, der in die Augen der alten Frau trat, als sie ihn erneut kommen sah. Sie stieß die junge Bäuerin an und deutete verhalten in seine Richtung. Diese reagierte gefasster, tat so, als bemerke sie ihn nicht, und wandte sich ihrer Kundschaft zu. Erst als er unmittelbar vor ihr stand, sah sie ihn an.

»Ihr wünscht?«, fragte sie ohne erkennbare Emotion, so als ob sie sich nicht an die vorherige Begegnung erinnere.

»Gib mir alles vom Pastinak, was du hast«, befahl er grob. Sie zuckte nicht mit der Wimper und reichte ihm zwei der Wurzeln.

»Ich sagte, dass du mir alles geben sollst!« Er hob die Stimme, obwohl er selbst erkannte, dass es unklug war, wegen einer solchen Kleinigkeit allzu viel Aufregung zu verursachen. Doch das Gefühl der Macht, welches ihm diese Szene verlieh, versetzte ihn in eine aggressive Hochstimmung, die auszukosten er nicht widerstehen konnte. Seine Hand legte sich gut erkennbar an den Säbel. »Alles!«

»Wenn Ihr bezahlt, gebe ich Euch den Rest. Diese beiden könnt ihr so mitnehmen, es sei Euch geschenkt«, meinte das Weib und schob die Pastinaken nochmals näher zu ihm hin. Bavor wusste nicht, was ihn mehr ärgerte, ihre Weigerung oder die großzügige Geste, mit der sie ihm noch immer das Gemüse unter die Nase hielt. Die umstehenden Menschen sahen mit einer Mischung aus Angst und Neugier zu.

»Weißt du, wer ich bin, Weib?«, brüllte Bavor. »Ich komme vom österreichischen Verwalter und habe hier jedes Recht. Und jetzt gib mir den Pastinak, oder es wird dir schlecht ergehen!«

Kaum hatte Bavor die Drohung ausgestoßen spürte er, wie ihn jemand hart am Arm packte.

»Lass mein Weib in Frieden!«, knurrte ein bärtiger, kräftiger Mann und fixierte ihn mit stechendem Blick. Bavor spürte einen Moment der Unsicherheit, dann schüttelte er die Hand ab.

»Du willst mir drohen?«, fragte er den Bauern. »Ich lasse dich festsetzen, bis du weißt, wie man mit seinen Herren umgeht!«

»Bezahlt. Dann ist alles geregelt. Oder nehmt die Gabe meiner Frau und geht Eures Weges.«

Einige spanische Söldner waren auf das Geschehen aufmerksam geworden und kamen näher. Er winkte sie herbei, doch keiner von ihnen reagierte, als er auf den Bauern zeigte. Sie waren offensichtlich irritiert. Dann sah er den strengen Blick, mit dem der Bauer die Soldaten bedachte. Dieser Mann wirkte befehlsgewohnt und es war offensichtlich, dass er respektiert wurde. Hier passte irgendetwas ganz und gar nicht zusammen, deshalb warf Bavor der Bäuerin eine Münze vor die Füße. »Da, Weib! Hol sie dir, bevor sie im Schnee versinkt. Du wirst wohl einen Scherz verstehen.« Die Frau hob das Geld wortlos auf, ihr Mann trat demonstrativ neben sie. Bavor ließ die Pastinaken liegen, bog um die nächste Ecke und lehnte sich an eine Hauswand. Er zitterte vor Wut. Bloßgestellt von einem Bauern! Wer auch immer dieser Mann gewesen war, eine solche Niederlage brachte man ihm nicht ungestraft bei. Ein Grunzen neben ihm lenkte seine Aufmerksamkeit ab. Den Rüssel auf den kalten Boden gepresst, suchten ein paar Borstenviecher nach Nahrungsresten. Bavor versetzte einem von ihnen einen heftigen Tritt, woraufhin sie quiekend von dannen zogen. Drecksschweine, dachte er, genau wie dieser Bauer. Dieser Hochmut würde ihn teuer zu stehen kommen, selbst wenn er dafür seine Abreise nochmals verschieben müsste. Zudem würde er Hennenberger den Vorfall genauestens schildern, wenn er den nächsten Boten sandte.

Unschlüssig, was er jetzt tun sollte, schickte er sich an, weiterzugehen. Er kam keine zwei Schritte weit. Ein Arm legte sich um seinen Hals und zog ihn ruckartig nach hinten. In seinen Rücken bohrte sich ein spitzer Gegenstand.

»Nun, Bavor«, sagte eine bekannte Stimme. »Hast du noch nicht genug?«

»Biberstein!«, brachte Bavor hervor.

»Genau der.«

»Was willst du?«

»Was glaubst du wohl, du närrisches Kalb?«

Bavor holte tief Luft. Sein ganzer Körper spannte sich an, dann sprengte er mit einem einzigen Ruck den Klammergriff, drehte sich um und fasste Heinrich seinerseits an der Gurgel. Ein Messer fiel mit einem leisen Schlag in den vereisten Schnee.

»Siehst du, Biberstein, so schnell ändert sich die Lage!«, rief er. »Und nun kommst du mit mir und erzählst, was hier vor sich geht. Warum bist du in der Stadt? Hast du etwas mit diesem verdammten Bauern zu schaffen?«

Heinrich schnappte nach Luft und versuchte, Bavors Hände um seine Kehle zu lockern, doch der rang ihn nieder. Als Heinrich zu Boden ging, schlug sein Hinterkopf hart auf und er fürchtete, die Besinnung zu verlieren. Noch immer versuchte er, sich aus dem Würgegriff zu befreien, doch Bavor kniete auf seiner Brust und drückte mit aller Kraft zu. Vor seinen Augen flimmerte es. Wo war Roschitz? Der *Croat* hatte ihm folgen wollen.

»Es ist zu Ende, Bavor!«

Irritiert lockerte Bavor seinen Griff. Heinrich nutzte den Moment, stieß ihn von sich und kam schwer atmend auf die Füße. Mit gezogenem Schwert stand Janek wenige Schritte von ihnen entfernt. Er hielt sich nur mühsam auf den Beinen, doch Bavor schien das nicht zu bemerken, zu schockiert war er über das plötzliche Auftauchen seines Vetters.

»Du suchtest den Lebenden bei den Toten, nicht wahr?«, fuhr Janek fort und warf Heinrich einen kurzen Blick zu. In einer raschen Bewegung hob dieser sein Messer auf, doch noch ehe er Bavor erreicht hatte, blickte er auf dessen Säbelspitze. »Bleib mir vom Leib, Biberstein. Und du, Janek von Schwanberg«, höhnte er, »hast ohnehin nicht die Kraft, mir zu schaden. Aus deinem Gesicht spricht der Tod.«

Janeks Augen versprühten eiskalte Entschlossenheit, als er auf den Vetter zuging. Unwillkürlich wich Bavor einen Schritt zurück, ließ von Heinrich ab, richtete seine Waffe auf Janek und griff ihn an. Janek wich dem Schlag aus. Bevor Bavor einen zweiten platzieren konnte, warf sich Heinrich dazwischen und brachte ihn zu Fall. Ein dumpfer Laut drang aus Bavors Kehle, doch er richtete sich sofort wieder auf und stieß Heinrich den Säbel in die Wade. Dieser taumelte gegen eine Hauswand, während Bavor sofort wieder seinen Vetter fixierte. Janek stand mit erhobenem Schwert unmittelbar vor ihm, musste es aber mit beiden Händen umklammern, so schwach war er. Grinsend holte Bavor aus, doch bevor er seinen Hieb setzen konnte, stieß sich Heinrich ab und fiel ihm in den Rücken. Bavor schwankte, versuchte sich mit einer Drehbewegung abzufangen. Ein zweiter Stoß von Heinrich brachte ihn endgültig zu Fall, er stürzte in Janeks Schwert und ging mit schmerzverzerrtem Gesicht in die Knie. Janek wurde die Waffe aus der Hand geschlagen, Heinrich aber drückte Bavor fest auf den Boden. Er sah nicht, dass sein Gegner bereits schwer verwundet war.

»Er hat genug«, sagte Janek matt.

»Er hat niemals genug«, meinte Heinrich, dann erst sah er, dass sich Janeks Schwert in Bavors Unterleib gebohrt hatte. Der Verletzte wimmerte.

»Wohl gemacht.« Roschitz trat zu ihnen. »Bertha und Elisabetha werden Euch allerdings erneut aufpäppeln müssen, Herr von Schwanberg. Desgleichen Euch, Biberstein!« Mit sanftem Griff löste er Heinrich von Bavor und half ihm auf. Dann drehte er den Verletzten um, der dabei laut aufstöhnte. »Ihn zu retten, ist nicht meine Entscheidung«, meinte er nur und sah zu Janek, der sich gegen eine Mauer gelehnt hatte und den Blick nun auf Bavor richtete. Mit verzerrter Miene versuchte Bavor, auf die Füße zu kommen. Es misslang kläglich.

»Warum?«, fragte Janek und betrachtete ihn mitleidslos.

»Meinem Vater hätte Schwanberg zugestanden.« Bavor wand sich, sprach abgehackt.

»Deshalb wolltest du mich aus dem Weg schaffen?«

»Er hat die Güter mit deinem Vater gemeinschaftlich und ungeteilt besessen. Und er hatte seine Ansprüche erhoben.«

»Du warst kein eheliches Kind. Er hat dich niemals anerkannt. Es war meine Familie, die dir ein Zuhause gegeben hat, nicht er.«

»Das hätte er noch. Dafür hätte ich gesorgt.« Bavor presste die Lippen aufeinander. Es würde nicht mehr lange dauern, bis er das Bewusstsein verlor.

Janek bedeutete Roschitz, den Verwundeten zu versorgen. In diesem Augenblick kam Elisabetha hinzu und kniete neben Bavor nieder.

»Mein Gott«, sagte sie, »war er es?«

Ihr Mann nickte. Sie begutachtete die Wunde. Das Schwert war ein Stück weit abgerutscht, sie entfernte es vorsichtig und drückte ihren Unterrock auf die Wunde, um die Blutung zu stillen. Dabei fiel ihr Blick auf Heinrichs Bein.

»Auch Ihr habt etwas abbekommen«, stellte sie fest. Heinrich war bereits dabei, ein Stück Stoff um seine Wade zu binden. »Nicht sehr schlimm«, meinte er.

»Ich sehe es mir dennoch später an, wenn Ihr einverstanden seid.«

Heinrich zuckte mit den Achseln. »Wenn du meinst.«

»Bertha ist noch beim Wagen und packt alles zusammen«, sagte Elisabetha nun an ihren Mann gewandt. »Man sollte sie holen. Und ein Auge auf die Wachleute haben, damit sie diese Gasse meiden.«

Roschitz nickte wissend und machte sich auf den Weg.

»Jeden Tag habe ich mir gewünscht, an deiner Stelle zu sein«, flüsterte Bavor und Janek kam näher, um ihn besser verstehen zu können.

»Wir sind gemeinsam aufgewachsen, Bavor. Du warst mein Obristleutnant. Mein Stellvertreter. Und mein Freund. Das jedenfalls dachte ich.«

»Dein Freund? Niemals«, keuchte Bavor. »Alle haben zu dir aufgesehen, dem großen Janek von Schwanberg. Dem Erben. Aber mir hätte alles gehört. Schwanberg, die Güter, das Geld. Ich wäre der rechtmäßige Erbe gewesen.«

»Nein. Doch Schwanberg ist ohnehin verloren.«

»Ich werde es mir wieder holen.«

Roschitz kam mit Bertha und dem Wagen.

»Habt Ihr Euch entschieden?«, fragte er Janek.

»Nehmt ihn mit«, antwortete Janek. »Wenn er überlebt, soll er für mich beim Herzog aussagen.«

Janeks Körper war vollkommen erschöpft, doch sein Geist wach und klar. Er saß bei Bavor, der auf dem Transport zum Roschitz'schen Hof das Bewusstsein verloren hatte, und hoffte darauf, noch einmal mit ihm reden zu können. Nach wie vor war ihm der abgrundtiefe Hass ein Rätsel, der Bavor über Jahre hinweg angetrieben haben musste. Gewiss, sie waren von unterschiedlichem Gemüt, und mit seiner schwierigen und wenig umgänglichen Art hatte sich Bavor so manchen Stein selbst in den Weg gerollt, aber Janek war er dennoch wie ein Bruder gewesen. Dass er sich schon früh in einen Besitzanspruch auf Schwanberg hineingesteigert und niemals davon abgelassen hatte, war Janek entgangen. Hier hatte Heinrich den besseren Instinkt bewiesen und nie einen Hehl daraus gemacht, dass er Bavor für kleingeistig und hintertrieben hielt.

Bavor atmete flach. Von Zeit zu Zeit lief ein Zittern durch ihn hindurch. Dennoch schlug er nach einiger Zeit die Augen auf.

»Lässt du mich sterben?«, fragte er mühsam.

»Wenn du stirbst, dann durch deine eigene Schuld.«

»Ich habe dich nie gemocht.«

»Ich dich wohl.«

»Es ist ungerecht.«

»Darüber können wir trefflich streiten, Bavor. Aber ich denke, dass dir das Leben alles angeboten hat, was es konnte. Du hast es nicht erkannt und nicht gewürdigt.«

»Was weißt du schon von mir?«

»Offensichtlich zu wenig.«

Diese Aussage ließ Bavor angestrengt lächeln. Er schloss wieder die Augen, sprach aber weiter: »Ich wäre ein guter Herr geworden. Besser als jeder andere.« Seine Lider flatterten. »Weiß der Teufel, wie du im Wald überlebt hast«, meinte er leise. »Aber ich hatte dich am Boden, vergiss das niemals.«

Janek antwortete nicht, denn er spürte, wie das Leben allmählich aus Bavors Körper wich. Der Blutverlust war zu groß gewesen. Erstaunlich ruhig glitt Bavor von Schwanberg über die Schwelle, welche das Leben trennt von jenem großen Mysterium, das geheimnisvoll und unerforscht auf der anderen Seite wartet. Janek ließ ihn ziehen, mit einem leisen Bedauern, aber ohne Groll. Es fiel ihm nicht schwer, seinen Frieden zu machen.

30. Kapitel

Schmücke dich, o meine Seele,
lass die dunkle Sündenhöhle.
Komm ans helle Licht gegangen
Fange herrlich an zu prangen.
Denn der Herr voll Heil und Gnaden,
will dich jetzt zu Gaste laden.
Der den Himmel kann verwalten,
will jetzt bei dir Herberg halten.

Johann Franck (um 1650)

Stuttgart,
Frühjahr des Jahres 1641

Ein milder Frühlingstag ging zu Ende und machte den kühlen Abendstunden Platz. Ein paar letzte Sonnenstrahlen warfen ihr Licht über Stuttgarts Dächer und verfingen sich im Mauerwerk der herzoglichen Residenz.

Schwer waren sie für Eberhard von Württemberg gewesen, die letzten Monate. Ein weiterer kalter Winter, ein weiterer Sohn, der noch in der Wiege gestorben war.

Doch er wollte nicht nur hadern. Viele Dinge entwickelten sich gut, zwar langsam, aber stetig. Und so, wie es in politischer Hinsicht allmählich besser wurde für ihn, so würde Anna Catharina in angemessener Zeit wieder ein Kind zur

Welt bringen, das ihnen mit Gottes Hilfe erhalten bleiben möge.

Mehr und mehr Erfreuliches wussten Burckhardt und Janowitz zu berichten, die letzten beiden auf dem Reichstag in Regensburg verbliebenen württembergischen Räte. Vor allem seinem Vizekanzler musste Eberhardt Respekt zollen. Er leistete hervorragende Arbeit, suchte geschickt die Zusammenarbeit mit den anderen deutschen Ständen, band sie in die Förderung der württembergischen Angelegenheiten ein. Neben den Protestanten, die naturgemäß leichter zu überzeugen waren, berichtete er zunehmend von fruchtbaren Gesprächen mit den kompromissbereiten katholischen Gesandten. Immer mehr Kurfürsten sprachen sich dafür aus, den Klosterbesitz im Rahmen einer Generalamnestie an Württemberg zurückzugeben, während die katholischen Prälaten Württembergs noch immer mit aller Kraft dafür kämpften, keines ihrer Klöster restituieren zu müssen.

Bedauerlich, dass es dem Kaiser noch immer so schwer fiel, eine echte Generalamnestie anzubieten. Alle Entwürfe, die er einbrachte, beließen wichtige Gebiete des Landes bei Österreich, genauso wenig lösten sie die Zugehörigkeit der württembergischen Klöster auf akzeptable Weise. Blieb zu hoffen, dass sich das Kriegsglück gegen den Kaiser wandte und ihn zu umfangreicheren Zugeständnissen zwang. Eines jedoch war bereits erreicht: Die Reichsstände waren enger zusammengerückt. Eberhard konnte sich ein Schmunzeln nicht verkneifen. Da hatte der Feldmarschall Banér doch tatsächlich gemeint, den Reichstag sprengen zu können, weil Schweden diese neue deutsche Einheit keineswegs gefiel. Er war gar bis vor die Mauern Regensburgs gezogen und hatte einen im Übrigen recht erfolglosen Angriff gewagt. Doch allein der Versuch zeigte, da waren sich Eberhard und seine Räte einig, dass ohne Einbeziehung der beiden großen, ausländischen Kriegsmächte Schweden und Frankreich ein dauerhafter Frieden nicht zu machen war. Blieb abzuwarten, wie es auf dem Reichstag weiterging.

Als Eberhard sich am späten Abend wie gewohnt aufmachte, um seine Gemahlin zu besuchen, wanderten seine Gedanken zum Hohentwiel. Unverfroren trotzte Widerhold nach wie vor allen österreichischen Versuchen, die letzte der württembergischen Höhenfestungen einzunehmen. Und wann immer sich die Gelegenheit bot, inszenierte er forsche Ausfälle, die den Belagerern so manche Schramme zufügten. Inzwischen war Eberhard froh über die Konsequenz seines Kommandanten und hatte ihm sein eigenmächtiges Handeln längst verziehen. Der Hohentwiel war ein Unruheherd, welcher nicht nur die Streitkräfte des Kaisers beschäftigt hielt. Widerhold besaß das Potenzial, Habsburg zu schwächen und damit die herzogliche Verhandlungsposition gegenüber dem Kaiser zu stärken.

Mit einem guten Gefühl erreichte der Herzog die Frauenzimmer und in dem Moment, als er seine Kleidung ablegte und Anna Catharina in die Arme nahm, lösten sich die Probleme der hohen Politik in köstliches Nichts auf. Dies war zweifellos die schönste aller herzoglichen Pflichten und nur selten ließ er sich davon abhalten, ihr Genüge zu tun.

Zur selben Zeit löschte Bartholomäus in der württembergischen Kanzlei die Kerzen. In einer ballistischen Kurve hatte er den Konvent der Jesuiten hinter sich gelassen, um weich im Kanzleigebäude aufzuschlagen. Es war ihm tatsächlich gelungen, sich dort als Meister der Diplomatie anzudienen, vornehmlich im Umgang mit den Schweden, aber auch in allerlei kleinen, kräftebindenden Angelegenheiten, für die den Kanzleibeamten die Zeit fehlte und zu denen unter anderem der Sachverhalt des Janek von Schwanberg zählte. Ein weniger bescheidener Diener des Herrn hätte darüber womöglich zu unangemessenen Höhenflügen angesetzt, Bartholomäus hingegen wandelte auf dem Boden der Tatsachen. Und schaffte es, neben all den anderen Pflichten, die Rehabilitierung seines einstigen Obristen in die Wege zu leiten.

Bis nach Weihnachten hatte er nichts gehört, weder von Heinrich noch von Janek. Anfang Januar war er dann nach

Straßburg aufgebrochen, in offizieller, herzoglicher Angelegenheit. Inoffiziell hatte er diesen Conrad aufgesucht, einst Knecht auf dem Rosengarten-Hof, denn ihm war zu Ohren gekommen, dass Hall die zerstörten und brachliegenden Höfe der umliegenden Ämter neu vergab. Wer wäre besser dafür geeignet, den Besitz zu beleben, als ein Mann, der dort gedient, sich als zuverlässig erwiesen und darüber hinaus eine der verwaisten Töchter geheiratet hatte? Sein Spürsinn hatte ihn nicht getrogen. Ohne zu Zögern war Conrad auf seinen Vorschlag eingegangen, und als er mitsamt seiner Entourage nach Stuttgart zurückkehrte, schloss sich Conrad nebst Familie und Hund an.

Inzwischen waren sie längst wieder in Hall und Bartholomäus hatte zufrieden vernommen, dass Conrad den Schenk-Hof übernehmen konnte und bereits mit dem Aufbau beschäftigt war. So fand alles an seinen Platz zurück. Das Wiedersehen der beiden Schwestern musste überaus tränenreich gewesen sein, so zumindest hatte es Frieder geschildert, der vorübergehend wieder bei ihm in Stuttgart lebte. Kaum verwunderlich, denn wie er erfahren durfte, waren beide guter Hoffnung und da neigten wohl die meisten Weiber zu Gefühlsausbrüchen.

Bartholomäus war froh, den Jungen bei sich zu haben und Marie zugleich in familiärer Obhut zu wissen. Nun konnte er sich daranmachen, Janeks Ehre wiederherzustellen. Dabei hatte ihm der Zufall in die Hände gespielt, denn vor etwa acht Wochen war ein ehemaliger kroatischer Soldat mitsamt seinem Eheweib am Hof eingetroffen und hatte eine haarsträubende Geschichte zu erzählen gewusst. Gott sei's gedankt war er zur Stelle gewesen, um die Befragung zu vertiefen und das Gespräch zu protokollieren. Schwanberg lebte, Biberstein auch, und sie waren dem Vernehmen nach in Sicherheit. Die beiden Haudegen! Er hatte ein entlastendes Schriftstück aufgesetzt, von den Zeugen unterzeichnen lassen und die beiden dann nach Hause geschickt. Natürlich nicht ohne ihnen einen Brief an Janek und Heinrich mitzugeben. *Felix qui potuit re-*

rum cognoscere causas, hatte er gegrüßt. Schwanberg würde diese Andeutung verstehen und wissen, dass der Mönch nicht ruhte, ehe alle Anschuldigungen gegen ihn ausgeräumt waren. Anschließend hatte er noch einmal seine Aufzeichnungen studiert, um eine schlüssige Argumentation aufzubauen. Bavor, ein Mörder! Ihm waren gewisslich viele Möglichkeiten durch den Sinn gegangen, was seinem Herrn zugestoßen sein könnte. Diese war nicht darunter gewesen.

Er handelte sofort, streute Angaben und Äußerungen, tastete sich bei den Beamten vor und spürte den Stimmungen am Hof nach, bis er endlich, am heutigen Tag, das entscheidende Gespräch mit Eberhard III. hatte führen können. An dessen Ende bezweifelte der Herzog nicht mehr, dass Janek einer jämmerlichen Intrige zum Opfer gefallen war. Der Verdacht des Landesverrats wurde fallengelassen. Morgen würde Frieder nach Nürtingen reiten, um Janek und Heinrich mitzuteilen, dass sie am württembergischen Hof erwartet wurden.

Bartholomäus indes freute sich auf ein erquickendes Mahl und einen hoffentlich ausreichend großen Krug mit kühlem Bier. »*Per aspera ad astra*«, murmelte er leise vor sich hin.

Hall, 29. April des Jahres 1641

Entzückt hielt Marie ihren kleinen Sohn in den Armen und strich ihm liebevoll über den dunklen Schopf. Vor wenigen Stunden erst hatte er sich den Weg in die Welt gebahnt, kraftvoll und hartnäckig, und die ersten Sonnenstrahlen dieses Morgens lautstark begrüßt. Nun labte er sich zufrieden an der mütterlichen Brust und blinzelte neugierig in seinen ersten Lebenstag.

Ebba setzte sich zu ihrer Schwester. »Er weiß bereits, sich durchzusetzen«, meinte sie lächelnd. »Wie wirst du ihn nennen?«

»Johannes«, antwortete Marie. »Nach seinem Vater. Möchtest du Magdalena holen und ihr den Vetter zeigen?«

»Gewiss, doch lass mich ihn erst einmal in Ruhe anschauen. Er sieht Janek ähnlich, meinst du nicht?«

»Oh ja.«

Die Geburt hatte sich hingezogen, einen Tag und eine lange Nacht waren die Wehen gekommen und gegangen. Doch nun waren die Schmerzen vergessen und ein schieres Glücksgefühl erfüllte Maries Herz. Die junge Wehmutter, die ihnen geholfen hatte, räumte mit zufriedenem Gesicht die blutigen Tücher weg, schüttete das verschmutzte Wasser aus und verteilte Sträußchen mit duftenden Kräutern. Conrad, der während der letzten Stunden den Verlauf der Geburt vorangetrieben hatte, war bereits wieder nach Rosengarten aufgebrochen. Der einstige Knecht gönnte sich keine Ruhe und arbeitete seit Wochen ohne Unterlass daran, den Hof wieder bewohnbar zu machen. Er und Ebba erwarteten ihr Kind im Sommer und bis dahin wollte er seine Familie unter dem eigenen Dach wissen. Zwei junge Burschen halfen ihm dabei, gegen Brot und das Versprechen, sie später in Rosengarten zu beschäftigen.

Als Conrad nach all den Jahren vor den Ruinen des Wohnhauses und den Trümmern der Stallungen gestanden hatte, waren die vergangenen Jahre zu einem Augenblick geschrumpft. Wie eng doch Elend und Hoffnung verknüpft waren! Eine seiner ersten Handlungen war gewesen, die Stelle zu suchen, an der er Jakob Schenk beerdigt hatte. Das Grab war soweit intakt. Bei Gelegenheit würde er mit Ebba und Marie darüber sprechen, wie sie diese Ruhestatt gestalten wollten, oder ob sie gar einen ganz anderen Ort bevorzugten. Doch dafür war später Zeit. Jetzt galt es, sich Gedanken darüber zu machen, wie der Hof aufgerichtet und zu neuem Leben erweckt werden konnte. Ebba und Marie gaben ihm freie Hand und dafür war er dankbar. Das Wohngebäude sollte seine alte Gestalt zurückerhalten, doch die Unterstände und die Scheune plante er neu. Bald schon könnte er mit dem Bau einiger

Möbelstücke beginnen. In fünf oder sechs Wochen sollte ein Umzug möglich sein.

Während Conrad in Rosengarten den Hammer schwang, begrüßte die kleine Magdalena im Haus der Firnhabers das winzige Bündel, welches ihr Tante und Mutter vorsichtig in den Schoß legten.

»Hannes«, plapperte die Dreijährige munter. »Der hat aber viele Haare!«

»Ich kann noch immer nicht glauben, wie groß sie geworden ist«, meinte Marie. »Und dass sie aussieht wie du!«

Ebba lachte. Ihre Tochter war ihr in der Tat wie aus dem Gesicht geschnitten. Nur die hellen, blonden Haare erinnerten an ihren leiblichen Vater.

»Ich bin gespannt, ob unser Sohn nach Conrad kommt«, entgegnete Ebba und betrachtete die beiden Kinder mit einem zärtlichen Ausdruck.

»Aha, du weißt, dass du einen Jungen trägst?«, scherzte Marie.

»Aber sicher. Er muss noch drei Monate in meinem Leib verbringen, gebärdet sich darin aber bereits wie ein wilder Musketier. Magdalena war weit geruhsamer.«

»Es gibt auch Maiden, die ungestüm sind«, gab Marie zu bedenken.

»Es ist ein Junge«, sagte Ebba mit Nachdruck, aber einem Augenzwinkern. »Wann wird Janek kommen?«

Marie dachte voll ungeduldiger Zuneigung an ihren Ehemann. So viele Monate hatten sie einander nicht gesehen. Manchmal fiel es ihr schwer, sich seine Züge ins Gedächtnis zu rufen. Doch das beständige, sehnsüchtige Ziehen in ihrem Herzen war das Gleiche geblieben. Die Kunde von seiner Rettung vor einigen Wochen hatte die Trostlosigkeit ihres Daseins mit einem Schlag beiseitegefegt. Von diesem Moment an war die Schwangerschaft wesentlich leichter zu tragen gewesen, auch die Blutungen, die sie während der ersten Monate stets begleitet hatten, waren mit dieser Stunde versiegt.

»Es kann an einem jeden Tag soweit sein«, antwortete Marie gedehnt. »Der Herzog möchte ihn in seinen Diensten behalten, und diese Verhandlungen muss er zu Ende bringen. Dann wird er aufbrechen.« So hatte er es ihr in seiner letzten Botschaft mitgeteilt, die vor zwei Wochen eingetroffen war.

»Ich habe Hunger«, verkündete Magdalena und begann, unruhig hin und her zu rutschen. Marie nahm ihr den Säugling ab und Ebba reichte ihrer Tochter die Hand: »Wir fragen in der Küche, Magdalena. Möchtest du etwas essen, Marie?«

»Oh ja. Ich bin hungrig wie ein Wolf!«

Am Abend kehrte Conrad zurück. Manchmal blieb er über Nacht in Rosengarten, um mehr Zeit für die Arbeit zu haben, doch heute wollte er nach den Frauen sehen.

»Hoppla, Prinzessin«, lachte er, als Magdalena in seine Arme lief, ihre Ärmchen um seinen Hals schlang und einen feuchten Kuss auf seine Wange drückte.

»Hannes ist sooooo klein«, erklärte sie.

»So klein warst du auch einmal«, antwortete Conrad und schlang seinen freien Arm um Ebba, die zu ihm getreten war. »Wie geht es dir, meine Liebste?«

»Gut. Marie schläft schon, sie hat das Kind in ihrem Bett behalten.«

»Dort ist ihm wohl. So wie mir mit dir«, meinte Conrad und küsste Ebba liebevoll auf die Schläfe. »Soll ich nach ihr sehen?«

»Wenn du deinem Weib vertraust, wird das nicht nötig sein.«

»In diesem Fall vertraue ich ihr, aber nur in diesem«, entgegnete Konrad und schmunzelte, als Ebba ihn leicht in den Allerwertesten zwickte.

»Du wirst hungrig sein.« Sie lächelte.

»Das auch.«

Gemeinsam legten sie Magdalena zur Ruhe, setzten sich in die Küche und besprachen das Geschehen des vergangenen Tages. Nebenbei verschlang Conrad hungrig die Reste des Eintopfes, der im Kessel über dem Feuer köchelte. Ihre Wirtin sah vorbei und wünschte eine gute Nacht, Firnhaber bot Conrad noch einen Nachttrunk an, den dieser gerne annahm. Ebba räumte auf, verabschiedete sich mit einem unterdrückten Gähnen von den beiden Männern und schlief ein, kaum dass ihr Kopf das Kissen berührte. Sie hörte nicht das stürmische Klopfen, welches Firnhaber und Conrad nur wenig später an das Tor rief.

Johannes maunzte. Marie wollte sich eben aufrichten, um ihn anzulegen, als die Tür aufging und ein schwacher Lichtschein in die Kammer fiel. Verschlafen sah sie sich um.

»Oh, mein Gott«, wisperte sie, als eine kräftige Männergestalt eintrat. Mit wenigen Schritten war er bei ihr, stellte die Kerze ab und kniete an ihrem Bett nieder. Marie sah ihn an. Ihre Lippen begannen zu beben und Tränen rannen über ihre Wangen.

»Nicht doch, Geliebte«, flüsterte Janek. »Du brauchst nicht mehr zu weinen.«

Doch die Flut war nicht aufzuhalten. Also hielt er sie, bis die Schluchzer allmählich verebbten. Dann lächelte er sie an und neigte den Kopf, um ihre Lippen zu küssen. Genau diesen Augenblick wählte Johannes, um mit eindringlichem Geschrei seine Bedürfnisse in Erinnerung zu rufen.

Sofort flogen Janeks Augen hin zu dem Bündel, das neben seiner Frau lag.

»Unser Kind?«, fragte er mit belegter Stimme.

Marie setzte sich auf, nahm den Kleinen und hielt ihn Janek hin.

»Dein Sohn.«

Behutsam nahm Janek den Säugling in seine Arme und wiegte ihn vorsichtig.

»Wann?«

»Heute. Am frühen Morgen.«

»So darf ich den Tag seiner Geburt mit euch erleben«, sagte Janek rau und Marie sah gerührt das leichte Beben, das ihn durchlief. »Hast du einen Namen gewählt?«

»Er soll heißen wie du.«

»Johann Georg?«

»Johannes.«

»Johannes Peter. Nach meinem Vater. Bist du einverstanden?«

31. Kapitel

Will man Fried haben,
würd man besorglich auch eine harte Nuss
aufbeissen müssen.

Aus dem Briefwechsel
zweier Gesandter während der Friedensverhandlungen
in Münster und Osnabrück

Stuttgart,
Ende Oktober des Jahres 1641

Der Reichstag zu Regensburg war auseinandergegangen, ohne dass ein entscheidender Durchbruch für Württemberg hatte erwirkt werden können. Doch immerhin waren sich die Mächte darin einig gewesen, dass ein umfassender Friedenskongress unumgänglich war. Nun, bis dieser einberufen wurde, gingen sicher wieder Monate, vielleicht sogar Jahre ins Land. Das lehrte die Erfahrung. Deshalb wandte sich Eberhard von Württemberg an diesem sonnigen Oktobertag greifbareren Gedanken zu. Anna Catharina war schwanger. Die Geburt wurde im Februar erwartet und die Bittgebete für eine glückliche Niederkunft stiegen ohne Unterlass gen Himmel. Dem Allmächtigen blieb gar keine andere Wahl, als seine Hand schützend über die Württemberger zu halten. Eberhard seufzte.

Man meldete einen Besucher.

Als Janek von Schwanberg den Raum betrat, empfing ihn der Herzog mit einer freundschaftlichen Geste und einem leisen Vorwurf.

»Nun, Schwanberg. Ihr habt Euch Zeit gelassen.«

»Ich habe niemals von Rückkehr gesprochen, Euer fürstliche Gnaden.«

»Doch nun seid Ihr hier«, stellte der Herzog fest.

»Um mich zu verabschieden.«

»Das ist zu bedauern. Gibt es eine bessere Wahl?«

»In der Tat. Mir wurde ein verwaistes Rittergut anerboten und ich habe angenommen.«

»Somit kündigt Ihr Euren Dienst für Württemberg auf?«

»So ist es, Euer fürstliche Gnaden. Wobei ich kundtun möchte, dass diese Entscheidung nicht ohne Bedauern getroffen wurde.«

Der Herzog nickte. »Nun denn, so speist mit uns, Schwanberg. Wann kehrt Ihr nach Hall zurück? Oder zieht es Euch bereits in die neue Wohnstatt?«

Nun lächelte Janek. »Schloss Burleswagen ist derzeit ein Trümmerhaufen. Vor Jahresfrist wird es nicht bewohnbar sein. Ich reite morgen nach Rosengarten.«

Der Herzog erhob sich.

»Mich dünkt, als gäbe es nichts anzubieten, was Eure Entscheidung zu ändern vermöge.«

Janek schüttelte den Kopf, der Herzog neigte bedauernd den seinen.

»Bleibt zuletzt, Euch Glück zu wünschen. Zuvor jedoch seid zu Gast an meiner Tafel.«

Hofgut Rosengarten, eine Woche später

Marie erwachte, bevor der Tag anbrach. Aus der Wiege war ein sachtes, seufzendes Schnarchen zu hören, dort schlief Johannes, tief und fest. Langsam drehte sie sich zu ihrem Mann um, der neben ihr lag. Er schien die Bewegung zu spüren, denn er rutschte näher zu ihr hin, suchte ihre Lippen und umarmte sie behutsam, dann drängender. Sie bemühten sich, leise zu sein, um diesen innigen Moment genießen zu können, bevor ihr Sohn erwachte und sein Morgenmahl forderte.

Noch immer kam es Marie wie ein Wunder vor, Janek bei sich zu haben, mit ihm zu lachen, ihn zu necken und ihn berühren zu können, ohne die dunklen Wolken eines drohenden Abschieds darüber zu wissen. Ab und zu ritt er nach Burleswagen, um den Fortschritt der Arbeiten dort zu begutachten, doch länger als eine Nacht war er selten fort.

Einstweilen lebten sie in Rosengarten. Ebba und Conrad hatten ihnen angeboten, zu bleiben, bis ihr neues Heim ausgestattet war, und gemeinsam brachten sie das Hofgut solide voran. Einige Tiere waren eingestellt und das Korn ausgebracht. Mit etwas Glück sahen sie im neuen Jahr ihrer ersten Ernte entgegen.

Ein Sommergewitter mit Blitz und Donnerschlag hatte Ende Juli die Geburt des kleinen Jakob begleitet. Seither waren ruhige Stunden für seine Eltern zur Seltenheit geworden. Doch Ebba meisterte auch diese Herausforderung gelassen und mit Conrads unaufdringlichem Rückhalt. Seine Liebe hatte sie erwachsen werden lassen.

So war das Leben zurückgekehrt nach Rosengarten. Das Quäken der beiden Kleinsten und Magdalenas fröhliches Geschnatter machten die Trauer beinahe vergessen, die so lange darüber gelegen hatte. Marie und Ebba hatten beschlossen, das Grab ihres Vaters im Wald zu belassen. Sobald Conrad

Zeit fand, wollte er es tiefer setzen und mit einem flachen Stein schmücken.

Janek kämpfte noch immer mit den Folgen seiner schweren Verwundung. Verwachsungen und innere Narben verursachten ihm Schmerzen, aber er klagte nie. Erleichterung verschafften ihm Maries Hände und das Elemiöl, mit welchem sie auf Bartholomäus' Anraten hin die Haut behandelte. Der Mönch, Frieder und auch Heinrich hatten die vergangenen Monate auf Rosengarten verbracht und kräftig angepackt. Letzterer war zu ihrer Überraschung der Erste gewesen, der seine Absichten kundgetan hatte, weiterzuziehen. Mit einigem Erstaunen hatten sie erfahren, dass er beabsichtigte, nach Wien zu gehen und nach reichlich grober Spöttelei hatte Heinrich den Anlass preisgegeben. Warum sollte er nicht nach der Frau suchen, die es ihm dort angetan hatte? Marie wünschte ihm von Herzen, dass er sie finden möge, auch wenn sie wusste, dass Janek die bevorstehende Abreise traurig stimmte. Bartholomäus wollte erst zu Jahresbeginn nach Stuttgart zurückkehren, aber Frieder hatte beschlossen, zu bleiben und später mit Janek und Marie nach Burleswagen überzusiedeln. Er schätzte die Nähe zur Natur, liebte die Tiere, vor allem die Pferde, und genoss die Früchte, die ihm aus seiner Hände Arbeit erwuchsen. Janek hatte bereits beschlossen, auf Burleswagen eine Pferdezucht zu begründen und sie ihm anzuvertrauen. Wenn endlich Frieden gemacht wäre, so spekulierte er, stünde ein reger Bedarf an guten Tieren an. Marie ahnte, dass er damit Recht hatte.

Johannes beschloss, der Zweisamkeit seiner Eltern ein Ende zu setzen und hob zu einem durchdringenden Gebrüll an. Janek gab Marie einen herzhaften Kuss, bevor sie aufstand, um ihr Kind zu stillen.

Nach dem gemeinsamen Morgenessen standen alle am Hoftor. Heinrich und Janek feixten, wie so oft, schienen diesen Abschied leicht zu nehmen, aber Marie kannte sie besser und wusste, dass sie sich vermissen würden. Jahrelang waren sie

Gefährten gewesen, einander verbunden wie Brüder, hatten dem Tod ins Auge gesehen und ihn mehr als einmal besiegt. Sie vertrauten einander blind und hatten sich ohne Einschränkung aufeinander verlassen.

Heinrich saß auf.

»Ausgerechnet nach Wien.« Bartholomäus schüttelte den Kopf. »In diesen Jesuiten-Pfuhl.«

»Sei nicht so streng, Mönch. Wien hat vielleicht anderes zu bieten«, beschwichtigte Janek.

»Es fällt mir gewiss nicht leicht, zu gehen«, nahm Heinrich Stellung. »Aber ich bin geneigt, Schwanberg Recht zu geben.«

»*Mir ist wohl bei höchstem Schmerze, denn ich weiß ein treues Herze*«, zitierte Janek und trug den Schalk im Gesicht.

»Also wird aus dir noch ein Dichter. Es braucht nur den rechten Anlass«, sagte Heinrich mit gespielter Verwunderung.

»Oder den rechten Lehrer«, antwortete Janek. Heinrich lachte.

Marie reichte ihm einen großen Beutel hinauf.

»Damit du bei Kräften bleibst. Wien soll recht anstrengend sein, wie man hört«, sagte sie. Frieder, Conrad und Ebba traten zu ihnen.

»Gute Reise, Biberstein«, meinte Conrad. »Lass von dir hören.«

»Gott behüte euch alle!«, sagte Heinrich und hob die Hand zum Gruß. Dann sah er noch einmal Bartholomäus an: »*Amantes amentes*, das waren doch deine Worte, Bartholomäus!« Er grinste und gab seinem Pferd die Sporen.

»Wenn wir ihn wiedersehen, gibt es mindestens fünf kleine Biberstein. Das schwöre ich bei meiner Kutte«, rief Bartholomäus hinterher und wischte verdächtig an einem Augenwinkel.

»Du trägst doch gar keine Kutte, Mönch«, meinte Janek.

»*Cuculla non facit monachum.* Nicht die Kutte macht den Mönch aus. Deshalb kann ich trotzdem auf sie schwören. Im übertragenen Sinne, wenn du verstehst, was ich meine«, sagte Bartholomäus großmütig und zog Frieder zum Scherz am Ohr, der zufällig neben ihm stand.

Janek sah seinem Freund nach. Dann legte er den Arm um Marie, die ihn aufmunternd ansah.

»Er wird wiederkommen«, meinte sie.

»Oder wir besuchen ihn, wenn er der unentbehrliche Ratgeber des Kaisers geworden ist«, entgegnete Janek mit einem schiefen Grinsen und küsste sie zärtlich auf die Stirn.

Epilog

Sonst war der blanke Degen,
der Feder überlegen,
nun wendet sich das Blatt.
Der Degen steckt im Leder,
man sucht hervor die Feder,
dieweil man Frieden hat.

Friedensgedicht zum Ende des
Dreißigjährigen Krieges

Stuttgart,
Ende Oktober des Jahres 1648

Frieden. Ein viel genutzter Terminus und doch war er für Eberhard zu keinem Zeitpunkt seines Lebens konkret geworden. Bis jetzt. Denn nun hielt er den Bericht seines Gesandten Johann Konrad Varnbüler in den Händen und las wieder und wieder jene Worte, auf die die Welt so lange hatte warten müssen:

Durchleuchtiger, hochgeborner, gnädiger Fürst und Herr.
Gott hat seine Gnade gegeben,
daß diesen Nachmittag die Instrumente ta pacis
sein unterschrieben worden,
ihm sey dafür Lob und Dank gesagt,

und ich hab's eilfertig bei gleich ablaufendem Kurier mit gar wenigem untertänig berichten wollen, mich gehorsamst befehlend.

Euer Fürstlich Gnaden Untertänigster und Pflichtgehorsamster Rat und Diener

Ein Jubelschrei wollte sich von Eberhards Lippen stehlen, doch er beherrschte sich. Frieden! Varnbüler und auch Burckhardt, sich der schwedischen Unterstützung gewiss, hatten Unglaubliches geleistet. Denn so, wie es klang, sollten nicht nur endgültig die Waffen ruhen. Nein. Württemberg erhielt alle weltlichen und geistlichen Güter und Herrschaften zurück, die es vor Kriegsbeginn besessen hatte. Darunter befanden sich zu seiner besonderen Befriedigung auch Blaubeuren, Achalm, Staufen, Tübingen und Göppingen. Die Erzherzogin würde toben. Da konnte er großzügig hinnehmen, dass die ursprünglich vorderösterreichischen Gebiete bei ihr verblieben. Sie hatte es ohnehin nicht leicht gehabt in den letzten Jahren. Widerhold hatte vom Hohentwiel aus die Dreistigkeit besessen, Claudia von Tirol mit ständigen Scharmützeln in der Pfandschaft Achalm anzugreifen. All das hatte die stolze Habsburgerin tief getroffen. Glaubte man dem allgemeinen Gemunkel, so lag sie auf den Tod darnieder, ein siechendes Opfer der Wassersucht. Auf den Kaiser konnten weder sie noch ihre Erben mehr zählen. Er, den das Kriegsglück zuletzt nahezu gänzlich verlassen hatte, musste schmerzhafte Zugeständnisse machen. Im Grunde war Habsburg zum eigentlichen Verlierer des verblendeten Expansionsstrebens seines verstorbenen Vaters geworden. Was war geblieben von Österreichs Traum? Nur wenig. Die Reichsstände waren erstarkt, die deutschen Fürsten erlangten die vollständige Hoheit über ihre Gebiete zurück, Schweden und Frankreich hatten sich ihren Anteil an der Beute gesichert. Die Eidgenossenschaft und die Vereinigten Niederlande hingegen verließen das Reich. Wenig war gewonnen und viel zu viel zerronnen. Massen an Menschenleben hatte man vergeudet, nur um letzten Endes festzustellen, dass Glaubenswahrheiten nicht mit Waffengewalt verbreitet werden konnten. Nun sollten Katholiken und Protestanten einander ebenbürtig sein, keiner durfte mehr um seines Glaubens Willen verfolgt werden. Blieb zu hoffen, dass es diesmal besser gelang als hundert Jahre zuvor. Mochte der Herr darüber wachen. Die Menschen, das hatte sich gezeigt, konnten es nicht.

Nun erwarteten den Herzog neue Aufgaben. Die Heere würden sich auflösen, unzählige Menschen, die nichts als Krieg kannten, in eine neue Existenz drängen. Das geschundene Land musste rekultiviert, die Städte und Orte aufgebaut, Handel und Gewerbe aufgeholfen werden. Mit Gottes Gnade wollte er dieses Werk beginnen. Er schien ihm wohlgesonnen zu sein. Fünf Kinder hatte Anna Catharina in den vergangenen sechs Jahren zur Welt gebracht, vier Töchter und einen Sohn. Keines war gestorben und inzwischen trug sie bereits wieder schwer an einer weiteren Leibesfrucht. Ja, er fühlte sich gesegnet. Und stark genug, seinem Land der Fürst zu sein, den es so dringend brauchte.

Anderntags

Bartholomäus schenkte sich kräftig ein. Nicht irgendein saures Gesöff, oh nein. Heute gönnte er sich einen hervorragenden Elsässer Tropfen, von tiefem Rot und vollem Geschmack. Den ersten Schluck zelebrierte er, schloss die Augen und spürte den zahlreichen Aromen nach. Den zweiten und dritten genoss er auf die gleiche Weise. Vom vierten an rann der Trunk schneller durch seine Kehle. Beim zweiten Becher hatte er bereits Gesellschaft, der dritte brachte eine gemütliche Schwere. Und da er heute keine Verletzten zu versorgen und viel zu feiern hatte, verbat er sich auch nicht den vierten.

Man hatte das Werk vollendet. Bedachte man die erhandelten Resultate, konnte Württemberg hochzufrieden sein. Bedachte man den Preis, den man gezahlt hatte, so war er viel zu hoch gewesen. Doch was lehrte das Leben, hier und zu allen Zeiten? Dass ein jedes Ende einen neuen Anfang brachte und jede Zerstörung neue Hoffnung. Mit diesem Gedanken ließ er sich den fünften Becher nachschenken. Beim sechsten dachte er nichts mehr.

Derweil nahm in Rosengarten ein glücklicher Conrad seine Frau in die Arme und drehte sich mit ihr, bis sie atemlos wieder auf die eigenen Füße kam. »Was ist denn?«

»Es ist Frieden!« Ihr Gatte lachte und versprühte eine unbändige Lebenslust.

»Hättet ihr uns Frauen das regeln lassen«, meinte Ebba scherzhaft, »so hätte der Krieg niemals drei Jahrzehnte gewährt. Wir hätten andere Wege gefunden, all die Zwistigkeiten beizulegen!«

»Ich weiß, meine Liebste. Ihr hättet einander beschwatzt, bis keine mehr gewusst hätte, worum es geht.«

Ebba knuffte ihn. »Meinst du, dass das alles ist, was wir können?«

»Oh, nein! Ihr könnt natürlich sehr viel mehr!«

Auf Burg Ronow saß Heinrich allein am gedeckten Tisch. Nachdem er in Wien die Jungfer seines Herzens in den Armen eines anderen vorgefunden hatte, war er zunächst ziellos umhergereist. Nach Rosengarten oder Burleswagen hatte er nicht zurückkehren wollen, um dort als stiller Beobachter häuslichen Glücks sein Dasein zu fristen. So war er einige Jahre durch die Lande gezogen, hatte sich in den letzten großen Schlachten verdingt und war vor einigen Monaten an den Stammsitz seiner Familie, Burg Ronow in der Oberlausitz, zurückgekehrt. Nach den Zwistigkeiten, die er in jungen Jahren mit seinem Vater ausgefochten und die ihn damals dazu veranlasst hatten, alles hinter sich zu lassen und in Janeks Regiment sein Glück zu suchen, war er bangen Herzens gewesen, als er zu Hause ankam. Doch die Eltern lebten nicht mehr, sie waren bereits vor Jahren gestorben, und Geschwister hatte er keine gehabt. Die ersten Wochen hatte er nicht recht gewusst, was er mit dem verfallenen Besitz anfangen sollte. Verlassen, verkaufen oder zusammenflicken? Mit den letzten Gulden aus seinem Soldatenleben war er schließlich darangegangen, den Wiederaufbau zu wagen. Und zarte Bande zu knüpfen mit Beate von Hodkow, Tochter eines vermögenden Freiherrn. Jetzt, da endlich Frieden geworden war, war es wohl an der Zeit, eine eigene Familie zu gründen. Und die alten Freunde wiederzusehen.

Burleswagen, 2. November des Jahres 1648

Eberhard von Württemberg hatte ein Dankgebet ausgerufen und ließ im ganzen Land den Frieden feiern. Als die Kunde vom Friedensschluss auf Burleswagen eingetroffen war, hatte Janek seine Frau inniglich umarmt und die Kinder holen lassen. In schlichten Worten hatte er Johannes und den beiden kleinen Mädchen erklärt, dass die Menschen endlich beschlossen hatten, sich zu vertragen und nicht mehr zu streiten. Alle drei hatten ehrfürchtig gelauscht, auch wenn sie von den letzten Kriegsjahren weitgehend unbehelligt geblieben waren und die Tragweite des Geschehens nicht erfassen konnten. Doch dass es sich um eine ganz besondere Stunde handelte, das hatten sie gespürt.

Gemeinsam mit dem Gesinde besuchten sie heute den Gottesdienst. Die Atmosphäre in der Kirche war einzigartig, aufgeregt, heiter und andächtig zugleich. Den düsteren Novembertag aussperrend verbreiteten zahlreiche Kerzen ihr mildes Licht und einen zarten Honigduft, leises Tuscheln in den Bänken verflocht sich mit innigem Gebet. Der Pfarrer predigte über das *Danklied der Erlösten* aus Jesaja 12 und Marie nahm die Worte tief in sich auf. *Lobsinget dem Herrn, denn er hat sich herrlich bewiesen. Solches sei kund in allen Landen!*

Neben ihr hörte Janek in seltener Demut zu, die zweijährige Helena auf seinem Schoß war eingeschlafen, den Daumen im Mündchen. Johannes dagegen saß aufrecht neben seinem Vater und hielt beschützend die Hand seiner sechs Jahre alten Schwester Greta. Meine Kinder, dachte Marie. Mein Gefährte. Wie kann ich jemals dafür danken?

Als sie sich erhoben und die Orgel das Schlusslied anstimmte, vernahm sie neben sich den warmen Bariton ihres Mannes und all ihr Fühlen fand Eingang in ihren eigenen Gesang:

Nun danket alle Gott
Mit Herzen, Mund und Händen.
Der große Dinge tut
An uns und allen Enden.

Der uns von Mutterleib
Und Kindesbeinen an
Unzählig viel zu gut
Bis hierher hat getan.

Der ewigreiche Gott
Woll uns bei unserem Leben.
Ein immer fröhlich Herz
Und edlen Frieden geben.

Und uns in seiner Gnad
Erhalten fort und fort
Und uns aus aller Not
Erlösen hier und dort.

Lob, Ehr und Preis sei Gott
Dem Vater und dem Sohne.
Und Gott, dem Heilgen Geist
Im höchsten Himmelsthrone.

Ihm, dem dreiein'gen Gott,
wie es im *Anfang war*
und ist und bleiben wird
so jetzt und immerdar.

In die letzte Strophe mischte sich der Klang der Glocken, welche die glückliche Botschaft und die Freude der Menschen weit ins Land hineintrugen. Ein neues Zeitalter war heraufgezogen und mit ihm eine neue Zukunft, ungewohnt, aber verheißungsvoll. Möge die Menschheit dieses Geschenk zu würdigen wissen.

Nachwort zu den historischen Ereignissen

Der Begriff des Dreißigjährigen Krieges beschreibt eine Epoche ständiger kriegerischer Auseinandersetzungen, als deren Beginn der *Prager Fenstersturz* im Jahr 1618 angesehen wird und deren Ende der *Westfälische Frieden* von 1648 markiert. Bereits von den Zeitgenossen wurde diese Komplexität wahrgenommen und als *Großer Krieg* oder auch als *Teutscher Krieg* bezeichnet. Begonnen hatte alles mit den ungeklärten Fragen der Koexistenz von altem (katholischem) Glauben und neuem (protestantischem) Glauben, was letztlich zur Bildung zweier großer, hochgerüsteter Bündnisse führte, der katholischen Liga und der protestantischen Union, die sich misstrauisch gegenüberstanden. Die Ereignisse in Prag waren der berühmte Tropfen auf den heißen Stein, der die Ereignisse ins Rollen brachte. Die Geschichtsschreibung heute teilt den Ablauf der Kriegsereignisse in vier große Phasen ein:

Der Böhmisch-Pfälzische Krieg (1618–1623)
Der Dänisch-Niedersächsische Krieg (1625–1629)
Der Schwedische Krieg (1630–1635)
Der Schwedisch-Französische Krieg (1635–1648)

Meine Geschichte beginnt im Jahr 1634, also in der Zeit des *Schwedischen Krieges,* so benannt nach dem Kriegseintritt Schwedens im Jahr 1630. Im Roman werden die beiden Gegner im Wesentlichen als »Schweden« und »Kaiserliche« bezeichnet, denn seit dem Kriegseintritt des Schwedenkönigs Gustav Adolf führte diese Nation die Gegner Habsburgs an. Im schwedischen Heer allerdings kämpften Söldner vielerlei Nationalitäten, Schweden, Finnen, Engländer, Schotten, Deutsche, und je länger sich der Krieg hinzog, desto höher wurde der Anteil deutscher Söldner. Die Kaiserlichen bestanden vornehmlich aus österreichischen und kurbayerischen Soldaten sowie den gefürchteten und für ihre Hinterhalt-Taktik bekannten Kroaten und bekamen Unterstützung durch das spanische Haus Habsburg. Aber auch hier gab es ein Potpourri aus Söldnern vielerlei Nationen. Im Laufe der Jahrzehnte wurde aus einem zunächst religiös inspirierten Konflikt ein generelles Ringen um die Macht in Mitteleuropa. Habsburgs Expansionsbestrebungen, die im Jahr 1629 ihren Höhepunkt erreichten, riefen auch Nationen außerhalb des Heiligen Römischen Reiches Deutscher Nation auf den Plan, die eine Übermacht fürchteten. Schweden entschloss sich zum Eintritt in den Krieg, als Habsburg an der Ostsee stand und Schweden sich elementar bedroht fühlte. Die deutschen Fürsten, auch die protestantischen, sahen diese Einmischung durchaus kritisch. Erst mit der Zeit fanden sich unter ihnen Bündnispartner für König Gustav Adolf. Der Kriegseintritt des katholischen Frankreichs auf Seiten der protestantischen »Schweden« lag in der Angst der Franzosen vor einer Übernahme durch Spanien (und dadurch wiederum dem Hause Habsburg) begründet. Die Tatsache, dass eine spanische Invasion nicht nur im Süden des Landes lauerte, sondern auch in den besetzten »Spanischen Niederlanden«, machte es für Kardinal Richelieu und seinen König besonders prekär. An dieser Stelle wird deutlich, dass die Religion in den späteren Auseinandersetzungen nicht mehr dieselbe zentrale Rolle spielte wie zu Beginn. Auch die Konfessionen innerhalb der Heere mischten sich zunehmend. Die Söldner kämpften auf der Seite, die sie am besten bezahlte oder die erfolgreicher zu sein schien, Kriegsgefangene nach Schlachten wurden generell in die gegnerischen Truppen integriert.

Eine zentrale Problematik des gesamten Konflikts bestand zudem in der Tatsache, dass der aus dem Hause Habsburg stammende Kaiser Ferdinand II., wie auch sein Sohn und Nachfolger Ferdinand III., das Oberhaupt des Heiligen Römischen Reiches war, dem katholische wie protestantische Fürstentümer angehörten. Zugleich kämpfte das Haus Österreich mit seinen Verbündeten gegen jene evangelischen Fürstentümer, denen der Kaiser als Reichsoberhaupt vorstand. Eine verzwickte Situation.

Die Bezahlung und der Erhalt der riesigen Armeen war eine der zentralen Herausforderungen für die jeweilige Heeresleitung. Schon bald versorgten sich die Soldaten direkt bei der Bevölkerung der Gebiete, in denen sie kämpften, durch die sie zogen oder in denen sie lagerten (Quartier nahmen). Immer mehr Menschen verließen daher ihre Heimat und schlossen sich den umherziehenden Einheiten an, die Heere wuchsen enorm an, zumal die Soldaten ihre Frauen und Familien mitnahmen (diese bildeten den sogenannten Tross), mit fatalen Folgen für die Nahrungsmittelversorgung. Hunger und Seuchen flankierten daher die Kriegshandlungen und forderten letzten Endes mehr Opfer als die Kämpfe selbst. Hinzu kam eine klimatisch schwierige Epoche mit langen, kalten Wintern und viel zu heißen und trockenen oder zu feuchten Sommern, heute als *Kleine Eiszeit* bezeichnet. Sie führte zu massiven Ernteausfällen, welche Not und Elend verschlimmerten. Im Laufe der Jahre verrohten die Menschen. Wertesysteme verschoben sich und dadurch wurde es immer schwerer, die völlig aus den Fugen geratene Gesellschaftsordnung wieder herzustellen.

Natürlich erkannten die Mächtigen diese Zusammenhänge und bemühten sich um Friedensverhandlungen, die allzu oft an Misstrauen, Machtgelüsten und persönlichen Animositäten scheiterten.

Für einen Roman bietet diese Zeit jedoch interessante Ansatzpunkte: Eine sich auflösende Gesellschaftsordnung machte ungewöhnliche Beziehungen möglich, die umherziehenden Völker neue Begegnungen. Herzog Eberhard hätte Anna Catharina nicht heiraten können ohne diesen Krieg, und Janek wäre seiner Marie niemals begegnet.

Deshalb bewegt sich der geschichtliche Rahmen dieses Buches äußerst nah an den tatsächlichen Ereignissen, sowohl räumlich als auch zeitlich, wobei zu berücksichtigen ist, dass auch die historischen Quellen manchmal unterschiedliche Angaben machen. Hier habe ich stets die Version genommen, die am besten zur Handlung des Romans passte.

Während meiner Recherchen fanden sich zudem viele Details, die ihren Weg ins Buch fanden. Beispielsweise war das Frühjahr 1634, in dem meine Geschichte beginnt, tatsächlich außergewöhnlich warm in Hall und man erwartete eine gute Ernte. Auch der Tornado über dem Hohenasperg 1638 wird in einigen historischen Quellen erwähnt. Die Schilderung der Nördlinger Schlacht hält sich an entsprechende Beschreibungen, genauso wie die Rahmendaten des Straßburger Exils oder der Ärger, den Eberhard mit Claudia von Tirol auszufechten hatte.

Das Ballhaus in der Nähe der Wiener Hofburg gab es tatsächlich. Darin wurde eine Art Vorläufer des heutigen Tennis gespielt, ein Zeitvertreib, der beim Adel sehr beliebt war.

Genauso authentisch ist der Kuraufenthalt der Herzogin in Teinach. Ein entsprechender Schriftwechsel findet sich im Hauptstaatsarchiv in Stuttgart. Diese oftmals als »Sauerbrunnenkuren« bezeichneten Erholungsphasen (Trink- und/oder Badekuren) waren bei vielen württembergischen Herzögen und ihren Familien seit jeher sehr beliebt. An zahlreichen Orten des Herzogtums befanden sich Quellen, deren Heilkräfte man nutzte. Teinach und seine Umgebung sind der Zeit gemäß beschrieben, in welcher der Roman spielt.

Die Szene des Überfalls auf Eberhard III. und sein Gefolge bei Göppingen ist einer historischen Quelle entnommen, ebenso wie die Ereignisse rund um den Hof des Nürtinger *Croaten* oder die beharrliche Weigerung Metzingens, die Abgaben an Österreich zu entrichten.

Eine Bemerkung zum Hohentwiel ist noch wichtig: Im Buch hat Widerhold konsequent gegen des Herzogs Befehl gehandelt. Es gibt allerdings Berichte, wonach dies ein gezieltes Täuschungsmanöver Eberhards gewesen sein könnte, um die Festung mit dem Hinweis auf den Widerstand des Kommandanten nicht übergeben zu müssen. Somit hätte er seine Hände in Unschuld gewaschen.

Nicht stattgefunden haben folgende Ereignisse:

Die Zusammenkunft Janeks mit Oxenstierna, Arnim, Banér und anderen Führern in Rothenbergen.

Zwar ist die Schwägerin Herzog Eberhards, Claudia von Salm-Kyrburg, im Anschluss an ihre Hochzeit tatsächlich gemeinsam mit ihrem Mann nach Rappoltsweiler aufgebrochen. Doch weder die Herzogin noch der Herzog mit seinem Hof sind ihr dorthin gefolgt. Diese Episode entsprang meiner Fantasie.

Der württembergische Rat David Schmidlin, der im Roman im April 1639 aus Wien an Herzog Eberhard schreibt, ist neueren Quellenangaben zufolge erst Ende Juli/Anfang August 1639 in Wien eingetroffen.

Es gibt keine geschichtlichen Vorbilder für Janek und Marie.

Auch wenn es in diesen Jahrzehnten viele Intriganten gegeben hat, so sind Bavors Figur und sein Verrat doch frei erfunden.

Weitere Hintergründe zum Roman unter:

www.gudrun-maria-krickl.de

Glossar

consilium formatum: zehnköpfiges, beratendes Gremium des Heilbronner Bundes.

Entsatz (entsetzen): militärische Operation, um eine Truppe aus einer Einschließung zu befreien.

Gubernator: Statthalter (Vorläufer des späteren »Gouverneurs«).

Haal: hällische Salzproduktionsanlage.

Heilbronner Bund (1633-1635): Bündnis zwischen Schweden und den protestantischen Ständen der oberrheinischen, kurrheinischen, schwäbischen und fränkischen Reichskreise.

Heumonat: Juli.

Pfandschaft: aus dem Mittelalter stammendes Pfandrecht an Liegenschaften bzw. Herrschaftsrechten.

Präzeptor: Lehrer.

Reichsstände: Geistliche und weltliche Personen und Korporationen mit Sitz und Stimme im Reichstag des Heiligen Römischen Reiches Deutscher Nation (z. B. Reichsbischöfe, Fürstbischöfe, Prälaten, Äbtissinnen, Kurfürsten, Fürsten, Grafen, Reichsstädte).

Relation: Wochenzeitung, herausgegeben von Johann Carolus, Straßburg. Erschien erstmals im Jahre 1605.

Restitution: Wiederherstellung von Besitzstand, Herrschaftsverhältnissen.

Restitutionsedikt: Erlassen von Kaiser Ferdinand II. im Jahre 1629, auf dem Höhepunkt seiner Macht. Es beinhaltete die Änderung des geistlichen Besitzstandes im Reich zugunsten der Katholiken. Da hierbei in großem Umfang Enteignungen und Rückübertragungen evangelischen Eigentums an die einstigen (vorreformatorischen) katholischen Besitzer stattgefunden hätten, heizte das Restitutionsedikt den Konflikt zwischen dem Kaiser und den evangelischen Reichsfürsten dramatisch an.

rinascita: Renaissance.

Skribent: Schreiber.

Württembergische Landschaft: Württembergische Ehrbarkeit (Stadtbürgertum), hauptsächlich begüterte Familien. Übten großen Einfluss aus.

Württembergische Landstände: Repräsentativorgan des Herzogtums. Bestand damals aus der württembergischen Ehrbarkeit (Bürgertum) und der Geistlichkeit. Vertretung der Behörden, nicht des gemeinen Volkes. Die Landstände unterstützten den Herzog finanziell und erhielten dadurch gewisse Rechte zugesichert (Mitbestimmung, Zustimmungsrechte, Freiheitsrechte). Im Laufe der Geschichte versuchten Herzog und Landstände wiederholt, die Rechte und Pflichten zu jeweils ihren Gunsten zu beeinflussen.

Zehnt: traditionelle Steuer (der zehnte Teil) an einen geistlichen oder weltlichen Herrn. Diese Abgabe wurde in Geld oder/und Naturalien geleistet.

Maße: 1 Meile (für Württemberg und Preußen): etwa 7,5 Kilometer; 1 Schuh: etwa 30 Zentimeter.

Das Lied »Nun danket alle Gott« schrieb der Eilenburger Geistliche und Musiker Martin Rinckardt im Jahr 1630, ursprünglich als Tischgebet. Der Text ist entlehnt aus dem alttestamentarischen Buch Jesus Sirach. Es erschien 1636 in einer Liedsammlung Rinckardts und fand etwas später, 1647, Eingang in Johann Crügers *Praxis pietatis melica*, eine der bekanntesten Liedsammlungen des 17. Jahrhunderts. Von da an verbreitete es sich rasch weiter. Es wurde häufig in den Dankgottesdiensten zum Ende des Dreißigjährigen Krieges 1648 gesungen (auch in Württemberg) und ist bis heute einer der bekanntesten und beliebtesten Kirchenchoräle .

Lateinische Sprüche

(sofern nicht aus dem Text ersichtlich)

Semper idem = ***Immer das Gleiche***

Ergo bibamus = ***Also lasst uns trinken***

Dum spiro spero = ***Solange ich atme, hoffe ich***

Homo stultissimus = ***Vollidiot***

Per aspera ad astra = ***Durch Mühsal zu den Sternen***

Amantes amentes = ***Liebende sind von Sinnen***

Felix qui potuit rerum cognoscere causas = ***Glücklich, wem es gelang, den Grund der Dinge zu erkennen***

Personenübersicht

Fiktive Personen

Johann Georg von Schwanberg, »Janek«: männliche Hauptfigur, Obrist mit eigenem Kavallerie-Regiment, später Gesandter. Die Familie von Schwanberg (alter böhmischer Adel) gab es wirklich, Janek aber ist eine frei erfundene Figur. Gleichwohl ist sein Name belegt, sowohl in der Langform als auch in der Abkürzung »Janek«. Die familiären Hintergründe orientieren sich sehr nah an der wirklichen Geschichte derer von Schwanberg, wie die Enteignung und die Emigration der Mutter nach Elbing.

Marie Susanne Schenk: weibliche Hauptfigur, Bauerntochter aus dem Amt Rosengarten bei Hall. Es gab in der Tat einen Bauern Schenk im Amt Rosengarten unweit Westheim, hier habe ich aber lediglich den Namen entliehen. Marie und ihre Familie sind erfunden. Das Hofgut Rosengarten gab es nicht. Die Darstellung des Hofes lehnt sich an eines der Gebäude im Hohenloher Freilandmuseum bei Schwäbisch Hall an (Bauernhaus aus Zaisenhausen). Auch die Möblierung habe ich weitgehend dieser Darstellung entnommen. Die Ausgestaltung des Hofes allerdings wurde etwas großzügiger angelegt, als er es ursprünglich war.

Jakob Erasmus Schenk: Maries Vater.

Ebba (Eberhardina) Schenk: Maries jüngere Schwester.

Veit Schenk: Maries Bruder.

Bavor von Schwanberg: Janeks Vetter. Führt als Obristleutnant das Kavallerieregiment in Janeks Abwesenheit.

Heinrich von Biberstein: Janeks Waffenbruder und Freund.

Bartholomäus: konvertierter Mönch mit einer Vorliebe für lateinische Wortspiele. Janeks Freund.

Frieder: Janeks »Junge« (Buben, die bei Offizieren und Soldaten dienten).

Henri Decaen: Corporal von Janeks leichter Reiterei.

Conrad: Knecht auf dem Hof der Schenks.

Grete: ältere Magd auf dem Hof der Schenks.

Jörg: jüngerer Knecht auf dem Hof der Schenks.

Brida: Kammerfrau von Anna Catharina und Claudia von Salm-Kyrburg im Bischofshof zu Straßburg.

Bertha: Magd auf dem Nürtinger Hof des *Croaten.*

Reale Personen

Die Darstellung und Charakterisierung der Personen, die tatsächlich gelebt haben, trägt meine eigene Handschrift. Wo immer sich allerdings Hinweise auf Wesen, Aussehen oder Handlungsweisen in den Quellen fanden, habe ich diese genutzt und darauf aufgebaut. Ihre Lebensläufe und Karrieren hingegen folgen nahezu ausnahmslos den überlieferten Tatsachen.

Die schwedischen Könige

König Gustav II. Adolf: schwedischer König. Starb 1632 in der Schlacht bei Lützen.

Königin Kristina: Tochter Gustav II. Adolfs, war bei dessen Tod noch ein Kind. Mit Erreichen der Volljährigkeit wurde sie schwedische Königin. Dankte 1654 ab und konvertierte 1655 öffentlich zum Katholizismus.

Die »Schweden«

Johan Banér: schwedischer Feldmarschall.

Sten Bielke: schwedischer Generallegat in Deutschland, nachdem Axel Oxenstierna nach Schweden zurückgekehrt war.

Gustav Horn: schwedischer Feldherr, Schwiegersohn Axel Oxenstiernas, geriet in der Nördlinger Schlacht in Gefangenschaft und wurde erst 1642 im Zuge eines Gefangenenaustauschs entlassen. Er kehrte unmittelbar nach seiner Freilassung nach Schweden zurück.

Laurentius Nicolai: schwedischer Gesandter in Dresden.

Axel Oxenstierna (»Oxenstirn«): schwedischer Statthalter in Preußen, nach dem Tod des Königs schwedischer Kanzler und Führer der schwedischen Regierung bis zur Mündigkeit Kristinas. Er blieb auch nach seiner Rückkehr in die schwedische Heimat politisch aktiv. Oxenstierna wird als Mann mit außergewöhnlichen diplomatischen Fähigkeiten, politischer, militärischer und organisatorischer Begabung und festem Charakter geschildert. Er war sehr belesen und beherrschte mehrere Sprachen. Selbst Kardinal Richelieu schätzte ihn als einen der wenigen »politisch klugen« Staatsmänner seiner Zeit. Oxenstierna starb im Alter von 71 Jahren im Spätsommer des Jahres 1654 in Stockholm.

Otto Ludwig Graf von Salm-Kyrburg: erfolgreicher General deutscher Herkunft. Stand in schwedischen Diensten. Onkel von Anna Catharina von Salm-Kyrburg. Sein Bruder, Anna Catharinas Vater, wird im Buch nur indirekt erwähnt. Wann immer der »Rheingraf« auftaucht, ist Otto Ludwig gemeint.

Bernhard von Sachsen-Weimar: deutscher Feldherr in Diensten Schwedens.

Georg Christoph Taupadel: deutscher General in schwedischen Diensten.

Die »Württemberger«

Die herzogliche Familie

Herzog Eberhard III. von Württemberg: flüchtete nach der Nördlinger Schlacht ins Straßburger Exil. Nach dem Krieg baute er Württemberg wieder auf. Der äußerst fortpflanzungsfreudige Fürst zeugte in erster Ehe mit Anna Catharina von Salm-Kyrburg 14 Kinder. Nach ihrem Tod heiratete er erneut und hatte aus dieser Ehe noch einmal elf Kinder. Als Vater von insgesamt

25 Söhnen und Töchtern hält er den dynastischen Rekord des Hauses Württemberg.

Herzogin Anna Catharina von Württemberg, geborene Gräfin von Salm-Kyrburg: heiratete gegen viele Widerstände den württembergischen Herzog Eberhard III., den sie im Straßburger Exil kennengelernt hatte. Gebar ihrem Mann 14 Kinder und starb im Alter von 41 Jahren qualvoll nach schwerer Krankheit.

Johann Friedrich von Württemberg: ältester Sohn des Herzogspaares, überlebte die Kinderjahre, starb aber im Alter von knapp 22 Jahren an den Blattern.

Barbara-Sophie von Württemberg: Eberhards Mutter.

Prinz Friedrich, Prinz Ulrich: Eberhards Brüder.

Gräfin Claudia von Salm-Kyrburg: Schwester von Anna Catharina. Sie litt bereits in jungen Jahren an einer seltsamen Krankheit mit heftigen Schmerzen, deren Ursprung unbekannt war. Eventuell handelte es sich um eine rheumatische Erkrankung, aber dies ist reine Spekulation.

Graf Johann Jacob von Rappoltstein: Ehemann von Claudia, Graf von Rappoltstein (Elsass).

Die württembergischen Räte und andere Hofangestellte

Carl Bardili: Leibarzt der Herzogin Anna Catharina.

Dr. Andreas Burckhardt: württembergischer Vizekanzler und Gesandter.

Pleickhard von Helmstätt: Landhofmeister am württembergischen Hof.

Dr. Jäger: württembergischer Geheimer Regimentsrat und Gesandter.

Janowitz: württembergischer Oberrat und Gesandter.

Philipp von Liebenstein: Obrist der württembergischen Landmiliz.

Jakob Löffler: württembergischer Kanzler und schwedischer Vizekanzler in Personalunion.

Offenburg: Offizier der württembergischen Landmiliz.

Peter von Pflaumer: württembergischer Obrist.

Bernhard Planer: württembergischer Gesandter in Sachen der Restitution.

Dr. Friedrich Schmid: Straßburger Rechtsgelehrter. Berater Herzog Eberhards III. in Sachen der württembergischen Restitution.

Schmidlin: württembergischer Rat, Gesandter unter anderem in Wien.

Johann Konrad Varnbüler: württembergischer Gesandter beim Friedenskongress in Münster und Osnabrück. Hatte maßgeblichen Anteil daran, dass Herzog Eberhard III. im Westfälischen Frieden sein Land vollständig zurückerhielt.

Konrad Widerhold: Kommandant der Festung Hohentwiel, die er bis Kriegsende erfolgreich hielt. Mehrfach griff er Erzherzogin Claudia an und fügte ihr merklichen Schaden zu.

Fürsten und Kurfürsten:

Maximilian von Bayern: bayerischer Kurfürst. Hauptverbündeter des Kaisers und Heerführer.

Johann Georg von Sachsen (»Bierjorge«): sächsischer Kurfürst.

Johann Georg von Arnim: Feldherr des sächsischen Kurfürsten, streng religiös (Protestant).

Wilhelm von Brandenburg: brandenburgischer Kurfürst.

Die Kaiser und Erzherzöge Österreichs:

Ferdinand II.: Kaiser des Reiches. Trieb die Rekatholisierung voran. Strenggläubig war er stark von seinen jesuitischen Beichtvätern beeinflusst.

Ferdinand III.: Sohn Ferdinands II., zunächst Erzherzog und König von Ungarn, Heerführer, regierte Württemberg während der Besetzung durch kaiserliche Truppen. Nach dem Tod des Vaters 1637 Kaiser des Reiches.

Kardinalinfant Ferdinand: Feldherr der spanischen Habsburger. Verstärkte das kaiserliche Heer bei Nördlingen.

Claudia von Tirol: entstammte dem Hause der Medici und sprach daher nur gebrochen Deutsch. Österreichische Erzherzogin, die Eberhard III. von Württemberg das Leben sehr schwer machte.

»Die Kaiserlichen«

Johann von Aldringen: Feldmarschall.

Wilhelm Bienner: Kanzler der Erzherzogin Claudia von Tirol, der die Restitutionsverhandlungen mit der württembergischen Delegation leitete.

Graf Otto von Friedberg-Scheer: Gubernator der Pfandschaft Achalm, eingesetzt von Erzherzogin Claudia.

Matthias Gallas: Feldherr/Oberbefehlshaber mit bescheidenem Erfolg. Ging als »Heerverderber« in die Militärgeschichte ein, so schlecht wurden seine Leistungen beurteilt.

Johann Jakob Hennenberger: Österreichs Verwalter der Pfandschaft Achalm.

»Piccolomini« (Octavio Piccolomini): General und Feldherr mit italienischen Wurzeln und einem Hang zu Intrigen. Er verriet Wallenstein, für den er jahrelang gekämpft hatte. Piccolomini wird in den Quellen als ein sehr ehrgeiziger Feldherr dargestellt, der eigene Interessen verfolgte, aber auch sehr kunstsinnig war. Er kaufte viele Gemälde oder gab sie in Auftrag. 1644 erhielt er den Orden der Ritter vom Goldenen Vlies und den Titel eines spanischen Granden.

»Tilly« (Johann T'Serclaes von Tilly): erfolgreicher kaiserlicher Feldherr. Starb 1632 in Ingolstadt an den Folgen einer Verwundung.

»Wallenstein« (Albrecht Wenzel Eusebius von Waldstein): erfolgreicher kaiserlicher Feldherr mit einem Hang zur Astrologie. Fiel in Ungnade bei seinem Herrn, Kaiser Ferdinand II., und wurde auf dessen Geheiß in Eger ermordet. In den letzten Jahren seines Lebens war er schwer krank. Zeitgenössische Quellen bezeichnen sein Leiden als »Gicht«, die aktuelle Forschung geht allerdings davon aus, dass Wallenstein die Syphilis hatte, eine Geschlechtskrankheit, die durch die umherziehenden Soldatenheere weit verbreitet wurde.

Die »Franzosen«

»Kardinal Richelieu« (Armand-Jean du Plessis, Premier Duc de Richelieu): skrupelloser und einflussreicher französischer Aristokrat, Kirchenfürst und Staatsmann.

Ludwig XIII.: König von Frankreich.

Die »Schotten« und »Iren«

Walter Butler: kaiserlicher Oberst irischer Herkunft. Mitverschwörer bei Wallensteins Ermordung. Nahm nach der Nördlinger Schlacht die freie Reichsstadt Hall ein.

John Gordon: kaiserlicher Oberst schottischer Herkunft. Mitverschwörer bei Wallensteins Ermordung.

Walter Leslie: kaiserlicher Feldmarschall schottischer Herkunft. Mitverschwörer bei Wallensteins Ermordung.

Sonstige

Familie Firnhaber: Bewohner der Oberen Herrngasse in Hall. Entgegen der Romanhandlung starb das Ehepaar wohl schon 1635 an der Pest.

Dr. Michael Löchner: Arzt in Hall.

Elisabetha Roschitz, geb. Brenner: Die Geschichte der Elisabetha Brenner, die, von Kroaten verschleppt, später einen ihrer Entführer, den Hauptmann Roschitz, (ökumenisch!) heiratete und mit ihm in ihre Heimat zurückkehrte, ist überliefert. Die bekannte Schriftstellerin Ottilie Wildermuth ist eine Nachfahrin des Ehepaares. Mit ihrem Werk »Auf den Spuren der Kroatenähne« hat sie den beiden ein literarisches Denkmal gesetzt.

Johann Roschitz (auch Roschütz, Rooschütz): Elisabethas Ehemann, der »Croat«. Ließ sich mit seinem geliebten Weib bei Nürtingen nieder, betrieb gemeinsam mit ihr den Croatenhof. Noch heute lassen sich die Spuren der beiden in Nürtingen finden.

Zeitleiste

1618 *Prager Fenstersturz.*

1620 Sieg der kaiserlichen Truppen in der *Schlacht am Weißen Berg* bei Prag. Die protestantischen Adeligen werden enteignet, viele müssen emigrieren.

1629 Die Heerführer Wallenstein und Tilly kämpfen sehr erfolgreich für Habsburg. Dessen Machtbereich dehnt sich weit in den Norden des Reichs aus und sorgt für Beunruhigung in ganz Europa. Man befürchtet eine österreichische Vormachtstellung. Kaiser Ferdinand II. ist auf dem Höhepunkt seiner Macht. Er erlässt das *Restitutionsedikt*, in welchem große Teile des seit der Reformation evangelischen Besitzes des Reichs wieder in katholische Hände überführt werden müssen.

1630 Die Schweden unter König Gustav II. Adolf landen bei Peenemünde.

1631 Eroberung und Zerstörung Magdeburgs durch katholisch-ligistische Truppen.

1632 Die Schweden drängen Habsburg erfolgreich zurück. Gustav Adolf zieht in München ein.

1634 Februar: Wallenstein wird in Eger ermordet.

1634 September: Die kaiserlichen Truppen siegen über die Schweden bei Nördlingen.

1635 *Prager Friede.* Separatfrieden einiger deutscher Fürsten mit dem Kaiser.

1635 Kriegseintritt Frankreichs an der Seite Schwedens.

1637 Ferdinand II. stirbt, ihm folgt sein Sohn Ferdinand III. als Kaiser nach.

1642 Kardinal Richelieu stirbt.

1644–48 Friedenskongress zu Münster und Osnabrück.

1648 Oktober: *Westfälischer Friede.*

Dank

Ein Buch zu schreiben braucht vor allen Dingen eines: ganz viel Zeit. Und deshalb möchte ich als Erstes meinen Mann Michael und meine Kinder Simon und Anna ganz fest in die Arme nehmen und von Herzen DANKE sagen. Dafür, dass ihr mich mit dem Schreibtisch und vor allem mit all den liebgewonnenen Personen geteilt habt, die meine Geschichte bevölkern. Und dann erinnere ich mich gerne an eine gemeinsame Recherchereise nach Reichenweier und Ribeauvillé. Welch ein schöner Sommertag, Michael!

Auch diesmal geriet die Entstehung des Manuskripts zum Familienprojekt. Mein Vater, Franz Diwischek, hat mich auf den Recherchereisen nach Hall, Nördlingen und Straßburg begleitet, geduldig gewartet, bis ich alle Informationen zusammengetragen hatte, und nebenbei ganz schöne Fotos gemacht. Ich danke dir, lieber Papa! Meine Mutter Marianne Diwischek, mein Mann und meine Schwester Ursula haben fleißig Korrektur gelesen, ich drück Euch für diese wichtige Hilfe.

Ein weiterer herzlicher Dank geht an die Mitarbeiter der Württembergischen Landesbibliothek und des Württembergischen Landesarchivs in Stuttgart, an Herrn Stihler vom Stadtarchiv in Schwäbisch Hall, Herrn Folker Foertsch vom Stadtarchiv in Crailsheim für den Tipp mit Burleswagen, Elmar Hahn vom Freilichtmuseum Wackershofen, an die Mitarbeiterinnen und Mitarbeiter des Fränkisch-Hällischen Museums in Schwäbisch Hall, an die Gemeinde Rosengarten, an Dr. Wilfried Sponsel vom Stadtarchiv in Nördlingen, an Angela Wagner-Gnan vom Stadtmuseum in Nürtingen für den exklusiven Recherchevormittag (war schön, liebe Angela!), ebenfalls erwähnen möchte ich die Zurverfügungstellung der Unterlagen von Frau Petra Graski-Hoffmann, die unter anderem die Geschichte um die entführte Elisabetha Brenner aus Nürtingen recherchiert und dokumentiert hat.

Und dann möchte ich all jenen Menschen danken, die mich in meinem Vorhaben, endlich einen Roman zu Papier zu bringen, vorbehaltlos ermutigt haben: Meinem Bruder Martin, meiner Freundin Steffi, Euch, liebe Heide und lieber Jürgen, und natürlich dem Team des Silberburg-Verlags, das diesen Weg mitgegangen ist. Ein extra Dankeschön an Kerstin Jaworski, meine Lektorin, die mit sicherem Blick die Unebenheiten im Manuskript gefunden und somit meinem Roman-Erstling zum letzten Schliff verholfen hat. Und schließlich ein vielfaches Danke an meine Leserinnen und Leser, die mir so schöne und positive Rückmeldungen gegeben haben. Die Zeit mit Janek und Marie, mit Herzog Eberhard und Anna Catharina, mit Heinrich, Conrad und Ebba, Frieder und Bartholomäus und all den anderen war eine ganz besondere! Ich freue mich, wenn meine Figuren Ihnen, liebe Leserinnen und Leser, genauso ans Herz gewachsen sind wie mir.